WIE NIET WAAGT

Jeffrey
Archer

Wie niet waagt

Vertaling Joost van der Meer & William Oostendorp

HarperCollins

MIX
Paper from responsible sources
FSC® C021394
www.fsc.org

Voor het papieren boek is papier gebruikt dat onafhankelijk is gecertificeerd door FSC®
om verantwoord bosbeheer te waarborgen.
Kijk voor meer informatie op www.harpercollins.co.uk/green.

HarperCollins is een imprint van Uitgeverij HarperCollins Holland, Amsterdam.

Oorspronkelijke titel: *Nothing Ventured*

Vertaling: Joost van der Meer & William Oostendorp
Omslagontwerp: Olga Grlic
Bewerking: Pinta Grafische Producties
Omslagbeeld: © Liubomir Paut-Fluerasu / Arcangel; © Kamenetskiy Konstantin / Shutterstock
Zetwerk: Mat-Zet B.V., Huizen
Druk: ScandBook UAB, Lithuania

ISBN 978 94 027 0896 7
ISBN 978 94 027 6298 3 (e-book)
NUR 305
Eerste druk januari 2022

Originele uitgave verschenen bij Macmillan, een imprint van Pan Macmillan, Londen.

www.harpercollins.nl

Voor de koninklijk onderscheiden commissaris William Hucklesby

Beste lezer,

Na voltooiing van het laatste deel van de Clifton-serie schreven meerdere lezers mij dat ze graag meer zouden willen weten over William Warwick, de gelijknamige held uit de romans van Harry Clifton.

Ik moet bekennen dat ik al wat had nagedacht over het idee voordat ik begon te werken aan *Wie niet waagt*, het eerste deel van de William Warwick-serie.

Dit boek begint wanneer William van school komt en tot ontsteltenis van zijn vader besluit om bij de politie te gaan in plaats van leerling in zijn vaders raadkamer te worden. William volhardt, en in deze openingsroman volgen we zijn levensweg met een uitgelezen aantal personages, sommige goed, andere niet zo goed, die zijn pad kruisen terwijl hij zijn best doet om rechercheur te worden en een overstap maakt naar Scotland Yard.

In deze serie volg je Williams lotgevallen als hij opklimt van agent tot commissaris bij de Metropolitan Police, de Londense politie.

Op dit moment ben ik bezig met de tweede roman in deze serie, die zal gaan over Williams periode als jonge rechercheur bij de elite-drugseenheid.

Of hij het ooit tot commissaris schopt, zal afhangen van William Warwicks vastberadenheid en bekwaamheid alsmede van mijn hoop op een lang leven voor ons allemaal.

Jeffrey Archer
september 2019

Dit is geen detectiveverhaal,

dit is een verhaal over een detective

1

14 juli 1979

'Dit kun je niet menen.'

'Vader, ik meen het wel degelijk, wat u zou beseffen als u de afgelopen tien jaar weleens naar me had geluisterd.'

'Maar er is je een plek aangeboden op mijn oude college in Oxford om rechten te gaan studeren, en na de universiteit kun je bij mij komen werken. Wat kan een jonge man zich nog meer wensen?'

'Een loopbaan van zijn eigen keuze te mogen nastreven en niet alleen te worden geacht in zijn vaders voetsporen te treden.'

'Zou dat nou zo erg zijn? Ik heb een boeiende en waardevolle carrière achter de rug en ben, als ik dat mag zeggen, redelijk geslaagd in het leven.'

'Briljant geslaagd, vader, maar we hebben het hier niet over uw carrière. En misschien wil ik wel helemaal geen vooraanstaand strafpleiter zijn die zijn leven lang een zootje schurken verdedigt die hij geen moment voor een lunch op zijn club zou uitnodigen.'

'Je lijkt te vergeten dat diezelfde schurken hebben betaald voor jouw opleiding en voor de leefstijl die je nu geniet.'

'Dat mag ik nooit vergeten, vader, wat de reden is waarom ik van plan ben er in mijn leven voor te zorgen dat diezelfde schurken lange tijd worden opgesloten en niet de kans krijgen vrijuit te gaan en dankzij uw kundige pleidooien een leven vol misdaad voort te zetten.'

William dacht dat hij zijn vader eindelijk het zwijgen had opgelegd, maar hij vergiste zich.

'Misschien kunnen we tot een compromis komen, beste jongen?'

'Geen schijn van kans, vader,' zei William resoluut. 'U klinkt als een advocaat die voor een lichtere straf pleit terwijl hij weet dat hij een zwakke zaak verdedigt. Maar voor één keer zijn uw eloquente woorden aan dovemansoren gericht.'

'Sta je me niet eens toe mijn zaak te bepleiten voordat je hem van de hand wijst?' reageerde zijn vader.

'Nee, omdat ik niet schuldig ben en ik een jury niet hoef te bewijzen dat ik onschuldig ben, alleen maar om u een plezier te doen.'

'Maar zou je iets willen doen om míj een plezier te doen, lieverd?'

In het heetst van de strijd was William helemaal vergeten dat zijn moeder zwijgend aan de andere kant van de tafel had gezeten. Ze had het steekspel tussen haar man en zoon nauwgezet gevolgd. William was goed voorbereid om het op te nemen tegen zijn vader, maar wist dat hij voor zijn moeder geen partij was. Andermaal viel hij stil. Een stilte waar zijn vader van profiteerde.

Trekkend aan de revers van zijn jasje vroeg Sir Julian: 'Wat hebt u in gedachten, *m'lord*?' Hij sprak zijn vrouw aan alsof ze een hoge rechter was.

'William mag naar de universiteit van zijn keuze,' zei Marjorie, 'het vak uitkiezen dat hij wenst te studeren en, als hij eenmaal afgestudeerd is, de carrière nastreven die hij wil. En belangrijker, als hij dat doet, zul jij gracieus toegeven en het onderwerp nooit meer ter sprake brengen.'

'Ik moet bekennen,' zei Sir Julian, 'dat hoewel ik uw verstandige oordeel aanvaard, ik het laatste deel weleens moeilijk zal kunnen vinden.'

Moeder en zoon barstten in lachen uit.

'Mag ik een verzachtende omstandigheid aanvoeren?' vroeg Sir Julian onschuldig.

'Nee,' antwoordde William, 'omdat ik alleen met moeders voorwaarden zal instemmen als u over drie jaar mijn beslissing om bij de Londense politie te gaan zonder voorbehoud steunt.'

Raadsheer Sir Julian Warwick stond op van zijn plek aan het hoofd van de tafel, maakte een lichte buiging naar zijn vrouw en zei met tegenzin: 'Als het Uwe Hoogheid behaagt.'

Al vanaf zijn achtste jaar, toen hij 'de zaak van de vermiste Marsreep' had opgelost, wilde William Warwick detective worden. Het was een eenvoudig papieren spoor, legde hij zijn huismeester uit, dat geen vergrootglas vereiste.

Het bewijsmateriaal – een snoepwikkel – was aangetroffen in de prullenmand van de studeerkamer van de verdachte, en de dader kon niet bewijzen dat hij dat semester geen zakgeld had uitgegeven in de snoepwinkel.

En wat het voor William erger maakte, was dat Adrian Heath een van zijn beste vriendjes was, en hij was ervan uitgegaan dat het een levenslange vriendschap zou zijn. Toen hij het halverwege het schooljaar met zijn vader besprak, had de oude man gezegd: 'We moeten hopen dat Adrian iets heeft geleerd van deze ervaring, want wie weet wat er anders van die jongen zal komen.'

Ondanks het feit dat William werd bespot door zijn medeleerlingen, die ervan droomden om arts, advocaat, docent of zelfs accountant te worden, toonde de loopbaanbegeleider zich niet verrast toen William hem vertelde dat hij detective ging worden. De andere jongens hadden hem immers al vóór het einde van zijn eerste semester de bijnaam Sherlock gegeven.

Williams vader, Sir Julian Warwick baronet, had gewild dat zijn zoon naar Oxford ging om rechten te studeren, net als hij dertig jaar geleden had gedaan. Maar ondanks zijn vaders inspanningen was William vastbesloten gebleven om de dag dat hij van school afkwam bij het politiekorps te gaan. De twee koppige mannen bereikten ten slotte een compromis dat de goedkeuring wegdroeg van zijn moeder. William zou naar de London University gaan en kunstgeschiedenis studeren, een studie die zijn vader weigerde serieus te nemen, en als zijn zoon na drie jaar nog steeds bij de politie wilde, zou Sir Julian gracieus inbinden. William wist dat dit nooit zou gebeuren.

Hij genoot van elk moment van zijn drie jaar op King's College London, waar hij meerdere malen verliefd werd. Eerst op Hannah en Rembrandt, daarna op Judy en Turner en ten slotte op Rachel en Hockney, waarna hij zich settelde met Caravaggio: een affaire die een mensenleven zou duren, ook al had zijn vader hem erop gewezen dat de grote Italiaanse kunstenaar een moordenaar was geweest en opgeknoopt had moeten worden. Reden genoeg om de doodstraf af te schaffen, opperde William. Vader en zoon waren het wederom oneens.

In de zomervakantie na zijn eindexamen trok William met een rugzak door Europa; naar Rome, Parijs, Berlijn en verder naar Sint-Petersburg, om aan te sluiten bij lange rijen van andere toegewijden die de meesters van het verleden wilden aanbidden. Toen hij eindelijk afstudeerde, stelde zijn docent voor dat hij een doctoraat zou overwegen over de duistere kant van Caravaggio. De duistere kant, reageerde William, was precies wat hij van plan was te onderzoeken, maar hij wilde meer leren over criminelen in de twintigste eeuw in plaats van de zestiende.

Op de middag van zondag 5 september 1982 meldde William zich om vijf voor drie bij Hendon Police College in Noord-Londen. Vanaf het moment dat hij de koningin trouw zwoer tot de parade bij zijn afstuderen zestien weken later genoot hij van bijna elke minuut van de opleiding.

De volgende dag kreeg hij een donkerblauw uniform, een helm en een wapenstok, en telkens wanneer hij langs een raam liep, kon hij de verleiding niet weerstaan om even naar zijn spiegelbeeld te kijken. Een politie-uniform, zo waarschuwde de commissaris hem op zijn eerste dag op parade, kon je karakter veranderen, en niet altijd ten goede.

De lessen op Hendon waren op de tweede dag begonnen en werden verdeeld tussen het klaslokaal en de sportzaal. William leerde hele delen van de wet uit het hoofd totdat hij ze woordelijk kon herhalen. Hij genoot van forensische en plaatsdelictanalyse, maar toen hij een slipcursus kreeg ontdekte hij al snel dat zijn rijvaardigheid vrij rudimentair was.

Na jaren van felle discussies met zijn vader aan de ontbijttafel voelde William zich op zijn gemak in de schijnrechtszaal, waar opleidingsagenten hem in de getuigenbank een kruisverhoor afnamen, en tijdens zelfverdedigingslessen stond hij zelfs zijn mannetje. Hij leerde iemand die veel groter was dan hij ontwapenen, in de boeien slaan en in bedwang houden. Ook leerde hij over de bevoegdheden van een agent tot aanhouding en huiszoeking, het gebruik van redelijk geweld en, het belangrijkste van alles, discretie. 'Houd je niet altijd aan de regels,' adviseerde zijn instructeur hem. 'Soms moet je je gezonde verstand gebruiken, maar je zult merken dat dat in de praktijk lang niet altijd zo gezond is.'

Vergeleken met zijn tijd op de universiteit had hij met de regelmaat van de klok examens, en hij was niet verbaasd dat meerdere kandidaten het einde van de cursus niet haalden.

Na een voor zijn gevoel eindeloze vakantie van twee weken na zijn uitzwaaiparade ontving William eindelijk een brief met de instructie zich de maandag daarop om acht uur 's morgens te melden op het politiebureau van Lambeth, een deel van Londen waar hij nog nooit was geweest.

Politieagent 565LD had zich als afgestudeerde bij het Londense politiekorps gevoegd, maar besloot niet te profiteren van het versnelde promotieschema dat hem in staat zou hebben gesteld sneller de ladder te bestijgen, want op zijn eerste dag wilde hij zich op gelijke voet met alle andere nieuwe rekruten in een rij opstellen. Hij accepteerde het dat hij in zijn proefperiode minstens twee jaar gewoon dienst op straat moest hebben gedraaid voordat hij kon hopen rechercheur te worden, en eerlijk gezegd stond hij te popelen om in het diepe te worden gegooid.

Vanaf zijn eerste dag op proef werd William begeleid door zijn mentor, agent Fred Yates, die er achtentwintig dienstjaren op had zitten en van de inspecteur van het bureau de order had gekregen om 'op de jongen te passen'. De twee mannen hadden weinig gemeen, behalve dat ze allebei van jongs af aan agent hadden willen worden en hun vaders alles hadden gedaan wat in hun macht lag om te voorkomen dat ze die ambitie nastreefden.

'De gouden regel...' was het eerste wat Fred zei toen hij werd voorgesteld aan de nog zo groene jonge rekruut. Hij wachtte niet tot William het vroeg. 'Neem niets zomaar aan, geloof niemand en zet bij alles vraagtekens. Het is de enige wet waar ik naar leef.'

In de volgende paar maanden wijdde Fred William in de wereld van inbrekers, drugshandelaren en pooiers in. Ook werd hij geconfronteerd met zijn eerste dode lichaam. Met de ijver van Sir Galahad wilde William elke dader opsluiten en de wereld verbeteren; Fred was realistischer, maar niet één keer probeerde hij het vuur van Williams jeugdige enthousiasme te blussen. De jonge rekruut kwam er vlug achter dat het publiek niet weet of een politieman zijn uniform pas een paar dagen of al een paar jaar draagt.

'Tijd om je eerste auto aan te houden,' zei Fred op Williams tweede dag op straat toen ze bij een paar verkeerslichten waren gestopt. 'We blijven hier rondhangen tot er iemand door rood rijdt en dan mag jij de weg op stappen en 'm aanhouden.' William keek ongerust. 'Laat de rest maar aan mij over. Zie je die boom, ongeveer honderd meter verderop? Verstop je daarachter en wacht tot ik je het teken geef.'

Terwijl hij achter de boom ging staan, kon William zijn hart horen kloppen. Hij hoefde niet lang te wachten tot Fred een hand omhoogstak en riep: 'De blauwe Hillman! Pak hem!'

William stapte de weg op, stak zijn arm omhoog en wees naar de stoeprand.

'Niets zeggen,' zei Fred toen hij zich bij de nieuweling voegde.

'Let goed op.' Ze liepen samen naar de auto terwijl de bestuurder zijn raampje omlaagdraaide.

'Goedemorgen, *sir*,' zei Fred. 'Bent u zich ervan bewust dat u door rood reed?'

De bestuurder knikte, maar zei niets.

'Mag ik uw rijbewijs even zien?'

De bestuurder opende het dashboardkastje, haalde zijn rijbewijs eruit en gaf het aan Fred. Na het document een ogenblik te hebben bekeken zei Fred: 'Vooral rond deze tijd in de ochtend is het gevaarlijk, sir, want er zijn twee scholen in de buurt.'

'Het spijt me,' zei de man. 'Het zal niet meer gebeuren.'

Fred gaf hem zijn rijbewijs terug. 'Deze keer blijft het bij een waarschuwing,' zei hij terwijl William het kenteken opschreef in zijn notitieboekje. 'Maar misschien kunt u voortaan wat voorzichtiger zijn, sir.'

'Dank u, agent,' zei de bestuurder.

'Waarom alleen een waarschuwing,' vroeg William toen de auto langzaam wegreed, 'wanneer je hem op de bon had kunnen slingeren?'

'Houding,' zei Fred. 'De meneer was beleefd, erkende zijn fout en verontschuldigde zich. Waarom iemand die zich normaal gesproken aan de wet houdt kwaad maken?'

'Dus wanneer zou je hem wel een bon hebben gegeven?'

'Als hij had gezegd: "Heb je niets beters te doen?", of erger: "Zou je niet eens achter echte boeven aan gaan?", of mijn lievelingsreactie: "Weet je wel dat ík jouw salaris betaal?" Een van die drie en ik zou hem zonder aarzelen op de bon hebben geslingerd. Er was ooit één zak die ik naar het bureau moest brengen en een paar uur moest opsluiten.'

'Werd hij gewelddadig?'

'Nee, veel erger. Hij vertelde me dat hij goed bevriend was met de commissaris en ik nog wel van hem zou horen. Dus ik liet hem weten dat hij hem vanaf het bureau kon bellen.'

William barstte in lachen uit.

'Goed,' zei Fred, 'ga maar weer achter die boom staan. Volgende keer mag jij het woord doen en zal ik waarnemen.'

Met zijn hoofd begraven in *The Daily Telegraph* zat raadsheer Sir Julian Warwick aan een eind van de tafel. Zo af en toe mompelde hij 'Nou, nou' terwijl zijn vrouw aan de andere kant haar dagelijkse strijd met de kruiswoordpuzzel van *The Times* voortzette. Op een goede dag zou Marjorie de laatste aanwijzing hebben ingevuld voordat haar echtgenoot van tafel opstond om naar Lincoln's Inn te gaan. Op een slechte dag zou ze hem om advies moeten vragen, een dienst waarvoor hij doorgaans honderd pond per uur rekende. Regelmatig herinnerde hij haar eraan dat ze meer dan twintigduizend pond bij hem in het krijt stond. Tien horizontaal en vier verticaal hielden haar op.

Tegen de tijd dat zijn vrouw met de laatste aanwijzing worstelde, had Sir Julian het redactionele commentaar bereikt. Hij was er nog altijd niet van overtuigd dat de doodstraf afgeschaft had moeten zijn, met name wanneer een politieagent of een ambtenaar het slachtoffer was, maar de *Telegraph* was er net zomin uit. Hij sloeg om naar de achterpagina om te zien hoe rugbyclub Blackheath het er in zijn jaarlijkse derby tegen Richmond van af had gebracht. Na het wedstrijdverslag te hebben gelezen verliet hij het sportkatern, want hij vond dat de krant veel te veel aandacht gaf aan voetbal. Nog een teken dat het land naar de filistijnen ging.

'Prachtige foto van Charles en Diana in *The Times*,' zei Marjorie.

'Dat zal nooit standhouden,' zei Julian terwijl hij overeind kwam van zijn plek, om de tafel heen liep en net als elke morgen zijn vrouw op het voorhoofd kuste. Ze ruilden van krant, zodat hij in de trein naar Londen de rechtbankverslagen kon bestuderen.

'Denk eraan dat de kinderen zondag komen lunchen,' zei Marjorie.

'Is William nou al geslaagd voor zijn rechercheursexamen?' vroeg hij.

'Zoals je heel goed weet, mijn liefste, mag hij pas examen doen als hij er twee jaar dienst op heeft zitten, en dat zal nog minstens een halfjaar duren.'

'Als hij naar mij had geluisterd, was hij inmiddels bevoegd advocaat geweest.'

'En als jij naar hem had geluisterd, zou je weten dat hij veel meer geïnteresseerd is in het opsluiten van criminelen dan in het zoeken naar manieren om ze vrij te krijgen.'

'Ik heb het nog niet opgegeven,' zei Sir Julian.

'Wees dankbaar dat onze dochter in elk geval in je voetsporen is getreden.'

'Dat heeft Grace helemaal niet gedaan,' snoof Sir Julian. 'Die meid zal iedere berooide nietsnut die ze tegenkomt nog verdedigen.'

'Ze heeft een hart van goud.'

'Dan lijkt ze op jou,' zei Sir Julian terwijl hij aandachtig keek naar de laatste opgave die ze nog had weten in te vullen: *Pientere vechter die eindigde met een baton.* Vier letters.

'Veldmaarschalk SLIM,' zei Sir Julian triomfantelijk. 'De enige man die als gewone soldaat bij het leger ging en het tot veldmaarschalk schopte.'

'Klinkt als William,' zei Marjorie, maar pas toen de deur was dichtgevallen.

2

Iets na achten verlieten William en Fred het bureau om aan hun ochtendpatrouille te beginnen. 'Niet veel misdaad op dit tijdstip,' verzekerde Fred de jonge agent op proef. 'Criminelen zijn net als rijken, ze staan niet voor tienen op.' In de afgelopen anderhalf jaar was William gewend geraakt aan Freds vaak herhaalde pareltjes van wijsheid, die veel nuttiger waren gebleken dan alles wat je in het handboek van de Londense politie terug kon vinden over de plichten van een politieagent.

'Wanneer doe je examen voor rechercheur?' vroeg Fred toen ze over Lambeth Walk kuierden.

'Pas over een jaar,' antwoordde William. 'Maar ik denk niet dat je gauw van me afkomt,' voegde hij eraan toe terwijl ze de plaatselijke krantenkiosk naderden. Vluchtig las hij een van de koppen: AGENTE YVONNE FLETCHER GEDOOD VOOR DE LIBISCHE AMBASSADE.'

'Eerder vermoord,' zei Fred. 'Arme meid.' Hij zweeg enige tijd. 'Ik ben mijn hele leven agent geweest,' wist hij uiteindelijk uit te brengen, 'wat ik prima vind. Maar jij...'

'Als ik het haal,' zei William, 'dan moet ik jou bedanken.'

'Ik ben anders dan jij, koorknaap,' zei Fred. William was bang dat hij de rest van zijn carrière met die bijnaam opgescheept zou zitten. Hij gaf de voorkeur aan Sherlock. Tegenover zijn maten op het bureau had hij nooit toegegeven dat hij een koorknaap was geweest en altijd wenste dat hij er ouder uitzag, hoewel zijn moeder hem ooit had verteld: 'Zodra je dat doet, zul je jonger willen lijken.' Is iemand ooit tevreden met de leeftijd die hij heeft, vroeg hij zich af. 'Tegen de tijd dat jij commissaris wordt,' ging Fred verder, 'ben ik weggestopt in een bejaardenhuis en ben je mijn naam vergeten.'

Het was nooit in William opgekomen dat hij het weleens tot commissaris zou kunnen schoppen, maar hij wist zeker dat hij agent Fred Yates nooit zou vergeten.

Fred zag de jonge knaap toen hij de kiosk uit kwam rennen. Mr Patel volgde een ogenblik later, maar hij ging hem nooit pakken. William zette de achtervolging in, met Fred nog geen meter achter hem. Beide agenten haalden Mr Patel in toen de jongen de hoek om rende. Maar het duurde nog eens bijna honderd meter voordat William hem in de kraag kon vatten. Ze leidden de jonge knaap terug naar de winkel, waar hij Mr Patel een pakje Capstan teruggaf.

'Wilt u aangifte doen, sir?' vroeg William, die zijn boekje al opengeslagen en zijn potlood in de aanslag had.

'Wat heeft dat voor zin?' vroeg de winkelhouder, en hij legde het sigarettenpakje terug op de plank. 'Als jullie hem opsluiten, zit ik straks achter zijn jongere broer aan.'

'Tomkins, dit is je geluksdag,' zei Fred, en hij gaf de jongen een draai om zijn oren. 'Zorg er wel voor dat je op school bent tegen de tijd dat wij komen aanzetten, want anders vertel ik je ouweheer misschien wel wat je in je schild voerde. Let wel...' En hij wendde zich tot William. '...de sigaretten waren waarschijnlijk voor zijn ouweheer.'

Tomkins rende ervandoor. Toen hij aan het einde van de straat was, bleef hij staan, draaide zich om en riep: 'Politietuig!' Hij schonk hun beiden een middelvinger.

'Misschien had je zijn oren naar achteren moeten spelden.'

'Waar heb je het over?' reageerde Fred.

'Als een jongen in de zestiende eeuw werd betrapt op stelen, werd hij bij een van zijn oren aan een paal gespijkerd, en de enige manier om te ontsnappen was door zichzelf los te rukken.'

'Geen slecht idee,' zei Fred. 'Want ik moet toegeven dat ik maar geen grip kan krijgen op de moderne politiepraktijk. Tegen de tijd dat jij met pensioen gaat, zul je de criminelen vermoedelijk met "sir" moeten aanspreken. Toch heb ik nog maar anderhalf jaar te gaan voordat ik mijn pensioentje ontvang, en dan zit jij bij Scotland Yard. Hoewel,' voegde Fred eraan toe, en hij stond op het punt zijn dagelijkse dosis wijsheid te verstrekken, 'toen ik bijna dertig jaar geleden bij het korps kwam, bonden we zulke knapen met de handboeien vast aan een radiator, draaiden we de verwarming helemaal open en lieten we ze pas los als ze hadden bekend.'

William barstte in lachen uit.

'Ik maak geen geintje,' zei Fred.

'Hoelang denk je dat het duurt voordat Tomkins achter de tralies belandt?'

'Een tijdje naar de tuchtschool, zou ik gokken, voordat hij naar de gevangenis gaat. Wat echt gekmakend is, is dat hij zodra hij opgesloten zit zijn eigen cel zal hebben, drie maaltijden per dag zal krijgen en door beroepscriminelen omringd zal zijn die hem maar wat graag het vak zullen leren voordat hij afstudeert van de misdaaduniversiteit.'

William werd er dagelijks aan herinnerd hoe bevoorrecht hij was als telg uit een middenklassenest, met liefhebbende ouders en een oudere zus, die dol op hem was. Hoewel hij tegenover geen van zijn collega's toegaf dat hij op een van de vooraanstaande openbare scholen van Engeland was onderwezen voordat hij aan King's College afstudeerde in de kunstgeschiedenis. En hij vertelde al helemaal nooit dat zijn vader geregeld grote bedragen ontving van een aantal van de beruchtste criminelen van het land.

Terwijl ze hun ronde vervolgden, groette een aantal locals Fred, en sommige wensten zelfs William goedemorgen.

Toen ze enkele uren later op het bureau terugkeerden, nam Fred niet de moeite om de jonge Tomkins te rapporteren bij de hoofdagent van dienst, want over papierwerk dacht hij hetzelfde als over moderne politiepraktijken.

'Zin in een kop thee?' vroeg Fred, en hij was al op weg naar de kantine.

'Warwick!' brulde een stem achter hem.

William draaide zich om en zag de hoofdagent van bewaring naar hem wijzen. 'Er is een gevangene in elkaar gezakt in zijn cel. Neem dit recept mee naar de dichtstbijzijnde apotheek en laat het bereiden. En snel een beetje.'

'Ja, *sarge*,' zei William. Hij greep de envelop en rende het hele eind naar Boots in de winkelstraat, waar hij voor het apothekersloket een kleine rij geduldig wachtende mensen aantrof. Hij excuseerde zich tegenover de vrouw voor in de rij en gaf de envelop aan de apothekersassistente. 'Het is een noodgeval,' zei hij.

De jonge vrouw opende de envelop en las aandachtig de instructies. 'Dat is dan één pond zestig, agent,' zei ze.

William zocht in zijn zakken naar wat kleingeld en gaf het aan de assistente. Ze sloeg het bedrag aan op de kassa, draaide zich om, nam een pakje condooms van de plank en gaf het aan hem. Williams mond viel open, maar er kwam geen geluid uit. Hij was zich er pijnlijk van bewust dat meerdere mensen in de rij stonden te grinniken. Hij wilde net wegglippen toen de assistente zei: 'Vergeet uw recept niet, agent.' Ze gaf de envelop terug aan William.

Meerdere geamuseerde blikken volgden hem terwijl hij de straat op glipte. Hij wachtte met het openen van de envelop totdat hij uit zicht was en las het bijgesloten briefje.

Geachte heer/mevrouw,
Ik ben een jonge agent die eindelijk een meisje zover heeft gekregen om mee uit te gaan, en vanavond hoop ik geluk te hebben. Maar aangezien ik niet wil dat ze zwanger raakt, kunt u me helpen?

William barstte in lachen uit, stopte het pakje condooms in zijn zak en liep terug naar het bureau. Zijn eerste gedachte: ik wou alleen dat ik een vriendinnetje had.

3

Agent Warwick draaide het dopje weer op zijn vulpen, erop vertrouwend dat hij, zoals zijn vader het zou hebben genoemd, met vlag en wimpel was geslaagd voor zijn rechercheursexamen.

Toen hij die avond terugkeerde naar zijn eenpersoonskamer in Trenchard House hingen vlag en wimpel halfstok, en tegen de tijd dat hij zijn bedlampje uitdeed, wist hij zeker dat hij nog minstens een jaar op straat zijn rondes zou moeten lopen.

'Hoe ging het?' vroeg de officier van dienst toen hij zich de volgende morgen weer op het bureau meldde.

'Hopeloos gezakt,' zei William terwijl hij de dagagenda controleerde. Hij en Fred moesten patrouilleren in de wijk Barton, al was het maar om de plaatselijke criminelen eraan te herinneren dat Londen nog altijd wat blauw op straat had lopen.

'Dan zul je het volgend jaar opnieuw moeten proberen,' zei de hoofdagent, die geen zin had om hem moed in te spreken. Als agent Warwick in zelftwijfel wilde zwelgen, was hij niet van plan om de knaap te redden.

Sir Julian bleef het mes slijpen tot hij zeker wist dat er bloed zou vloeien.

'Eén of twee plakjes, mijn jongen?' vroeg hij zijn zoon.

'Twee alstublieft, vader.'

Sir Julian sneed het braadstuk met de vaardigheid van een doorgewinterde vleeshouwer.

'En, ben je geslaagd voor dat examen?' vroeg hij William terwijl hij hem zijn bord aanreikte.

'De uitslag weet ik pas over een paar weken,' zei William, en hij gaf zijn moeder een schaal spruitjes. 'Maar ik ben niet optimistisch. U zult echter blij zijn om te horen dat ik de finale heb bereikt van het kampioenschap snookeren op het bureau.'

'Snookeren?' zei zijn vader, alsof hij daar nog nooit van had gehoord.

'Ja, nog iets wat ik de afgelopen twee jaar heb geleerd.'

'Maar ga je winnen?' wilde zijn vader weten.

'Waarschijnlijk niet. Ik speel tegen de favoriet, de kerel die de afgelopen zes jaar de beker heeft gewonnen.'

'Dus je bent gezakt voor je rechercheursexamen en staat op het punt tweede te worden in het –'

'Ik heb me altijd afgevraagd waarom ze *brussel sprouts* heten en niet alleen *sprouts*, net als wortels of aardappels,' zei Marjorie in een poging een nieuw duel tussen vader en zoon te voorkomen.

'Ze begonnen het leven als *Brussels sprouts*,' zei Grace, 'en door de jaren heen werd de B klein en verdween de S, totdat iedereen "brussel" als woord ging accepteren, behalve de pedanteriken onder ons.'

'Net als de OED,' opperde Marjorie, en ze glimlachte naar haar dochter.

'En als je geslaagd bent,' zei Sir Julian, die weigerde zich te laten afleiden door de etymologie van de spruit, 'hoelang duurt het dan voordat je detective wordt?'

'Een halfjaar, wellicht een jaar. Ik zal moeten wachten op een vacature in een ander gebied.'

'Misschien ga je dan rechtstreeks naar Scotland Yard?' vroeg zijn vader met een opgetrokken wenkbrauw.

'Dat is niet mogelijk. Eerst moet je jezelf in een andere divisie bewijzen voordat je zelfs maar kunt solliciteren naar een baan bij het heilige der heiligen. Maar morgen ga ik voor het eerst op bezoek bij de Yard.'

Sir Julian hield op met snijden. 'Waarom?' vroeg hij op hoge toon.

'Dat weet ik zelf ook niet zeker,' gaf William toe. 'De inspecteur liet me vrijdag bij hem komen en zei dat ik me maandagmorgen om negen uur dien te melden bij ene commissaris Hawksby, maar gaf geen enkele hint waarom.'

'Hawksby... Hawksby...' zei Sir Julian, en de rimpels op zijn voorhoofd werden dieper. 'Waarvan ken ik die naam? O ja, toen hij nog inspecteur was, hebben we ooit de degens gekruist over een fraudezaak. Een indrukwekkende getuige. Hij had zijn huiswerk gedaan en was zo goed voorbereid dat ik geen vat op hem kon krijgen. Niet iemand om te onderschatten.'

'Vertel me nog wat meer,' zei William.

'Ongewoon klein voor een politieman. Maar pas op: ze hebben vaak grotere hersenen. Hij staat bekend als de Hawk. Zweeft boven je voordat hij zich omlaagstort en alles meeneemt.'

'Jou incluis, zo lijkt het,' zei Marjorie.

'Waarom zeg je dat?' vroeg Sir Julian terwijl hij zichzelf een glas wijn inschonk.

'Jij herinnert je altijd alleen getuigen die jou te slim af zijn.'

'Touché,' zei Sir Julian, en hij hief zijn glas terwijl Grace en William spontaan begonnen te klappen.

Sir Julian negeerde het. 'Doe commissaris Hawksby de groeten van me,' voegde hij eraan toe.

'Dat is wel het laatste wat ik ga doen,' zei William. 'Ik hoop een goede indruk te maken, niet een vijand voor het leven.'

'Heb ik dan zo'n slechte reputatie?' Sir Julian slaakte een geërgerde zucht die een afgewezen minnaar waardig was.

'Ik vrees dat uw reputatie zo góéd is,' zei William. 'Alleen al het noemen van uw naam op het bureau roept kreunen van wanhoop op, in het besef dat de zoveelste crimineel die levenslang opgesloten zou moeten zijn vrij zal komen.'

'Wie ben ik om het met twaalf goede en deugdzame mannen oneens te zijn?'

'Misschien is het u ontgaan, vader,' zei Grace, 'maar sinds 1920 zitten er ook vrouwen in jury's.'

'Helaas,' reageerde Sir Julian. 'Ik zou ze nooit stemrecht hebben gegeven.'

'Niet op reageren, Grace,' zei haar moeder. 'Hij probeert je alleen maar uit te dagen.'

'Dus wat is de volgende hopeloze zaak die je zult verdedigen?' vroeg Sir Julian zijn dochter, het mes dieper stotend.

'Erfrecht,' zei Grace, en ze nam een slokje wijn.

'Van wie in het bijzonder, als ik vragen mag?'

'Dat van mij. U bent dan misschien wel Sir Julian Warwick baronet, maar wanneer u doodgaat –'

'Voorlopig niet, hoop ik,' zei Marjorie.

Grace negeerde de onderbreking. 'William zal uw titel erven,' ging ze verder, 'ondanks het feit dat ik de eerstgeborene ben.'

'Een schandelijke toestand,' spotte Sir Julian.

'Er valt niets te lachen, vader, en ik voorspel dat u nog zult meemaken dat er een wetswijziging komt.'

'Ik kan me niet voorstellen dat de Lords zich zomaar in je voorstel zullen kunnen vinden.'

'En daarom zullen zij de volgende zijn, want als het Lagerhuis eenmaal beseft dat er stemmen in zitten, zal een ander heilig bolwerk onder het gewicht van zijn eigen absurditeit instorten.'

'Hoe ga je dat aanpakken?' vroeg Marjorie.

'We beginnen bovenaan, bij de koninklijke familie. We hebben al een leeftijdgenoot die bereid is het Lagerhuis een voorstel inzake het eerstgeboorterecht te presenteren, wat een vrouw de kans zal geven om monarch te worden als zij de eerstgeborene was, en niet door een jongere broer opzij wordt geschoven. Niemand heeft ooit geopperd dat prinses Anne het niet net zo goed zou doen als prins Charles. En we zullen koningin Elizabeth I, koningin Victoria en koningin Elizabeth II aanhalen om onze zaak te bepleiten.'

'Het zal nooit gebeuren.'

'U maakt het nog mee, paps,' herhaalde Grace.

'Maar ik dacht dat jij titels afkeurde, Grace,' zei William.

'Klopt. Maar dit is een principekwestie.'

'Nou, ik zal je steunen. Ik heb nooit Sir William willen zijn.'

'En als je commissaris werd en het zelf verdiende?' vroeg zijn vader. William aarzelde net lang genoeg voor zijn vader om zijn schouders op te halen.

'Is het die arme jonge vrouw die je afgelopen week verdedigde gelukt om vrij te komen?' vroeg Marjorie aan Grace in de hoop de vijandelijkheden te staken.

'Nee, ze kreeg zes maanden.'

'En is er over drie maanden weer uit,' zei haar vader, 'waarna ze ongetwijfeld direct weer de straat op zal gaan.'

'Laten we daar maar niet over beginnen, paps.'

'En haar pooier?' vroeg William. 'Hem zouden ze moeten opsluiten.'

'Ik zou hem maar wat graag op de pijnbank leggen,' zei Grace, 'maar hij werd niet eens beschuldigd.'

'De pijnbank?' zei haar vader. 'Straks ga je nog op de Conservatieven stemmen.'

'Nooit,' reageerde Grace.

Sir Julian pakte het vleesmes op. 'Iemand nog een portie?'

'Mag ik vragen of je recentelijk iemand hebt leren kennen?' vroeg Marjorie aan haar zoon.

'Meerdere mensen, mama,' zei William, geamuseerd door het eufemisme van zijn moeder.

'Je weet precies wat ik bedoel,' berispte ze hem.

‘Weinig kans. Ik heb de afgelopen maand, zeven nachten achter elkaar, een dienstrooster gedraaid tot zes uur in de ochtend, en dan wil je alleen nog maar slapen. Vervolgens word je twee dagen later geacht je weer te melden voor een vroege dienst. Dus laten we wel wezen, mam, agent Warwick is niet echt een goeie vangst.’

‘Terwijl je als je mijn advies had opgevolgd inmiddels een bevoegd advocaat zou zijn, en ik kan je verzekeren dat er in de raadskamers meerdere aantrekkelijke jonge vrouwen rondlopen.’

‘Ik heb iemand leren kennen,’ zei Grace, wat haar vader voor het eerst het zwijgen oplegde. Hij legde zijn mes en vork neer en luisterde aandachtig. ‘Ze is een advocaat in de City, maar ik vrees dat paps haar niet goed zou keuren, want ze is gespecialiseerd in echtscheidingen.’

‘Ik kan niet wachten om haar te ontmoeten,’ zei Marjorie.

‘Wanneer u maar wilt, mama, maar wees gewaarschuwd: ik heb haar niet verteld wie mijn vader is.’

‘Ben ik een kruising tussen Raspoetin en rechter Jeffreys?’ vroeg Sir Julian, en hij plaatste het puntje van het vleesmes naast zijn hart.

‘Jij bent niet zo aardig,’ zei zijn vrouw, ‘maar je hebt wel je nut.’

‘Zoals?’ reageerde Grace.

‘Er is een woord in het kruiswoordraadsel van gisteren dat me nog steeds verbijstert.’

‘Voor advies sta ik tot je beschikking,’ zei Sir Julian.

‘*Dame is bezorgd dat sociaal evenement niet werkt*? Veertien letters. Derde letter is een s, tiende een o.’

‘Disfunctioneel!’ riepen de andere drie in koor, en ze barstten in lachen uit.

‘Iemand zin in een stukje taart?’ vroeg Sir Julian.

William had zijn vader verteld dat hij waarschijnlijk niet zou winnen, maar nu zat het in de tas, of beter gezegd, in de hoekpocket. Hij stond op het punt om de laatste bal op tafel te potten en het kampioenschap snookeren van bureau Lamberth te winnen, waarmee hij een einde zou maken aan de zegereeks van Fred Yates.

Ietwat ironisch, dacht William, want het was Fred geweest die hem het spelletje had geleerd. Sterker nog, als Fred niet had geopperd dat het hem zou kunnen helpen om een paar van de jongens die zo hun twijfels hadden over de koorknaap te leren kennen, zou William zich niet in de snookerzaal hebben gewaagd.

Fred had zijn pupil leren snookeren met dezelfde ijver als die hij had ingezet om de knaap het leven op straat bij te brengen, en nu ging William zijn mentor voor de eerste keer in zijn eigen spelletje verslaan.

Op school had William 's winters als *winger* uitgeblonken op het rugbyveld, en in de zomer als sprinter op de atletiekbaan. In zijn laatste jaar op London University had hij na de winst in het Inter Collegiate Championship de begeerde Purple-award in de wacht gesleept. Zelfs zijn vader kon een wrange glimlach niet onderdrukken wanneer William bij de honderd meter sprint het lint brak, hoewel William vermoedde dat *re-rack, maximum break* en *in off* niet tot zijn vaders woordenschat behoorden.

William controleerde het scorebord. Ieder drie games. Nu kwam het aan op het laatste *frame*. Hij was goed begonnen met een *break* van 42, maar Fred had de tijd genomen en de voorsprong ingehaald tot de wedstrijd mooi in evenwicht was. Hoewel William nog 26 punten voorstond, lagen alle gekleurde ballen op hun vaste plek, zodat wanneer Fred naar de tafel terugkeerde, hij alleen nog maar de laatste zeven ballen hoefde te potten om de trofee te pakken.

De kelderruimte was afgeladen met agenten van alle rangen; sommige waren neergestreken op de radiatoren terwijl andere op stoelen zaten. Terwijl Fred over de tafel leunde om de gele bal te spelen, viel er een stilte. William legde zich erbij neer dat hij zijn kans om kampioen te worden had verspeeld en keek toe hoe het geel, het groen, het bruin en het blauw in de pockets verdwenen. Nu had Fred alleen nog de roze en de zwarte bal om van de tafel te spelen en de wedstrijd te winnen.

Fred lijnde de speelbal op voordat hij de *cueball* op weg stuurde. Maar hij had hem iets te hard gestoten, en hoewel de roze bal naar de middelste pocket schoot en in het gat verdween, eindigde de witte tegen een band, wat zelfs voor een prof een lastige *cue* overliet.

Het publiek hield zijn adem in toen Fred zich boog. Hij nam de tijd om de laatste bal op te lijnen, die hem, als hij hem potte, over de streep zou trekken: 73-72. Dan zou hij de eerste zijn die de titel zeven jaar op rij won.

Duidelijk zenuwachtig kwam hij weer overeind, en hij kalkte zijn keu nog eens terwijl hij zijn best deed zich te concentreren voordat hij naar de tafel terugkeerde. Hij boog zich, spreidde zijn vingers en concentreerde zich voordat hij de cueball stootte. Onrustig keek hij hoe de zwarte bal naar de hoek rolde; een aantal van zijn supporters wilde de bal haast zelf in de pocket helpen, maar tot hun ontzetting kwam hij op luttele centimeters van de rand tot stilstand. Er ging een geïrriteerde zucht op uit het publiek, dat zich ervan bewust was dat voor William nu een stoot overbleef die zelfs een beginner kon maken, en ze legden zich erbij neer dat er een nieuwe naam aan de erelijst zou worden toegevoegd.

De deelnemer haalde diep adem en wierp een blik op de eervolle vermeldingen om eraan te worden herinnerd dat Freds naam voor 1977, 1978, 1979, 1980, 1981 en 1982 in goud was gedrukt. Maar niet voor 1983, dacht William terwijl hij zijn keu kalkte. Hij voelde zich als Steve Davis vlak voordat hij wereldkampioen werd.

Hij stond op het punt om de laatste zwarte bal weg te spelen toen hij Fred met een gelaten en terneergeslagen blik aan de andere kant van de tafel zag staan.

William leunde over de tafel, lijnde de twee ballen op en raakte de cueball perfect. Hij keek toe en zag dat de zwarte bal de rand van de pocket raakte, onzeker boven het gat wankelde, maar tergend in evenwicht bleef liggen en niet verdween. Het verblufte publiek hield vol ongeloof de adem in. De knaap was bezweken onder de druk.

Fred verkwanselde zijn tweede kans niet, en toen hij de laatste bal liet vallen om het frame en de finale met 73-72 te winnen, ontplofte de hele ruimte.

De twee mannen schudden elkaar de hand en meerdere agenten omringden hen en klopten beide mannen op de schouders, dingen zeggend als 'Goed gedaan', 'Kon niet spannender' en 'Wat een pech, William'. Toen de inspecteur Fred de beker overhandigde, die de kampioen onder zelfs nog harder gejuich hoog in lucht tilde, ging William aan de kant staan.

Een oudere man, gekleed in een mooi pak met dubbele knopen, die geen van beide gladiatoren was opgevallen, glipte stilletjes uit de kelderruimte, liep het bureau uit en droeg zijn chauffeur op om hem naar huis te rijden.

Alles wat hem over de knaap was verteld, bleek te kloppen, en hij kon niet wachten om agent Warwick toe te voegen aan zijn team bij Scotland Yard.

4

Toen agent Warwick het metrostation van St James's Park uit liep, was het iconische, ronddraaiende, driezijdige bord van Scotland Yard het eerste wat hij zag. Met ontzag en ietwat gespannen staarde hij ernaar, zoals een aanstormend acteur misschien op het National Theatre afstapt of een kunstschilder voor het eerst de grote zaal van de Royal Academy betreedt. Hij zette zijn kraag op tegen de snijdende wind en voegde zich tussen de horde lemmingen die zich in alle vroegte naar hun werk begaven.

Hij stak Broadway over en vervolgde zijn weg naar het hoofdbureau van de Metropolitan Police, een gebouw van negentien verdiepingen, getekend door jaren van roet en misdaad. Hij toonde de agent bij de deur zijn politiepenning en liep naar de receptiebalie. Een jonge vrouw sloeg met een glimlach haar ogen naar hem op.

'Ik ben agent Warwick. Ik heb een afspraak met commissaris Hawksby.'

Haar vinger gleed over de lijst van die ochtend.

'Hm, klopt. U vindt zijn kantoor op de vijfde verdieping, aan het einde van de gang.'

Hij bedankte haar en liep naar de rij liften. Maar toen hij zag hoeveel mensen er stonden te wachten, besloot hij de trap te nemen. Aangekomen bij DRUGS, de narcotica-afdeling op de eerste verdieping, nam hij de volgende trap. Hij passeerde FRAUDEZAKEN op de tweede, en MOORDZAKEN op de derde, waarna hij ten slotte de vijfde verdieping bereikte, waar een bord met de tekst WITWASSEN, KUNST EN ANTIEK hem verwelkomde.

Hij duwde een deur open, die een lange, felverlichte gang onthulde. Langzaam liep hij verder, wetend dat hij nog wat tijd overhad. Liever een paar minuten te vroeg dan één minuut te laat, aldus het evangelie van de heilige Julian. In elk kantoor dat hij passeerde, brandde fel licht. De strijd tegen de misdaad kende geen vaste uren. Er stond een deur op een kier, en zijn adem stokte even toen zijn oog op een schilderij viel dat achter in het kantoor tegen een muur rustte.

Twee mannen en een vrouw bekeken het schilderij aandachtig.

'Goed werk, Jackie,' zei de oudste van de twee met een duidelijk Schots accent. 'Je hebt jezelf overtroffen.'

'Dank u, chef,' antwoordde ze.

'Laten we hopen dat dit goed genoeg is om Faulkner voor minstens zes jaar op te sluiten,' voegde de jongere man eraan toe terwijl hij naar het schilderij wees. 'God weet dat we lang genoeg hebben moeten wachten voordat we die rotzak konden betrappen.'

'Mee eens, Hogan,' zei de oudere man, die zich daarop omdraaide en William in de deuropening zag staan. 'Kan ik u helpen?' vroeg hij op afgemeten toon.

'Nee, *sir*. Dank u.'

Zolang je nog agent bent, had Fred hem gewaarschuwd, spreek je alles wat beweegt aan met 'sir'. Doe dat en er kan je weinig gebeuren.

'Ik bewonderde alleen maar het schilderij. Ik heb het origineel gezien,' voegde hij eraan toe op het moment dat de oudere man de deur wilde dichtduwen.

De drie politiefunctionarissen draaiden zich om om de indringer op te nemen.

'Dit ís het origineel,' zei de vrouw ietwat geïrriteerd.

'Dat kan niet,' antwoordde William.

'Hoe weet je dat zo zeker?' wilde haar collega weten.

'Het origineel hing in het Fitzmolean Museum in Kensington voordat het een paar jaar geleden werd gestolen. Een zaak die nog steeds niet is opgelost.'

'Maar nu wel, dankzij ons,' reageerde de vrouw vol overtuiging.

'Volgens mij niet,' zei William. 'Het origineel is door Rembrandt rechts onderin ondertekend met zijn initialen: RvR.'

De drie politiefunctionarissen tuurden naar de rechterbenedenhoek, maar er viel geen enkel initiaal te zien.

'Tim Knox, de directeur van het Fitzmolean, is over een paar minuten hier, *laddie*,' zei de oudste van de twee mannen. 'Ik denk dat ik liever op zijn oordeel vertrouw dan op het jouwe.'

'Vanzelfsprekend, sir.'

'Heb je enig idee hoeveel dit schilderij waard is?' vroeg de jonge vrouw.

William stapte naar binnen om het schilderij wat beter te bekijken. Het leek hem maar het beste om haar niet te herinneren aan Oscar Wildes opmerking over het verschil tussen waarde en prijs.

'Ik ben geen kenner,' zei hij, 'maar ik denk zo ergens tussen de twee- en driehonderd pond.'

'En het origineel?' wilde de jonge vrouw weten, heel wat minder zelfverzekerd nu.

'Geen idee, maar elke grote galerie zou zo'n meesterwerk maar wat graag aan de collectie toevoegen, om nog maar te zwijgen van de verzamelaars voor wie geld geen rol speelt.'

'Je hebt dus geen idee hoeveel het waard is?' vroeg de jongste van de twee mannen.

'Nee, sir. Een Rembrandt van deze kwaliteit zie je binnen de reguliere handel maar zelden. De laatste ging in New York bij Sotheby Parke Bernet onder de hamer.'

Zijn oudere collega deed geen moeite zijn sarcasme te verbergen: 'We weten waar Sotheby Parke Bernet zit, hoor.'

‘Dan weet u vast ook dat het op drieëntwintig miljoen dollar werd afgehamerd,’ reageerde William. Hij had het nog niet gezegd of hij had al spijt van zijn opmerking.

‘We waarderen je mening, laddie, maar laat ons je vooral niet langer ophouden, want jij hebt vast belangrijkere zaken aan je hoofd,’ zei hij met een knikje in de richting van de deur.

William probeerde zichzelf zo beleefd mogelijk te verwijderen, maar al meteen toen hij de gang in stapte, hoorde hij de deur met een stevige klap achter zich dichtvallen. Hij keek op zijn horloge: drie minuten voor zeven. Hij haastte zich naar het einde van de gang, want hij wilde niet te laat zijn voor zijn afspraak.

Hij klopte op de deur waarop met gouden belettering te lezen viel: COMMISSARIS JACK HAWKSBY OBE. Hij liep naar binnen.

Een secretaresse zat achter een bureau. Ze stopte met typen en keek op. ‘Agent Warwick?’

‘Ja,’ antwoordde hij nerveus.

‘De commissaris verwacht u. Loopt u alstublieft rechtdoor,’ zei ze, en ze wees naar een tweede deur.

Weer klopte hij aan, en hij wachtte totdat hij ‘Binnen!’ hoorde.

Een keurig geklede man van middelbare leeftijd met doordringend blauwe ogen en een gerimpeld voorhoofd, dat hem ouder maakte dan hij was, stond op van achter zijn bureau. Hawksby schudde Williams uitgestrekte hand en wees naar een stoel tegenover hem. Hij sloeg een dossiermap open en bekeek deze even. ‘Laat ik u als eerste vragen of u toevallig verwant bent aan raadsheer Sir Julian Warwick?’

De moed zonk William in de schoenen. ‘Hij is mijn vader,’ antwoordde hij, ervan uitgaande dat het gesprek hiermee ten einde was.

‘Een man voor wie ik grote bewondering heb,’ zei Hawksby. ‘Houdt zich aan de regels, rekt de wet niet op, maar verdedigt desalniettemin zelfs de meest dubieuze charlatans alsof het heiligen zijn. En die komt hij beroepshalve maar zelden tegen, lijkt me.’

William lachte nerveus.

‘Ik wilde je persoonlijk spreken,’ ging Hawksby verder, duidelijk geen man die veel tijd verspilde aan koetjes en kalfjes, ‘aangezien je op je examen veruit de hoogste score hebt behaald.’

William wist nog niet eens dat hij geslaagd was.

‘Gefeliciteerd,’ voegde Hawksby eraan toe. ‘Ik heb ook gezien dat je bent afgestudeerd, maar dat je niet wilt profiteren van onze versnelde promotiemogelijkheid?’

‘Nee, sir. Ik wilde –’

‘Jezelf bewijzen. Net als ik destijds. Welnu, zoals je weet, Warwick, zul je als je rechercheur wilt worden eerst ervaring moeten opdoen. Met dat in gedachten heb ik besloten je naar Peckham over te plaatsen om daar de kneepjes van het vak te leren. Als je het in je hebt, dan zie ik je over een paar jaar terug en dan zal ik bekijken of je er klaar voor bent om ons bij Scotland Yard te komen versterken en de boeven uit de hoogste divisie aan te pakken, of dat je nog even in de periferie blijft en je leertraject voortzet.’

William stond zichzelf een glimlach toe en leunde achterover in zijn stoel, waarna de volgende vraag van de commissaris hem deed opschrikken.

‘Weet je echt heel zeker dat je rechercheur wilt worden?’

‘Ja, sir. Al vanaf mijn achtste.’

‘Het zijn niet de witteboordencriminelen met wie je vader te maken heeft die op jouw bord belanden, maar het ergste tuig op deze aarde. Je zult te maken krijgen met heel variërende zaken, van de zelfmoord van een zwangere moeder die de mishandeling door haar partner niet langer aankon tot een jonge drugsverslaafde die niet veel ouder is dan jij met een naald in zijn arm. Je zult soms een nacht je bed niet zien, en je verdient minder dan de manager van een supermarkt.’

‘U klinkt als mijn vader, sir. En die kon me er ook al niet van weerhouden.’

Commissaris Hawksby stond op. ‘Goed dan, Warwick. Dan zie ik je over twee jaar terug.’ Ze schudden elkaar opnieuw de hand, waarmee het verplichte toelatingsgesprek ten einde was.

'Dank u, sir,' zei hij. Na de deur voorzichtig achter zich te hebben dichtgetrokken, wilde hij het liefst een luchtsprong maken en 'halleluja!' roepen. Maar opeens viel zijn oog op drie gestalten die hem vanuit een van de personeelskantoren aanstaarden.

'Naam en rang?' vroeg de oudere man die hij zo-even nog gezien had.

'Warwick, sir. Agent William Warwick.'

'Zorg ervoor dat agent Warwick geen stap verzet, hoofdagent,' beval hij de jonge vrouw, waarna hij op de deur van de commissaris klopte en naar binnen stapte.

'Goeiemorgen, Bruce,' groette Hawksby hem. 'Ik hoor dat je op het punt staat om Miles Faulkner aan te houden. Da's geen moment te vroeg.'

'Wat u zegt, sir. Maar dat is niet waarom ik u wil spreken...' was het enige wat William kon horen voordat de deur dichtviel.

'Wie is hij?' vroeg hij de jonge vrouw.

'Inspecteur Lamont. Hij is de baas van de afdeling Kunst en Antiek en staat onder direct bevel van commissaris Hawksby.'

'Werkt u ook op de afdeling Kunst en Antiek?'

'Ja. Ik ben hoofdagent Roycroft, en ik werk voor de chef.'

'Zit ik in de nesten?'

'Tot aan je nek, agent. Laten we het erop houden dat ik blij ben dat ik niet in jouw schoenen sta.'

'Maar ik probeerde alleen maar te helpen...'

'Waarmee je het in je eentje voor elkaar hebt gekregen een undercoveroperatie van zes maanden om zeep te helpen.'

'Maar hoe dan?'

'Ik vermoed dat je daar vanzelf achter zult komen,' antwoordde hoofdagent Roycroft. Op dat moment zwaaide de deur open en met een woeste blik naar William stapte inspecteur Lamont naar buiten.

'Binnenkomen, Warwick,' beval hij. 'De commissaris is nog niet klaar met je.'

Aarzelend liep William Hawksby's werkkamer binnen, ervan uitgaand dat hij te horen kreeg dat hij weer een gewone agent was. Hawksby's glimlach van zo-even had plaatsgemaakt voor een grimmige blik, en ditmaal nam hij geen moeite om agent 565LD de hand te schudden.

'Je bent een lastpost, Warwick. En ik kan je meteen vertellen dat jij niet naar Peckham gaat.'

5

'Je laatste dag in uniform,' zei Fred toen ze het politiebureau verlieten en aan hun avondronde begonnen.

'Tenzij ik het niet in me heb om rechercheur te worden,' reageerde William. 'En in dat geval zal ik in no-time weer gewoon mijn rondes doen.'

'Onzin. Jij gaat jezelf bewijzen en iedereen zal het weten.'

'Alleen dankzij jou, Fred. Jij hebt me meer over de echte wereld geleerd dan de universiteit.'

'Alleen omdat jij zo'n beschut leventje leidde, koorknaap. In tegenstelling tot mij. Bij welke afdeling kom je?'

'Kunst en Antiek.'

'Ik dacht dat dat gewoon een hobby was, voor lui met te veel tijd en geld.'

'Het kan een heel lucratieve vorm van misdaad zijn voor wie een manier heeft gevonden om de wet te omzeilen.'

'Vertel op.'

'Op dit moment hebben we te maken met een zwendel waarbij beroepscriminelen schilderijen stelen zonder dat ze die willen doorverkopen.'

'Nu ben je me even kwijt. Waarom iets stelen wat je niet wilt doorverkopen of naar een heler wilt doorsluizen?' vroeg Fred.

'Verzekeringsmaatschappijen maken soms liever een deal met een tussenpersoon in plaats van het hele polisbedrag uit te moeten keren.'

'Een heler in een Armani-pak? Maar hoe vat je ze in hun kraag?'

'Je moet wachten totdat ze té hebberig worden en de verzekering weigert om over de brug te komen.'

'Klinkt als een hele papierwinkel, wat vooral betekent dat er in mij geen rechercheur huist.'

'Waar surveilleren we vanavond?' vroeg William, die maar al te goed wist dat Fred de dagelijkse instructies niet altijd naar de letter opvolgde.

'Het is zaterdagavond, dus we kunnen maar beter even naar de wijk Barton lopen en erop toezien dat de Suttons en de Tuckers niet met elkaar op de vuist gaan. Daarna lopen we terug naar Luscombe Road voordat de pubs sluiten. Met een beetje mazzel kun jij op de laatste ronde nog een dronkenlap inrekenen.'

Hoewel William twee jaar op proef met Fred had gewerkt, was diens privéleven voor hem een gesloten boek gebleven. En daarin kende Fred zijn gelijke, want zelf was William wat dat betrof al net zo gesloten. Maar omdat dit hun laatste ronde werd, besloot hij Fred iets te vragen wat hem altijd al had verwonderd.

'Waarom ben jij bij de politie gegaan?' vroeg hij.

Fred antwoordde niet meteen; het was bijna alsof hij de vraag negeerde. 'Aangezien ik je toch nooit meer zal zien, koorknaap, zal ik het je vertellen,' antwoordde hij ten slotte. 'Om te beginnen stond het niet bovenaan mijn lijst, en het was meer per ongeluk dan een vooropgezet plan.'

William zei niets. Ze sloegen een steeg in die naar de achterzijde van de wijk Barton leidde.

'Ik ben geboren in een sociale huurflat in Glasgow. Mijn vader was zo'n beetje zijn hele leven werkloos, dus mijn moeder was de enige kostwinner.'

'Wat deed ze voor werk?'

'Ze was een barvrouw die al snel ontdekte dat ze daarnaast heel wat meer kon verdienen. Het vervelende is alleen dat ik me nog altijd afvraag of ik zelf niet het resultaat van zo'n klusje was.'

William gaf geen commentaar.

'Maar toen ze een beetje begon te verwelken, droogde die geldstroom op. En dat mijn vader haar regelmatig een blauw oog bezorgde als ze op zaterdagavond te weinig geld meebracht voor zijn volgende fles whisky plus zijn inleg op de zoveelste knol die buiten de prijzen viel, hielp ook niet echt.'

Hij viel stil. Ondertussen dacht William aan zijn eigen ouders, die op zaterdagavonden meestal uit eten en naar het theater gingen. De tirannie van huiselijk geweld was voor hem nog altijd moeilijk te bevatten. Hij had zijn vader nog nooit zijn stem tegen zijn moeder horen verheffen.

'Londen is anders een heel eind uit de buurt van Glasgow,' benadrukte William, die meer te weten wilde komen.

'Nou, voor mij niet,' reageerde Fred. Met zijn zaklamp bescheen hij een steegje, en hij grijnsde toen een jong stelletje zich schielijk uit de voeten maakte. 'Ik was veertien toen ik van huis wegliep. Ik stapte op de eerste de beste vrachtboot die me wilde hebben, en toen ik op mijn achttiende in Londen belandde, had ik de helft van de wereld gezien.'

'Ben je toen bij de politie gegaan?'

'Nee. Voor mij was die toen nog de vijand. Ik heb een paar maanden schappen gevuld in de supermarkt en werd daarna busconducteur. Dat ging me al snel vervelen, dus voor mij werd de keus: óf het leger in, óf bij de politie. Als ik toen dat sollicitatiegesprek niet had gehad, was ik nu geen agent maar misschien wel generaal geweest.'

'Of dood,' voegde William eraan toe terwijl ze de wijk in liepen.

'De kans dat je tijdens dit werk de pijp uit gaat is net zo groot als in het moderne leger,' zei Fred. 'De afgelopen twintig jaar ben ik zeven collega's verloren, en veel te veel andere raakten gewond of invalide en moesten de dienst verlaten. In het leger weet je tenminste nog wie de vijand is en dat je die aan gort mag schieten. Wij dienen drugsdealers, messentrekkers en bendeoorlogen aan te pakken terwijl de meeste burgers liever de andere kant op kijken.'

'Dus waarom heb je dan niet voor een gemakkelijker leven gekozen toen dat kon?'

'Wij komen uit twee verschillende werelden, koorknaap, maar we hebben één ding gemeen: jij en ik mogen dan een tikkie gestoord zijn, we waren allebei voorbestemd voor dit werk. En eerlijk is eerlijk, mijn eerdere baantjes waren lang niet zo opwindend en bevredigend als dat van een Londense stadsagent.'

'Bevredigend?'

'Niet in financieel opzicht, hoewel het best meevalt als je de overuren meetelt. *Deprehendo deprehensio vitum*: met overuren bestrijd je de misdaad.'

William schaterde het uit.

'Geen zorgen, dit is het enige Latijn dat ik ken,' voegde Fred eraan toe. 'Wat ik het leukst vind aan mijn werk, is dat geen dag hetzelfde is. En, belangrijker nog, dit is mijn wijk, en ik ken zo'n beetje iedereen die hier woont. Ze zijn misschien niet altijd één grote, blije familie, maar ik beschouw ze wel als míjn familie. En ook al zal ik het in de kantine nooit toegeven, ik mag mezelf graag wijsmaken dat ik toch een verschil gemaakt heb.'

'Met twee aanbevelingen als bewijs.'

'En drie schorsingen, laten we dat niet vergeten. Maar met nog maar een paar maanden te gaan voordat ik mijn knuppel aan de wilgen hang, zal ik me netjes aan de regels houden. Ik pas ervoor om mijn pensioen in gevaar te brengen,' voegde hij eraan toe, waarna ze de wijk verlieten.

'Het is stil vanavond,' merkte William op.

'Ze zagen ons al aankomen, en als ratten zijn ze hun riolen weer in gevlucht. Zodra we uit zicht zijn komen ze weer tevoorschijn. Maar goed, op onze laatste ronden willen we natuurlijk geen problemen, hè, speurneus?'

William lachte en wilde net een nieuwe vraag stellen toen Fred een blik naar de overzijde van de straat wierp. 'Stomme troela. Maar ja, ze weet waarschijnlijk niet beter.'

William vermoedde dat Fred hem opnieuw op wat filosofie van de koude grond ging vergasten, ook al begreep hij niet helemaal wat de man precies bedoelde.

'Nummer 23. Mrs Perkins,' verduidelijkte Fred.

'Inbraak, een paar weken geleden. Een tv en een videorecorder buitgemaakt, als ik het me goed herinner,' somde William op.

'Vijf van de tien punten binnen,' zei Fred. 'Oké, nu die andere vijf nog.'

William staarde naar de woning, maar het kwartje viel niet.

'Wat zie je, koorknaap?'

'Twee lege kartonnen dozen.'

'En wat vertelt dat jou?'

Hij probeerde zich te verplaatsen in het hoofd van een dievenvanger, een geuzennaam die alleen zij verdienden die, zoals Fred, een misdrijf al van ver zagen aankomen.

Fred slaakte een overdreven zucht. 'De verzekering moet dus over de brug zijn gekomen, wat betekent dat Mrs Perkins nu de trotse bezitter is van een nieuwe tv plus videorecorder. Maar wat zij niet weet, is dat een dief vaak een paar weken later weer naar hetzelfde adres terugkeert, wetend dat daar waarschijnlijk een gloednieuwe tv klaarstaat om weer gestolen te worden. En in haar geval roept ze dat bijna van de daken. De schurk hoeft alleen maar te wachten totdat ze op een avond even bij haar vriendin Mrs Cassidy op nummer 92 langsgaat om haar voor een tweede keer te beroven.'

'Dus wat doen we?'

'We maken een praatje en raden haar aan het bewijsmateriaal te vernietigen,' zei Fred terwijl hij aanklopte. Mrs Perkins deed bijna onmiddellijk open, en toen Fred eenmaal had uitgelegd waarom deze twee agenten bij haar voor de deur stonden, haalde ze snel de dozen naar binnen, bedankte hen en vroeg of ze misschien een kopje thee wilden.

'Heel aardig van u, Mrs Perkins, maar ik moet weer verder,' zei Fred. Hij tikte met een vinger even tegen de rand van zijn pet, waarna ze verdergingen met hun ronde.

'Wanneer begin je met je nieuwe baan?' vroeg Fred toen ze een paar meter hadden gelopen.

'Ik ga eerst een paar weken op vakantie naar Italië, en op 1 oktober moet ik me bij Scotland Yard melden.'

'Veel mooie meisjes in Italië, heb ik gehoord.'

'En vaak met een mooie voorgevel.'

'Voorgevel?'

'Strak stucwerk.'

Fred lachte. 'Ik ben nog nooit in Italië gewest, zelfs niet bij Scotland Yard. Maar ik heb gehoord dat ze daar de mooiste snookerkamer van Londen hebben.'

'Ik zoek je op en dan vertel ik je alles...'

'Jij zoekt mij niet op, koorknaap. Lambeth is slechts de eerste sport van wat naar ik vermoed een heel hoge ladder zal zijn. Maar wees gewaarschuwd. Je zult onderweg op heel wat gladjakkers stuiten die je maar al te graag pootje willen lichten. En sommige daarvan dragen blauw.' Hij rammelde even aan een winkeldeur om te controleren of deze op slot zat.

William grinnikte. Er ging geen ronde voorbij of hij stak wel iets van Fred op.

'Goeienavond, Jacob.'

'Dag, Fred.'

William keek neer op een man die met gekruiste benen en een halflege fles whisky in de hand op het trottoir zat. Toen hij met dit werk begon, had Fred hem uitgelegd dat je vier soorten dronkenlappen had: de roesuitslapers, die zich klem zopen, ten slotte wakker werden en op huis aangingen, de argelozen, die meestal hun verdriet wegdronken en zelden voor problemen zorgden, de nachtvlinders, die je mee wilden nemen naar huis om je uniform te passen, en de agressievelingen, die uit waren op knokken en een agent als een makkelijk doelwit zagen. Hij kon elk type al vanaf een meter of vijf inschatten, vooral degenen die op de vuist wilden, die regelmatig voor een nacht in de cel belandden en de volgende ochtend een compleet ander iemand waren. De afgelopen jaren had William met al deze types te maken gehad, en dankzij Freds gezonde verstand en sterke rechterarm had hij er slechts twee blauwe plekken bij opgelopen.

'Welke categorie?' vroeg William.

'Drinkt z'n verdriet weg. De Spurs hebben vanmiddag waarschijnlijk verloren.'

'Hoe weet je dat?'

'Als ze winnen, kun je met Jacob alle kanten op, maar als ze verliezen, heb je niks aan hem.'

Ze sloegen Luscombe Road in. Een paar stamgasten van de Marlborough Arms gingen op huis aan.

'Jammer,' zei Fred. 'Luscombe Road is niet meer wat het geweest is sinds de gemeente de boel heeft gesaneerd. Ik hoopte een drugsdealer of misschien Lenny de Verklikker tegen te komen, zodat jij bij je allerlaatste ronde nog iets hebt om aan terug te denken.'

'We kunnen altijd haar nog aanhouden,' opperde William, en hij wees naar een meisje dat in een kort leren rokje door een omlaaggedraaid portierraam van een auto met een bestuurder kletste.

'Wat heeft het voor zin?' wierp Fred tegen. 'Ze zal een nacht in de cel doorbrengen, morgenochtend een boete betalen en zichzelf morgenavond weer op straat aanbieden. Ik ben niet op die meiden uit, maar op de pooiers die op ze parasiteren... En op één in het bijzonder.'

De bestuurder zag de twee agenten in zijn binnenspiegel en scheurde weg. Terwijl ze in de richting van de binnenstad kuierden, onderhield Fred hem met verhalen uit het verleden. Sommige kende hij al maar waren het waard om nog eens te worden aangehoord, en andere waren door de jaren heen wellicht opgesmukt, vermoedde hij.

Net toen William naar Freds pensioenplannen wilde vragen, greep zijn mentor hem plots bij een arm en trok hem het dichtstbijzijnde deurgat in. Opeens was Fred niet langer de vriendelijke buurtbobby, maar een politieman die een echte crimineel had herkend.

'We hebben geluk vanavond,' zei hij met een knikje in de richting van een beer van een vent die een doodsbang meisje bij haar nek vasthield. 'Ik zit al jaren achter die rotzak aan. Doe geen moeite hem op z'n rechten te wijzen. Dat kan wachten tot-ie achter de tralies zit.'

Hij trok zijn knuppel tevoorschijn, schoot uit het deurgat en rende naar de belager. Meerdere meisjes fladderden als duiven alle kanten op. William rende achter hem aan en haalde hem al snel in. Hij was immers dertig jaar jonger dan de oude diender en had in zijn laatste schooljaar bovendien de sprint op de honderd meter gewonnen.

De schoft keek om zich heen en zag William op hem afrennen. Hij liet het meisje los, dat snikkend op haar knieën viel. Op dat moment zag William het mes, maar hij was de man al op een meter genaderd, klaar om hem te tackelen. Hij dook ineen en raakte de man vlak onder de knie waardoor ze allebei op het trottoir ploften. Maar op het moment dat hij zich herpakte, stond de man alweer overeind. Instinctief bracht William een arm omhoog om zich te verweren terwijl het mes omlaagsuisde. Het laatste wat hij zich herinnerde was de schok van het lemmet dat zijn borst binnendrong.

'Agent neer! Agent neer! Direct assistentie vereist op Luscombe Road!' riep Fred in zijn portofoon, waarna hij boven op de belager dook.

Zijn ogen gingen open. Knipperend nam hij het vreemde interieur op. Zijn ouders en zus stonden naast het bed en een politiebeambte die hij niet herkende bewaakte de deur. De drie sterren op zijn epauletten gaven aan dat hij een inspecteur was.

William glimlachte flauwtjes naar zijn familie en probeerde rechtop te gaan zitten, wat hem maar een beetje lukte. Pas op dat moment voelde hij dat zijn borstkas strak in het verband zat. Hij zakte weer achterover.

'Hoe is het met Fred?' waren zijn eerste, beverige woorden.

Niemand leek bereid daarop het antwoord te geven. Ten slotte stapte de inspecteur naar voren. 'Mijn naam is inspecteur Cuthbert. Het spijt me, agent Warwick, maar ik moet je wat vragen stellen over wat er zaterdagavond is gebeurd. Want zoals je maar al te goed weet, kunnen we een verdachte niet langer dan vierentwintig uur vasthouden, tenzij we over genoeg bewijsmateriaal beschikken om hem aan te klagen.

'Vanzelfsprekend, sir,' antwoordde William terwijl hij opnieuw probeerde om zichzelf wat overeind te duwen.

De inspecteur opende een grote bruine envelop en trok wat zwart-witfoto's van enkele mannen tevoorschijn. Een daarvan zou William zijn leven niet meer vergeten.

'Is dit de man die u zaterdagavond probeerde aan te houden?' vroeg Cuthbert.

William knikte. 'Maar waarom vraagt u mij dat terwijl Fred hem zo kan aanwijzen?'

Zwijgend stopte inspecteur Cuthbert de foto's weer terug in de envelop.

De kerk van St Michael en St George zat zelden vol, zelfs niet tijdens het jaarlijkse kerstconcert van de burgemeester. Maar nu puilden de kerkbanken al uit ruim voordat het zangkoor het schip van de kerk had betreden. Agent Fred Yates, onderscheiden voor moed, werd eervol begraven. Een geüniformeerde garde vormde een erehaag naar de ingang van de kerk.

Het cortège werd geëscorteerd door politie te paard en Freds kist was gedrapeerd in het blauw en zilver van de Metropolitan Police, met daarbovenop zijn koninklijke onderscheiding wegens moed en een zilveren trofee. De hogere politiefunctionarissen zaten vooraan, en degenen die geen plek hadden kunnen vinden moesten zich tevredenstellen met een staanplaats achterin. William werd zittend in zijn rolstoel door zijn vader door het middenpad naar voren gereden, waarop alle aanwezigen respectvol opstonden. Een koster leidde de twee naar een gereserveerde plek op de voorste rij.

Hij die moedig tegen elke tegenslag in…

William hield zich goed, totdat de kist, rustend op de schouders van acht agenten, plechtig door het middenpad naar de kansel werd gedragen en hij zijn tranen niet langer kon bedwingen. Vanaf het altaar sloeg de priester de ogen neer en bad voor Freds collega's, van wie er velen zelden of nooit een kerkdienst bijwoonden. Ze waren gekomen om hun respect te betuigen, ook al wisten sommigen Freds achternaam niet eens. William keek om zich heen en zag Mrs Perkins tussen de rouwenden.

Een pelgrim wenst te zijn…

Toen iedereen knielde voor het gebed, boog hij het hoofd en dacht terug aan Freds woorden: 'Ik mag mezelf graag wijsmaken dat ik toch een verschil gemaakt heb.' Hij wenste dat Fred kon zien welk verschil hij had gemaakt.

De hymnen werden krachtig gezongen door Freds collega's en vrienden, en William wist dat Fred het zou hebben gewaardeerd, hoewel hij de lofrede door de hoofdinspecteur zwaar overdreven zou hebben gevonden. In gedachten hoorde hij hem grinniken toen de inspecteur de loftrompet over hem stak. 'En mijn schorsingen dan?' hoorde William hem al roepen.

Toen de voorganger de laatste zegen had gegeven, stond iedereen op, waarna de dragers de kist door het middenpad de kerk uit naar de begraafplaats droegen. William probeerde rechtop te staan terwijl de kist voorbijkwam, maar dat lukte niet helemaal, waarop de brigadier en de inspecteur hem even te hulp schoten.

Eenmaal thuis die avond opperde zijn vader dat het heus geen schande zou zijn als zijn zoon vond dat hij de dienst moest verlaten, en hij wist zeker dat diens collega's het zouden begrijpen. 'Je kunt rechten gaan studeren, avondcolleges volgen en mij komen versterken in de advocatuur. Ook daar kun je criminelen te lijf gaan, maar dan wel overdag, in de veilige rechtszaal, in plaats van 's avonds op straat.'

William wist dat zijn vader gelijk had, maar het was Fred die het laatste woord had.

Wij komen dan uit twee verschillende werelden, koorknaap, maar we hebben één ding gemeen: jij en ik mogen dan een tikkie gestoord zijn, we waren allebei voorbestemd voor dit werk.

6

Commissaris Hawksby zat aan het hoofd van de tafel, zoals het een bestuursvoorzitter betaamde. De andere drie bestuursleden wachtten totdat hij het woord nam.

'Ik wil graag beginnen met het verwelkomen van een nieuw teamlid. Hoewel agent Warwick als zodanig nog weinig ervaring heeft, is hij goed ingevoerd in de wereld van de kunst, het onderwerp waarop hij is afgestudeerd. Hij heeft zelfs de kans op een promotieonderzoek laten lopen om bij de politie van Londen te komen. Ik hoop dus dat zijn expertise het verschil kan maken in onze jacht op Miles Faulkner. Bruce...' Hij keek de inspecteur aan die was belast met de zaak. 'Misschien dat jij ons kunt bijpraten?'

Inspecteur Lamont had meerdere dossiers voor zich liggen, maar hoefde geen ervan open te slaan aangezien hij de meeste informatie vanbuiten kende. Omdat hij zijn twee collega's niets nieuws te melden had, keek hij Warwick recht aan.

'De afgelopen zeven jaar maken we jacht op een crimineel die in alle opzichten een meesterdief is en die ons tot op heden het bos in wist te sturen. Miles Faulkner heeft een welhaast onfeilbare methode ontwikkeld die hem in staat stelt grote kunstwerken te stelen en daar een fortuin mee te vergaren, zonder dat hij daarmee de wet lijkt te overtreden.'

William had al een aantal vragen klaar, maar besloot zijn nieuwe baas niet te onderbreken.

'Om te beginnen moet je beseffen, Bill...'

'William, sir.'

Lamont fronste de wenkbrauwen. 'Je zult je moeten realiseren dat mocht je ooit de film *The Thomas Crown Affair* hebben gezien, je die moet nemen voor wat hij is: pure fictie. Onderhoudend, ja, maar desalniettemin fictie. Miles Faulkner is geen Steve McQueen. Hij steelt geen meesterwerken voor zijn plezier om ze vervolgens in zijn kelder te verbergen en ze daar in z'n eentje te bewonderen. Dat is puur voor de bioscoopbezoekers die een paar uurtjes willen fantaseren over hoe het is om onze collega's in Boston voor de gek te houden en ondertussen het bed te delen met de aantrekkelijke dame die toevallig als verzekeringsagent bij de zaak betrokken is. Maar dat is dan wel het enige personage dat enigszins strookt met de werkelijkheid: de verzekeringsagent. In ons geval is dat hoogstwaarschijnlijk gewoon een pennenlikker van middelbare leeftijd die om zes uur 's avonds weer aftaait naar zijn vrouw en twee kinderen. En, belangrijker, zich niet met Faulkner kan meten.'

'Ben je er nog, Warwick?' vroeg Hawksby.

'Ja, sir.'

'Dan weet je vast wat inspecteur Lamont nu gaat zeggen.'

'Dat Faulkner waardevolle schilderijen uit galerieën of van verzamelaars steelt om die daarna te kunnen schikken met de desbetreffende verzekeringsmaatschappij, die bereid is om een stuk minder uit te keren dan het verzekerde bedrag.'

'De helft, meestal,' verduidelijkte Lamont. 'Maar Faulkner strijkt nog altijd een aardig bedrag op.'

'Hoe slim hij ook mag zijn, hij kan dit soort complexe operaties niet in zijn eentje uitvoeren,' merkte William op.

'Klopt. Hij heeft een klein, maar uiterst professioneel team om zich heen. Maar alle handlangers die we hebben aangehouden en verhoord, hielden de lippen stijf op elkaar.'

‘Eén keer wisten we twee van de dieven zelfs op heterdaad te betrappen,’ vertelde hoofdagent Roycroft. ‘Maar Faulkner lag op dat moment vredig te slapen in Monte Carlo. In gezelschap van een vrouw, om zijn alibi te staven.’

‘En vermoeden we dat zijn echtgenote tevens een van zijn meest loyale handlangers is?’ vroeg William.

‘Ze heeft in het verleden meerdere malen voor hem ingestaan,’ antwoordde Hawksby, ‘maar we hebben onlangs ontdekt dat Faulkner een maîtresse heeft.’

‘Dat is nog geen misdaad,’ reageerde William.

‘Klopt. Maar stel dat ze erachter komt…’

‘Lukte het jullie niet om die beide handlangers op andere gedachten te brengen, in ruil voor strafvermindering?’ was Williams volgende vraag.

‘Vergeet het maar,’ antwoordde Lamont. ‘Faulkner had een onderhandse afspraak met die twee, zonder ontsnappingsclausule.’

‘Ze kregen allebei zes jaar,’ zei Hawksby, die de draad oppakte. ‘En voor hun gezinnen werd goed gezorgd, hoewel het ons nooit is gelukt om de diefstal aan Faulkner te linken. Een derde handlanger, die bij de inbraak in het Fitzmolean betrokken was, had zijn mond laten dichtnaaien als geheugensteuntje voor wat er zou gebeuren als hij besloot schuld te bekennen en te getuigen.’

‘Maar als Faulkner de heler is…’

‘Volgens zijn belastingaangifte is hij boer,’ verduidelijkte Lamont. ‘Hij bewoont een villa met negen slaapkamers in Hampshire, omringd door honderdveertig hectare grond, met een paar koeien die nog nooit een veemarkt hebben gezien.’

‘Maar iemand moet toch met die verzekeringsmaatschappijen onderhandelen?’

‘Dat laat Faulkner weer aan een van zijn andere mannetjes over,’ antwoordde Lamont. ‘De weledele Booth Watson, raadsheer. Een advocaat die steevast handelt in opdracht van een anonieme cliënt. Hoe stevig we hem ook onder druk zetten, telkens weer wijst hij ons simpelweg op het verschoningsrecht.'

'Maar als Booth Watson weet dat hij diensten verleent voor een crimineel, is het dan niet zijn professionele verantwoordelijkheid om –'

'We hebben het hier niet over je vader, Warwick,' onderbrak Hawksby hem, 'maar over iemand die zich tweemaal tegenover de orde van advocaten heeft moeten verantwoorden wegens onprofessioneel handelen. In beide gevallen werd hij net niet geroyeerd.'

'Maar hij praktiseert nog steeds?'

'Ja, maar nu hij een manier heeft ontdekt om exorbitante tarieven te hanteren zonder zijn raadkamer te verlaten, zien we hem nog maar zelden in de rechtszaal,' antwoordde Hawksby. 'Het is niet toevallig dat wanneer er een belangrijk kunstwerk is gestolen, Mr Booth Watson als eerste door de verzekeringsmaatschappijen wordt gebeld met het verzoek om als tussenpersoon op te treden. En ta-da, een paar dagen later hangt het werk in perfecte conditie weer aan de muur, waarna de verzekering schikt. Vaak zonder de moeite te nemen om dat even aan ons door te geven.'

'Ik vind het moeilijk te geloven dat Faulkner al die succesjes aaneen heeft kunnen rijgen,' zei William. 'Dit klinkt net zo fictief als *The Thomas Crown Affair*.'

'Helemaal juist,' viel Hawksby hem bij. 'Eén verzekeringsmaatschappij heeft in elk geval geweigerd om aan de rattenvanger uit te keren, en als de betrokken galerie niet de middelen heeft om een beloning uit te loven, dan zit Faulkner met het schilderij in z'n maag.'

'In dat geval zou de gestolen Rembrandt uit het Fitzmolean nog best ergens kunnen zijn.'

'Tenzij Faulkner hem heeft vernietigd om ervoor te zorgen dat het spoor van de diefstal niet naar hem kan worden herleid.'

'Maar er is toch niemand die een Rembrandt wil vernietigen?'

'Wacht maar tot je de man ziet. We hebben hier niet met een kunstminnaar van doen, maar met iemand die zelfs zijn eigen moeder nog in de verkoop doet als hij op die manier de dans kan ontspringen.'

'Wat weten we verder over onze Faulkner?' vroeg William, geheel ontnuchterd.

Hoofdagent Roycroft sloeg een dossier open. 'Geboren in 1942 in Sevenoaks, zoon van een makelaar en een kapster, enig kind. Maar dat is niet wat hij zijn vrienden op de golfclub vertelt. Kreeg op zijn elfde een open beurs voor het Harrow-internaat, waar hij in zijn laatste jaar de kunstprijs won. Na Harrow schreef hij zich in op de Slade School of Art, maar ontdekte al snel dat hoewel hij een van de beste studenten van zijn jaar was, hij als kunstenaar nooit zijn brood zou verdienen, zoals de rector ook in zijn afstudeerverslag vermeldde. Ze adviseerden hem om als docent aan de slag te gaan. Maar hij negeerde het advies.'

Lamont nam het over. 'Toen hij de Slade verliet, wist hij inmiddels precies wat voor rol hij binnen de kunstwereld zou gaan spelen. Maar hij moest eerst wat ervaring opdoen voordat hij zijn vleugels uitsloeg. Als stagiair belandde hij bij een toonaangevende galerie in West End, waar hij zag hoeveel er in de kunstwereld te halen viel, vooral als je geen scrupules had. Na een paar jaar werd hij ontslagen, maar de aanleiding is ons niet helemaal duidelijk, hoewel we weten dat daarna geen enkele galerie hem nog wilde aannemen. Hij raakte een tijdje uit het zicht, totdat in het Courtauld een Salvador Dalí werd vermist, ver voordat onze kunst-en-antiekbrigade in het leven werd geroepen.'

'Waarom denkt u dat hij bij die diefstal betrokken was?' vroeg William.

'Een maand voordat het schilderij werd gestolen, zagen we op beveiligingsbeelden dat hij er een foto van maakte. Een fout die hij sindsdien niet meer heeft gemaakt,' zei Hawksby.

'En aan dit soort deals moet hij genoeg hebben verdiend, want hij verdween opnieuw van onze radar, totdat zo'n zeven jaar geleden die Rembrandt uit het Fitzmolean werd gestolen. Maar bij die gelegenheid ving Mr Booth Watson bot bij de verzekeraars, wat tot nu toe zijn enige mislukking lijkt. Maar de manier waarop hij bij de diefstal te werk is gegaan, daarvan zou zelfs Thomas Crown onder de indruk zijn geweest.'

William onderbrak hem niet.

'Zaterdagmiddag even na sluitingstijd verscheen er een surveillance-auto voor de galerie. Twee mannen in politie-uniform liepen naar binnen met de smoes dat er een alarm was afgegaan. Ze sloegen de portier met een knuppel en bonden hem vast. Tien minuten later liepen ze door de voordeur, met de Rembrandt onder hun arm, weer naar buiten.'

'Waar waren de beveiligers?'

'Ze zeiden dat ze op de bovenste verdieping aan het surveilleren waren en zich pas een halfuur later, om 16.48 uur, beneden meldden.'

'Is die 16.48 uur relevant?' vroeg William.

'Hij is pienter,' merkte Lamont op.

'Manchester United speelde die middag tegen Liverpool om de FA Cup, en de wedstrijd werd live op BBC1 uitgezonden. Om 16.46 uur werd er door de scheidsrechter afgefloten.'

'Waar stond die tv?' vroeg William.

'In de personeelskantine in het souterrain,' antwoordde Lamont. 'En ik denk dat Faulkner dat donders goed wist, want hij en zijn handlanger verschenen vlak na het fluitsignaal voor de tweede helft. Later ontdekten we dat beide bewakers Manchester United-supporters waren. En ook dit, vermoed ik, wist Faulkner maar al te goed.'

'Als het venijn van de duivel in het raffinement ligt, dan is hij de duivel,' voegde Hawksby eraan toe.

'Nu weet je dus waarmee we te maken hebben,' vatte Roycroft het samen. 'Een uiterst professionele, goedgeorganiseerde crimineel die slechts om de paar jaar een belangrijk schilderij hoeft te stelen om als god in Frankrijk te leven en die de hele operatie in een paar minuten kan afhandelen.'

'Volgens mij heb ik iets gemist,' zei William. 'Waarom schikte Booth Watson niet met de verzekeraars vlak nadat Faulkner die Rembrandt had gestolen?'

'Het Fitzmolean was erbarmelijk onderverzekerd. Iets waar meerdere grote galerieën op dit moment mee kampen. Hun schilderijen en sculpturen zijn door de jaren heen gigantisch in waarde gestegen en men kan het zich gewoonweg niet meer veroorloven om ze tegen realistische bedragen te verzekeren.'

'Toch zal deze tegenslag Faulkner een les hebben geleerd,' stipte Lamont aan. 'Steel nooit van galerieën die niet volledig verzekerd zijn of te weinig in kas hebben voor een vindersloon.'

'Nog vragen, Warwick?' vroeg Hawksby.

'Ja, sir. We weten nu dat de Rembrandt waarvan u dacht dat het het origineel was, een vervalsing is.'

'Dus?' vroeg Jackie, nog altijd ietwat verbolgen over haar miskleun.

'Iemand moet die kopie hebben gemaakt.'

'Faulkner misschien?' opperde Lamont. 'Hij kwam immers van de kunstacademie.'

'Niet als we moeten afgaan op hoe de docenten van de Slade zijn talent inschatten. Maar dat wil niet zeggen dat hij geen kunstenaar kent die zoiets kan. Wie weet kennen ze elkaar nog van de kunstacademie.'

'In dat geval,' zei Lamont, 'ligt het voor de hand dat jij, Warwick, degene bent die gaat uitzoeken wie die persoon is.'

'Mee eens,' oordeelde commissaris Hawksby, en hij keek op zijn horloge. 'Verder nog vragen, agent Warwick?'

'Eentje maar, sir. Hoe hebt u die kopie in handen gekregen?'

'We wisten een plaatselijke rechter ervan te overtuigen dat we redenen hadden om aan te nemen dat Faulkner misschien in het bezit was van een belangrijk kunstwerk dat uit het Fitzmolean was ontvreemd. Hij ondertekende een huiszoekingsbevel, waarna we later die avond Faulkners huis doorzochten. We gingen ervan uit dat we beet hadden, totdat jij opdook.'

'Was u in de gelegenheid om ook de rest van zijn collectie te bekijken toen u daar was?'

'Ja,' antwoordde Lamont. 'En niet één werk daaruit stond op onze lijst van vermiste schilderijen. En van al zijn andere schilderijen kon hij ons de aankoopbewijzen tonen.'

'Hij investeert zijn vuile geld dus in kunst, wat me er zelfs nog meer van overtuigt dat hij die Rembrandt niet heeft verbrand.'

'Verwed je pensioen er maar niet om,' waarschuwde Hawksby terwijl hij zijn dossier dichtsloeg. 'Hiermee zijn we bijgepraat, en ik hoef je er niet op te wijzen dat dit niet de enige zaak is die we op dit moment onderzoeken. Dus laat die andere dossiers op je bureau vooral niet verstoffen. Ik vind het al lastig genoeg, merk ik, om nog meer kosten bij de hoofdcommissaris te moeten verantwoorden. Een paar veroordelingen, hoe klein ook, zouden welkom zijn. Deze regering lijkt meer geïnteresseerd in mooie statistiekjes dan in echte boeven vangen. Dus aan het werk maar weer.'

Iedereen pakte zijn dossiers van tafel en liep naar de deur. Voordat William de kamer kon verlaten, sprak Hawksby hem aan. 'Ik wil even met je praten, Warwick.'

De commissaris wachtte even totdat de deur was dichtgevallen. 'William, ik weet dat je een goed stel hersens hebt, en jouw collega's weten dat ook. Je hoeft ze er dus niet telkens weer op te wijzen dat hun grote succes een wassen neus blijkt te zijn. Als jij op een dag op deze stoel wilt zitten, terg dan geen mensen met wie je moet samenwerken. Ik adviseer je om slechts zo nu en dan advies in te winnen en het niet ongevraagd rond te strooien. Misschien dat je wat meer tijd aan de snookertafel moet doorbrengen, want dat heeft in Lambeth schijnbaar goed uitgepakt.'

William dacht terug aan de woorden van zijn vader: *niet iemand om te onderschatten.*

Stilletjes en met gebogen hoofd verliet hij de kamer. Terwijl hij traag door de gang slenterde, liet hij de woorden van de commissaris bezinken. Hij had de snookerkamer van Scotland Yard nog niet bezocht. Eenmaal terug in de werkkamer die hij met zijn collega's deelde, zag hij dat er twee dikke dossierstapels op zijn bureau waren gedumpt. Toen hij even later halverwege een dossier gelabeld CHURCHILL was gevorderd, merkte hij dat hoofdagent Roycroft naast hem verscheen.

'Met welke kan ik het beste beginnen, denkt u?' vroeg hij haar.

'Om welke gaat het ook alweer?'

'Winston Churchill of Maanstof?'

'Maanstof lijkt me tamelijk gemakkelijk af te handelen. De professor is duidelijk geen crimineel, en eerlijk gezegd reageert de vicesecretaris van de Amerikaanse ambassade, Mr Underwood, ietwat overdreven. Maar we zitten niet op een diplomatieke rel te wachten, dus ga behoedzaam te werk.'

'En Churchill?'

'Churchill is wat lastiger, maar zoals de Hawk al zei, tegenwoordig draait alles om de statistieken, dus grijp de dader bij zijn nekvel en klaag hem aan, ook al vermoed ik dat hij er met een voorwaardelijke zes maanden vanaf komt. Maar goed, dat is in elk geval weer een resultaatje erbij. Belangrijker nog, je bent vast niet vergeten dat jij in je eentje de Rembrandt-vervalser gaat vinden, in de hoop dat hij ons naar Faulkner zal leiden. Eén goede raad, Bill,' benadrukte ze. 'Denk vooral niet dat je naar huis kunt zolang de streep licht onder de deur van de Hawk nog te zien is.'

'Bedankt,' zei William, en hij sloeg het Maanstof-dossier weer open. Na alle details tot zich te hebben genomen, onderschreef hij Jackies inschatting dat de professor naïef was geweest en zelfs niet vrijuit ging, maar dat hij zeker geen crimineel was.

Toen de Big Ben zesmaal sloeg, achtte William het inmiddels te laat om de vicesecretaris op de Amerikaanse ambassade alvast te bellen: Mr Underwood hoefde immers niet te wachten totdat de streep licht onder de deur van de werkkamer van de Hawk was gedoofd om te concluderen dat de dag erop zat.

7

'Kunt u mij doorverbinden met Mr Chuck Underwood?'

'Met wie spreek ik?'

'Met rechercheur-agent William Warwick van Scotland Yard.'

'Ik kijk even of de onderminister beschikbaar is.'

William moest zo lang wachten dat hij dacht dat de verbinding verbroken was. Eindelijk klonk er een stem.

'Warwick?'

'Ja, sir.'

'Wat is er gebeurd met hoofdagent Roycroft?'

'Ik heb de zaak overgenomen, sir.'

'Bestaat er iets lagers dan een agent?'

'Alleen iemand in zijn of haar proeftijd, sir, en dat was ik tot voor kort nog.'

'En dat wordt u opnieuw als ik mijn maanstof niet terugkrijg.'

'Ik ben ermee bezig, sir, maar ik moet u een paar vragen stellen.'

'Niet weer!'

'Heeft de Amerikaanse overheid het flesje maanstof oorspronkelijk als cadeau aan professor Francis Denning van Manchester University geschonken?'

'Ja. Maar er waren voorwaarden aan verbonden. We maakten destijds duidelijk dat het nooit aan iemand mocht worden overgedragen, en dat het onder geen enkele omstandigheid aan een derde partij mocht worden verkocht.'

'En is dat toen op papier gezet?'

'Zeker weten van wel, en we hebben de documentatie om dat te bewijzen. En nu heeft een zekere doctor Keith Talbot het flesje bij Sotheby's te koop gezet, zoals u ongetwijfeld weet.'

'Ja, dat weet ik, sir. Ik heb de catalogus hier voor me liggen.'

'Dan vindt u op pagina 31, kavel 19, een flesje maanstof, zeldzaam, door Neil Armstrong teruggebracht van de Apollo 11-missie.'

'Maar,' zei William, 'wijlen professor Denning liet het flesje in zijn testament na aan doctor Talbot.'

'Het was niet aan hem om dat te doen, agent Warwick, wat ik hoofdagent Roycroft ook duidelijk heb gemaakt.'

'Dat hebt u inderdaad, sir. Maar u begrijpt vast dat wij de letter van de wet moeten volgen.'

'In een slakkentempo, zo lijkt het, ondanks het feit dat ons juridisch team tot jullie beschikking staat.'

'Dat is fijn om te weten, sir, want we zouden niets willen doen om de bijzondere relatie tussen onze twee landen te beschadigen, nietwaar?'

'Laat het sarcasme maar achterwege, Warwick, en zorg dat ik mijn maanstof terugkrijg.'

De verbinding werd verbroken. William zwenkte rond in zijn stoel om te zien of Jackie naar hem grinnikte.

'Je went wel aan hem,' zei ze, 'maar Underwood is zo'n Amerikaan die Groot-Brittannië als een van hun kleinere staten beschouwt. Het zal niet lang duren voor hij je eraan herinnert dat Texas bijna drie keer zo groot is als het Verenigd Koninkrijk. Dus als je een groot diplomatiek incident wilt vermijden, stel ik voor dat je hem zijn maanstof teruggeeft.'

'Ik begrijp je,' zei William. 'Maar even belangrijk: hoe kom ik aan een treinkaartje naar Manchester?'

'Je meldt je bij Mavis van Reizen op de begane grond. Maar ik waarschuw je, als je Mr Underwood hard vindt, hij is een softie vergeleken met Mavis. Als het aan haar lag, zou de koningin tweedeklas reizen en zou ons soort kolen scheppen in de stookruimte van de locomotief.'

'Bedankt voor de waarschuwing.'

'Mavis –'

'Mrs Walters voor jou, jongeman. Jij mag me pas Mavis noemen als je ten minste inspecteur bent. Begin opnieuw.'

'Neem me niet kwalijk,' zei William. 'Mrs Walters, ik heb –'

'Naam, rang en afdeling?'

'Warwick, agent, Kunst en Antiek.'

'Dus waar had je op gehoopt?'

'Om de commissaris te zijn.'

'Probeer het nog eens,' zei Mrs Walters, maar ze wist in elk geval te glimlachen.

'Een retourtje Manchester.'

'Wat is het doel van je reis, en hoelang zul je in Manchester zijn?'

'Ik zal de universiteit bezoeken en hoop dezelfde dag nog terug te zijn.'

'Dan zul je de trein van 7.42 uur uit Euston moeten nemen en de laatste trein terug op een doordeweekse dag is die van 22.43 uur. Als je die mist, zul je de nacht doorbrengen op een bank op perron 12. Je hebt recht op één maaltijd, die niet meer mag kosten dan twee pond tachtig, wat je kunt declareren op je werkbriefje 232, maar dan heb ik wel een bonnetje nodig.' Mrs Walters begon een treinbevel uit te schrijven voor Manchester Piccadilly. 'Als je naar de universiteit gaat, moet je bus 147 nemen. Je zult ook een paraplu nodig hebben.'

'Een paraplu?'

'Jij bent duidelijk nog nooit in Manchester geweest.'

‘Goedemorgen, Mr Warwick,’ zei de jonge vrouw bij de receptie. ‘Ik ben Melanie Clore. Hoe kan ik u helpen?’

‘U hebt een verkoop op 17 juli –’

‘Welk kavelnummer wilt u dat wij intrekken?’

‘Hoe kunt u nou weten dat –’

‘De politie komt niet bij Sotheby’s langs om iets te verkopen.’

William glimlachte. ‘Kavel nummer 19. Een flesje maanstof, door Neil Armstrong teruggebracht op de missie van de Apollo 11.’

Miss Clore controleerde de catalogus. ‘Ons aangeboden door een doctor Keith Talbot, die een testament liet zien om te bevestigen dat het maanstof aan hem was nagelaten.’

‘De Amerikaanse ambassade claimt het eigendom en zegt dat ze iedereen zullen aanklagen als u de verkoop doorzet.’

‘En dat zouden we niet willen, hè, Mr Warwick?’

‘Het zou mij geen zorgen baren,’ zei William, ‘als ik dacht dat doctor Talbot het recht aan zijn kant heeft.’

‘Zelfs als hij dat heeft, zou de juridische strijd nog jaren kunnen duren.’

‘Mijn baas verwacht dat ik dit in een paar dagen oplos.’

‘Echt? Nou, als doctor Talbot bereid is een standaard vrijwaringsformulier te tekenen, zullen wij graag het flesje overhandigen, zodat u het aan de Amerikanen terug kunt geven. Laten we alleen hopen dat doctor Talbot geen Mr Finlay Isles blijkt te zijn.’

‘Mag ik vragen wie Mr Finlay Isles is?’

‘Die klaagde ons in 1949 aan vanwege een schilderij dat honderd pond waard was, en we wachten nog steeds op een uitspraak van het hof wie de rechtmatige eigenaar is.’

‘Hoezo dat?’ vroeg William.

‘Het betreft een Turner die nu meer dan een miljoen waard is.’

Terwijl de trein op zijn weg naar Manchester over de wissels ratelde, bestudeerde William het maanstofdossier nog een keer, maar hij leerde niets nieuws.

Hij liet zijn gedachten terugkeren naar de vermiste Rembrandt en hoe hij in godsnaam de naam kon achterhalen van de kunstenaar die de kopie had gemaakt. Hij was ervan overtuigd dat de maker vanaf het origineel moest hebben gewerkt om zo'n overtuigende reproductie te creëren. William vond het nog steeds lastig te geloven dat iemand met een opleiding aan de Slade School of Art een nationale kunstschat zou kunnen vernietigen, maar toen herinnerde hij zich de woorden van de Hawk: 'Wacht maar tot je de man ziet.'

William had Faulkners dossier van begin tot eind gelezen, en hoewel hij niet erg vaak in het openbaar verscheen, was de première van een nieuwe James Bond-film een gebeurtenis die hij nooit miste, en ook was hij een verzamelaar van eerste edities van de boeken van Ian Fleming. Onlangs had William in de *Daily Mail* een uit-agenda gezien waarin stond dat *A View to a Kill* over een maand in het Odeon Leicester Square in première zou gaan. Maar hoe kon hij aan een kaartje komen? En zelfs al lukte dat, dan zag hij niet gebeuren dat Mrs Walters het als een gerechtvaardigde kostenpost goedkeurde.

Zijn gedachten keerden terug naar doctor Talbot. Eén telefoontje had de informatie onthuld dat de professor om elf uur in de collegezaal van de vakgroep geologie een lezing zou houden. Geamuseerd door het idee dat het Amerikaanse rijk was aangewezen op een onschuldige hoogleraar geologie uit het noorden van Engeland vroeg William zich af wat voor man hij was. Hij wist waar zijn sympathieën lagen. Hij stopte het dossier weer in zijn aktetas en pakte de laatste editie van het blad van de Royal Academy op, maar na een paar pagina's door te hebben gebladerd besloot hij dat dit maar tot de terugreis moest wachten.

Toen de trein om elf minuten voor elf Manchester Piccadilly in reed, was William een van de eersten die hun kaartje bij de slagboom overhandigden. Hij holde langs een rij taxi's naar de dichtstbijzijnde bushalte en sloot aan in een rij. Een paar minuten later stapte hij in bus 147, die hem voor de hoofdingang van de universiteit afzette. Hoe kon Mrs Walters dat weten? Hij zag een groepje studenten door de poort de campus op wandelen. Dat ging er rustig aan toe, een tempo dat hij sinds hij bij de politie zat helemaal was vergeten, en hij glimlachte. Hij vroeg een van hen de weg naar de vakgroep geologie en arriveerde daar een paar minuten te laat, maar goed, hij kwam ook niet voor de lezing. Hij beklom de treden naar de eerste verdieping, betrad de zaal via de achterdeur en voegde zich bij de ongeveer twaalf studenten die geconcentreerd naar doctor Talbot luisterden.

Vanaf zijn plek op de achterste rij bekeek William de hoogleraar aandachtig. Doctor Talbot kon niet langer zijn geweest dan één meter vijfenvijftig en had een bos krullend zwart haar dat niet vaak met een borstel of kam in contact leek te komen. Hij droeg een corduroy jasje, een ruitjeshemd en een veterstropdas. Zijn lange zwarte toga zat onder het krijtstof. Hij sprak met een duidelijke, gezaghebbende stem en wierp slechts zo nu en dan een blik op zijn aantekeningen.

William raakte zo verdiept in Talbots relaas over hoe de vondst van een voorheen onbekend fossiel begin jaren zeventig de theorie van een enkele diersoort eindelijk had weerlegd, dat hij teleurgesteld was dat om twaalf uur de zoemer ging ten teken dat de lezing afgelopen was. Hij wachtte tot alle studenten vertrokken waren en doctor Talbot zijn aantekeningen bij elkaar pakte voordat hij ontspannen door het middenpad afdaalde om de meestercrimineel aan te spreken.

Talbot keek op en tuurde door zijn ziekenfondsbrilletje naar William.

'Ken ik u?' vroeg hij. William toonde zijn ID-kaart, en Talbot greep de rand van het lange houten bureau voor zich vast. 'Maar ik dacht dat ik die parkeerboete had betaald.'

'Dat zal vast wel, sir. Maar ik moet u nog steeds een paar vragen stellen.'

'Natuurlijk,' zei Talbot, friemelend aan zijn toga.

'Mag ik beginnen met de vraag hoe u in het bezit bent gekomen van een flesje maanstof?'

'Gaat het daarover?' vroeg Talbot vol ongeloof.

'Ja, sir.'

'Het was een geschenk van de overleden professor Denning, die het aan mij naliet in zijn testament. De Amerikanen gaven het aan hem toen hij zijn bevindingen over de structuur van het maanoppervlak had gepubliceerd.'

'En waarom zou hij zo'n belangrijk historisch artefact aan u nalaten?'

'Ik was zijn onderzoeksassistent toen hij zijn dissertatie schreef, en na zijn pensioen nam ik zijn plaats in als hoofd van de vakgroep.'

'Nou, het spijt me, doctor Talbot, maar ik moet u vertellen dat de Amerikanen hun maanstof terug willen.'

'Hoezo denken ze dat het van hen is? Ze bezitten de maan niet.'

'Klopt, maar ze brachten het stof wel mee aan boord van de Apollo 11, en professor Denning moest zijn vergeten dat hij een bindende overeenkomst had getekend dat hij het niet aan een derde partij mocht verkopen of doorgeven.'

'En als ik weiger het terug te geven?' vroeg Talbot, waarmee hij iets zelfverzekerder klonk.

'De Amerikanen zullen een gerechtelijke procedure starten, en ik heb het gevoel dat hun zakken weleens dieper kunnen zijn dan die van u.'

'Waarom kopen ze dat verdomde flesje niet gewoon zodra het bij Sotheby's ter veiling komt?'

'Dat zou de eenvoudige oplossing zijn, moet ik toegeven,' zei William. 'Maar voor hen lijdt het geen enkele twijfel dat het maanstof nu aan hen toebehoort, en Sotheby's heeft de kavel al uit zijn catalogus teruggetrokken. En geloof het of niet, het flesje is nu opgesloten in een zwaarbeveiligde kluis.'

Talbot moest hard lachen, wees met een gekromde wijsvinger naar

William en zei in een zwakke poging om Clint Eastwood te imiteren: *'Go ahead, make my day!'*

'Als u zo vriendelijk wilt zijn om een vrijwaringsformulier te tekenen, sir, dan kan ik het flesje bij Sotheby's ophalen en aan de Amerikaanse ambassade teruggeven, wat ons beider probleem zal oplossen.'

'Weet u, Mr Warwick, als ik miljonair was, zou ik het tegen die Yanks opnemen, ook al zal het maanstof waarschijnlijk slechts een paar duizend pond opleveren.'

'En ik zou me aan uw kant scharen, maar ik vermoed dat we dan nog zouden verliezen.'

'U hebt vermoedelijk gelijk. Goed, waar teken ik?'

William opende zijn aktetas, haalde er drie identieke formulieren uit en legde ze op het bureau.

'Hier, hier en hier.'

Talbot las het document zorgvuldig door, waarna hij op drie stippellijnen zijn handtekening zette.

'Dank u, sir,' zei William, en hij schoof twee van de formulieren terug in zijn aktetas en gaf het derde aan Talbot.

'Hebt u tijd om met me te gaan lunchen?' vroeg Talbot, en hij deed zijn toga af, wat vergezeld ging van een wolk krijtkalk.

'Alleen als u een pub kent met een maximumprijs van twee pond tachtig.'

'Ik denk dat we wel beter kunnen dan dat.'

Op de reis terug naar Euston controleerde William de handtekeningen van doctor Talbot. Samen met de hoogleraar, die ook al kunstverslaafd bleek en een fan van een plaatselijke kunstenaar die hij als student had leren kennen, had hij in de eetzaal van de faculteit genoten van een uitstekende lunch. Doctor Talbot had in een achterafstraatje in Salford voor vijftig pond een door L.S. Lowry gemaakte tekening gekocht, die hij zich destijds niet kon veroorloven en nu zeker niet meer zou kunnen betalen, hoewel hij toegaf dat hij hem nooit zou verkopen.

'Dus naar welke kunstenaars zou ik nu moeten kijken, rekening houdend met mijn salaris?' vroeg William.

'Diana Armfield, Craigie Aitchison en Sydney Harpley. Die zul je allemaal in de zomertentoonstelling van de RA vinden.'

William noteerde de namen.

Tijdens de lunch had William gekscherend geopperd dat ze het maanstof voor een paar zandkorrels van het strand bij Blackpool moesten verruilen, want hij wist zeker dat de Amerikaanse onderminister het verschil toch niet zou zien. Talbot had gelachen, maar wees hem erop dat zijn tegenhanger van het Smithsonian het zeker zou zien, ook al was hij nooit in Blackpool geweest.

Eindelijk sloeg William zijn RA-magazine open om te checken welke exposities eraan zaten te komen die hij echt niet mocht missen. Hij koos er drie uit, omcirkelde ze en zette de data in zijn agenda: Picasso, de vroege jaren; Hockneys Californië of bankroet; en de jaarlijkse zomertentoonstelling in de RA, waar hij de drie door doctor Talbot aanbevolen kunstenaars zou gaan bekijken. Maar die waren allemaal vlug vergeten toen hij de pagina omsloeg en zag dat doctor Tim Knox, de directeur van het Fitzmolean, over enkele weken een lezing zou houden over de geschiedenis van het museum, gevolgd door een rondleiding. De kaartjes kostten vijf pond, en er zouden slechts vijftig mensen worden toegelaten. Hij vroeg zich af of Mrs Walters dat een gerechtvaardigde kostenpost zou vinden. Hoe dan ook, dit ging hij niet mislopen.

Die nacht deed William geen oog dicht, hoewel een afgesloten aktetas zijn enige gezelschap was. Graag zou hij beide kopieën van het vrijwaringsformulier hebben verscheurd, maar hij accepteerde het dat de Amerikanen uiteindelijk hun zin zouden krijgen.

De volgende morgen ging William niet direct naar Scotland Yard, maar nam hij de metro naar Green Park om vervolgens naar New Bond Street te lopen. Lang voordat een portier om negen uur de deuren opende, stond William buiten voor het veilinghuis.

Zorgvuldig bekeek Melanie Clore de handtekening van doctor Talbot en vergeleek haar met die op het verkoopdocument voordat ze bereid was om afstand te doen van kavel 19. Vervolgens verdween ze enkele minuten om het flesje uit de kluis te gaan halen.

Toen William het flesje voor het eerst zag, kon hij het niet geloven. Het was kleiner dan zijn pink. Hij wikkelde het in een tissue en stopte het terug in het doosje. Er moesten nog meer formulieren getekend worden voordat hij kon vertrekken en zich naar Grosvenor Square kon begeven. Een kwartier later beklom hij de trappen van de Amerikaanse ambassade en meldde hij zich bij een sergeant der mariniers aan de balie. Hij vroeg naar Mr Underwood.

'Hebt u een afspraak, sir?'

'Nee,' zei hij, en hij toonde zijn ID.

De marinier drukte op drie knoppen op zijn telefoon, en toen er iemand aan de lijn kwam, herhaalde hij Williams verzoek.

'Ik ben bang dat de onderminister nu in een vergadering zit, maar hij zou Mr Warwick om vier uur vanmiddag kunnen inpassen.'

'Zeg dat ik zijn maanstof heb,' zei William.

'Stuur hem naar boven,' hoorde hij iemand zeggen.

William nam de lift naar de vierde verdieping en trof de onderminister op hem wachtend in de gang. Ze gaven elkaar een hand, en Underwood zei: 'Goedemorgen, rechercheur,' maar sprak pas weer toen hij de deur van zijn werkkamer had gesloten. 'U bent behoorlijk snel voor een Engelsman.'

William reageerde er niet op, maar opende zijn aktetas en haalde het doosje eruit. Hij opende het, pakte langzaam de tissue uit en onthulde het flesje maanstof als een goochelaar.

'Dat is het?' vroeg Underwood vol ongeloof.

'Ja, sir,' zei William terwijl hij de oorzaak van zoveel problemen overhandigde.

'Dank u,' zei Underwood, en hij plaatste het doosje op zijn bureau. 'Ik zal zeker weer contact met u opnemen mochten zich verder nog problemen voordoen.'

'Niet tenzij iemand een van uw kernkoppen heeft gestolen,' zei William.

8

'Kan ik een onkostenvergoeding krijgen om in het Fitzmolean een kunstlezing bij te wonen?'

'Heeft het direct te maken met een misdrijf dat je aan het onderzoeken bent?' vroeg Mrs Walters.

'Ja en nee.'

'Wat is het nou?'

'Ja, het heeft te maken met een misdrijf dat ik aan het onderzoeken ben, maar ik moet toegeven dat ik toch wel gegaan zou zijn.'

'Dan is het antwoord nee. Verder nog iets?'

'Kunt u een kaartje regelen voor de première van de nieuwe Bondfilm?' William wachtte op de ontploffing.

'Heeft het direct te maken met een misdrijf waar je mee bezig bent?'

'Ja.'

'Op welke rij zou je willen zitten?'

'U maakt een geintje?'

'Ik maak geen geintjes, agent. Welke rij?'

'Die achter Miles Faulkner. Hij is –'

'Iedereen weet wie Mr Faulkner is. Ik zal kijken wat ik kan doen.'

'Maar hoe –'

'Niet vragen. En als je verder geen verzoeken hebt, moven.'

William arriveerde een paar minuten te vroeg in het Fitzmolean. Hij wachtte op het trottoir van Prince Albert Crescent om het palladiaanse herenhuis achter Imperial College te bewonderen. Hij was zich er terdege van bewust dat sinds de diefstal van de Rembrandt, om veiligheidsredenen, nu slechts vijftig bezoekers tegelijk tot de galerie werden toegelaten. Het was hem gelukt om voor de avondlezing kaart nummer zevenenveertig te bemachtigen. Een halfuur later en ze zouden uitverkocht zijn geweest.

Hij liet de geüniformeerde bewaker bij de deur zijn kaartje zien en werd naar de tweede verdieping verwezen, waar hij zich voegde bij een kleine groep kletsende enthousiastelingen die vol ongeduld wachtten tot doctor Knox, 's lands vooraanstaande autoriteit op het gebied van de renaissance, zijn opwachting zou maken.

William verheugde zich op de lezing en hoopte dat de directeur zelfs een theorie zou hebben over wat er was gebeurd met de vermiste Rembrandt.

Om één minuut voor zeven begaf een jonge vrouw zich naar voren en klapte een paar keer in haar handen. 'Goedenavond, dames en heren,' begon ze. 'Mijn naam is Beth Rainsford en ik ben een van de onderzoeksassistenten van de galerie.' Ze wachtte op volstrekte stilte voordat ze verderging. 'Het spijt me u te moeten vertellen dat doctor Knox een keelontsteking heeft en nauwelijks tot spreken in staat is. Hij biedt zijn verontschuldigingen aan.'

Er ging een hoorbaar gekreun op, en een stuk of twee begunstigers begonnen al naar de uitgang te lopen.

'Echter, de directeur vertrouwt erop dat hij over enkele dagen volledig hersteld zal zijn, dus als u komende donderdagavond terug kunt komen, zal hij dan zijn lezing geven. Als u dan niet kunt, krijgt u uw entreegeld terug. Mocht iemand nu willen blijven, dan zal ik u graag een rondleiding geven. Maar geen zorgen,' voegde ze eraan toe, 'ook als u blijft, zal uw geld worden teruggestort.' Dit bracht een golf van gelach teweeg.

Wat als een bijeenkomst van vijftig was begonnen, slonk al snel tot een stuk of twaalf zielen, onder wie William. Hij had zijn ogen niet van de vervanger van de directeur kunnen afhouden. Haar keurig geknipte kastanjebruine haar omkranste een ovaalvormig gezicht dat niet van make-up afhankelijk was om je een tweede keer te doen kijken. Maar het was niet dat, of haar slanke figuur, dat hij zo boeiend vond. Het was haar aanstekelijke enthousiasme terwijl ze praatte over de in zwarte pantalons en kragen met ruches getooide Hollandse mannen die haar omringden. William keek even naar haar linkerhand terwijl ze naar de eerste figuur wees; tot zijn opluchting zag hij geen ringen om die vinger. Toch, dacht hij, moest deze verschijning wel een vriendje hebben. Maar hoe kon hij daarachter komen?

'Het Fitzmolean,' zei Beth, wier donkerbruine ogen fonkelden terwijl ze sprak, 'was het geesteskind van Mrs Van Haasen, de echtgenote van de vooraanstaande econoom Jacob van Haasen. Een opmerkelijke vrouw, die na het overlijden van haar man een Hollandse en Vlaamse collectie opbouwde die volgens kenners alleen onderdoet voor die van het Rijksmuseum en de Hermitage. In haar testament liet ze de gehele collectie ter nagedachtenis aan haar echtgenoot na aan het land, om te worden getoond in het huis dat ze tijdens hun drieënveertigjarige huwelijk hadden gedeeld.' Beth draaide zich om en leidde haar kleine groep de volgende galerie in. Voor een portret van een jonge man kwam ze tot stilstand.

'Frans Hals,' begon ze, 'werd rond 1582 in Antwerpen geboren. *De lachende cavalier*, dat u in de Wallace Collection, hier in Londen, kunt zien, wordt beschouwd als een van zijn topstukken.'

William deed zijn best zich te concentreren op Hals, maar besloot dat hij de volgende donderdag terug zou moeten komen, wanneer hij zeker wist dat doctor Knox niet zo'n afleidende uitwerking op hem zou hebben. Hij bleef Beth volgen tot ze voor een grote, lege vergulde lijst stopte, met daaronder op een kleine plaat geschilderd: REMBRANDT, 1606-1669.

'Dit,' zei ze op eerbiedige toon, 'is waar Rembrandts meesterwerk *De waardijns van het Amsterdamse lakenbereidersgilde*, beter bekend als *De Staalmeesters*, ooit heeft gehangen voordat het zeven jaar geleden uit de galerie werd gestolen. Helaas is het nooit teruggevonden.'

'Heeft de galerie een beloning uitgeloofd voor zijn terugkeer?' vroeg een stem die klonk alsof hij uit Boston kwam.

'Nee. Helaas is het nooit bij Mrs Van Haasen opgekomen dat iemand een van haar meesterwerken zou ontvreemden, mogelijk omdat ze destijds voor het schilderij slechts zesduizend dollar betaalde.'

'Hoeveel zou het nu waard zijn?' vroeg een jongere stem.

'Het schilderij is van onschatbare waarde,' zei Beth, 'en onvervangbaar. De meer romantische zielen onder ons geloven dat het nog steeds ergens is en dat de staalmeesters op een dag naar hun rechtmatige thuis zullen terugkeren.'

Hierop volgde een klaterend applaus, en Beth vervolgde: 'Rembrandt was een eerzuchtig man en ooit de meest gewilde kunstenaar van de Hollandse Gouden Eeuw. Treurig genoeg leefde hij boven zijn stand en moest hij uiteindelijk zijn meeste bezittingen veilen, waaronder verscheidene grote doeken, om zijn schulden af te betalen. Hij wist een bankroet maar net te vermijden en eindigde in de gevangenis. Na zijn dood in 1669 kreeg hij een armengraf, en zijn werk raakte meer dan een eeuw uit de mode. Maar Mrs Van Haasen twijfelde niet aan zijn genialiteit en heeft veel gedaan om zijn reputatie als de grootste der Hollandse meesters te herstellen. Van over de hele wereld reisden kunstkenners hiernaartoe om *De Staalmeesters* te zien, en het doek wordt dan ook beschouwd als een van zijn topwerken. Mrs Van Haasen heeft nooit een geheim gemaakt van het feit dat het haar lievelingsschilderij in de verzameling was.'

Beth en haar kleine gezelschap liepen verder naar het volgende schilderij, en ze bleef al hun vragen tot ver na het afgesproken tijdstip beantwoorden. Ten slotte eindigde ze bij Jan Steens *De bruiloft te Kana*, en ze beschreef hem als 'de verhalenverteller der kunstenaars'. 'Zijn er nog vragen?' vroeg ze.

William besloot zijn vraag pas te stellen toen de rest van de groep was vertrokken. 'Wat een fantastische rondleiding,' zei hij.

'Dank je,' zei Beth. 'Had je een vraag?'

'Ja. Heb je vanavond tijd om mee uit eten te gaan?'

Ze antwoordde niet direct, maar wist uiteindelijk uit te brengen: 'Ik vrees van niet. Ik heb al een afspraak.'

William glimlachte. 'Nou, het is een gedenkwaardige avond geweest. Dank je, Beth.'

Terwijl hij zich omdraaide om te vertrekken hoorde hij een stem achter hem zeggen: 'Maar morgenavond ben ik vrij.'

Toen William de volgende ochtend op het bureau kwam, trof hij een geel velletje boven op zijn dossiers geplakt.

DRINGEND – Bel Liz, 017353000.

'Waar gaat dit over?' vroeg hij aan Jackie.

'Ik weet alleen dat de Hawk zei dat het dringend was. Je dient exact op te nemen wat Liz te zeggen heeft en hem een geschreven rapport te sturen.'

'Doe ik,' zei William terwijl hij het nummer belde. Even later klonk er een vrouwenstem over de lijn.

'Hoe kan ik u helpen?'

'Dit is agent Warwick van Scotland Yard. Ik moest Liz terugbellen.'

'Weet u ook haar achternaam, of op welke afdeling ze werkzaam is?'

'Nee, alleen dat het dringend is. Ze verwacht mijn telefoontje.'

'Dit is de centrale van Buckingham Palace, sir. We hebben hier maar één Liz, en ik denk niet dat ze beschikbaar is.'

William liep rood aan. 'Het spijt me enorm,' zei hij. 'Ik moet verkeerd gedraaid hebben.' Toen hij had opgehangen, barstten Jackie en inspecteur Lamont in lachen uit.

'Ik weet zeker dat ze terugbelt,' zei Jackie.

'En tussen twee haakjes,' zei Lamont, 'de Hawk kreeg een telefoontje van de Amerikaanse ambassadeur, die ons bedankt voor het terugbezorgen van het maanstof. Goed gedaan, laddie. Dan is het nu misschien tijd voor jou om Winston Churchill uit te zoeken.'

William opende de map met daarop CHURCHILL en probeerde zich te concentreren, maar hij kon de vorige avond maar niet uit zijn hoofd zetten. De laatste keer dat een jonge vrouw zo zijn gedachten had beheerst, kon hij zich niet herinneren. Vanavond zou hij het bureau beslist vóór zevenen verlaten, zelfs als er onder de deur van de commissaris nog licht brandde.

Al lezend over een ingenieus plan dat een kleine vervalser had bedacht om zijn inkomen aan te vullen, ordende hij zijn gedachten. Bij de laatste pagina aangekomen besefte William dat hij in West End bij een aantal boekhandels langs zou moeten gaan als hij de dief op heterdaad wilde betrappen. Hij waarschuwde inspecteur Lamont, die in beslag werd genomen door de jacht op een internationale juwelendief, dat hij op het punt stond aan wat goeie ouderwetse waarheidsvinding te doen en weleens de rest van de werkdag weg zou kunnen zijn.

William besloot te beginnen bij Hatchards op Piccadilly, waar de manager – hij controleerde de naam nog een keer –, Peter Giddy, de oorspronkelijke klacht had ingediend.

Hij verliet Scotland Yard en begaf zich naar de Mall. Bij het passeren van Buckingham Palace voelde hij zich onwillekeurig ellendig over zijn poging om Liz te bellen. Via St James's liep hij naar Piccadilly, waar hij door een deur liep waarboven trots drie koninklijke onderscheidingen prijkten. Binnen vroeg William een vrouw aan de balie of hij Mr Giddy kon spreken.

Toen de manager Williams ID had gecontroleerd, nam hij hem mee naar zijn kantoor op de vierde verdieping en bood hij hem een kop koffie aan.

'Wat wekte aanvankelijk uw argwaan?' vroeg William terwijl hij plaatsnam en zijn notitieboekje opensloeg.

‘Om te beginnen was ik niet argwanend,’ gaf Giddy toe. ‘Churchill was politicus, dus hij zal een flink aantal van zijn boeken wel hebben gesigneerd. Het gebeurt echter zelden dat je de complete zesdelige serie van zijn *De Tweede Wereldoorlog*, met elk deel afzonderlijk gesigneerd, tegenkomt. Maar toen ik in Heywood Hill nog zo’n serie zag en vervolgens krap een week later nog een in Maggs, begon ik mijn twijfels te krijgen.’

‘Kunt u zich iets specifieks herinneren aan de man die aanbood u de boeken te verkopen?’ vroeg William.

‘Vrij onopvallend. Zestig, vijfenzestig jaar, grijs haar, licht voorovergebogen lopend, van gemiddelde lengte en pratend met een zwaar accent. In feite een typische Hatchards-klant.’

William glimlachte. ‘Ik neem aan dat hij niet zijn naam noemde.’

‘Nee. Hij zei dat hij niet wilde dat de kinderen erachter kwamen dat hij een familie-erfstuk verkocht.’

‘Maar u zou een cheque hebben moeten uitschrijven?’

‘Onder normale omstandigheden wel, ja, maar hij stond op cash. Hij verscheen een paar minuten voor sluitingstijd, zich er terdege van bewust dat de kassa vol zou zijn.’

‘Hoe duur zou een ongesigneerde serie zijn?’

‘Honderd pond, als ze allemaal hun oorspronkelijke stofomslag hadden.’

‘En een gesigneerde?’

‘Driehonderd, misschien driehonderdvijftig als ze in uitmuntende staat waren.’

‘Mag ik vragen wat u ervoor hebt betaald?’

‘Tweehonderdvijftig pond.’

‘Dus onze man kon voor ongeveer honderd pond een ongesigneerde serie op de kop hebben getikt, de zes handtekeningen hebben toegevoegd en een winst van honderdvijftig pond hebben gemaakt. Niet bepaald de grote treinroof,’ zei William.

‘Mee eens,’ zei Giddy, duidelijk niet geamuseerd. ‘Maar mocht een van onze klanten erachter komen dat we hem een vervalsing hadden verkocht, en de pers kreeg er lucht van, dan zouden we onze status van hofleverancier kunnen verliezen.'

William knikte. 'Denkt u dat hij terug zal komen?'

'Echt niet. Hij zal niet het risico nemen om te proberen de zwendel een tweede keer in dezelfde boekhandel uit te voeren. En eerlijk gezegd zijn er genoeg winkels om hem nog jaren zijn gang te laten gaan.'

'Dus waar denkt u dat ik zou moeten beginnen?'

'Ik kan u een lijstje boekhandels geven die gespecialiseerd zijn in gesigneerde eerste edities,' zei Giddy, en hij trok een bureaula open en gaf hem een dunne folder.

'Dank u,' zei William al bladerend.

'Geen zorgen, binnen anderhalve kilometer van hier zitten er minstens twaalf,' zei de manager, die met William meeliep naar de lift.

Agent Warwick bracht de rest van de dag door met banjeren van de ene naar de andere boekhandel, en al snel kwam hij erachter dat de Churchill-vervalser een ijverige figuur was. Als hij niet kocht, verkocht hij wel. Het soort huisnijverheid dat de overheid zo graag aanmoedigde.

De managers beloofden ieder om het hem te laten weten als iemand die voldeed aan die beschrijving hun een gesigneerde serie van Churchills *De Tweede Wereldoorlog* aanbood, maar ze waren het allen eens met Giddy dat het onwaarschijnlijk was dat hij een tweede keer in dezelfde winkel zou opduiken.

'Duikt hij toch op, belt u dan alstublieft naar Scotland Yard: 2301212. Ik zit op toestel 2150,' zei William, waarna hij naar de volgende handel liep.

William staakte zijn onderzoek niet tot om zes uur de laatste deur achter hem sloot. Hij nam de ondergrondse naar Victoria en holde daarna het hele stuk terug naar Trenchard House. Hij nam een snelle douche en trok andere kleren aan, waarbij hij ongebruikelijk lang twijfelde wat hij moest dragen. Uiteindelijk koos hij voor een blauwe blazer, een wit overhemd met open hals en een grijze broek, maar zijn oude schooldas besloot hij niet om te doen.

Toen hij de voordeur achter zich dichttrok, besefte hij dat hij een taxi zou moeten nemen wilde hij niet te laat komen; een uitgave waar Mrs Walters niet mee zou hebben ingestemd. De taxi zette hem af voor Elena 1 in Fulham Road, en hij had zeven minuten over.

'Gino,' zei William nadat de hoofdkelner zich had voorgesteld, 'dit is een heel bijzondere date voor me. Sterker, het is mijn eerste. Dus misschien zal ik je hulp nodig hebben.'

'Laat het maar aan mij over, Mr Warwick. Ik zal u in een rustig hoekje zetten.'

'O help, daar is ze,' fluisterde William.

'Aha, *signorina*,' zei Gino, en hij boog licht voordat hij haar hand nam. 'Mr Warwick is er al en zit aan zijn gebruikelijke tafeltje.'

William probeerde niet te staren en sprong overeind. Ze droeg een eenvoudige gele jurk met blote schouders tot net onder de knie, een lichtgroene zijden sjaal en een jaden halsketting als aanvulling op de outfit.

Gino trok de stoel voor haar naar achteren en William wachtte tot Beth zat.

'Dit moet een van je vaste plekken zijn,' zei Beth terwijl ze plaatsnam.

'Nee, eerste keer. Aanbevolen door een vriend.'

'Maar de ober zei –'

'Die heb ik vijf minuten geleden voor het eerst gezien,' gaf William toe terwijl Gino weer aan hun tafeltje verscheen en hun beiden een menukaart gaf. Beth lachte.

'Goed, Mr Warwick, wilt u uw gebruikelijke drankje vooraf?'

'En wat is mijn gebruikelijke drankje?' vroeg William. Gino keek verward, en William voegde eraan toe: 'Beth weet dat ik hier nooit eerder ben geweest. Wat kun je aanbevelen?'

'Voor de mooie signorina –'

'Gino, leg het er niet zo dik bovenop.'

‘Vindt u haar dan niet mooi?’

‘Jawel, maar ik wil niet dat ze wegrent voor we de eerste gang hebben gehad.’

Beth sloeg haar ogen op van de kaart. ‘Maak je geen zorgen, ik ga niet wegrennen. Nou ja, niet tot na de tweede gang.’

‘En wat kan ik u te drinken aanbieden, signorina?’

‘Een glas witte wijn, alstublieft.’

‘We nemen een fles Frascati,’ zei William, die een wijn te binnen schoot die zijn vader vaak bestelde, hoewel hij geen idee had hoe duur die zou zijn.

Toen Gino hun bestellingen had opgenomen, vroeg Beth: ‘Is het William of Bill?’

‘William.’

‘Ben je werkzaam in de kunstwereld of ben je een galeriefan?’

‘Beide, ik werd al op jonge leeftijd een galeriefan, maar nu werk ik bij de eenheid Kunst en Antiek van Scotland Yard.’

Beth leek een ogenblik te aarzelen voordat ze zei: ‘Dus jouw bezoek aan het Fitzmolean hoorde gewoon bij je werk.’

‘Dat was zo, totdat ik jou zag.’

‘Je bent erger dan Gino.’

‘En jij?’ vroeg William.

‘Nee, ik ben niet erger dan Gino.’

‘Nee, ik bedoelde niet…’ begon William, zich er pijnlijk van bewust hoelang het geleden was sinds zijn laatste date.

‘Ik weet wel wat je bedoelde,’ plaagde Beth hem. ‘Ik geef kunstgeschiedenis op Durham.’

‘Ik wist dat ik naar de verkeerde universiteit ben gegaan.’

‘Dus waar heb jij gestudeerd?’ vroeg ze toen Gino weer verscheen met twee dampende kommen stracciatellasoep.

‘King’s. Ook kunstgeschiedenis. En na Durham?’

‘Ik ging naar Cambridge en haalde mijn doctoraat in Rubens de diplomaat.’

‘Ik deed bijna een PhD over Caravaggio de crimineel.’

‘Wat zou verklaren waarom je uiteindelijk bij de politie ging.’

‘En ging je daarna meteen naar het Fitzmolean?’

‘Ja, het was mijn eerste baan na Cambridge. En het moet pijnlijk duidelijk zijn geweest dat gisteravond mijn eerste poging was tot het geven van een verhandeling.’

‘Je was briljant.’

‘Ik redde me ternauwernood, wat maar al te duidelijk zal worden als je volgende week Tim Knox’ lezing bijwoont.’

‘Ik kan me niet voorstellen hoe het geweest moet zijn om op het laatste moment je baas te vervangen.’

‘Het was vreselijk. Dus, mag ik vragen of je iets dichter bij het vinden van mijn vermiste Rembrandt bent gekomen?’

‘Jouw Rembrandt?’

‘Ja. Maar goed, iedereen die in het Fitzmolean werkt, doet bezitterig over *De Staalmeesters*.’

‘Ik snap wel waarom. Maar na zeven jaar ben ik bang dat het spoor koud is.’

‘Maar je kunt toch niet de afgelopen zeven jaar aan de zaak gewerkt hebben?’

‘Nog geen zeven weken,’ gaf William toe. ‘Maar ik ben ervan overtuigd dat de Rembrandt eind volgende maand terug op z’n plek hangt.’

Beth lachte niet. ‘Ik wil nog steeds geloven dat hij ergens daar buiten is en uiteindelijk naar de galerie terug wordt teruggebracht.’

‘Ik zou het graag met je eens zijn,’ zei William terwijl Gino hun lege kommen weghaalde. ‘Maar op de afdeling is verder niemand het met me eens.’

‘Denken ze dat het doek vernietigd is?’ vroeg Beth. ‘Ik geloof gewoon niet dat iemand zo’n cultuurbarbaar kan zijn.’

‘Zelfs niet als het betekende dat ze voorkwamen enkele jaren in de bak te belanden?’

‘Houdt dat in dat je weet wie het heeft gestolen?’

William gaf geen antwoord en was opgelucht toen Gino met hun hoofdgerechten verscheen.

'Sorry,' zei Beth. 'Dat had ik niet moeten vragen. Maar als er ook maar iets is wat ik kan doen om te helpen, laat het dan weten.'

'Er is iets waar je me over zou kunnen adviseren. Onlangs zijn we gestuit op een uitmuntende kopie van *De Staalmeesters*, en ik vroeg me af of jij iemand kent die in dat soort werk gespecialiseerd is.'

'Niet mijn vakgebied,' gaf Beth toe. 'Ik heb te maken met dode kunstenaars, en dan alleen als ze Hollands of Vlaams zijn. Maar ik neem aan dat je de Fake Gallery in Notting Hill al hebt bezocht?'

'Nooit van gehoord,' zei William, en zoekend naar zijn notitieboekje raakte hij zijn jaszak aan, waarbij hij helemaal vergat dat hij geen dienst had.

'Ze hebben een aantal kunstenaars voor hen werken die een vervalsing van iedere levende of dode meester die je maar nodig hebt in elkaar kunnen flansen.'

'Is dat legaal?'

'Geen idee, dat is jouw afdeling,' zei Beth met een grijns. 'Maar als je niet dag en nacht probeert mijn Rembrandt terug te vinden, moet je wel een aantal zelfs nog grotere misdrijven op je bord hebben liggen.'

'De diefstal van een flesje maanstof en meerdere gesigneerde exemplaren van Winston Churchills *De Tweede Wereldoorlog*.'

'Mag je me meer vertellen?'

Toen William haar vertelde over doctor Talbot en de Amerikaanse onderminister kon Beth niet meer ophouden met lachen. Ze kwam zelfs met een voorstel toen hij de valse Churchill-edities noemde.

'Misschien moet je op zoek gaan naar een niet-gesigneerde serie, want dan zou je je vervalser een stap vóór zijn.'

'Goed idee,' reageerde William, waarbij hij besloot haar maar niet te vertellen dat hij dat juist de hele dag had gedaan. 'Misschien moeten we vaker afspreken, want je had detective moeten worden.'

'En jij zou duidelijk lezingen moeten geven in het Fitzmolean.'

Ze moesten allebei lachen.

'Wat zijn eerste dates ongemakkelijk,' zei William.

'Is dit een eerste date?' vroeg Beth, en ze schonk hem een warme glimlach.

'Ik hoop van wel.'

'Koffie?' vroeg Gino.

William had niet in de gaten dat de tijd voorbijgleed totdat Beth fluisterde: 'Volgens mij wil het personeel naar huis.'

Hij keek om zich heen en zag dat ze de laatste twee gasten in het restaurant waren. Vlug vroeg hij om de rekening.

'Woon je dichtbij?' vroeg hij.

'In Fulham. Ik deel een flat met iemand. Maar maak je geen zorgen, ik kan een bus nemen.'

'Ik kan me het buskaartje niet veroorloven,' zei William toen hij de rekening zag. 'Dus mag ik met je naar huis lopen?'

'Ik hoop dat we u snel terugzien, signorina,' zei Gino terwijl hij de deur voor hen openhield.

'Dat heb ik nog niet besloten,' zei Beth, en ze grijnsde terug.

Terwijl ze overstaken, nam William haar bij de hand, en ze hielden niet op met kletsen over van alles en nog wat, tot ze voor Beths voordeur stonden. Hij boog zich voorover en kuste haar op de wang. Terwijl ze haar sleutel in het slot stak, vroeg hij: 'Zou je met mij mee willen naar de Fake Gallery?'

'Bent u ooit vrij van dienst, *detective constable* Warwick?' vroeg ze.

'Niet zolang er een kleine kans is dat ik uw Rembrandt terugvind, Miss Rainsford.'

9

De regel was simpel. Als de telefoon ging, nam je op, net als de volgende taxi in de rij. Je noteerde de details, waarna je inspecteur Lamont briefte, die vervolgens zou beslissen wie van hen de zaak op zich zou nemen, ervan uitgaande dat er een zaak op te nemen was.

Het telefoontje kwam heel vaak van iemand van wie een familiestuk was gestolen en die wilde weten wat de politie van plan was daaraan te doen. Je moest dan uitleggen dat de meeste inbraken een zaak waren voor hun plaatselijke politie, aangezien de eenheid Kunst en Antiek over slechts vier agenten beschikte, dus ze konden niet elk onderzoek op zich nemen. Commissaris Hawksby hield echter nooit op hen eraan te herinneren dat een oud dametje dat haar victoriaanse broche had verloren zou doen alsof ze de kroonjuwelen was kwijtgeraakt, en ook dat dit voor veel bellers hun enige directe contact met de politie was.

'Voordat je ophangt,' vertelde hij William, 'zorg je ervoor dat je een gelukkige, tevreden klant hebt in plaats van iemand die vindt dat de politie niet aan zijn of haar kant staat.'

William nam de telefoon op.

'Sorry dat ik u lastigval,' zei een welbespraakt iemand. 'Ik hoop gewoon dat ik uw tijd niet verspil.'

'Dat doet u niet als u denkt dat er een misdrijf is gepleegd,' zei William.

'Dat is het probleem. Ik weet het niet helemaal zeker, maar er zit wel een beetje een luchtje aan.'

William glimlachte om de schilderachtige uitdrukking. 'Mag ik beginnen met uw naam te noteren, sir?' vroeg hij, en hij pakte een pen, wetend dat vijftig procent van de bellers na die vraag ophing.

'Jeremy Webb. Ik werk bij de London Silver Vaults in de City. U hebt misschien nog nooit van ons gehoord.'

'Mijn vader nam me een keer mee toen hij daar voor mijn moeders verjaardag een cadeau ging kopen. Dat ben ik nooit vergeten. Er moeten daar minstens enkele tientallen kramen zijn geweest, een grote wanorde –'

'Zevenendertig winkels,' zei Webb. 'Ik ben dit jaar voorzitter van de London Silver Vaults Association, wat de reden is waarom ik bel. Een aantal leden heeft bij mij een probleem aan de orde gesteld.'

'Wat voor probleem?' vroeg William. 'Neem uw tijd, Mr Webb, en aarzel niet elk detail te noemen, hoe onbeduidend het u ook lijkt.'

'Dank u,' zei Webb. 'De LSVA bestaat uit een groep geassocieerde leden die hoofdzakelijk zilver kopen en verkopen. Dat kan van alles zijn, van een victoriaans theelepeltje tot een groot pronkstuk voor een eettafel. Zilver, dat weet u vast wel, dient door het waarborgkantoor te worden voorzien van een keurteken voordat het als sterlingzilver wordt geaccepteerd. Geen enkele serieuze verzamelaar zou overwegen een voorwerp te kopen tenzij er een waarmerk in is gestempeld.'

Zich ervan bewust dat Mr Webb in zijn eigen tempo ter zake zou komen, hield William zijn pen in de aanslag.

'De afgelopen maand zijn de ondergrondse zilverhandels geregeld bezocht door een heer die alleen maar geïnteresseerd is in het kopen van zilver dat minstens honderd jaar oud is. Het lijkt hem niet uit te maken of het een kroningsmedaille uit de tijd van George de Vijfde is of een schooltrofee voor verspringen. Een van de vier keurmerken geeft het jaar van vervaardiging aan, en meerdere collega's hebben opgemerkt dat deze heer altijd eerst de ouderdom van een stuk met een loep controleert voordat hij enige interesse toont in het voorwerp zelf.'

'Een loep?'

'Het spijt me,' zei Webb. 'Dat is een klein vergrootglas, vaak gebruikt door juweliers en horlogemakers.'

'Ik snap het,' zei William, hoewel hij nog steeds niet zeker wist waar dit naartoe ging.

'Het andere wat mijn collega's argwanend maakte, is dat hij altijd contant betaalt.'

'Grote coupures?'

'Nee. In navolging van de recente richtlijnen van Financiën betreffende het witwassen van geld zijn we daar altijd alert op. Volgt u mij nog, agent?'

'Jazeker, Mr Webb. Weet u hoe deze heer heet?'

'Dat is het punt,' zei Webb. 'We noteren altijd de naam en het adres van iedere klant, maar deze man heeft ons meerdere verschillende namen gegeven, en nooit hetzelfde adres.'

Opeens was William meer geïnteresseerd. 'Heeft een van uw standhouders enig idee wie hij zou kunnen zijn?'

'Een van onze handelaren zegt dat hij hem herkent, maar hij weet niet zeker van waar. Hij beweert dat hij zich de naam niet kan herinneren.'

'U zegt "beweert". Dat doet vermoeden dat u niet overtuigd bent.'

'Een paar jaar geleden werd de standhouder veroordeeld tot een halfjaar gevangenisstraf wegens het verhandelen van gestolen waar. De reclassering verzocht ons hem een tweede kans te geven, wat we, met tegenzin, hebben gedaan. Maar we waarschuwden hem dat als hij nog eens over de schreef ging, hij uit het genootschap zou worden verbannen.'

'Hoe heet hij?'

'Ken Appleyard.'

William noteerde de naam. 'En hebt u, Mr Webb, gezien uw ervaring in het vakgebied, een theorie over waarom onze geheimzinnige man zoveel oud zilver koopt?'

'Aanvankelijk nam ik aan dat het witwassen zou kunnen zijn, maar hij bleef steeds terugkomen. Dus tenzij hij dom is, sloeg dat nergens op.

Vervolgens vroeg ik me af of hij het zilver omsmolt, maar ook dat klopte niet, omdat de zilverprijs onlangs gezakt is. Dus ik moet toegeven dat ik geen idee heb. Mijn raad van toezicht vond echter dat ik u voor de zekerheid op de hoogte moest stellen.'

'Ik ben u zeer dankbaar, Mr Webb, ik zal mijn baas inlichten over uw zorgen en kom misschien bij u terug.'

Het eerste wat William deed nadat hij had opgehangen, was niet Lamont op de hoogte brengen, maar de lift nemen naar min één, waar de landelijke database kon worden geraadpleegd. Een agent die een zelfs nog jongere indruk wekte dan hij tikte de naam Ken Appleyard in, en in slechts enkele seconden werd er een overzicht van zijn veroordelingen uitgeprint. Het bevestigde dat Appleyard voor het ontvangen van gestolen goederen tot een halfjaar cel was veroordeeld. William was blij om te zien dat hij verder geen veroordelingen had en sinds zijn vrijlating zelfs geen parkeerboete had gekregen.

Met de lijst aanklachten in zijn hand keerde William terug naar zijn werkkamer. Lamont zat aan de telefoon, maar wuifde naar William om de stoel naast hem te nemen. William wist dat de baas hielp bij een Interpol-onderzoek naar een diamantensmokkelbende die vanuit Ghana en Dubai werkte. Toen Lamont had opgehangen, verlegde hij zijn aandacht naar wat William te zeggen had.

'Wat denkt u dat hij in z'n schild voert, baas?' vroeg William toen hij aan het eind van zijn verslag was.

'Ik heb geen idee. Maar het eerste wat je moet doen is erachter komen wie die geheimzinnige man is, want zolang we dat niet weten, tasten we alleen maar in het duister.'

'Waar begin ik?'

'Volg je enige aanwijzing. Ga naar de Silver Vaults en praat met Appleyard. Maar ga wel voorzichtig te werk. Zijn gevangenisstraf zal een gevoelig punt zijn, vooral met zijn collega's zo dicht in de buurt. Probeer als een klant over te komen, niet als een smeris.'

'Begrepen, sir.'

'En William, waarom heb je de Churchill-vervalser nog niet aangehouden?'

'Die is 'm gesmeerd, sir. Maar als hij weer opduikt, zal ik hem pakken en met plezier de duimschroeven aandraaien.'

Lamont glimlachte en keerde terug naar zijn diamantensmokkelaars.

William wist precies waar de Silver Vaults zich bevonden, maar voordat hij ging, belde hij zijn vader om te vragen of hij vrij was om te gaan lunchen, want hij had advies van hem nodig.

'Ik kan een uur voor je vrijmaken,' reageerde Sir Julian, 'meer niet.'

'Meer krijg ik niet, pa. O, en ik kan maar twee pond en tachtig pence meebetalen.'

'Ik aanvaard je hongerloontje, hoewel het aanzienlijk minder is dan ik doorgaans in rekening breng voor een uur oplichterij. Laten we om één uur afspreken voor de ingang van Lincoln's Inn. Na afloop kun je me vertellen of jullie eetzaal beter is dan die van ons.'

William verliet de Yard en nam een bus naar de City. Na een korte wandeling over Chancery Lane betrad hij de Silver Vaults. Op een muur in de ontvangstruimte hing een lijst met alle standhouders. De winkel van Mr K. Appleyard was nummer 23.

William nam de brede trap naar het souterrain, waar hij terechtkwam in een lang vertrek met aan weerszijden dicht opeengepakte winkeltjes. Hij zou graag zijn gestopt om een paar prachtige stukken die zijn aandacht trokken wat beter te bekijken, maar hij liet zich niet afleiden van zijn zoektocht naar nummer 23.

Toen William de naam boven de winkel zag, was Appleyard net bezig om een klant een suikerpotje te tonen. Hij bleef staan bij de handelaar ertegenover, pakte een zilveren peperbus in de vorm van een suffragette op en bestudeerde hem van dichtbij. Het ideale kerstcadeau voor Grace, dacht hij. Hij wilde net naar de prijs vragen toen Appleyards klant verdween, dus hij wandelde op hem af.

'Goedemorgen, sir. Bent u op zoek naar iets in het bijzonder?'

'Iemand,' zei William zacht, en hij haalde zijn ID tevoorschijn.

'Ik heb niets verkeerds gedaan,' schoot Appleyard in de verdediging.

'Dat suggereert ook niemand. Ik wil u alleen maar een paar vragen stellen.'

'Gaat dit over die vent die oud zilver heeft gekocht?'

'In één keer goed.'

'Veel kan ik u niet vertellen. Ik kwam hem tegen in Pentonville, maar weet niet meer hoe hij heette. Ik probeer al jaren om die periode in mijn leven te vergeten, er niet meer naar terug te keren.'

'Dat begrijp ik helemaal,' zei William. 'Maar het zou enorm helpen als u zich iets kon herinneren van die man: leeftijd, lengte, opvallende kenmerken.'

Appleyard keek in het luchtledige alsof hij hem probeerde op te roepen. 'Geschoren hoofd, vijftig, vijfenvijftig, langer dan één meter tachtig.'

'Weet u waar hij voor zat?'

'Geen idee. Gouden regel in de gevangenis: nooit vragen wat voor misdrijf een andere gedetineerde heeft gepleegd en nooit zeggen waar je voor zit.' Dit stukje informatie sloeg William op in zijn geheugenbank. Appleyard zweeg een ogenblik voordat hij eraan toevoegde: 'Hij had een kleine tatoeage op zijn rechteronderarm, een hart met daaroverheen geschreven de naam ANGIE.'

'Dat is heel nuttige informatie, Mr Appleyard,' zei William, en hij gaf hem zijn kaartje. 'Als u nog iets te binnen schiet, belt u me dan alstublieft.'

'Is het nodig om uw bezoek aan een van mijn collega's te melden?'

'Gewoon een klant,' zei William, en hij kuierde naar de winkel aan de overkant en vroeg hoe duur de suffragette-peperbus was. Een weekloon.

Overal om William heen waren genoeg klokken aan het slaan om hem eraan te herinneren dat hij over een kwartier een afspraak had met zijn vader, en hij wist dat zijn ouweheer gewoon aan zijn eerste gang zou beginnen als hij niet op tijd was.

Hij rende de trap op en de straat in, sloeg rechts af en bleef rennen. Om vier minuten voor één bereikte hij de toegangspoort van Lincoln's Inn, en hij zag zijn vader aan de andere kant van het plein in de richting van de grote zaal benen.

'Wat brengt jou naar deze contreien?' vroeg Sir Julian toen hij zijn zoon door een lange gang leidde die was omzoomd met portretten van vooraanstaande rechters.

'Zaken en plezier. Dat leg ik tijdens de lunch wel uit. Maar eerst, hoe is het met mam?'

'Goed, en ze doet je de groeten.'

'En Grace?'

'Net zo dwaas als altijd. Ze verdedigt een rastafari die vijf vrouwen en veertien kinderen heeft, en doet haar best te bepleiten dat hij mormoon is en daarom niet gebonden is aan de polygamiewet. Ze zal natuurlijk verliezen, maar goed, dat doet ze altijd.'

'Misschien verrast ze u nog eens,' zei William terwijl ze de eetzaal betraden.

'Het is hier zelfbediening, dus pak een dienblad,' zei zijn vader alsof hij hem niet had gehoord. 'Mijd het vlees te allen tijde. De salades zijn meestal wel veilig.'

William koos voor een bord worst met puree en een stuk strooptaart, waarna ze naar een tafel aan de andere kant van de zaal liepen.

'Is dit voor de gezelligheid of wil je mijn advies inwinnen?' vroeg Sir Julian terwijl hij een zoutvaatje pakte. 'Want mijn uurtarief is honderd pond en de klok loopt al.'

'Dan zult u het van mijn zakgeld moeten aftrekken, want er zijn een paar dingen waar ik graag uw mening over hoor.'

'Brand los.'

William nam de nodige tijd om te beschrijven waarom hij de ochtend vlak om de hoek in de Silver Vaults had doorgebracht.

'Fascinerend,' zei zijn vader toen William uitgepraat was. 'Dus nu moet je erachter zien te komen wie de mysterieuze koper is en waarom hij zilver omsmelt dat meer dan een eeuw oud is.'

'Maar we weten niet eens zeker of hij dat wel aan het doen is.'

'Wat heeft hij er anders aan, tenzij hij een rijke, excentrieke verzamelaar is? En als hij dat was, zou hij niet andere namen en adressen hebben gegeven.'

'Hebt u verder nog ideeën, vader?'

Sir Julian sprak pas weer toen hij zijn soep ophad. 'Munten,' zei hij. 'Het moet wel om munten gaan.'

'Hoezo?'

'Het moet iets zijn wat aanzienlijk meer waard is dan het oorspronkelijke zilver, want anders slaat het helemaal nergens op.' Sir Julian schoof zijn lege soepkom aan de kant en viel aan op de salade. 'Wat is je andere probleem?'

'Bent u weleens een raadsheer tegengekomen die Booth Watson heet? En zo ja, hoe denkt u over hem?'

'Niet een naam die je in beleefde kringen noemt,' zei Sir Julian, en voor het eerst klonk hij serieus. 'Hij rekt de wet graag op tot die bijna breekt. Waarom vraag je naar hem?'

'Ik doe onderzoek naar een van zijn cliënten...' begon William.

'Dan moet dit gesprek nu ophouden, want ik heb geen zin om met die man in de rechtbank te verschijnen.'

'Dat is niets voor u, pa. U spreekt zelden kwaad over uw collega's.'

'Booth Watson is geen collega. We zitten toevallig in hetzelfde vak.'

'Waarom hebt u daar zo'n mening over?'

'Het begon allemaal toen we in Oxford waren en hij zich kandidaat stelde voor het voorzitterschap van de Law Society. Eerlijk gezegd was ik maar wat bereid om iedere tegenkandidaat te steunen. Toen de man die ik voorstelde werd gekozen, gaf Booth Watson mij de schuld en sindsdien hebben we geen woord meer gewisseld. Sterker nog, hij zit daar, aan de andere kant van de zaal. Hij eet in z'n eentje, wat het enige is wat je over hem hoeft te weten. Niet kijken, want anders klaagt hij je nog aan wegens huisvredebreuk.'

'Wie verdedigt u op dit moment?' vroeg William, waarmee hij op een ander onderwerp overstapte terwijl hij de verleiding niet kon weerstaan om een blik door de zaal te werpen.

'Een Nigeriaanse chief die zijn vrouw in mootjes hakte en de verschillende lichaamsdelen naar zijn schoonmoeder op de post deed.'

'Dus die gaat u niet vrij krijgen?'

'Geen kans, goddank. Eigenlijk denk ik erover om helemaal de brui te geven aan moordzaken. Agatha Christie was er net op tijd uit.'

'Wat bedoelt u?'

'Poirot had nooit te kampen met DNA, dat het onderhand zo'n beetje onmogelijk maakt om met een redelijke verdediging te komen voor je cliënt. Nee, in de toekomst ga ik me concentreren op fraude en laster. Langere processen en betere tarieven, en je hebt nog vijftig procent kans dat je je zaak wint,' zei hij, en hij veegde zijn mond af met een servet.

William keek op zijn horloge. 'Ik moet maar eens gaan.'

'Begrepen, maar vertel me eerst hoe je sociale leventje eruitziet, want daar gaat je moeder vast naar vragen.'

'Iets veelbelovender. Ik heb iemand leren kennen van wie ik denk dat ze best bijzonder is. Sterker nog, vanavond zie ik haar weer.'

'Mag ik het tegen je moeder zeggen?'

'Zeg alstublieft niets, want anders wil ze ons meteen uitnodigen voor de lunch op zondag, en ik heb Beth nog niet voorbereid op een dergelijke beproeving.'

'Mondje dicht,' zei Sir Julian lachend.

Toen ze de eetzaal verlieten, kon William het opnieuw niet laten om nog even te kijken naar Booth Watson, die net zijn vorkje in de stroop-taart prikte.

‘Fijn om je te zien, mijn jongen,’ zei Sir Julian toen ze de binnenplaats op stapten.

‘Insgelijks, vader.’ William keek hoe zijn vader wegbeende, en glimlachte. Wat was hij hem veel verschuldigd.

10

Het eerste wat William deed toen hij weer terug was op het hoofdbureau, was de baas bijpraten over zijn gesprek met Appleyard.

'Zijn verhaal bevatte slechts één dingetje waar we misschien iets mee kunnen,' concludeerde Lamont. 'Is het je opgevallen?'

'De tatoeage?'

'In één keer goed. Want als je Angie weet te vinden, zou zij ons naar de mysterieuze koper kunnen leiden.'

'Maar we hebben alleen een tatoeage.'

'Wat misschien voldoende is.'

'Hoezo?'

Lamont leunde achterover op zijn stoel. 'Denk eens als een crimineel, laddie, en niet als een koorknaap.'

Er viel een korte stilte. 'Pentonville,' concludeerde William.

'Je zit op het goede spoor. Maar met wie moet je daar een praatje gaan maken?'

'De directeur?'

'Nee, te hoog in rang voor de informatie die we zoeken.'

William zat er eventjes als verloren bij. Weer moest hij wachten totdat Lamont hem de helpende hand toestak.

'Je vertelde dat Appleyard slechts drie weken vastzat in Pentonville voordat hij naar de open gevangenis in Ford werd overgeplaatst.'

'Klopt, sir.'

'In die tijd zou hij recht hebben gehad op drie keer bezoek. Zoek dus uit of ene Angie iemand daar heeft bezocht toen Appleyard er verbleef. Zo ja, dan hebben ze haar gegevens.'

'We moeten ook maar hopen dat ze nog steeds zijn vriendin is.'

'Dat lijkt me geen probleem. Voor een veroordeelde is een tatoeage hetzelfde als voor ons een trouwring. Het is een verbintenis, en eerlijk gezegd is dit alles wat we hebben. Maak een praatje met de hoofdcipier die over het bezoek gaat. Hij heet Leslie Rose. Sir voor jou. En doe hem vooral de hartelijke groeten namens mij.'

Hij liep terug naar zijn bureau en zocht het telefoonnummer van de hoofdcipier van de Pentonville-gevangenis op. De telefoon ging over en er werd opgenomen. 'Rose,' blafte een luide stem.

'Goedemiddag, sir. Mijn naam is agent Warwick en ik bel u op advies van mijn chef, inspecteur Lamont.'

'Een totale idioot.'

'Pardon, sir?'

'Elke sukkel die beweert dat Arsenal de Cup kan winnen is totaal de weg kwijt. Wat kan ik voor u betekenen, agent?'

'In 1981 had u een gedetineerde in Pentonville. Hij heette Appleyard. Ken Appleyard. Hij zat daar maar drie weken, van 9 tot en met 13 april, waarna hij naar Ford werd overgeplaatst.'

'En?'

'Tijdens zijn verblijf zou een andere gedetineerde, wiens naam hij zich niet kan herinneren...'

'Of niet *wíl* herinneren.'

'...bezoek hebben gehad van zijn vriendin, van wie we inmiddels weten dat ze Angie heette.'

'Waarom bent u daar zo zeker van?'

'Appleyard herinnert zich een tatoeage op de rechterarm van de man. Een rood hart met de naam ANGIE daar diagonaal overheen.'

'Goed speurwerk, jongeman. De kans is klein, maar ik bel je terug.'

'Dank u, sir.'

'En doe Bruce de groeten. Zeg hem maar dat-ie het zaterdag wel kan vergeten.'

'Wat kan vergeten, sir?'

'Dat Arsenal van de Spurs gaat winnen.'

'U bent dus supporter van Tottenham Hotspur?'

'Ik stel vast dat de Yard nog altijd alleen de allerbesten en allerslimsten rekruteert. En wie support jij?'

'Fulham, sir. En ik wil u erop wijzen dat u ons al een tijdje niet heeft verslagen.'

'En ik wil u erop wijzen, agent, dat dat wellicht te maken heeft met het feit dat we al jaren niet tegen elkaar hebben gespeeld, wat waarschijnlijk ook niet gaat gebeuren zolang jullie in de tweede divisie blijven hangen,' reageerde Rose, waarna er alleen nog maar een zoemtoon klonk.

De rest van de middag werkte William aan zijn verslag over zijn ontmoeting met Appleyard en het telefoongesprek met hoofdcipier Rose van de Pentonville-gevangenis. Hij besloot de krachttermen en de verwijzingen naar Arsenal achterwege te laten, en legde iets na halfzes zijn opgeschoonde verslag op Lamonts bureau.

Hij wilde iets voor zessen wegglippen om niet te laat te zijn voor Tim Knox' uitgestelde lezing in het Fitzmolean, en daarna het etentje met Beth.

Net toen hij aanstalten maakte om naar huis te gaan ging de telefoon. Jackie nam op.

'Voor jou, Bill,' zei ze, en ze verbond hem door. Hij glimlachte in de verwachting de opgewekte blafstem van hoofdcipier Rose weer te horen.

'Agent Warwick?' vroeg een stem die hij nauwelijks kon verstaan.

'Ja. Met wie spreek ik?'

'Mijn naam is Martin. Ik werk bij John Sandoe Books in Chelsea. Vorige week kwam u bij me langs. De man die u zoekt is terug, maar nu is hij op zoek naar de eerste editie van een Dickens.'

William hief een hand in de lucht ten teken dat alle aanwezige agenten hun extra toestel moesten pakken om te kunnen meeluisteren.

'Geef me uw adres nog even.'

'Blacklands Terrace, een zijstraat van King's Road.'

'Hou hem aan de praat. Ik kom eraan.'

'Buiten staat een surveillanceauto voor je klaar,' zei Lamont terwijl hij ophing. 'Wegwezen.'

William rende het kantoor uit, en stoof met twee treden tegelijk de trap af naar buiten, waar een auto met draaiende motor en geopend portier al op hem wachtte. Nog voordat hij het portier had dichtgetrokken, scheurde de man met zwaailichten en gillende sirene weg.

De linkerhand van de agent achter het stuur schoot naar hem toe. 'Danny Ives,' stelde de man zich voor. Zijn andere hand hield het stuur stevig vast terwijl hij snel wegscheurde. Hem hoefde duidelijk niet te worden verteld waar hij heen moest.

'William Warwick,' antwoordde William. Hij nam aan dat als een collega zijn rang niet vermeldde, deze waarschijnlijk een gewone agent was. In de praktijk beschouwden de meeste chauffeurs van de Londense politie zich als een klasse apart, waarbij de hoofdstad weinig meer was dan een Formule 1-circuit met voetgangers als een extra spelelement.

Ives schoot Victoria Street in, laveerde door de vroege avondspits naar Parliament Square, waar hij een rood stoplicht meepakte. Hoewel William in het verleden een paar keer was uitgerukt, voelde hij zich nog altijd een schooljongen wiens wildste droom in vervulling ging nu vrachtwagens en bussen snel opzij doken om hen door te laten. Ze naderden de verkeerslichten bij de Chelsea Bridge. Ives minderde vaart en negeerde het verbodsbord om rechts af te slaan, waarmee hij enkele minuten van de rit afsnoepte. In volle vaart ging hij over de Chelsea Bridge richting Sloane Street, waar het vooral tijdens de spits steevast druk was. De verkeerslichten op Sloane Square sprongen net op rood, waarop hij zonder vaart te minderen de busbaan pakte. Terwijl ze links het Peter Jones-warenhuis passeerden en hun weg over King's Road vervolgden, zette Ives de sirene uit, maar liet de zwaailichten aan.

'Dat-ie vooral niet hoort dat we eraan komen, toch?' verduidelijkte hij. 'In films wordt die fout vaak gemaakt.'

Hij sloeg Blacklands Terrace in, en William zag een jongeman buiten voor de boekwinkel met zijn armen zwaaien. Hij sprong uit de auto en rende naar hem toe.

'U hebt hem net gemist. Ik kon hem niet langer aan de praat houden. Daar gaat-ie, met die beige regenjas, in de richting van Sloane Square.'

'Bedankt!' riep William, waarna hij te voet de achtervolging inzette. Terwijl zijn ogen de menigte voor hem afzochten, moest hij langs voetgangers duiken, aangezien hij niet langer werd geholpen door zwaailichten. Opeens zag hij een man in een beige regenjas, maar op het moment dat hij hem in de kraag wilde grijpen, zag hij dat de man een kinderwagen voortduwde en met een klein kind aan de hand liep.

William rende verder, maar met elke stap nam zijn hoop af. Totdat hij een beige regenjas het metrostation van Sloane Square zag in duiken. Bij het kaartjesloket aangekomen hield hij zijn penning omhoog, maar gunde de controleur geen tijd om deze te inspecteren, en rende verder. Hij zag de man beneden aan de roltrap, maar verloor hem opnieuw uit het oog. Hij stoof de roltrap af, duwde de vroege forenzen opzij. Bijna had hij de man te pakken, maar die sloeg opeens rechts af en liep naar de District Line, die naar het oosten van de stad leidde.

William liep het drukke perron op. Een metro kwam piepend tot stilstand. Hij keek naar links en rechts en zijn ogen vonden de man, die zo'n vijf wagons verderop instapte. De deuren gleden al dicht, en William sprong de eerste de beste wagon in. Snel greep hij zich vast aan de reling om niet om te vallen en hij kwam weer op adem. Toen de metro bij het volgende station stopte, sprong hij naar buiten, maar zag geen beige regenjas. En dus liep hij als een koningsstuk op een schaakbord na elke tussenhalte telkens één wagon verder.

De passagier in de regenjas stapte niet uit, en vier haltes verder had William de laatste wagon bereikt. Hij nam voorin plaats en wierp een blik door de tussendeur om zijn doelwit wat beter te bekijken. De man sloeg een pagina van de *Evening Standard* om, en toen de metro stopte bij het volgende station keek hij niet eens op. Dit ging een lange rit worden.

Toen de man eindelijk zijn krant opvouwde, waren ze eenentwintig stations verder, wat William ruimschoots de tijd had gegeven om nog eens goed te controleren of hij de juiste man schaduwde: zo tussen de zestig en de vijfenzestig, grijzend haar, een wat voorovergebogen houding. Hij hoefde diens accent niet eens te horen om te weten dat dit de klant was die de winkelmanager van Hatchards hem had beschreven.

Uiteindelijk stapte de man op Dagenham East uit. William volgde hem van een afstandje. Aanvankelijk kon hij nog opgaan in alle drukte, maar naarmate de stroom van reizigers verder uitdunde was hij gedwongen steeds meer afstand te houden. Hij overwoog de man ter plekke aan te houden, maar eerst moest hij diens adres achterhalen, zodat hij wist waar het bewijsmateriaal verborgen lag.

De man sloeg een zijstraat in en stopte bij een klein tuinhekje. William liep door en onthield het huisnummer: 43. De man stak de sleutel in de voordeur en verdween naar binnen. Aan het einde van de straat draaide William zich om, prentte de straatnaam – Monkside Drive – in zijn geheugen en besloot met tegenzin dat het beter was om Lamont verslag uit te brengen en een huiszoekingsbevel te regelen. Hij vertrouwde erop dat de man in de beige regenjas voor nu wel even thuis zou blijven.

Hij draaide zich om en liep met een voldaan gevoel terug naar het metrostation. Maar al snel sloeg zijn humeur om. Hij keek op zijn horloge: negen voor halfacht. Beth vroeg zich vast af waar hij bleef.

Hij rende het hele eind terug naar het station, maar toen hij even later in zijn eentje op het kille, winderige perron op de metro wachtte, besefte hij dat hij het wel kon vergeten om op tijd in Kensington terug te zijn voor doctor Knox' lezing. De vele tussenstops, die hem op de heenweg niet waren opgevallen toen hij vol adrenaline zijn doelwit angstvallig in de gaten hield, leken nu bijkans oneindig lang te duren. Ten slotte reed de metro om kwart over acht het station van South Kensington binnen.

Hij stoof de roltrap op en rende Thurloe Place op, maar toen hij de ingang van het Fitzmolean bereikte, was het museum in duisternis gehuld.

Traag slenterde hij naar Beths huis en hij dacht na over hoe hij zou uitleggen waarom hij te laat was voor de lezing. Toen hij haar voordeur bereikte, had hij zijn excuus bijna tot op de komma in zijn hoofd.

Hij draalde wat en gaf ten slotte twee zachte tikjes op de deurklopper. Even later werd er opengedaan, en een knappe jongeman keek hem aan. 'Wat kan ik voor u doen?' vroeg hij.

William voelde zich slap worden.

'Ik kwam eigenlijk voor Beth,' flapte hij eruit toen op dat moment een gestalte in een badjas en met een handdoek om haar hoofd verscheen.

'Kom binnen, William,' zei Beth. 'Ik kan niet wachten totdat je me vertelt waarom je me liet zitten. Mag ik aannemen dat je de Rembrandt hebt gevonden? Jez, zou jij William naar de woonkamer kunnen brengen en hem wat te drinken willen geven terwijl ik m'n haar even föhn?' verzocht ze de jongeman. 'Niet dat hij dat verdient, overigens.'

11

'Was je op tijd bij de boekwinkel?' vroeg Lamont toen William de volgende ochtend op het bureau was verschenen.

'Ja, sir.'

'Dus je hebt hem aangehouden?'

'Nee, sir.'

'Waarom niet?'

'Ik was pas op hem ingelopen toen we allebei in de metro naar Dagenham East belandden. Ik besloot om eerst uit te vinden waar hij woonde. En deze ochtend met een huiszoekingsbevel terug te gaan.'

'Sukkel,' reageerde Lamont. 'Je had hem meteen moeten aanhouden en zijn huis moeten doorzoeken. Laten we maar hopen dat we de Hawk niet hoeven uit te leggen waarom hij sinds afgelopen nacht spoorloos is.'

'Hij verzet geen stap, sir.'

'Hoe kan jij dat nou weten, meneer de aspirant-rechercheur? Jij bent een politieman, geen waarzegger. Heeft hij je gezien?'

'Ik denk van niet, sir.'

'Laten we het hopen, want je hebt hem ruimschoots de tijd gegeven om zich te ontdoen van het bewijsmateriaal, én het op een lopen te zetten.'

William voelde zich een stoute leerling die een standje kreeg van de meester omdat hij niet netjes zijn huiswerk had gemaakt.

'En mag ik ook van je weten, laddie, waarom je dezelfde kleren aan hebt als gisteren?'

'Ik had me verslapen, sir, dus ik moest zo snel mogelijk iets aantrekken, want ik wilde niet te laat op mijn werk komen.'

'En is dat ook de reden waarom je je niet hebt geschoren?'

William boog het hoofd.

'Goed, ik hoop dat ze het waard was,' zei Lamont. 'Want je zit al genoeg in de rats. Jij gaat het volgende doen: je gaat naar huis, je neemt een douche, je scheert je, je trekt wat schone kleren aan, en dan zie ik je binnen een uur terug. In de tussentijd zorg ik voor een huiszoekingsbevel om de woning van de verdachte te kunnen doorzoeken. Jij en hoofdagent Roycroft gaan samen naar Dagenham. Jullie houden de verdachte aan, stellen hem in staat van beschuldiging en schrapen elk flintertje bewijsmateriaal bijeen om ervoor te zorgen dat als deze zaak voor de rechter komt, die rotzak geen kant meer op kan. Jullie brengen hem naar het plaatselijke politiebureau, waar hij zal worden vastgehouden totdat hij morgenochtend wordt voorgeleid. En Warwick, als hij de benen heeft genomen of het bewijsmateriaal heeft vernietigd, dan mag jij je verantwoorden tegenover de commissaris. En misschien dat ik dan de conclusie moet trekken dat het wellicht beter is als jij nog wat langer wijkagent blijft. Oké, erachteraan, voordat zijn tijd gekomen is.'

Toen William terugreed naar Victoria, gleden zijn gedachten voortdurend terug naar de gebeurtenissen van de vorige avond. Samen met Jez, Beths huisgenoot, hadden ze een biertje gedronken. Jez was het meest aan het woord geweest. Hij had verteld dat hij en Beth samen hadden gestudeerd en dat hun relatie platonisch was. Voor William was wel duidelijk waarom.

Toen Beth, nog altijd in haar badjas, erbij was komen zitten, had Jez hen snel alleen gelaten.

'Je had voor mij heus je haar niet hoeven wassen, hoor,' had hij gezegd.

'Zo gemakkelijk kom je er niet vanaf,' had ze gereageerd toen ze naast hem op de bank kwam zitten. 'Ik wil nog steeds weten waarom je me hebt laten zitten.'

Hij stak van wal, maar kwam niet verder dan Dagenham, waarop hij haar voor het eerst kuste. En als Beth hem er niet op had gewezen hoe laat het was, had hij de draad van zijn verhaal over zijn achtervolging van de Churchill-vervalser pas aan het ontbijt weer opgepakt.

'Morgen ga ik langs bij de Fake Gallery,' had hij gezegd terwijl hij naar de deur liep. 'Ga je met me mee?'

'Ja. Als je tenminste niet wordt opgehouden door de Boston Strangler.'

Nadat hij zich later die ochtend op de burelen van Scotland Yard had gemeld, was hij even de toiletruimte in gedoken om zichzelf toonbaar te maken, maar met zijn futiele pogingen hield hij Lamont niet voor de gek.

Terug op zijn bescheiden kamertje in Trenchard House nam hij meteen een douche, schoor zich en trok wat schone kleren aan. Nog geen uur later zat hij weer achter zijn bureau. Inmiddels had Lamont de verdachte dankzij diens adres kunnen identificeren – ene Mr Cyril Amhurst – en had hij bij een plaatselijke rechter een huiszoekingsbevel geregeld.

'Jackie gaat met je mee om je handje vast te houden, want het is wel duidelijk dat je nog niet zonder kindermeisje kan. En laten we hopen voor je dat Mr Amhurst 'm niet is gesmeerd.'

William pakte een van de surveillanceauto's, en met Jackie als kindermeisje in de passagiersstoel reed hij in oostelijke richting langs de Theems naar Dagenham. Afgezien van de incidentele teambuildingborrels in de Tank, hun geliefde kroeg op de begane grond – de snookerkamer had hij nog altijd niet gevonden – was dit de eerste keer dat ze wat langer in elkaars gezelschap verkeerden.

Rijdend door East End kwam hij aan de weet dat Jackie gescheiden was, een dochter had die Michelle heette, en gezegend was met een begripvolle moeder die ervoor zorgde dat ze haar droombaan niet hoefde op te geven.

Zelf hield hij zijn ouders of zijn zus buiten schot, maar hij vertelde haar dat hij de volgende dag met een onderzoeksassistent van het Fitzmolean naar de Fake Gallery in Notting Hill wilde.

'Was zij de reden waarom je vanochtend te laat op je werk was?' vroeg ze.

'Ja,' antwoordde hij terwijl hij even uit het zijraam keek.

'Laten we dan maar hopen dat ze begripvol is.'

'Hoe bedoel je?'

'Binnen de politie gaan meer relaties kapot dan in welke andere beroepsgroep dan ook. Ik ben nog steeds dol op mijn ex, maar dat hij nooit wist wanneer ik thuis zou zijn, zelfs al was het de bedóéling dat ik thuis zou zijn, werd hem te veel. En dus vond hij iemand die altijd op tijd thuis was voor het avondeten in plaats van het ontbijt. Tussen haakjes, het is misschien verstandig om de baas te laten weten dat je morgen naar de Fake Gallery wilt.'

'Hoezo? Morgen is m'n vrije dag.'

'Dan nog vindt-ie het vervelend om het via via te weten te komen.'

'Bedankt voor de tip,' zei hij, en ze reden Dagenham binnen.

De afgelopen veertig minuten was hij meer over haar te weten gekomen dan de hele afgelopen maand.

'Wat doen we als hij niet thuis is?' vroeg hij toen ze voor de deur van Monkside Drive 43 stopten.

'Dan wachten we totdat-ie opduikt. Veel van ons werk bestaat uit gewoon rondhangen.'

'Jij of ik?' vroeg hij toen ze het tuinpaadje op liepen.

'Jij. Want dit is jouw zaak.'

Nerveus klopte hij aan, en terwijl de seconden verstreken begon hij het ergste te vrezen. Net toen hij weer naar de auto wilde lopen, ging de deur open.

'Mr Cyril Amhurst?'

'Ja,' antwoordde de man met een vriendelijke glimlach. 'Waarmee kan ik u helpen?'

'Ik ben agent Warwick, en dit is mijn collega, hoofdagent Roycroft.' Ze toonden hem hun penning, waarop Amhursts glimlach al meteen verdampte. 'Mogen we even binnenkomen?'

'Natuurlijk,' antwoordde Amhurst, wat minder vriendelijk nu. Hij leidde de twee naar de woonkamer, maar ging niet zitten. 'Waar gaat dit over?'

Verscheidene Londense boekwinkels hebben bij ons aangifte gedaan omdat u ze exemplaren van Winston Churchills *De Tweede Wereldoorlog* hebt verkocht.'

'Ik heb nooit geweten dat dat een misdaad was.'

'Wel als de handtekening de uwe is, in plaats van die van Sir Winston,' reageerde Jackie ferm.

'Bovendien moet ik u meedelen dat ik een huiszoekingsbevel heb,' voegde William eraan toe.

Amhurst trok wit weg en hij plofte neer op de bank. Eventjes vreesde William dat de man ging flauwvallen.

Twee uur lang deden William en Jackie hun werk. Een van hen bleef achter in de woonkamer, waar Amhurst als een lammetje op de bank bleef zitten. Het werd William al snel duidelijk dat hoofdagent Roycroft al vaker met dit bijltje had gehakt.

'Wilt u misschien een kopje thee?' vroeg Amhurst terwijl de molshoop aan boeken midden in de kamer uitgroeide tot een berg.

'Nee, dank u,' antwoordde William, en hij zette twee flesjes zwarte inkt naast een stapeltje gelinieerde velletjes papier die regel voor regel volstonden met de handtekening van Winston S. Churchill.

Toen Jackie tevreden was met het resultaat hadden ze samen meerdere juweeltjes opgeduikeld, waaronder een complete zesdelige set van Churchills *De Tweede Wereldoorlog* waarvan drie delen waren gesigneerd, plus ongesigneerde boeken van Lewis Carroll, veldmaarschalk Montgomery en president Eisenhower. Maar het pronkstuk was toch wel een eerste editie van *Een kerstverhaal*, gesigneerd door Charles Dickens.

Nadat Jackie elk item in een apart zakje had gedaan en gelabeld, ging William over tot de aanhouding van Mr Amhurst, en waarschuwde hem.

'Ga ik de gevangenis in?' vroeg Amhurst ongerust.

'Nu nog niet, maar u gaat met ons mee naar het bureau van Dagenham, waar u zult worden ondervraagd en misschien in staat van beschuldiging wordt gesteld. De brigadier van bewaring zal dan bepalen of u in aanmerking komt voor borgtocht. Ik zou u voor de zekerheid aanraden om toch maar een weekendtas mee te nemen.'

Amhurst kon zijn beven niet beheersen.

Ze begeleidden hem naar het wijkbureau, droegen hem over, en overhandigden de brigadier van dienst het bewijsmateriaal. Amhurst zweeg toen hij in staat van beschuldiging werd gesteld, en vroeg alleen of hij zijn advocaat mocht bellen. Terwijl zijn vingerafdrukken werden genomen en er een foto werd gemaakt, zetten William en Jackie een paraaf en maakten aanstalten om terug te keren naar Scotland Yard.

Nadat William de autosleutels had afgegeven, voegde hij zich bij Jackie in de lobby, waarna ze de lift naar de vijfde verdieping namen. Toen ze de gang op stapten, zag hij aan de felle streep onder de deur van de commissaris dat daar het licht nog brandde.

'Denk je dat-ie het gewoon aan laat, zelfs als hij er niet is?'

'Zou me niet verbazen,' antwoordde Jackie. 'Maar daar zullen we nooit achter komen.'

Ze liepen naar binnen en troffen Lamont aan de telefoon aan. Toen hij klaar was leunde hij achterover en luisterde naar hun verslag.

'Je hebt geluk gehad, William,' zei hij toen ze klaar waren. 'Maar zorg ervoor dat je niet nog eens zo'n stomme fout maakt. En onthoud dat deze zaak voor jou nog niet is afgelopen. Als Amhurst zichzelf onschuldig verklaart, dan zal jij een getuigenverklaring moeten afgeven.'

'Natuurlijk zal-ie schuld bekennen,' reageerde William. 'Het bewijs is overweldigend.'

'Daar kun je nooit van uitgaan. Ik heb geen tijd om je over al die uitgemaakte zaken te vertellen die ik alsnog verloor. Maar ik moet toegeven dat deze er best gedegen uitziet. O, trouwens, hoofdcipier Rose heeft vanuit Pentonville gebeld. Of je hem wilt terugbellen.'

Weer terug achter zijn bureau nam William even een moment voor zichzelf. Er spookte immers zoveel door zijn hoofd. Eerst Amhurst, toen Beth, en nu Rose. Hij pakte de telefoon, belde naar de gevangenis van Pentonville en verzocht te worden doorverbonden met de hoofdcipier.

'Rose.'

'Met Warwick, sir. U vroeg me om terug te bellen.'

'U boft, agent Warwick.' William sloeg zijn notitieboekje open. 'Tussen 9 en 13 april 1981 hebben drie Angies gedetineerden bezocht: een zekere Mrs Angie Oldbury, Angela Ibrahim, en Angie Carter.'

'Zou ik de gegevens van alle drie mogen noteren, sir?'

'Niet nodig,' antwoordde Rose. 'Want een van de gedetineerden die door een Angie werd bezocht zit hier nog steeds, en een andere gedetineerde was zwart, iets waarvan ik vermoed dat dat Appleyard moet zijn opgevallen. En gedetineerde nummer drie werd iets meer dan een jaar geleden vrijgelaten.'

'Hoe heet hij?'

'Geduld, jongeman. Degene die jou wellicht interesseert is een doortrapt schurkje genaamd Kevin Carter. Hij woont in Barnstaple. Dat ligt in Devon, voor het geval je dat niet wist. Overdag is hij graveur, 's nachts breekt hij in. Het is nu dus aan jou om te laten zien dat je je rang waard bent.'

'Ik ga er meteen mee aan de slag, sir.'

'En heb je namens mij de groeten overgebracht aan je baas?'

'Zeker, sir.'

'En wat was zijn reactie?'

'Ik denk dat u hem dat maar beter zelf kunt vragen, sir.'

'Zo erg dus,' reageerde Rose, en hij hing op.

William maakte een gedetailleerd verslag en gaf het aan zijn baas.

'En welk woord springt van de pagina?' vroeg Lamont nadat hij het verslag had gelezen.

'Graveur.'

'Je leert snel,' oordeelde Lamont. 'Maar "Carter" en "Barnstaple" zouden een goede tweede en derde zijn.' Hij zwenkte op zijn stoel. 'Jackie, kom er maar even bij zitten.'

Nadat hoofdagent Roycroft met haar vertrouwde notitieboekje en balpen in de aanslag had plaatsgenomen, ging Lamont verder.

'Jullie twee verdwijnen minstens een paar dagen naar de West Country om Carter goed in de gaten te houden. Ik wil weten wat hij in zijn schild voert en wat hij precies op dat zilver graveert dat hij in de Silver Vaults gekocht heeft. En waarom hij plots een koper is, terwijl hij dat spul doorgaans jat. Zoveel geld heeft hij immers niet, dus iemand moet hem financieren. Maar wie?'

'Wanneer wilt u dat we vertrekken, sir?' vroeg Jackie.

'Zo snel mogelijk. Tenzij een van jullie twee hier misschien belangrijkere zaken te regelen heeft?'

'Ik misschien,' antwoordde William. 'Ik had laatst een gesprek met een onderzoekster van het Fitzmolean, en hoewel ik niet veel wijzer werd over de diefstal van de Rembrandt, opperde ze dat ik eens bij de Fake Gallery in Notting Hill moest langsgaan. Dat heb ik voor morgenochtend op mijn agenda staan.'

'Waarom?' blafte Lamont.

'Wie weet vind ik daar een soortgelijk werk van degene die die Rembrandt heeft gekopieerd.'

'Het is het proberen waard,' oordeelde Lamont. 'En neem die jongedame mee, vooral als zij de reden was waarom je vanochtend te laat op je werk was.'

Jackie onderdrukte een glimlach.

'Dan is dat dus geregeld,' zei Lamont. 'Jullie kunnen maandagochtend vroeg met de auto naar Barnstaple.'

'Mag ik weten hoe het met de diamantsmokkel staat, sir?' vroeg William.

'Niet zo vrijpostig, agentje, want anders ben je nog vóór de nachtdienst weer terug in Lambeth.'

‘Ik heb een leuke zaak die je misschien wel interesseert,’ zei Clare, en ze reikte Grace een dossier aan dat aangemerkt was als PERSOONLIJK.

Grace nam de tijd om Clares inschatting van de zaak te bestuderen, en antwoordde: ‘Maar de rechter zal de zitting toch niet laten doorgaan, gezien de omstandigheden?’

‘Er is een precedent,’ zei Clare. ‘Edelachtbare Havers stond zijn zoon en dochter toe om voor hem te verschijnen, de een als openbaar aanklager, de ander als de advocaat van de verdediging. Maar pas nadat de gedaagde hiermee had ingestemd.’

‘Niet mijn dagelijkse kost,’ moest Grace toegeven terwijl ze de aanklacht een tweede keer doorlas. ‘Maar wel onweerstaanbaar uitdagend, moet ik bekennen. En ik durf te wedden dat mijn vader niet zal tegenstribbelen.’

‘Heb je hem al over ons verteld?’ vroeg Clare. Ze probeerde niet al te bezorgd te klinken.

‘Ik ben er niet te diep op ingegaan.’

‘Dat doe je toch nooit?’ zuchtte Clare, en ze voegde eraan toe: ‘Ik heb het woord “reactionair” eens opgezocht in het woordenboek, en de naam van je vader prijkt in een voetnoot.’

Grace schoot in de lach. ‘Ik heb mijn moeder alles over je verteld, en ze steunt me volkomen. Ze vroeg of je een keer op zondag komt lunchen, zodat pap zelf het optelsommetje kan maken.’

‘Wie zou je vader liever als lid van de Garrick Club willen voordragen, een massamoordenaar of een lesbo?’

‘Een massamoordenaar denk ik, maar pin me er niet op vast,’ antwoordde Grace terwijl ze het dossier op het nachttafeltje legde en het licht uitknipte.

12

Ze zaten op het bovendek van de bus op weg naar Notting Hill.

'Heb je een plan, agent Warwick?' vroeg Beth. 'Of wordt het improviseren?'

'Dat laatste,' moest William bekennen. 'Maar ik hoop dat ik op de terugweg weet wie de kopie van de vermiste Rembrandt op zijn naam heeft staan.'

'Ben je nog iets interessants te weten gekomen over de galerie?'

'Die werd twaalf jaar geleden opgericht door twee broers, Malcolm en Zac Knight. Ze begonnen met portretten, maar kwamen er al snel achter dat daar geen geld mee te verdienen viel, waarna ze ongesigneerde kopieën van bestaande werken gingen maken voor cliënten die een origineel niet konden betalen maar wel voor een duizendste van de prijs een meesterwerk aan de muur wilden. Toen begon het echt te lopen. En jij?'

'Ik heb wat bij mijn artistiekerige vrienden geïnformeerd. Een hoop keuren het af, hoewel een paar moesten toegeven dat de galerie voor enkele ploeterende kunstenaars een redelijk inkomen oplevert dat ze anders nooit hadden gehad. Sommige kopieën zijn kennelijk van buitengewone kwaliteit. Maar ik geef nog altijd de voorkeur aan het origineel.'

'Dan zul je er eentje moeten stelen. Of een rijke stinkerd moeten trouwen.'

'Dat is in beide gevallen niet nodig,' antwoordde ze. 'Ik word al omringd door een paar van de beste kunstenaars ter wereld, en mijn huidige vriendje heeft bijna geen cent, dus dat biedt weinig hoop.'

'Maar de meeste kunstenaars zijn dooie Hollanders, dus je vriendje moet wel een kans maken.'

'Alleen als-ie mijn Rembrandt vindt.'

'Probeerde je me daarom te versieren?'

'Jij probeerde míj te versieren, mocht je dat zijn vergeten. En bij onze tweede date kwam je niet eens opdagen.'

'Je hebt je preek al gedaan,' zei hij en hij pakte haar hand.

'Nou, ik hoop maar dat je er niet over denkt om bij Kunst en Antiek weg te gaan voordat je mijn Rembrandt hebt gevonden.'

'Voorlopig niet. Maar als ik over een paar jaar voor mijn brigadierexamen slaag, word ik waarschijnlijk naar een andere afdeling overgeplaatst.'

'Jij gaat helemaal nergens heen totdat mijn Rembrandt weer in z'n lijst hangt. Want anders zijn mijn amoureuze gevoelens bestemd voor degene die jouw plek gaat innemen.'

'De bofkont. Maar als we kunnen ontdekken wie *De Staalmeesters* heeft gekopieerd, zijn we een stap dichter bij wat er met het origineel is gebeurd.'

De bus stopte en hij stond op om Beth voor te laten gaan.

'Dat doen nog maar weinig mannen, tegenwoordig,' merkte ze op terwijl ze het trapje af liep. 'Ik kan niet wachten om kennis te maken met je vader. Hij is vast een heer van de oude stempel.'

'Iets waar ik zelf nooit bij stil heb gestaan, maar wat ik pas sinds kort ben gaan waarderen,' moest hij bekennen.

'Je weet vast nog wat Mark Twain over zijn vader zei,' zei ze terwijl ze de bus uit stapten. ' "Toen ik een jongetje van veertien was, was mijn vader zo dom dat ik de oude man nauwelijks kon velen. Maar toen ik eenmaal eenentwintig was, was ik verbijsterd over hoeveel hij in zeven jaar had geleerd." '

William lachte.

'Enig idee welke kant we op moeten?' vroeg ze.

'Nee,' antwoordde hij, 'maar ik heb iemand gezien die dat waarschijnlijk wel weet.' Hij sprak een voorbijlopende bobby aan en vroeg hem de weg naar Abbots Road.

'De tweede straat rechts, sir.'

'Dank u.'

'Heb je ooit een uniform gedragen?' vroeg Beth.

'Ik ben een paar jaar wijkagent geweest in Lambeth.'

'En zijn burgers altijd net zo beleefd en dankbaar als jij?'

'Niet altijd,' antwoordde hij zacht en hij boog het hoofd.

'Oeps, wat heb ik gezegd?' reageerde ze opeens bezorgd.

'Ik moet opeens denken aan een oude vriend die vanochtend zijn ronde zou hebben gedaan,' antwoordde hij terwijl ze de hoek omsloegen.

'Sorry,' zei ze. Ze pakte zijn hand en besefte dat ze elkaar nog heel wat te vertellen hadden.

'Kon je niet weten,' zei hij.

Ze kuierden Abbots Road in en zijn oog viel op een fleurig uithangbord dat zacht heen en weer zwaaide in de bries.

'Probeer niet als een agent te praten,' fluisterde Beth toen ze de galerie betraden.

Een man in een roze overhemd met open boord, blazer en spijkerbroek liep naar hen toe om hen te begroeten. 'Goedemorgen. Zac Knight, eigenaar van de galerie,' stelde hij zich voor. 'Mag ik weten of u naar iets speciaals op zoek bent?'

Ja, dacht William bij zichzelf, maar hij hield zijn mond.

'Nee,' antwoordde Beth. 'We liepen toevallig langs en we dachten, laten we even een kijkje nemen.'

'Natuurlijk,' reageerde Knight met een warme glimlach. 'De galerie beslaat twee verdiepingen. Hier beneden hebben we een aantal bijzondere schilderijen in de stijl van de moderne meesters.'

'Het verbaast me dat dat mag,' merkte William op.

Beth fronste en Knight bekeek William wat aandachtiger. Daarna trok hij een schilderij van de muur en draaide het om. Op de achterkant van het doek was met grote zwarte letters het woord FAKE gekladderd. 'Ik kan u verzekeren, sir, dat als u deze woorden probeert te verwijderen, u het hele schilderij onherstelbaar beschadigt.'

William knikte, maar Beth keek hem nog altijd doordringend aan en dus hield hij het daarbij.

Knight hing het schilderij weer terug. 'In het souterrain,' ging hij verder, 'vindt u kopieën van bekende meesterwerken, gemaakt door extreem talentvolle kunstenaars.'

'Ook met FAKE op de achterkant?'

'Nee, *madam*. Maar ze zijn altijd ongesigneerd en stuk voor stuk tweeënhalve centimeter kleiner of groter dan het origineel zodat geen enkele serieuze verzamelaar om de tuin kan worden geleid. Ik zou zeggen, geniet van beide exposities, en mocht u iets willen vragen, aarzel dan vooral niet.'

Beth glimlachte terug. 'Dank je, Zac.'

Al rondkijkend op de begane grond was William verrast over de kwaliteit van sommige kopieën. Als je op zoek was naar een Picasso, een Matisse of een Van Gogh, dan kon je hier voor onder de duizend pond slagen. Zelfs Hockneys *A Bigger Splash*, waarvan een poster aan de muur van zijn slaapkamer hing, was tentoongesteld. Maar terwijl ze naar een Rothko-kopie keken die misschien zelfs door een kenner voor echt kon worden aangezien, bekende hij tegen Beth dat hij voor dat geld nog altijd liever een Mary Fedden, een Ken Howard of een Anthony Green zou hebben.

'Heb je je man al gevonden?' fluisterde Beth.

'Nee. Maar de kans is een stuk groter dat-ie beneden hangt.'

'Waarom ga je dan niet even kijken? Als Mr Knight weer opduikt, hou ik hem wel aan de praat.'

'Slim.' William verdween naar beneden, waar hij opnieuw in een grote galerie belandde, ditmaal gevuld met werken waarvan hij de meeste herkende. Turners *The Fighting Temeraire* voor tweeduizend pond, en Van Eycks *Portret van Giovanni Arnolfini en zijn vrouw*, dat naast een bekend naakt van Goya hing.

Maar pas toen zijn oog op Poussins *De dans van de tijd* viel, hapte hij even naar lucht. Hij had het origineel in de Wallace Collection gezien en kon zich alleen maar verwonderen over hoe deze kunstenaar het origineel zo goed had weten te vangen. Een zeldzaam talent dat schitterde tussen kladderaars. Sommige kopieën waren uitstekend, maar geen daarvan kwam in de buurt van dit werk. William twijfelde er niet aan dat hij zijn man gevonden had, maar het label bood geen enkel aanknopingspunt met betrekking tot de maker.

Na nog een tijdje naar het doek te hebben gestaard, liep hij met tegenzin weer naar boven, waar hij Beth in een diep gesprek met de galeriehouder aantrof.

'Bekijk Renoirs *De paraplu's* en u begrijpt wat ik bedoel,' zei Knight toen William verscheen, die even naar Beth knikte.

'Kun je me het laten zien, Zac?' koerde ze.

'Loop maar mee,' zei Knight, William negerend.

'Poussin,' fluisterde hij haar toe op het moment dat ze hem passeerde, en achter de galeriehouder aan naar beneden liep. Traag maakte William nog een tweede rondje door de bovengalerie, maar zijn gedachten waren elders.

Beths huisgenoot Jez was een weekendje naar Shropshire. Williams plan was om Beth zijn liefde te verklaren, maar hij was bang dat ze het niet zag zitten om zich nu al vast te leggen. Toen zijn vader na drie weken zijn moeder ten huwelijk vroeg, zo ging het verhaal, had ze geantwoord: 'Waarom had je zo lang nodig?'

Beth en Knight waren nu zo'n twintig minuten beneden en hij vroeg zich af of hij zich weer bij hen moest voegen, maar hij wist zich op de een of andere manier te beheersen. Vijfentwintig minuten verstreken. Een halfuur. Toen hij ten slotte naar de trap liep, verscheen Beth weer, met de galeriehouder in haar kielzog.

'Dank je, Zac,' zei ze. 'Dat was echt fascinerend en ik verheug me op de besloten kijkdag, aanstaande woensdag. O, dit is trouwens mijn broer, Peter.'

Zac schudde William de hand.

'We moeten eens opstappen, zus,' zei William, 'als we nog op tijd willen zijn voor de lunch met mam.'

'Goh, ik heb me zo vermaakt dat ik onze lieve mam helemaal was vergeten.'

'Je hebt mijn nummer, Barbara,' zei Zac. 'Je kunt me altijd bellen.'

William deed alsof hij het niet hoorde. Knight opende de deur en glimlachte flirterig naar haar.

'Ik zie je woensdag, Zac,' zei ze.

'Doorlopen,' zei William toen ze weer op straat liepen. 'En doe alsof je mijn zus bent in plaats van mijn vriendin, want Zac staart ons na van achter het raam.'

Beth bewaarde een zusterlijk afstandje en zweeg totdat ze de hoek om waren. Bij een koffiezaakje aangekomen stapten ze naar binnen en liepen meteen door naar een alkoofje in de uiterste hoek, waar ze vanaf de straat niet te zien waren.

'Zo, Nell Gwynne,' zei hij terwijl hij tegenover haar ging zitten.

'Catharina de Grote lijkt me toepasselijker,' opperde ze terwijl ze met haar rug naar het raam ging zitten.

'Vertel op.'

'Zac is zelf ook nep,' begon ze. 'Eentje die denkt dat alle vrouwen voor hem vallen. Ik speelde het spelletje mee, totdat zijn handen op verkenning gingen.'

William kwam even overeind. 'Ik vermoord hem.'

'Nee hoor, niet als je mijn verhaal hebt aangehoord. Toen ik zei dat jij mijn broer was, kon hij zich niet meer beheersen.'

'Peter?'

'Nee. Peter Paul. Onze moeder vernoemde jou naar Rubens en mij naar Hepworth. Leek me wel toepasselijk.'

'Doortrapt, dat ben je.'

'Ik hou het op gewiekst.'

'Dus wat ben je te weten gekomen?'

'Alles op z'n tijd,' antwoordde ze toen een kelner bij hun tafel verscheen. 'Een cappuccino graag.'

'Voor mij ook,' zei William.

'Toen ik Zac vroeg wie *De dans van de tijd* had geschilderd, deed-ie aanvankelijk een beetje moeilijk, dat de galerie de identiteit van de kunstenaars niet wilde onthullen omdat cliënten anders misschien direct met de kunstenaar wilden onderhandelen en de galerie het nakijken zou hebben.'

'Dus hoe wist je hem zover te krijgen?'

'Ik vertelde dat ik een straatarme secretaresse was en me al deze mooie schilderijen zelfs voor de helft van de prijs niet kon veroorloven. Waarop hij zich versprak en zei dat de kunstenaar op dat moment niet beschikbaar was. "O, wat erg. Heeft-ie jullie voor een andere galerie verruild?" vroeg ik toen met een heel meelevend gezicht. Waarop hij antwoordde dat het iets gecompliceerder lag.'

'Je vindt dit leuk hè, ratje?'

'Nog zo'n opmerking, agent Warwick, en ik krijg acuut geheugenverlies. Oké, waar was ik gebleven toen jij me zo ruw onderbrak?'

'Dat het gecompliceerder lag...'

'O ja. Ik zei: "Ik snap even niet wat je daarmee bedoelt. Maar als je het niet kunt uitleggen, begrijp ik dat best, hoor." Waarna hij opbiechtte: "Ik mag het je eigenlijk niet vertellen, maar hij zit in de gevangenis." '

'Ik aanbid je.'

'Sst.'

'Waarom zit-ie gevangen?'

'Het schijnt dat hij een kunsthandelaar in West End een Vermeer wilde slijten en op heterdaad werd betrapt. "Hoe dan?" vroeg ik. Kennelijk vroeg-ie er te weinig voor, waardoor de handelaar achterdochtig werd en de politie inschakelde.'

'Hoe heette hij?'

‘Heb ik niet gevraagd.’

‘Waarom niet?’

‘Zac begon wat argwanend te klinken, en dus begon ik over de Renoir. Daarom duurde het zo lang voordat ik weer boven was. Hoe dan ook, voor een van ’s lands meest gerenommeerde rechercheurs moet het niet al te moeilijk zijn om de identiteit te achterhalen van iemand die moet zitten omdat hij een Vermeer heeft vervalst.’

‘Klopt. Maar gaat Zac er nog steeds van uit dat jij woensdag op de opening bent?’

‘Helaas zal Barbara niet aanwezig kunnen zijn en moet ze ook zijn attente uitnodiging voor de afterparty in het Mirabelle afslaan.’

‘Maar je gaf hem wel je nummer.’

‘017301234.’

‘Welk nummer is dat?’

‘Harrods, de gebakafdeling.’

‘Ik aanbid je.’

13

Pas na tienen op zondagochtend zetten ze zich aan het ontbijt.

Beth wilde gaan joggen in Hyde Park. Er mochten wel wat pondjes af, vond ze. William kon niet bedenken waar die dan zaten, maar hij besloot met haar mee te gaan.

'We hoeven niet te lunchen,' zei hij terwijl hij nog een geroosterde boterham beboterde. 'Dit telt als een brunch. Maar ik moet wel even mijn moeder bellen om te laten weten dat ik niet kom.'

'Je kunt nog op tijd zijn als je nu weggaat,' plaagde Beth hem.

Hij negeerde haar en besmeerde zijn boterham met een flinke klodder marmelade.

'Jez en ik gaan op zondagavond meestal naar de film,' zei ze. 'We kunnen dus op tijd in bed liggen.'

'Prima. Ik heb morgenochtend al meteen een vergadering met de commissaris.'

'Klinkt indrukwekkend.'

'En dat is hij ook. Verantwoordelijk voor vier afdelingen. Kunst en Antiek is zijn favoriet, hoewel het minst belangrijk.' Hij nam een hapje, en voegde eraan toe: 'Het team komt op de eerste maandag van de maand altijd bijeen om hem bij te praten over de zaken waar we aan werken.'

'Dan zul je hem heel wat te vertellen hebben, hè, agent Warwick?'

'Als onze schilder inderdaad achter slot en grendel zit, kun je er donder op zeggen dat de Hawk weet hoe hij heet, in welk huis van bewaring hij zit en voor hoelang.'

'Die baan zou jij op een dag ook wel willen hebben, hè?' zei Beth terwijl ze voor zichzelf nog wat koffie inschonk.

'Ja, maar ik heb geen haast. En jij? Zou jij Tim Knox' baan willen?'

'Ik ben dol op mijn werk en ik zit voorlopig prima op mijn plek totdat ik een beter aanbod krijg.'

'Ik durf te wedden dat jij al de baas van de Tate bent voordat ik op de stoel van de hoofdcommissaris beland.'

'Ik kan me niet voorstellen dat de Tate ooit een vrouw als directeur zal aanstellen.'

'Zelfs niet als ze voorzitter van de studentenraad en aanvoerder van het hockeyteam is geweest?'

'Wie heeft jou dat verteld?'

'Een politieman houdt zijn bronnen geheim.'

'Ik vermoord die Jez.'

'Jammer. Ik mag hem wel.'

'Hij is de ideale huisgenoot. Schoon, netjes en attent. En de huur die ik van hem ontvang is een mooie aanvulling op het schamele salaris dat het Fitzmolean me betaalt.'

'Nooit geweten dat jij die flat bezit.'

'Dat doe ik ook niet. Hij is van mijn ouders. Pap werkt voor de HSBC-investeringsbank en hij zit de komende drie jaar in Hongkong. Als ze terugkomen zal Jez zijn biezen moeten pakken, en dan neem ik zijn kamer weer in.'

Of de mijne, wilde hij het liefst zeggen.

'Ik zou je moeder maar even bellen,' zei ze, 'terwijl ik de afwas doe. De telefoon staat in de studeerkamer.'

'Eens de aanvoerder, altijd de aanvoerder.' Hij liet haar alleen en liep naar de studeerkamer. Daar pakte hij de telefoon en draaide het allereerste telefoonnummer dat hij ooit in zijn hoofd had geprent. Hij hoopte dat zijn vader opnam, maar er kwam een vrouwenstem aan de lijn.

'Nettleford 4163.'

'Ha, Grace. Met William. Ik kan vandaag niet komen lunchen. Er is iets tussengekomen. Zou jij tegen pap en mam willen zeggen dat het me spijt?'

'Iets of iemand?'

'Heeft met mijn werk te maken.'

'Wat kan jij toch slecht liegen, William. Maar ik hou mijn mond, ook al hoopte ik dat je er vandaag bij zou zijn.'

'Hoezo, is er iets dan?'

'Pap gaat voor het eerst kennismaken met Clare, dus ik hoopte op wat morele steun van jouw kant.'

'Ik heb nooit veel opgehad met drakengevechten.'

'Je wordt bedankt. Ben je er volgende week? Ik kan niet wachten om het meisje te ontmoeten dat met jou een tweede date heeft.'

'En ik kan niet wachten om het meisje te ontmoeten dat met jóú een tweede date heeft.'

'Touché, maar ik vind het nog steeds jammer dat je niet komt.'

'Komt allemaal goed, Grace. Onthoud gewoon: als pap zijn neus ophaalt, gaat-ie echt geen vuur spuwen. Alleen maar gebakken lucht.'

'Kun jij makkelijk zeggen, van een veilige afstand.'

'En je hebt hoe dan ook mam aan je kant staan.'

'Twee tegen één is kielekiele. Drie tegen één had misschien net in mijn voordeel kunnen werken.'

'Mijn gedachten zullen bij je zijn,' zei hij. Hij wenste haar succes en hing op. Op het moment dat hij de kamer uit wilde lopen viel zijn oog op een rijtje ansichtkaarten van de skyline van Hongkong op de schoorsteenmantel. De rechercheur in hem wilde kijken wat er op de achterkant geschreven stond, maar hij weerstond de verleiding. Hij liep de keuken weer in en zag dat Beth de afwas deed.

'Jez droogt meestal af.'

‘Subtiel,’ zei hij, en hij pakte een theedoek. ‘Als we klaar zijn, ga ik naar huis om m’n joggingpak aan te trekken en dan zie ik je in het park.’

‘Hoeft niet. In Jez’ kamer ligt alles wat je nodig hebt.’

‘Ik heb me altijd al afgevraagd hoe het zou zijn om een ménage à trois te hebben.’

Joggen in het park, daarna *My Beautiful Laundrette* kijken, met na afloop een pizza margherita – ieder de helft – en dan weer terug naar Beths flat om onder de lakens te verdwijnen en daarmee een zalig weekend af te sluiten.

⊸o⊷

Toen hij de volgende ochtend wakker werd moest hij zich eerst uit haar armen bevrijden voordat hij op zijn horloge kon kijken.

‘Help!’ riep hij geschrokken. Hij sprong uit bed en dook de badkamer in. Dit was zo’n vergadering waarbij hij het zich niet kon veroorloven te laat te zijn: ze begon om negen uur, met of zonder hem.

Hij liep de slaapkamer weer in, schoot snel in zijn kleren en gaf de halfwakkere Beth een kus.

‘Stiekem wegglippen voordat ik wakker werd, hè?’

‘Ik moet terug naar huis om me om te kleden. Ik kan het me niet veroorloven om nog eens te laat te komen.’

Ze hees zich overeind en rekte zich uit. ‘Nu je klaar met me bent, agent Warwick, zie ik je ooit nog terug?’ Ze zuchtte en liet een onderarm lui op haar voorhoofd rusten.

‘Ik kan na mijn werk meteen naar jou komen als jij dat oké vindt. Dat zal dan rond zevenen zijn.’

‘Prima. Dan kunnen we met z’n drieën eten. Jez kan koken, en jij en ik doen de afwas.’

Hij ging op het bed zitten en nam haar in zijn armen. ‘En wat ga jij doen?’

‘Proust lezen.’

'O, trouwens,' zei hij terwijl hij opstond om weg te gaan, 'mijn zus kan niet wachten om je te ontmoeten.'

'Hoezo?'

'Het is nogal gecompliceerd, maar vanavond vertel ik je alles.'

'Zorg maar dat je mijn schilderij terugvindt, agent Warwick!' waren de laatste woorden die hij hoorde voordat hij de deur van de slaapkamer dichttrok.

Hij stapte de straat op en zag dat bus 22 bij de halte stopte. Net op tijd sprong hij erin.

'Verdómme,' vloekte hij.

'Pardon, jongeman,' sprak de conducteur hem aan. 'In mijn bus is geen plek voor zulke taal.'

'Sorry. Ik ben mijn vriendin vergeten te vertellen dat ik vandaag naar Barnstaple ga.'

'In dat geval heb je overduidelijk de verkeerde bus genomen.'

'Excuses dat ik jullie de afgelopen maand zo aan het werk heb gehouden,' begon Hawksby terwijl hij plaatsnam aan het hoofd van de tafel. 'Jullie hebben ongetwijfeld gelezen over de drugsvangst in Southampton, afgelopen week. Honderd kilo cocaïne en zes aanhoudingen.'

Allemaal trommelden ze met hun handpalmen op de tafel.

'Eigenlijk geen applaus waard,' ging Hawksby verder. 'De zes die we aanhielden waren kleine vissen. De grote liggen nog steeds te zonnebaden op een strand ergens in Zuid-Frankrijk. En de grootste vis van allemaal waagt zich geen moment buiten zijn landgoed in Colombia, waar zelfs de politie bij hem op de loonlijst staat. Maar godzijdank werkt niemand van jullie bij narcotica.'

De Hawk leunde achterover en keek naar rechts. 'Dus, wat heb jij in mijn afwezigheid zoal uitgespookt, Bruce?' vroeg hij.

'Ik zat met zo'n beetje hetzelfde probleem als u, sir,' antwoordde Lamont. 'Je hoeft "drugs" alleen maar te vervangen door "diamanten". De ruwe diamanten komen uit Ghana en worden verscheept naar Dubai, en daarna naar Bombay, waar ze voor contant geld worden verkocht. Zo omzeilen ze in- en uitvoerrechten, en drijven ze tegelijkertijd de huizenprijzen in Mayfair op.'

'Criminelen wonen het liefst in een land waar de wet wordt nageleefd,' zei Hawksby. 'Zo kunnen ze gemakkelijker de schijn ophouden.'

'En net als u, sir,' ging Lamont verder, 'vangen we slechts wat kleine vissen, voor wie een paar jaar zitten gewoon bij het werk hoort.'

'Geen wonder dat de misdaad tegenwoordig vijftien procent van de wereldeconomie uitmaakt en nog steeds groeit,' reageerde Hawksby. 'Verder nog iets, Bruce?'

'Ja, sir. Agent Warwick zou weleens een doorbraak kunnen hebben geforceerd wat betreft de vermiste Rembrandt. Maar ik laat het aan hem over om de details in te vullen.'

'Na wat verder onderzoek hebben we –' begon William.

' "We"?' onderbrak Hawksby hem.

'Dankzij de hulp van een onderzoeksassistent van het Fitzmolean hebben we degene geïdentificeerd die, denk ik, de Rembrandt-kopie kan hebben geschilderd.'

'Naam?'

'Eddie Leigh,' antwoordde Lamont. 'Hij probeerde een galerie in West End een valse Vermeer te slijten. Ik onderzocht die zaak destijds. Hij zit nu twee jaar vast in Pentonville.'

'Waarom denk jij dat Leigh die kopie heeft gemaakt, Warwick?' vroeg Hawksby.

'Ik zag een van zijn schilderijen in de Fake Gallery in Notting Hill, sir. Hij is zeldzaam getalenteerd, maar toch denk ik niet dat hij zo'n meesterkopie heeft kunnen maken zonder het origineel te hebben gezien.'

'Maar hij kan net zo goed in het Fitzmolean voor vijf pond een poster van *De Staalmeesters* hebben gekocht,' stelde Hawksby.

'Dat kan, maar als hij zich alleen op een poster had moeten baseren, dan zou hij nooit die intense kleuren, de zindering en de flair van het origineel hebben kunnen vangen, en dus zou het weleens zo kunnen zijn, denk ik, dat het origineel nog intact is.'

'Maar dat is nog altijd hoogst onwaarschijnlijk,' reageerde Lamont zonder een zweem van een glimlach.

'Hoelang moet Leigh nog zitten?' vroeg Hawksby.

'Iets meer dan vier jaar,' antwoordde Lamont. 'En volgens mij heeft hij zijn mond voorbijgepraat over waar Faulkner de volgende keer zal toeslaan.'

'Vertel op,' maande Hawksby hem.

'Hoofdcipier Langley belde me vanuit de gevangenis in Pentonville, gisteren. Hij meldde dat hij regelmatig meeluistert met Eddie Leighs wekelijkse telefoontjes naar zijn vrouw, maar tot afgelopen vrijdag was niets daarvan het vermelden waard.'

'We zitten op het puntje van onze stoel, Bruce,' zei de commissaris.

Lamont herhaalde de exacte woorden die Leigh tegen zijn vrouw had gezegd: ' "Hoe vordert het schilderij?" "Zeg hem maar dat ik klaar ben met *Vrouw op een strand.*" "Op het nippertje." '

'Dat is uit Picasso's blauwe periode,' legde William uit.

'Interesseert me geen donder uit welke periode het is,' reageerde Hawksby. 'Wie bezit het origineel?'

'Ene Mr en Mrs Brookes,' antwoordde Lamont. 'Het hangt op dit moment in hun buitenhuis in Surrey.'

'Maar niet veel langer, vermoed ik zo, en nu we weten waar Faulkner wil toeslaan, moeten we achterhalen wanneer.'

'Misschien dat ik die vraag kan beantwoorden,' zei Jackie met een tamelijk zelfvoldane blik. Ze baadde even in de aandacht, en ging verder. 'Dat "op het nippertje" is de clou, sir. De Brookes gaan namelijk over twee weken veertien dagen op vakantie. Maar het huis zal slechts één avond verlaten zijn.' Ze zweeg weer even voldaan, nu zelfs wat langer.

'Ga door,' maande Lamont haar.

'De Brookes hebben een chauffeur, David Crann, en een kok, Elsie.

Beiden zijn inwonend, maar de kok gaat altijd in dezelfde periode op vakantie als zij.'

'En de chauffeur?'

'Crann zal tijdens die twee weken dag en nacht aanwezig zijn, behalve op maandag de drieëntwintigste, want dan speelt Chelsea thuis tegen Liverpool.'

'Ik heb een vermoeden waar dit naartoe gaat,' zei Hawksby, 'maar geef me de details.'

'Crann heeft een seizoenskaart en slaat nooit een thuiswedstrijd van Chelsea over. De aftrap is om zeven uur, dus hij zal rond vijven van huis gaan en pas ergens tegen middernacht terug zijn.'

'En het is goed beveiligd?' wilde Lamont weten.

'Het beste van het beste, sir. Maar het dichtstbijzijnde politiebureau is ongeveer twintig minuten rijden daarvandaan, wat de dieven ruimschoots de tijd geeft om het doek te stelen en weer veilig de snelweg te bereiken voordat de lokale politie ter plekke is.'

'Dit is een uitstekend staaltje politiewerk.'

'Dank u, sir,' zei Jackie.

'Ik denk dat we Faulkner voor de verandering nu eindelijk eens een stap voor zijn,' concludeerde Lamont.

'Laten we maar hopen dat hij ons niet twee stappen voor is,' waarschuwde Hawksby. 'Maar goed, zorg dat je in grote lijnen een strategie voor de drieëntwintigste klaar hebt, Bruce, zodat we ze ditmaal op heterdaad kunnen betrappen. Maar we moeten ook wat concrete resultaten boeken om de hoofdcommissaris uit mijn buurt te houden. Dus, Warwick, voordat je vertrekt: wat kun je me over Churchill en het oude zilver melden?'

'Cyril Amhurst, de vervalser van Churchills handtekening, zal later deze week in de rechtbank van Snaresbrook worden voorgeleid,' antwoordde William. 'We gaan ervan uit dat hij op borgtocht vrijkomt en ergens in de komende maanden in de rechtbank moet verschijnen. Ik ga ervan uit dat hij schuldig pleit.'

‘Ga nooit ergens van uit,’ waarschuwde Lamont.

‘En het zilver?’ wilde Hawksby weten.

Lamont pakte de draad op. ‘Kevin Carter. Een van onze recidivisten, zo blijkt. Hij duikt op en verdwijnt weer, als een koekoek in een Zwitsers klokje. We weten alleen niet wat hij nu in zijn schild voert, maar één ding staat vast: die hoeveelheid zilver kan hij nooit met zijn eigen geld hebben gekocht. Dit is echt van een andere orde. Hoofdagent Roycroft en agent Warwick zullen later vandaag naar Barnstaple rijden om Carter in de gaten te houden en te achterhalen waar hij mee bezig is.’

Verdómme, wilde William voor de tweede keer die ochtend vloeken. Hij moest Beth op haar werk bellen, wat haar baas niet zou waarderen, wist hij.

‘Hou me op de hoogte,’ zei Hawksby.

‘En Bruce, ik stel voor dat zodra William terug is uit Barnstaple jullie twee even een bezoekje gaan brengen aan Pentonville. Goed, dan nog even terug naar de Rembrandt: er gaat geen dag voorbij of raadsheer Booth Watson hangt aan de lijn met de eis dat we de kopie van het schilderij aan zijn cliënt teruggeven.’

‘Nog even niet,’ antwoordde Lamont.

‘Waarom niet?’ wilde Hawksby weten.

‘Als Jackie of ik voor Faulkners huis opduiken, komen we niet eens voorbij het tuinhekje. Maar als we een jong, onervaren diendertje sturen om het schilderij af te geven, misschien dat die wél een voet tussen de deur weet te krijgen.’

‘Kan ik in meegaan,’ oordeelde Hawksby. ‘Maar waarom nu nog even niet?’

‘Faulkner vliegt aanstaande maandag met British Airways naar Monte Carlo, en hij zal minstens een maand wegblijven.’

‘Hoe weet je dat zo zeker?’

‘Hij is een gewoontedier. In december verkast hij steevast naar zijn huis in Monte Carlo en hij keert zelden voor eind januari terug.’

‘En hoe weet je voor welke vlucht hij geboekt staat?’

'Het hoofd beveiliging van British Airways heeft vroeger bij de Londense politie gewerkt en houdt mij goed op de hoogte, sir.'

'Wat misschien ook wel interessant is,' zei Jackie, 'is dat zijn vrouw ditmaal niet meereist. Ene Cheryl Bates zal naast hem zitten, en haar ticket is betaald met dezelfde American Express-pas.'

'Ze zou zijn secretaresse kunnen zijn,' opperde Hawksby.

'Ik denk niet dat dat haar specialiteit is, sir,' antwoordde Jackie fijntjes terwijl ze de commissaris een foto van Miss Bates in bikini toeschoof.

Allemaal schoten ze even in de lach, maar Hawksby riep iedereen meteen weer tot de orde. 'Dus als Warwick met de Rembrandt-kopie voor Faulkners deur in Hampshire staat, dan zit-ie al in Monte Carlo.'

'Klopt, sir, maar zijn vrouw zit dan nog thuis,' antwoordde Lamont.

'Mooi. Want ik heb het gevoel dat Mrs Faulkner wellicht iets toeschietelijker zal zijn dan haar man,' reageerde de commissaris na de foto van Miss Bates nog eens te hebben bekeken.

14

'Ik zit echt zwaar in de nesten,' zei William en hij startte de auto.

'Bij de Hawk, of Lamont?' vroeg Jackie terwijl ze haar gordel omdeed.

'Veel erger. Bij Beth. Ik heb haar gezegd dat ik op tijd thuis ben voor het avondeten, en nu ben ik op weg naar Barnstaple met een andere vrouw.'

'Dat vraagt volgens mij om een stuk of tien rozen,' zei Jackie. 'En ik weet precies wie jouw probleem kan oplossen.' Ze reden door Earls Court. 'Stop daar,' zei ze.

'Maar dat is een dubbele gele streep,' protesteerde William. 'En de parkeerpolitie heeft het toch al op ons gemunt.'

'Het is maar voor een paar minuutjes en bovendien gaat het om een politieactie.'

Ze stapte uit, en William volgde haar met tegenzin een bloemenwinkel in.

'Tien rozen,' zei ze. 'En verse graag, want anders arresteer ik u voor het zich valselijk uitgeven voor bloemist. En ze moeten bezorgd worden.'

De bloemist nam de tijd om elke roos zorgvuldig te selecteren, en vroeg daarna naar de naam en het adres.

'Beth Rainsford, het Fitzmolean Museum, Prince Albert Crescent,' zei William.

‘Rainsford... Rainsford... waar ken ik die naam toch van?’ mompelde Jackie.

‘Wilt u nog een kaartje met een boodschap erbij?’ vroeg de bloemist, en hij overhandigde William een kaartje en een balpen.

Sorry, er kwam iets tussen. Ben er vanavond niet. William X

‘Ik dacht dat je haar een leuke meid vond,’ zei Jackie, en ze verscheurde het kaartje. ‘Dit leest eerder alsof je je zus laat weten dat je de bof hebt. Opnieuw.’

Mis je. Bel je vanavond en dan leg ik het uit. Liefs, William XX

‘Niet veel beter, maar ik zag net een parkeerwacht, dus we kunnen maar beter gaan.’

‘Dat wordt dan twee pond,’ zei de bloemist.

William gaf hem twee biljetten van een pond.

‘Dank je, Mike.’

‘Graag gedaan, Jackie,’ zei de bloemist, waarna ze snel naar hun auto liepen.

Even later voegden ze in westelijke richting in tussen het verkeer op de snelweg.

‘Maar wat is het plan zodra we in Barnstaple zijn?’ vroeg William.

‘Eerst zoeken we uit waar Carter woont, en daarna checken we in in een eensterrenhotel of een pension in de buurt.’

‘En waar zijn we precies naar op zoek?’ wilde hij weten, aangezien dit pas zijn eerste schaduwopdracht was.

‘Bezoekers. Vooral lui die niet uit de buurt komen. Niet dat onze grote vis naar Barnstaple komt om ons een plezier te doen, lijkt me, maar we moeten iedereen die de woning in of uit gaat fotograferen. En zodra we terug zijn bij de Yard kijken we of ze ook in ons boevenplakboek voorkomen.’

‘En verder?’

‘Kentekens van alle voertuigen die in de buurt van de woning geparkeerd staan, of die er verdacht uitzien. We kunnen ze later checken in het landelijke computerbestand. En ga er vooral niet van uit dat degene die we zoeken pal voor Carters voordeur zal parkeren. Zo gemakkelijk wordt het ons doorgaans niet gemaakt.'

'Werken we ieder voor zich, of als duo?'

'Dat hangt af van of we het huis vanuit de auto ongezien kunnen bespieden. Maar het zal hoe dan ook neerkomen op urenlang geduldig observeren zonder de garantie dat het iets oplevert.'

'Zullen we erachter komen waar-ie mee bezig is?' vroeg hij.

'Waarschijnlijk niet,' antwoordde ze. 'Maar je kunt er donder op zeggen dat we voor een paar verrassingen komen te staan waarbij we snel moeten improviseren.'

'Wie bepaalt wanneer we terug moeten naar Londen?'

'Lamont.'

'Nou, dan zitten we hier misschien voor de rest van ons leven vast.'

Ze schoot in de lach. 'Dat denk ik niet. Vergeet niet dat hij verwacht dat je met hem meegaat naar Pentonville als hij Eddie Leigh gaat ondervragen. En je moet die Rembrandt-kopie nog terugbrengen naar Faulkners huis in Hampshire.'

In aangename stilte reden ze een tijdje verder.

'Heeft Lamont eigenlijk een gezin?' vroeg hij.

'Hij is een driedubbele ramp,' antwoordde ze. 'Drie exen en vijf kinderen. Zijn eerste drie huwelijken hielden zes jaar, drie jaar en één jaar stand, en ik vraag me af of zijn huidige huwelijk dat gaat overtreffen. God mag weten waar hij al die alimentatie vandaan haalt. Het zou een stuk goedkoper zijn om er zo nu en dan een minnaar of minnares op na te houden. Zoals de rest van ons doet.'

Hij lachte. 'En de Hawk?'

'Al meer dan dertig jaar getrouwd met Josephine. Drie volwassen dochters die hem volledig om hun vinger hebben gewonden.'

'Dat zou ik weleens willen meemaken,' zei hij. 'Maar jij hebt ook een dochter,' merkte hij op, hopend dat ze ontspannen genoeg was om hem wat dingen toe te vertrouwen, maar ze reageerde er niet op. Hij keek even opzij en zag dat ze in slaap was gevallen. Probeer altijd even een dutje te pakken als dat kan, had ze hem al zo vaak geadviseerd.

Jackie wilde verder nergens meer op ingaan, en dus sloot ze haar ogen. Al binnen een paar dagen nadat William bij het team was gekomen wist ze dat hij voor grotere dingen bestemd was. Veel groter dan waar zij ooit op kon durven hopen.

Dat ze als jonge agente een inspecteur had aangegeven die een hand op haar dij had gelegd, had haar promotiekansen niet bepaald vergroot. En een halfjaar zwangerschapsverlof na de geboorte van haar dochter had er alleen maar voor gezorgd dat ze daarna weer gewoon wijkagent was. Toch had het haar niet ontmoedigd.

Maar toen Ms Roycroft werd gedagvaard inzake overspel met een hogergeplaatste die in scheiding lag, opperde haar superieur dat het misschien tijd was om vervroegd afscheid te nemen. Jackie nam niet de moeite hem erop te wijzen dat ze pas vierendertig was en dat ze niet van plan was om de baan waar ze zo van hield op te geven, want ze wist maar al te goed dat men haar niet kon ontslaan. Ze hield vol en aanvaardde dat een hogere rang dan hoofdagent er voor haar waarschijnlijk niet in zat.

William was anders. Hij mocht dan misschien wat naïef en gladjes zijn, maar toen ze hem eenmaal kennis had laten maken met de echte wereld, waar je van criminelen geen manieren hoefde te verwachten, wist ze zeker dat hij de rangen snel zou doorlopen. Toch zou ze nog over hem moeten waken wanneer hij op minder capabele collega's stuitte die hun fouten maar al te graag op hem afschoven, want zo'n internaatknaapje klikte immers niet.

Ze vroeg zich af of hij, wanneer hij uiteindelijk hoofdcommissaris zou zijn, haar naam nog zou weten.

William bleef op de middelste rijstrook en hield een vaste snelheid aan om haar niet wakker te maken. Het duurde niet lang of zijn gedachten gleden terug naar Beth. Hoelang zou ze zo'n onbetrouwbaar vriendje nog dulden? Zodra ze in Barnstaple waren zou hij haar bellen en uitleggen waarom hij niet met haar kon aanschuiven voor het avondeten.

Oud zilver, een vermiste Rembrandt, hoe bij Faulkner binnen te komen en kennis te maken met zijn vrouw; deze gedachten speelden door zijn hoofd en ondertussen probeerde Beth zich ertussen te ellebogen.

Vanaf het moment dat William de snelweg verliet werd Jackie wakker en ze raadpleegde meteen de kaart op haar schoot. 'Rij naar het centrum,' zei ze alsof ze helemaal niet had geslapen. 'De straat waar Carter woont, is zo meteen links. Ik waarschuw je ruim van tevoren.

'Neem de volgende links,' zei ze een paar kilometer verderop, 'en rij langzaam langs nummer eenennegentig. Daarna neem je de eerste rechts, en zorg ervoor dat je ver uit het zicht parkeert.'

Terwijl ze langs Mulberry Avenue 91 reden, bekeek Jackie aandachtig het moderne halfvrijstaande huis met het voortuintje van postzegelformaat. Maar het was niet de woning die haar aandacht trok. William sloeg rechts af en parkeerde achter een grote bestelbus.

Jackie stapte uit, strekte haar armen en tuurde de horizon af. 'Zie je wat ik zie?' vroeg ze.

Hij keek langs haar wijzende vinger. 'Je bedoelt dat grote huis daar op die heuvel?'

'De Romeinen zouden die plek hebben ingenomen en er een fort hebben gebouwd, zodat ze hun vijanden goed in de gaten konden houden.'

'Maar het is een flink eind weg.'

'Klopt. Maar het biedt een goed uitzicht over het dorp, Carters woning meegerekend. Laten we hopen dat het een hotel is, aangezien wij geen Romeinen zijn,' zei ze en ze stapte weer in.

William hield het gebouw in het vizier terwijl hij langzaam de heuvel op reed, totdat hij een bord zag met SEA VIEW HOTEL, en een pijl die naar een lange oprit wees.

'Het enige wat we nu wensen, is dat die kamer met dat grote erkerraam aan de voorkant voor de komende paar dagen nog vrij is,' zei ze. 'Jij doet het woord, dan probeer ik een gedweeë indruk te maken.'

'Dat is dan voor het eerst,' mompelde hij terwijl hij de auto parkeerde.

'Goedemiddag,' begroette de jonge receptioniste hen. 'Waarmee kan ik u helpen?'

'We vroegen ons af of de kamer met het uitzicht op de baai nog vrij is,' vroeg hij.

'De Queen Anne-suite? Eens kijken.' Ze raadpleegde het register even. 'Ja, maar slechts voor een paar nachten. Voor woensdag staat er alweer een reservering.'

'Wat is de prijs?' vroeg hij.

'Dertig pond per nacht, inclusief ontbijt.'

Hij aarzelde.

'We nemen hem,' zei Jackie. 'Mr en Mrs Smith,' fluisterde ze hem toe voordat hij het register tekende.

'De portier zal uw tassen naar uw kamer brengen, Mr Smith,' zei de receptioniste, en ze gaf hem de sleutel.

Hij vroeg zich af hoeveel Mr-en-Mrs-Smiths de Queen Anne-suite in de loop der jaren hadden gereserveerd – maar duidelijk niet om te doen wat hij en Jackie van plan waren.

Ze namen de lift naar de bovenste verdieping, waar de portier hen bij de geopende kamerdeur met hun bagage al opwachtte.

'Wenst u verder nog iets?' vroeg hij na de twee de kamer te hebben getoond.

'Nee, dank u,' antwoordde William, en hij gaf de portier vijftig pence die, zo wist hij zeker, Mrs Walters hem niet zou vergoeden.

Toen de portier de deur achter zich had gesloten tuurde Jackie al met een verrekijker door het raam.

'Een beroepsmoordenaar kan zich geen betere zichtlijn wensen,' zei ze, en ze zoomde in op Carters voorraam.

'Zal Lamont niet moeilijk gaan doen over hoe duur zo'n suite is?'

'Alleen als we met lege handen terugkeren in Londen.'

'Ik slaap wel op de bank,' zei hij met een afgunstige blik naar het tweepersoonsbed.

'Niemand slaapt op de bank,' zei Jackie. 'We werken bij toerbeurt, dag en nacht, zodat we allebei wat kunnen slapen en tegelijkertijd Carter geen moment uit het zicht verliezen. Goed. Hou jij de woning in de gaten, dan meld ik me bij het politiebureau hier om ze te laten weten wat we komen doen. En eet niet al die koekjes op, want roomservice zit er voor ons niet in.'

Hij nestelde zich in een comfortabele stoel en richtte de verrekijker op Carters woning. Hij kon nog net het kenteken van de Volvo op het garagepad ontcijferen en noteerde het. Hij richtte zijn aandacht vervolgens op een grote schuur in de hoek van de tuin, en weer terug op het huis, waar hij iemand in de woonkamer zag. De bewoner, van wie hij vermoedde dat het Carter was, zat in zijn eentje bij het haardvuur en las een krant. Een vrouw kwam binnen en begon te stofzuigen. Was zij Angie? Na de achterpagina te hebben uitgelezen, vouwde de man de krant op, stond op, pookte het vuur op en verliet de woonkamer. Even later ging de voordeur open. Hij liep door de tuin, ontgrendelde de deur van de schuur en stapte naar binnen. Opnieuw verloor William hem uit het oog.

Opeens ging de kamerdeur achter hem open en met een ruk keek hij achterom. Hij wist dat het Jackie niet kon zijn.

'O, excuses,' zei een kamermeisje. 'Wilt u dat ik de kamer aan kant maak?'

'Nee, dank je,' zei hij. Snel stond hij op en hij zorgde ervoor dat de verrekijker niet te zien was. Nadat de deur weer was dichtgevallen sloeg hij Jackies instructie in de wind en begon aan een koekje te knabbelen, waarna hij zijn verrekijker pakte en weer ging zitten. Hij richtte zijn aandacht weer op de schuur en kon binnen net aan een werkbank – zo leek het – onderscheiden en een gestalte die in hurkzit aan iets werkte, maar wat?

Ongeveer een uur later kwam hij de schuur uit. Hij liep terug naar de woning, verscheen in de woonkamer en nestelde zich in zijn leunstoel.

Het begon een beetje tot William door te dringen wat Jackie had bedoeld toen ze zei dat het doodsaaie uren gingen worden zonder dat het veel zou opleveren. Hij had Carter slechts een paar uurtjes geobserveerd en was het nu al zat. Telkens wanneer Carter in zijn leunstoel indommelde, wilde William het liefst hetzelfde doen.

Voor de tweede maal ging achter hem de deur open. Hij draaide zich om en zag Jackie met een boodschappentas binnenkomen.

'Al iets noemenswaardigs gezien?' vroeg ze terwijl ze naar een lege schaal met koekkruimels staarde.

'Carter verdween naar zijn schuur, waar hij een uur doorbracht. Volgens mij was hij daar met iets bezig, maar wat heb ik niet kunnen zien.'

'Dan zullen wij dat morgen moeten uitzoeken. Ik heb de plaatselijke veiligheidsagent ingelicht over wat we hier komen doen. Een goeie knaap, hoewel ietwat ongemakkelijk over het feit dat de Londense politie zonder waarschuwing vooraf zomaar komt binnenwandelen. Hij is goed op de hoogte van Carters strafblad, ondanks diens huidige reguliere baan. Maar tot dusver heeft Carter geen problemen veroorzaakt. Gewoon een brave burger, eigenlijk. Hij doet wat graveerwerk voor scholen en sportclubs uit de buurt, hoewel hij beweert dat hij met pensioen is.'

' "Criminelen gaan niet met pensioen, ze worden gewoon gehaaider," ' citeerde William.

'De Hawk?'

'Nee. Fred Yates. Dus, jij neemt het hier nu over terwijl ik naar buiten ga en de boel wat nader inspecteer?'

'Prima. Als Carter zijn huis verlaat, volg hem dan. Maar als-ie z'n stamkroeg binnenstapt, blijf dan weg. Want anders val je op als een dominee in een nachtclub.'

'En hoe laat moet ik terug zijn?'

'Rond middernacht,' antwoordde ze. 'Dan kan jij wat slapen, en dan neem ik de nachtshift. Ik heb in de auto wat sandwiches voor je achtergelaten, maar nu wou ik dat ik die zelf had opgegeten,' zei ze met opnieuw een boze blik naar de koekkruimels op de lege schaal.

'Sorry,' verontschuldigde hij zich. 'Er staat vast nog wel iets in de koelkast.'

‘Wat de rekening alleen maar hoger maakt, en ik hoef jou er niet aan te herinneren, agent Warwick, dat we hier niet op vakantie zijn.’

Hij glipte de kamer uit, reed het dorp in en parkeerde tussen twee auto’s aan de overzijde van Mulberry Avenue. Van daaruit had hij ongehinderd zicht op de woning. Iets na elven zag hij dat beneden het licht uitging en vlak daarna boven een licht aanfloepte. Twintig minuten later was het hele huis in duisternis gehuld.

Op zijn gemak at hij zijn sandwiches en met elke hap voelde hij zich schuldiger. Bang om in te dommelen probeerde hij op verschillende manieren wakker te blijven. Hij reciteerde Tennysons ‘Morte d’Arthur’, zong een valse ‘Nessun Dorma’, en somde de top tien van beste battinggemiddelden allertijden op: Bradman 99,94; Pollock 60,97; Headley…

Rond middernacht reed hij terug naar het hotel, waar Jackie al klaarstond om zijn taak over te nemen.

‘Nog iets interessants gezien?’ vroeg ze.

‘Hij keek tv, at zijn avondeten, keek nog wat meer tv, en ging iets na elven naar boven om te gaan slapen. Twintig minuten later waren alle lichten uit.’

‘En daar zal waarschijnlijk weinig verandering in komen,’ reageerde ze. ‘En de shift na middernacht is veruit het zwaarst. Je dommelt in voordat je het weet, en dan kun je er donder op zeggen dat zodra je wakker wordt de Volvo van het garagepad is verdwenen.’

‘Van nietsdoen word je hondsmoe,’ bevestigde hij, en hij gaf haar de autosleutels.

‘Jij neemt morgen de ochtendshift, dus zorg ervoor dat je goed uitgerust bent,’ waren haar laatste woorden voordat ze verdween.

Hij kleedde zich uit, nam een douche en dook in een warm bed. Het deed hem denken aan Beth. Verdomme, hij was vergeten haar te bellen, en nu was het te laat. Al bijna meteen viel hij in slaap.

15

Hij ontwaakte iets na zevenen de volgende ochtend, nam een douche, schoor zich en was aangekleed toen Jackie terugkeerde van haar nachtwake. Van achter het erkerraam genoten ze van een uitgebreid ontbijt van eieren met spek, en hielden ondertussen de woning in de gaten. Pas na negenen kwam Carter beneden. Ze konden slechts gissen naar hoe zijn ontbijt eruitzag, want zijn keuken bevond zich aan de achterzijde van de woning.

'En nu?'

'We keren terug naar Mulberry Avenue, en hopen maar dat-ie op een gegeven moment zijn woning verlaat. Als hij de auto pakt, dan volgen we hem. Is hij lopend, dan blijf ik in de auto, en ga jij een kijkje nemen in die schuur om uit te zoeken waar hij mee bezig was. Misschien gaat het om niks, maar Lamont zal het toch willen weten.'

Twintig minuten later stonden ze zo'n dertig meter van zijn tuinhekje aan de overzijde van de straat geparkeerd. Hun ogen dwaalden geen moment af van de voordeur.

'Dit is zinloos,' zei William nadat ze weer een uur hadden volgezwetst over van alles; van prinses Diana's voorgestelde bezoek aan Schotland tot wie de hoofdcommissaris zou gaan opvolgen.

'Maakt de Hawk een kans?' vroeg hij.

'Dit keer niet,' antwoordde ze. 'Maar misschien ergens in de toekomst, hoewel hij ook vijanden heeft.'

'Wat is er met die vent gebeurd die bij jou was toen ik voor het eerst die kopie zag van...' vroeg hij nadat er weer een uur voorbij was gekropen.

'Ross Hogan,' antwoordde ze. Ze zweeg even en voegde eraan toe: 'De Hawk heeft hem teruggestuurd naar Peckham.'

'Waar ik heen moest!'

'En die kans blijft aanwezig zolang wij die Rembrandt niet hebben teruggevonden. Want Ross is in het niets verdwenen.'

'Toen-ie naar Peckham moest heeft hij vast ontslag genomen.'

'Of hij werkt nu undercover.'

'Heb ik ook nog overwogen te gaan doen,' zei hij.

'Helemaal niets voor jou,' oordeelde ze. 'Jij oogt, klinkt en ruikt als een koorknaap.'

'Ja, Ross zou ideaal zijn voor undercoverwerk. Zelfs criminelen denken dat-ie een van hen is.'

'En blijf opletten, want de situatie kan in een oogwenk veranderen.'

'Maar wanneer kunnen we die oogwenk in hemelsnaam verwachten?' verzuchtte hij toen het derde uur zo'n beetje verstreken was. Opeens ging de voordeur open. Ze zwegen.

Carter stapte naar buiten met een lege boodschappentas. Hij liep het tuinpad af, opende het hekje en verdween in tegenovergestelde richting.

'Oké, dit is je kans,' zei ze. 'Pak de camera en probeer wat foto's te maken van wat er in die schuur staat.'

'Kunnen we dat onderbouwen?'

'Net aan. We houden het op een reden tot vermoeden,' zei ze, maar echt overtuigend klonk het niet. 'Zodra hij terugkomt, toeter ik één keer. Maar hou je achter de schuur verborgen totdat hij lang en breed weer binnen is. En denk aan de drieminutenregel.'

'En Angie?'

'Als ze naar buiten komt, dan toeter ik twee keer. En drie keer als ze jou ziet. En dan zet je het op een lopen, want dan moeten we als de wiedeweerga het dorp uit. Soms krijg je maar één kans.'

'Appeltje-eitje, maar niet heus.' Hij griste de camera van de achterbank, stapte de auto uit, en angstvallig om zich heen kijkend stak hij de weg over. Behoedzaam liep hij naar nummer 91. Er was nergens een mens te zien en Carter had het tuinhekje opengelaten. Hij schoot langs de Volvo en liep vlug naar de schuur. Vanuit de woonkamer zou hij hooguit een paar seconden te zien zijn geweest. Hij voelde aan de deur, maar die zat op slot. Opeens hoorde hij een auto in de straat, en hij dook weg achter de schuur totdat het voertuig de hoek om was.

Hij tuurde door het schuurraampje en kon een stoel en een houten werkbank onderscheiden, en hier en daar wat zilverkleurig vijlsel. Maar binnen was het te donker om verder nog iets te kunnen zien. Moest hij de flitslamp gebruiken? Hij drukte de lens van de camera tegen het raampje en schoot een heel filmrolletje vol, maar had geen idee of de foto's iets zouden onthullen.

Hij verwijderde het filmrolletje en laadde net een nieuw toen hij een auto één keer hoorde toeteren. Carter, niet Angie. Hij keek op en zag Jackie voorbijrijden. Op het moment dat Carter met zijn boodschappentas stevig in de hand het tuinhekje bereikte, dook William weer weg achter de schuur. Hij hoorde de voordeur opengaan en dichtvallen. Een man die thuiskomt moet bijna altijd naar het toilet, wat minstens drie minuten in beslag neemt. William wachtte dertig seconden. Zevenentwintig, achtentwintig, negenentwintig, dertig. Hij stond op, beende over het gazon, langs de linkerkant van de Volvo en ten slotte het tuinpad af en het trottoir op. Hij rende niet en keek niet achterom.

Hij zag dat Jackie zo'n honderd meter verderop met draaiende motor op hem wachtte. Hij had het portier nog niet dichtgeslagen of ze reed weg.

'Heeft-ie me gezien, denk je?' vroeg hij terwijl ze terugreden naar het hotel.

'Nee. Ik heb de voordeur in de gaten gehouden, en ik heb van geen van beiden een glimp opgevangen. En, ben je te weten gekomen wat hij in die schuur aan het doen is?'

'Het was daarbinnen zo donker dat ik nauwelijks iets kon zien, maar ik heb een rolletje volgeschoten. We zullen moeten afwachten of ze gelukt zijn.'

⊸o⊷

'Morgen moeten we hier weg zijn,' bracht William haar in herinnering terwijl ze het parkeerterrein van het hotel op reden.

'Weet ik,' antwoordde Jackie. 'Ik heb vlak in de buurt een bed and breakfast gezien, maar die biedt geen zicht op de woning, dus we zullen de meeste tijd in de auto moeten doorbrengen.'

Toen ze weer terug op hun kamer waren, belde ze Lamont en praatte hem bij. William zat bij het raam, knabbelde aan een nieuwe voorraad gemberkoekjes en tuurde door zijn verrekijker. Carter had de schuur weer opgezocht. Er was slechts een arm te zien die alsmaar op en neer bewoog. Hij werkte aan iets, maar wat?

'Wat had Lamont te zeggen?' vroeg hij toen Jackie ten slotte ophing.

'Dat we ons nu even gedeisd moeten houden. Ondertussen hou jij het huis in de gaten en dan laat ik het fotorolletje ontwikkelen.'

Hij wachtte totdat ze weg was, plofte op de rand van het bed en belde naar Beths flat. Geen gehoor. Ze kon nog niet thuis zijn van haar werk. Misschien dat hij het erop moest wagen en de galerie moest bellen, maar hij zag ervan af.

Hij liep terug naar het raam en richtte zijn verrekijker weer op de schuur. Carter stond nog altijd over zijn werkbank gebogen en zijn arm pompte nog altijd op en neer. Pas toen het donker was keerde hij terug naar de woning, waarna William hem uit het oog verloor. Het liep al tegen zessen toen Jackie met een triomfantelijke blik binnenstuiterde.

'Hij slaat munten in een mal, precies zoals je vader al vermoedde.'

'Wat voor munten?'

'Geen idee, maar ze zijn van zilver. Je moet er morgen een te pakken zien te krijgen. Weet je hoe je een slot openkrijgt?'

'Nee. Dat moet een van de inwerkcursussen zijn geweest die ik heb gemist.'

'Dan zal ik het moeten doen.'

'Zonder huiszoekingsbevel?'

'Lamont is vastbesloten te achterhalen wie Carters financier is en waar ze mee bezig zijn. Het laatste wat-ie zei voordat-ie ophing was: "Ik ben het zat om alleen maar kleine vissen te vangen." '

'Allemaal leuk en aardig, maar hoe gaan we dat aanpakken?'

'Dat zien we morgen wel,' antwoordde ze. 'Jij neemt nu eerst de nachtshift voor je rekening terwijl ik wat ga dutten. En wat er ook gebeurt, zorg ervoor dat je niet in slaap valt.'

Met tegenzin verliet hij het hotel, maar niet zonder eerst nog een paar Marsrepen en een flesje water uit de koelkast te hebben gepakt. Daar kon Mrs Walters toch geen bezwaar tegen hebben? Hij kon haar stem al horen: 'In het vervolg houden we het op kraanwater, agent.' Hij reed naar het dorp, sloeg Mulberry Avenue in en parkeerde achter een bestelbusje van waarachter hij ongehinderd zicht op Carters voordeur had.

Zijn oog viel op een rode telefooncel aan het eind van de straat. Hij vloekte. Hij had Beth nog steeds niet gebeld. Vanavond zou hij met haar naar een James Bond-film zijn gegaan en Faulkner hebben geobserveerd, in plaats van vanuit een oncomfortabele auto naar een stikdonker huis te moeten staren. Terwijl hij wakker probeerde te blijven om een plaatselijke boef in de gaten te houden, zou agent 007 de wereld in een paar uurtjes hebben verlost van een kwaadaardige schurk. Hij zette de radio aan. De algemene synode van de Kerk van Engeland debatteerde over de vraag of vrouwen het recht hadden om tot priester te worden gewijd. Daar begint het mee, hoorde hij zijn vader al zeggen. 'En daarna willen ze bisschop worden.' Na het nieuws volgde een programma over de recente plaag van tseetseevliegen in Afrika beneden de Sahara. Hij dommelde in, en werd pas weer wakker toen hij de piepjes hoorde die het nieuws van vijf uur aankondigden.

'Goedemorgen, dit is de BBC. De premier...'

Hij knipperde, wreef in zijn ogen en keek naar het huis, waar op de bovenste verdieping een licht brandde. Al meteen was hij klaarwakker en zijn hart sloeg op hol. Even later ging boven het licht uit, en beneden het licht aan. Hij schroefde de dop van zijn flesje met water, nam een slok en besprenkelde zijn gezicht een beetje. De voordeur ging open. Carter verscheen met een grote leren reistas die hij in de kofferbak van zijn auto zette, waarna hij achter het stuur kroop. Pas bij de derde startpoging sloeg de motor sputterend aan.

De Volvo reed het garagepad af. William reed voorzichtig en zonder licht zijn parkeervak uit. Aan het eind van de straat sloeg Carter rechts af. William volgde hem op een afstandje aangezien er op dit uur van de ochtend maar weinig voertuigen op de weg waren. Op een rotonde sloeg Carter links af en voegde in tussen het vroege ochtendverkeer dat het dorp uit reed.

'Alsjeblieft, alsjeblieft, alsjeblieft,' mompelde William terwijl Carter doorreed richting de snelweg.

Bij de volgende rotonde werden zijn gebeden verhoord toen Carter de derde afrit nam en invoegde in de verkeersstroom richting Londen.

Carter haalde niet in en bleef onder de maximumsnelheid. Het was duidelijk dat hij niet door de politie aan de kant gezet wilde worden, en William vroeg zich dan ook af wat er in hemelsnaam in die reistas kon zitten. Hoe meer kilometers ze aflegden, hoe meer hij ervan overtuigd raakte dat Carter op weg was naar de hoofdstad, mogelijk voor een ontmoeting met de man wiens identiteit Lamont zo graag wilde achterhalen. Maar opeens voegde Carter uit en begon de borden naar Heathrow te volgen, waar hij ten slotte de parkeergarage voor korte bezoeken in reed.

William parkeerde één verdieping hoger en volgde Carter naar terminal 2. Daar aangekomen begaf Carter zich naar de balie van British

Airways. William keek vanaf een afstandje toe terwijl Carter incheckte en een boardingpass kreeg. Daarna nam hij met de leren reistas stevig in de hand de lift naar de eerste verdieping, en liep de vertrekhal in.

William liep snel naar de incheckbalie en toonde de medewerkster zijn penning. 'Ik wil weten voor welke vlucht ene Mr Kevin Carter geboekt staat.'

Ze aarzelde even, en drukte op een knopje onder de balie. Al snel verscheen er een lange, gespierde man naast haar. William toonde opnieuw zijn penning en herhaalde zijn verzoek.

'Wie is uw chef?' was het enige wat de man vroeg.

'Inspecteur Lamont, hoofd afdeling Kunst en Antiek, Scotland Yard.'

De beveiliger pakte een telefoon. 'Welk nummer?'

'017352916.' Hij hoopte maar dat Lamont achter zijn bureau zat.

'Lamont,' zei een stem.

De beveiliger reikte de hoorn aan, waarna William uitlegde waarom hij op Heathrow was.

'Geef hem maar weer aan de lijn, laddie,' zei Lamont. William gaf de hoorn terug en luisterde naar een eenzijdig gesprek dat eindigde met 'Ja, sir'.

De beveiliger knikte, waarop de ticketdame op haar computer keek en zei: 'Mr Carter is geboekt op vlucht 028 naar Rome. De gate sluit over twintig minuten.'

William draaide zich om naar de beveiliger. 'Ik heb twee problemen,' zei hij. 'Ik moet mee met die vlucht en ik heb geen paspoort.'

'Print een boardingpass voor agent Warwick,' beval de beveiliger, 'en geef hem als het kan een stoel een paar rijen achter Carter.'

'Ik kan hem drie rijen achter hem plaatsen,' zei ze, en haar vingers vlogen over het toetsenbord.

'Kan niet beter,' zei William.

Ze printte de boardingpass en gaf die aan hem.

'Mijn naam is Jim Travers,' stelde de beveiliger, nu Williams helper, zich voor. 'Volg mij, we hebben geen tijd te verliezen.'

Ze liepen binnendoor en hij volgde Jim door een donkere gang van grijze bakstenen waar geen reiziger te zien was, enkel luchthavenpersoneel. Na een lange, snelle wandeling duwde Jim een deur open waarna William uit het terminalgebouw stapte. Er stond een ongemerkte auto geparkeerd. Jim sprong achter het stuur en reed hem naar een wachtend toestel.

'Succes!' riep hij, waarna William de trap op rende en een nog leeg vliegtuig in stapte. Hij hoefde niet lang te wachten voordat de eerste passagiers binnenkwamen. Carter was een van de laatsten. Met zijn reistas nog altijd stevig in de hand nam hij drie rijen voor William plaats bij het raam.

Nadat ze waren opgestegen genoot William van zijn eerste echte maaltijd in een paar dagen. Daarna nam hij de gelegenheid te baat om achterover te leunen en zijn ogen te laten dichtvallen. Want Carter zou het toestel pas verlaten als ze in Rome waren geland.

Twee uur later streek het toestel neer op luchthaven Leonardo da Vinci en taxiede naar de gate. Ze waren maar met een handjevol toen ze het terminalgebouw betraden en naar de paspoortcontrole liepen. Help, schoot het plots door Williams hoofd toen het hem weer te binnen schoot dat hij geen paspoort bij zich had. Maar al na een paar meter verder te hebben gelopen verscheen er een modieus geklede jonge vrouw naast hem, die haar arm in de zijne haakte.

'Blijf gewoon naast me lopen, Warwick.'

'Maar dan verlies ik mijn doelwit misschien uit het zicht.'

'Carter wordt nu al geschaduwd door twee van onze agenten. In de aankomsthal kunt u weer aanhaken.'

Ze liepen naar een gate die met CREW was aangegeven. Ze werden duidelijk verwacht en konden zonder zelfs maar hun pas in te houden gewoon doorlopen. Hij voelde zich als royalty terwijl hij snel naar buiten werd geleid, waar een auto met geopend achterportier al klaarstond.

Hij bedankte de jonge vrouw, stapte in, en trof een man in een keurig beige uniform op de achterbank, die hem duidelijk al opwachtte.

‘Goedemorgen,’ begroette de man hem. ‘Mijn naam is inspecteur Antonio Monti. Het is mijn taak om u alle assistentie te bieden die u wenst.’

‘Grazie,’ antwoordde William en ze schudden elkaar de hand.

‘Parla l’italiano?’ vroeg de inspecteur.

‘Genoeg om mezelf te kunnen redden,’ antwoordde William. *‘Ma poi Roma è la mia città preferita.’*

Ze moesten nog een halfuur wachten voordat Carter, met zijn tas in de hand, op zijn gemak naar buiten liep en op de taxistandplaats aansloot in de rij. In de tussentijd vertelde William de inspecteur zo’n beetje alles wat hij over Carter wist.

De Italiaanse politiechauffeur bleek een stuk bedrevener in het schaduwen dan hij, wat hem de gelegenheid gaf de bekende bezienswaardigheden eens goed in zich op te nemen: het Colosseum, de Sint-Pietersbasiliek, de Zuil van Trajanus, allemaal dingen die hij zich nog herinnerde uit zijn studententijd, toen hij achter in een overvolle bus zonder airco op weg was naar een jeugdherberg die nou niet echt in het centrum van de stad lag.

Toen Carters taxi uiteindelijk stopte, was dat niet voor een hotel, zoals William had verwacht, maar voor een groot openbaar gebouw waarop een Italiaanse vlag wapperde.

‘Blijf zitten en laat dit aan mij over,’ zei de inspecteur. ‘We willen niet dat hij je ziet.’ Hij stapte uit en volgde Carter naar binnen.

William stapte ook uit, maar alleen om even de benen te strekken. Opeens zag hij een bekende figuur het gebouw binnengaan. Snel deed hij een stap achteruit en dook weg achter een fontein. Vanaf dat moment ontsnapte de ingang bijna geen moment meer aan zijn aandacht, maar het duurde nog bijna een uur voordat de inspecteur weer verscheen en zich weer naast hem op de achterbank voegde.

Even later kwam ook Carter naar buiten, die daarop een taxi aanhield. Maar Monti gaf zijn chauffeur geen opdracht hem te volgen.

‘Hij gaat naar de luchthaven,’ zei Monti. ‘De tas is nu leeg,’ voegde hij er zonder uitleg aan toe. 'Ze staan geboekt voor de vlucht van tien over drie naar Heathrow.'

'Dan hoor ik in datzelfde toestel te zitten,' zei William.

'Niet nodig. Hoofdagent Roycroft zal ze op Heathrow opwachten. En we hebben hier belangrijkere dingen te doen.'

'Zoals?'

'U moet eerst kennismaken met wat Italiaanse gastvrijheid. We lunchen in het Casina Valadier, daarna bezoeken we het Borghese, en dan bent u nog op tijd voor uw vlucht van tien voor halfzes naar Londen.'

'Maar mijn onkosten rijzen de –'

'U bent in Italië, *mio amico*,' kapte de luitenant hem af. 'En u hebt het Italiaanse volk zojuist een enorme dienst bewezen. Daarvoor moet u worden beloond. En bovendien doen wij Italianen minder moeilijk over onkosten dan jullie Britten.'

Ja, maar zij hebben duidelijk geen Mrs Walters boven zich staan, was Williams gedachte.

'Misschien dat u hier even naar wilt kijken,' zei Monti, en hij overhandigde hem een officieel uitziend document.

William wierp een blik op het omslag. 'Mijn Italiaans is niet zo heel goed,' moest hij bekennen.

'Dan zal ik het tijdens de lunch regel voor regel met u doornemen, want ik moet weten of wij Mr Carters vergunningsaanvraag moeten honoreren, of dat Scotland Yard liever wil dat we zijn verzoek afwijzen.'

William klopte aan, waarop Beth opendeed en hem begroette met de woorden: 'Hallo, vreemdeling. Wat is ditmaal je excuus?'

'Ik ben naar Rome geweest.'

'Vanwege een andere vrouw?'

'Pauline, de zus van Napoleon.'

'Die schijnt aardig op leeftijd te zijn, is me verteld.'

'Stokoud,' antwoordde hij. Hij boog zich naar haar toe om haar te kussen, maar ze keek weg en zijn lippen streken slechts even langs de hare.

'Pas als ik Pauline Bonapartes kant van het verhaal heb gehoord,' zei ze, en ze ging hem voor naar de keuken.

Tijdens het avondeten vertelde hij haar alles wat er was gebeurd sinds hij die maandag naar zijn werk was gegaan, met inbegrip van een onvergetelijk etentje in het Casina Valadier, en een middag met Antonio Monti in het Borghese.

'Je had bij de Italiaanse politie moeten solliciteren, William. De galerieën zijn onovertroffen, net als het eten en...'

'Maar niet de vrouwen,' zei hij, en hij nam haar in zijn armen.

Ze duwde hem speels weg. 'Nee, eerst vertel je me waar Carter een vergunning voor nodig heeft.'

16

'Dit is een spoedvergadering,' zei Hawksby, 'want ik heb begrepen dat er nieuwe ontwikkelingen zijn in de zaak-Carter.'

'Dat klopt, sir,' zei Lamont. 'Afgelopen woensdagochtend verliet hij Barnstaple. Agent Warwick is hem gevolgd naar Heathrow, waar hij een vlucht naar Rome boekte. Warwick belde me vanaf de luchthaven, en ik droeg hem op om Carter, die alleen een reistas bij zich had en dus niet op vakantie ging, te blijven volgen. Ik geef het woord aan agent Warwick om te vertellen hoe het verderging.'

'Tijdens de vlucht zat ik drie rijen achter Carter,' vertelde William. 'Op Da Vinci werd ik opgewacht door ene inspecteur Monti van de Italiaanse recherche, die me alle medewerking verleende. Carter nam een taxi en we volgden hem naar een openbaar gebouw in het centrum van Rome. Monti volgde hem naar binnen en vertelde me naderhand dat Carter een afspraak had met het bureau Maritieme Zaken, waar hij een duik- en bergingsvergunning aanvroeg om een scheepswrak voor de kust van het eiland Elba te onderzoeken.'

'Waar is-ie naar op zoek?' wilde Hawksby weten.

'Zevenhonderd achttiende-eeuwse Spaanse zilveren munten,' antwoordde William. 'Een schip genaamd de Patrice ging tijdens ongemeen zwaar weer voor de kust van Elba ten onder, samen met tweeënvijftig passagiers, negen bemanningsleden en een vracht van onder meer deze munten en andere waardevolle zaken. Ik beschik over de verslagen van de wrak- en bergingsadministrateur van destijds, waarin staat: "Deze eis is bevestigd door Lloyd's of London, die het schip plus lading tegen een som van tienduizend gienjes heeft verzekerd en dit bedrag volledig heeft betaald." '

'Het begint me duidelijk te worden,' zei Hawksby.

'Door de jaren heen zijn er meerdere pogingen ondernomen om het wrak te lokaliseren en de munten te bergen, maar zonder succes.'

'En Carter denkt dat hij wél geluk zal hebben, ook al is de kans nog zo klein?'

'Ik denk niet dat hij op zijn geluk vertrouwt, sir,' zei Jackie. 'Toen agent Warwick in Rome rondbanjerde, keerde ik terug naar Londen. Ik heb de foto's van Carters schuur door onze specialisten van Scotland Yard laten vergroten, waarna ze in elk geval één ding konden bevestigen: agent Warwick is geen David Bailey.'

Iedereen schoot in de lach.

'Maar toen een van onze experts de foto's wat aandachtiger had bestudeerd, opperde ze iets heel interessants.' Jackie overhandigde elk teamlid een kopie van een uitvergrote foto van de werkbank in Carters schuur.

'Waar moeten we naar kijken?' vroeg Hawksby terwijl hij de foto bekeek.

'U ziet hier al het normale gereedschap van een graveur: verschillende beitels, staalborsteltjes, zelfs een nagelvijl. Maar als u wat aandachtiger kijkt, dan ziet u ook waar Carter aan werkt.' Ze liet drie uitvergrote foto's rondgaan met daarop de werkbank.

'Voor mij lijkt het op een halve-kroonmuntstuk,' zei Hawksby.

'Dezelfde grootte, dezelfde vorm, maar een andere waarde,' zei William, 'zoals ik ontdekte toen ik in het British Museum een muntexpert opzocht. Hij was er tamelijk zeker van dat dit een Spaanse munt is die, zoals u kunt zien, gedateerd is op 1649.'

'Je hebt hem ongetwijfeld naar de waarde gevraagd?'

'Hij had geen idee, sir, maar raadde me aan om bij Dix Noonan Webb in Mayfair langs te gaan. Zij zijn experts op dit gebied. Mr Noonan toonde me een soortgelijke Spaanse munt uit een van zijn recente catalogi, die voor iets meer dan duizend pond is verkocht.'

'Vermenigvuldig dat met zevenhonderd,' zei Lamont, 'en het levert Carter meer dan zevenhonderdduizend pond op.'

'Ik denk dat ik weet wat-ie in zijn schild voert,' zei William.

'Voor de draad ermee,' maande Hawksby hem.

'Ik vermoed dat hij al dat oude zilver dat hij de laatste tijd heeft gekocht heeft omgesmolten, en de afgelopen paar maanden zevenhonderd kersverse oude Spaanse munten heeft geslagen.'

'Als u de uitvergrote foto's wat aandachtiger bekijkt, dan ziet u iets wat ons anders nooit was opgevallen,' zei Jackie, en ze wees naar de linkerbenedenhoek van een van de foto's.

'Ziet eruit als een emmer water,' zei Hawksby.

'Dat dacht ik aanvankelijk ook,' zei William. 'Totdat ik wat verder nadacht.'

'Hou ons niet langer in spanning,' zei Hawksby.

'Ik vermoed dat hij zo snel mogelijk weer naar Rome wil, daar zijn vergunning ophaalt en bij zonsondergang naar een zeeschat op zoek gaat – om een paar dagen later terug te keren met aan boord een houten kist vol zilveren munten. En als u foto 2B wat aandachtiger bekijkt, dan ziet u de kist die van de zeebodem zal worden opgedoken hier al staan.'

Het werd even stil. 'En die emmer water?' vroeg Lamont.

'Zeewater,' antwoordde William.

'Natuurlijk,' reageerde Hawksby.

'Maar ik dacht dat zeeschatten toebehoren aan het land waar ze in territoriale wateren worden gevonden,' zei Lamont.

'Dat klopt,' antwoordde William. 'Maar het bergingsteam ontvangt doorgaans een vindersloon van vijftig procent, wat waarschijnlijk verklaart waarom Booth Watson opeens opdook.'

'Heb ik dat goed verstaan?' vroeg Hawksby.

'Inderdaad, sir. Een paar minuten na onze komst ging Booth Watson dat gebouw binnen.'

'Je hebt werkelijk het mooiste voor het laatst bewaard, William,' complimenteerde de commissaris hem. 'Enig idee wat hij daar te zoeken had?'

'Volgens Monti heeft Watson eerst al het papierwerk minutieus doorgespit voordat hij Carter ook maar iets liet tekenen.'

'Dit zou dus gewoon weer een van Faulkners vele projectjes kunnen zijn,' zei Jackie.

'Booth Watson heeft meerdere cliënten,' wees Hawksby haar erop, 'maar inderdaad, het is het meest waarschijnlijk dat Faulkner erachter zit, die op driehonderdvijftigduizend pond kan rekenen zodra Carter de munten heeft opgedoken.'

'Nu we weten wie er achter deze zwendel zit, vermoed ik dat Carter hooguit een paar duizend pond zal opstrijken.'

'Waarom zeg je dat, Bruce?'

'De afgelopen tien jaar heb ik hem drie keer achter de tralies mogen zetten, maar nooit voor iets omvangrijks als dit. En zoals inspecteur Monti al ontdekte, betaalde Carter bij het aanvragen van zijn bergingsvergunning het bureau Maritieme Zaken vijfduizend pond contant, terwijl het officiële bedrag minder dan de helft bedraagt.'

'En dat verklaart waarom hij die reistas geen moment uit het oog verloor,' voegde William eraan toe. 'En dat die volgens Monti leeg was toen Carter het gebouw verliet.'

'Ongetwijfeld in de hoop dat zijn aanvraag op mysterieuze wijze boven op de stapel zou belanden,' giste Jackie.

'Goed geraden,' zei Lamont.

'Dat zou best kunnen,' zei William, 'maar inspecteur Monti vertelde me onomwonden dat als we die aanvraagprocedure zo lang mogelijk willen oprekken of die vergunning zelfs willen laten afwijzen, we dat alleen maar even moeten doorgeven.'

'Bruce?'

'Carter heeft voor zover we weten nog nooit een misdaad op Brits grondgebied gepleegd, en de enige manier om uit te vinden wat hij in zijn schild voert is om de Italianen te laten weten dat hij wat ons betreft die vergunning kan krijgen. Sterker nog, hoe eerder, hoe liever.'

'Waarom in dat geval Carter niet meteen arresteren en die munten in beslag nemen voordat hij op het vliegtuig stapt?'

'Op beschuldiging van wat?' wierp Hawksby tegen. 'Met Booth Watson aan zijn zijde zal hij beweren dat die munten gewoon reproducties zijn die hij tegen een kleine winst wilde verkopen. Bovendien, als we degene willen pakken die Carter van geld voorziet, dan moeten we Carter helemaal zijn gang laten gaan. Want de bedenker van dit plan beschikt in elk geval over verbeeldingskracht, lef en genoeg geld om deze hele operatie op poten te zetten, een operatie waarin ook ik steeds meer de handtekening van Faulkner zie.'

'Dan zal ik met uw toestemming inspecteur Monti bellen met het verzoek de vergunningsaanvraag goed te keuren en ons daarna volledig op de hoogte te houden,' zei Lamont. 'Ondertussen zal ik mijn contactpersoon bij British Airways vragen me meteen te bellen als Carter weer een vlucht naar Rome boekt.'

'Waar u hem, samen met inspecteur Monti en agent Warwick, op de kade zult opwachten,' besliste Hawksby.

'Niet ik, sir,' corrigeerde Lamont hem. 'Carter kent mij veel te goed.'

Jackie keek hoopvol.

'Dan zal ik me moeten opofferen en agent Warwick vergezellen,' besloot Hawksby. 'Verder nog iets?'

'Nog één ding, sir. Agent Warwick en ik gaan morgen naar Pentonville voor een gesprek met Eddie Leigh.'

'De man die volgens Warwicks overtuiging de Rembrandt heeft vervalst?'

'Ja, sir. Maar ik denk niet dat we veel uit hem zullen krijgen. Lui die in het verleden voor Miles Faulkner hebben gewerkt, houden de kaken op elkaar als ze het er levend af willen brengen.'

'Probeer hem gewoon aan de praat te krijgen,' zei Hawksby. 'Wie weet laat-ie zich iets ontglippen waar hij naderhand spijt van heeft. En wanneer gaat Warwick de kopie van *De Staalmeesters* op Faulkners woonadres terugbezorgen? Ik vraag het alleen maar omdat Mr Booth Watson met hel en verdoemenis blijft dreigen.'

'Faulkner vertrekt maandagochtend naar Monte Carlo,' zei Lamont. 'Dus ergens volgende week.'

'Je hebt weer een drukke week voor je, agent Warwick,' liet commissaris Hawksby hem weten. 'Dus ik hou je niet langer van je werk.'

17

'Die good-cop-bad-cop-routine is inmiddels wel een beetje achterhaald,' zei Lamont toen ze samen op weg gingen naar Pentonville. 'En in ons geval ziet zelfs een kind van vijf meteen wie wie speelt. Toch moeten we nu bepalen wat we met dat gesprek willen bereiken.'

'Nou, om te beginnen,' antwoordde William terwijl het verkeer op Trafalgar Square stilviel, 'moeten we uitvinden of *De Staalmeesters* is vernietigd, en zo niet, waar het schilderij nu is.'

'Dat zou niet mijn eerste prioriteit zijn, laddie,' reageerde Lamont met zelfs nog vettere Schotse tongval dan gewoonlijk. 'Ik wil de relatie tussen Leigh en Miles Faulkner aantonen, want ik heb mijn halve pensioen ervoor over om Faulkner achter de tralies te krijgen.'

En ik zou mijn hele pensioen opgeven in ruil voor Eddie Leighs talent, was Williams gedachte terwijl ze Kingsway op reden, maar hij hield het voor zich.

'Oké, ons plan van aanpak dus,' vervolgde Lamont. 'Ik doe de ondervraging en zodra ik achteroverleun, neem jij het over. Maar ga me niet onderbreken als ik bezig ben, want ik weet precies waar ik heen wil.'

'En wat als hij het over een onverwachte boeg gooit?'

'Dat ligt niet voor de hand. Vergeet niet dat we te maken hebben met een crimineel die ruim voordat hij ons ziet zijn verhaal al klaar heeft.'

Ook nu hield William zich op de vlakte.

'En als ik met hem begin te onderhandelen, hou je dan van de domme. De Hawk heeft duidelijk laten weten hoever ik kan gaan.'

'Wat is het slechtste scenario?' vroeg William terwijl ze Grays Inn Road insloegen.

'Dat hij geen van onze vragen wil beantwoorden, wat betekent dat het gesprek al na een paar minuten voorbij is en wij onze tijd hebben zitten verdoen.'

Ze zwegen. 'Dit wordt mijn eerste gevangenisbezoek,' bekende William even later.

Lamont glimlachte. 'Mijn eerste was met een vrolijke Ier die me aan het lachen maakte met zijn verhalen over het Eiland van Smaragd.'

'Waarvoor zat-ie?'

'Beroving van een postkantoor, wat nogal lastig te bewijzen viel, want hij heeft het loket nooit weten te bereiken en zijn enige wapen was een komkommer. Gelukkig bekende hij schuld.'

'Vertel verder, vertel verder,' maande William hem.

'Een andere keer,' antwoordde Lamont, en ze stopten voor de koninklijke penitentiaire inrichting van Pentonville.

'Je zou het Hare Majesteit niet kwalijk nemen als ze zou besluiten dat ze het gevangeniswezen niet langer in haar portefeuille wil hebben,' mijmerde William.

'In dat geval zou ze het misschien ook zonder Buckingham Palace moeten stellen,' reageerde Lamont toen ze Caledonian Road insloegen.

William staarde naar een grimmig bakstenen gebouw dat van achter de hoge muur het landschap domineerde.

Ze stopten bij de slagboom. Een geüniformeerde beambte stapte naar voren. Lamont draaide zijn portierraam omlaag en toonde zijn penning.

'Mr Langley verwacht u, sir,' zei de beambte na de penning te hebben bekeken. 'Als u daar parkeert, dan meld ik dat u er bent.'

De chauffeur parkeerde op de eerste de beste parkeerplek en zette de motor af.

'Ik weet niet hoelang het gaat duren, Matt,' zei Lamont tegen de chauffeur, die een paperback uit het handschoenenvakje trok. 'Maar als we terug zijn, hoor ik wel of de nieuwe Len Deighton de moeite waard is om op vakantie mee te nemen.'

'Het is de laatste van een trilogie, sir. Dus ik raad u aan om dan met *Berlin Game*, de eerste, te beginnen.'

Ze stapten uit en werden tegemoet gelopen door een hoofdagent. Het naambordje op het voorzakje van zijn uniform identificeerde hem als zijnde hoofdcipier Langley.

'Alles goed, Bruce?'

'Ik mag niet klagen, Reg. Dit is agent Warwick. Hou hem in de gaten, want hij heeft het op mijn baan gemunt.'

'Goedemorgen, sir,' begroette William hem, en ze schudden elkaar de hand.

'Loop maar mee,' zei Langley. 'Sorry voor de zware beveiligingsprocedures, maar dat is standaard voor een categorie B-gevangenis.'

Allebei tekenden ze het register bij het poorthuis, waarna ze ieder een bezoekerspasje kregen. William telde vijf traliehekken die stuk voor stuk ontgrendeld en weer gesloten werden voordat ze hun eerste gedetineerde tegenkwamen.

'Leigh wacht op jullie in de verhoorkamer, maar laat ik je waarschuwen, Bruce. Hij is vanochtend opvallend tegendraads. En aangezien jij hem al drie keer eerder achter de tralies hebt gezet, denk ik niet dat jij z'n lievelingsoom bent.'

Ze liepen door een lange, groene gang en het viel William op dat de gevangenen, vergezeld van een krachtterm, hun rug naar hen toekeerden of hen simpelweg negeerden. Behalve één man van middelbare leeftijd die de vloer mopte. Die stopte even met zijn werk en bekeek hem wat aandachtiger. De man kwam hem enigszins bekend voor en hij vroeg zich af of hij hem in zijn tijd als wijkagent in Lambeth ooit had gearresteerd.

Hij kon zijn verbazing niet verbergen toen ze ten slotte voor een glazen kubus belandden die meer op een moderne sculptuur leek dan op een verhoorkamer. Hij zag een gevangene met gebogen hoofd aan een tafeltje zitten, en nam aan dat dit Eddie Leigh moest zijn.

'Voordat je naar het waarom vraagt,' zei Lamont, en hij wees naar de glazen kubus, 'dit is ter bescherming van zowel jou als hem. Als jong brigadiertje ben ik er ooit van beschuldigd dat ik tijdens een verhoor een gedetineerde een klap heb gegeven. Het klopt dat ik hem een klap wilde geven, maar dat deed ik niet... toen.'

'Koffie en koek?' vroeg Langley.

'Geef ons eerst even een paar minuten met hem, Reg,' antwoordde Lamont.

William en Lamont liepen de verhoorruimte in en namen plaats tegenover Leigh. Geen handboeien en geen agent vlak achter zijn stoel; een privilege bestemd voor degenen wier strafblad geen geweldsdelicten bevatte. Leigh moest hebben afgezien van zijn recht om er een advocaat bij te hebben.

William bekeek de gedetineerde aan de overzijde van de tafel aandachtig. Op het eerste gezicht zag de zevenenveertigjarige vervalser er in zijn bajeskleding – een blauwgestreept shirt en een versleten spijkerbroek – uit als elke andere gevangene. Hij was ongeschoren, had donker haar en bruine ogen. Maar wat William opviel waren zijn handen. Hoe kon een man met zulke kolenschoppen zulk delicaat penseelwerk verrichten? En met de eerste woorden die over zijn lippen rolden, onthulde hij dat hij uit dezelfde contreien afkomstig was als Lamont.

'Mag ik een sigaretje van je bietsen, baas?' vroeg hij beleefd.

Lamont legde een pakje sigaretten op de tafel, trok er een uit, stak hem zelf aan en gaf hem aan Leigh. Waarmee het eerste smeergeld was aanvaard.

'Mijn naam is inspecteur Lamont,' zei hij alsof ze elkaar nooit eerder hadden ontmoet, 'en dit is mijn collega, agent Warwick.' Leigh nam niet eens de moeite om William even aan te kijken. 'We willen je graag wat vragen stellen.'

Leigh reageerde niet en blies slechts een dikke grijze wolk sigarettenrook uit.

'We onderzoeken de diefstal van een Rembrandt uit het Fitzmolean Museum in Kensington, zo'n zeven jaar geleden. We zijn onlangs op een vervalsing gestuit waarvan we vermoeden dat jij die hebt gemaakt.'

Leigh nam weer een trek van zijn sigaret, maar zweeg.

'Heb jij dat schilderij gemaakt?' vroeg Lamont hem op de man af.

Leigh nam nog steeds geen moeite om te antwoorden, bijna alsof hij de vraag niet had gehoord.

'Als je met ons meewerkt, zijn wij wellicht bereid een goed woordje voor je te doen bij de paroolcommissie als je over een paar maanden voor ze moet verschijnen.'

Nog steeds geen reactie. Kijkend naar Leighs stuurse blik drong het tot William door hoe ver Miles Faulkners tentakels reikten.

'Maar als je niet meewerkt, kunnen we dat ook aan de commissie melden. De keus is aan jou.'

Zelfs dit leek hem niet aan te sporen. Even later ging de deur open. Een betrouwbare gedetineerde verscheen met een dienblad met koffie en koekjes, dat hij op tafel zette, waarna hij snel weer verdween. Leigh pakte een mok zwarte koffie, wierp er vier suikerklontjes in en begon te roeren. Lamont leunde achterover op zijn stoel.

'Mr Leigh,' nam William het over, zich ervan bewust dat niemand deze gedetineerde de afgelopen vier jaar met 'sir' had aangesproken. 'Aangezien het duidelijk is dat u niet van plan bent onze vragen te beantwoorden, wil ik u, voordat we weer opstappen...' Lamont liet nog een suikerklontje in zijn koffie vallen. '...alleen even dit zeggen: ik ben een kunstfreak, een kunstgroupie, of hoe je het ook wilt noemen. Maar ik ben bovenal een groot bewonderaar van uw werk.' Voor het eerst nam Leigh de moeite William aan te kijken en een lange askegel viel van zijn sigaret op het tafelblad. 'Uw Vermeer, *Dame aan het virginaal*, mocht er zijn, hoewel het me niet verraste dat de Hollandse topexperts, met name de heer Ernst van de Wetering, niet in de val liepen. Maar de vervalsing van *De Staalmeesters* is ongetwijfeld het werk van een genie. Het bevindt zich op dit moment in ons kantoor van Scotland Yard, en ik sta niet te trappelen om het terug te brengen naar Miles Faulkner, die beweert dat het schilderij van hem is. Wat jammer toch dat u niet drie eeuwen geleden in Amsterdam werd geboren. U had de leerling van de meester en uiteindelijk zelf een meesterschilder kunnen worden. Als ik maar een fractie van uw talent had gehad, had ik nooit bij de politie gesolliciteerd.'

Leigh trok niet langer aan zijn sigaret en staarde William slechts aan.

'Mag ik u iets vragen wat buiten ons onderzoek valt?'

Leigh knikte.

'Ik kan maar niet bedenken hoe u die gele gloed op de kragen hebt verkregen.'

Het duurde even voordat Leigh antwoord gaf. 'Eigeel.'

'O ja, natuurlijk. Wat dom van me,' reageerde William, die donders goed wist dat Rembrandt bij het maken van zijn pigmenten met het eigeel van meeuweneieren had geëxperimenteerd.

'Maar waarom liet u Rembrandts vertrouwde RvR-signatuur achterwege? Dat was het enige waaraan ik kon zien dat het een vervalsing was.'

Leigh nam weer een trek van zijn sigaret, maar ditmaal gaf hij geen antwoord. Waarschijnlijk vreesde hij dat hij al te veel had gezegd. William wachtte nog even, en aanvaardde ten slotte dat Leigh verder geen vragen meer ging beantwoorden.

'Dank u. Ik wil alleen maar zeggen dat het mij een eer was u te ontmoeten.'

Leigh negeerde het, en keek Lamont aan. 'Mag ik nog een sigaret?'

'Hou het hele pakje maar,' antwoordde Lamont. Hij draaide zich om en knikte naar hoofdcipier Langley om aan te geven dat het gesprek ten einde was.

Langley voegde zich bij hen in de glazen kubus. 'Terug naar je cel, Leigh, en snel een beetje.'

Leigh hees zich traag van zijn stoel, stopte het pakje sigaretten in zijn zak, boog zich iets over de tafel en schudde William de hand. Lamont kon zijn verbazing niet verbergen. Niemand zei een woord totdat Leigh de verhoorkamer had verlaten.

'Het lijdt geen twijfel dat hij die vervalsing heeft gemaakt,' zei Lamont. 'Wat mij er nog meer van overtuigt dat Faulkner achter de diefstal zat. Zag je hoe zijn handen al beefden toen jij alleen maar z'n naam liet vallen? Mijn complimenten, William.'

'Dank u, sir.'

'En Reg, luister je nog steeds mee met Leighs telefoongesprekken?'

'Ja. Elke donderdagavond om zes uur, en altijd met zijn vrouw.'

'Heeft hij het nog over de Picasso gehad?' vroeg William.

'Met geen woord,' antwoordde Reg.

'Natuurlijk niet,' zei Lamont. 'Leigh zal het geen tweede keer wagen om die boodschap te herhalen. De Hawk zal dus maar moeten bepalen of dit voor ons genoeg is voor een grote actie.'

'Wat mij betreft wel,' zei William.

'Jij zit nog niet op z'n stoel, laddie.'

Het eerste wat William deed toen ze weer op de burelen van Scotland Yard waren, was de telefoongids openslaan om een nummer op te zoeken.

'Met agent Warwick,' zei hij tegen het meisje dat even later opnam. 'Kunt u me vertellen of ene Edward Leigh ooit een opleiding aan de Slade School of Art heeft gevolgd? Dat moet zo ongeveer begin jaren zestig zijn geweest.'

'Een momentje, Mr Warwick, dan zoek ik de naam even op.' Een paar minuten later kwam ze weer aan de lijn. 'Ja. Hij is in 1962 eervol afgestudeerd. Hij won dat jaar zelfs de stichtersprijs en bij zijn solo-expositie liep het storm.'

'Dank u, u hebt me geweldig geholpen,' zei hij en hij hing op. Na een ander dossier te hebben geraadpleegd, waarin werd bevestigd dat Faulkner van 1960 tot en met 1963 de kunstacademie had bezocht, verscheen er een glimlach op zijn gezicht. Zoals Fred Yates hem had geleerd: toeval bestaat niet.

Het uur daarop besteedde hij aan zijn verslag over het bezoek aan Pentonville. Na het op Lamonts bureau te hebben gedeponeerd keek hij op zijn horloge. Hoewel het pas halfzes was en het licht in Hawks werkkamer nog brandde, had hij het gevoel dat hij met een gerust hart naar huis kon.

Hij pakte zijn jas en stond net op het punt weg te glippen toen Jackie hem aansprak. 'Fijn weekend. Je hebt het verdiend.'

'Dank je,' zei hij. Hij kon niet wachten om Beth weer te zien en haar te vertellen dat het wellicht niet ondenkbaar was dat ze met die andere man in haar leven kon worden herenigd.

Terug op zijn kamer in Trenchard House nam hij een douche en trok iets gemakkelijks aan. Hij verheugde zich op een losbandig weekend, voor zover je van losbandig kon spreken: samen eten bij Elena, een paar glaasjes rode wijn, 's ochtends joggen in Hyde Park, en 's avonds naar de bios voor de nieuwste film – maakte niet uit welke, als er maar geen politie in zat – en om elf uur met Beth onder de wol.

Hij besloot naar haar huis te lopen en onderweg een bos bloemen te kopen. Toen hij uiteindelijk bij haar voordeur aankwam, voelde hij dat zijn hart sneller begon te kloppen. Hij klopte twee keer, en even later deed Jez open. 'Zijn die voor mij?' vroeg hij, kijkend naar de bos bloemen.

'Mocht je willen.'

'Maar Beth is dit weekend weg.'

'Wat? Ik dacht dat...'

'Ze vroeg me of ik haar wilde verontschuldigen. Er is op het laatst iets tussengekomen. Ze belt je meteen zodra ze terug is.'

'Nou, dan zijn deze voor jou,' zei William, en hij duwde de bloemen in Jez' handen.

Jez zag dat de teleurgestelde minnaar zich omdraaide en met hangende schouders wegslenterde. Hij sloot de deur, liep terug naar de woonkamer en gaf de bos bloemen aan Beth.

'Wordt het niet eens tijd dat je hem de waarheid vertelt?' vroeg hij.

18

Die zondagavond belde Beth hem thuis op om zich te verontschuldigen. Ze legde uit dat ze bij een vriendin in het ziekenhuis langs moest, en dat ze hem liever niet op zijn werk had willen bellen.

'Uiteraard kun je me altijd bellen over iets wat belangrijk genoeg is om me van mijn nachtrust te beroven, hoor,' zei hij.

'Kun je morgen komen eten?' vroeg ze.

'Als er niks tussen komt.' Nadat hij had opgehangen had hij al meteen spijt van zijn botte reactie.

Op maandagochtend was hij als eerste op zijn werk. Hij nam plaats achter zijn bureau en wilde net een van zijn onderzoeksdossiers openslaan toen de telefoon ging. Hij nam op en herkende onmiddellijk de stem aan de andere kant van de lijn.

Het was inspecteur Monti. 'William, je vroeg me om je meteen te bellen zodra Carter zijn bergingsvergunning voor de Patrice binnen had. Vanochtend is die afgestempeld en naar zijn huisadres verstuurd. Hij zal die dus eind van de week binnen hebben.'

'Dank je, Toni. Ik zal het meteen aan de baas doorgeven.'

'Wát doorgeven?' vroeg Lamont, die op dat moment binnen kwam gelopen.

'Carter heeft zijn bergingsvergunning binnen, dus binnen een paar dagen kan hij weer op weg zijn.'

‘Ik zal de politie van Devon bellen en ze vragen een oogje in het zeil te houden. En ik zal Jim Travers van British Airways waarschuwen, zodat hij het ons kan doorgeven als Carter een vlucht heeft geboekt. Moet jij niet eens opstappen?’

‘Opstappen, sir?’

‘Je moet vanochtend getuigen bij de rechtbank van Snaresbrook. Nadat jij afgelopen vrijdagmiddag vrolijk was afgetaaid, kregen we een telefoontje met de mededeling dat Cyril Amhurst tot ieders verrassing zichzelf niet schuldig had verklaard en dat de zaak vanochtend voor zou komen. Je kunt maar beter voortmaken als je niet het risico wilt lopen dat je je zaak al verloren hebt voordat de rechter de zitting opent.’

William trok snel zijn Amhurst-Churchilldossier uit zijn bureaula en deed zijn jasje weer aan.

‘Zorg ervoor dat-ie minstens twintig jaar krijgt,’ zei Lamont.

‘Mínstens,’ herhaalde Jackie, die net in de deuropening verscheen.

De lange metrorit naar Snaresbrook gaf William de gelegenheid de details van de zaak weer tot zich te nemen. Maar aangekomen op de laatste pagina begreep hij nog steeds niet waarom Amhurst schuld ontkende.

Even na kwart voor tien liep de metro het station binnen. Eenmaal op straat vroeg hij een krantenverkoper de weg naar de rechtbank. Hij volgde de aanwijzingen op en even later doemde een imposant gebouw voor hem op. Snel liep hij de trap op en iets voor tienen duwde hij de deur open om naar binnen te stappen. Hij wierp een blik op het rooster en zag dat de zaak-Amhurst gepland stond om tien uur in zaal 5. Hij rende de trap op naar de eerste verdieping, waar hij een jongeman aantrof die een zwarte toga en pruik droeg en met een bezorgd gezicht door de gang ijsbeerde.

‘Bent u Mr Hayes?’ vroeg William.

‘Dat klopt, en ik hoop dat u agent Warwick bent.’

William knikte.

‘Het eerste wat ik u moet vertellen,’ zei Hayes, ‘is dat aangezien Amhursts zaak zo kort op zich heeft laten wachten, ik de rechter kan verzoeken om de zitting naar een latere datum te verplaatsen.'

'Nee, laten we doorpakken,' antwoordde William. 'Die vent heeft geen poot om op te staan.'

'Mee eens, maar uw getuigenverklaring kan nog altijd doorslaggevend blijken. Dus ik wil snel de mijns inziens saillante punten nog even met u doorlopen.'

'Hoe laat denkt u dat we worden opgeroepen?' vroeg William terwijl ze buiten voor zaal 5 op een bankje plaatsnamen.

'Er moeten eerst nog wat borgtochtverzoeken worden afgehandeld, en een verzoek voor een drankvergunning, dus ik denk dat we rond halfelf aan de beurt zijn.'

Toen Hayes hem had bijgepraat, was William er zelfs nog meer van overtuigd dat Amhurst geen kans maakte, maar hij bekende Hayes dat dit de eerste keer was dat hij in de rechtszaal moest getuigen.

'Ik weet zeker dat u het er prima vanaf zal brengen,' zei Hayes. 'Ik ga alvast naar binnen om me te installeren. Blijf hier gewoon zitten totdat u uw naam hoort.'

Maar van zitten kwam weinig terecht. William ijsbeerde door de gang en werd met de minuut nerveuzer. Ten slotte verscheen de zittingsbode op de gang, en riep: 'Agent Warwick!'

Nerveus volgde William de man de rechtszaal in. Hij liep langs de man in de beklaagdenbank en met een strakke blik vooruit linea recta naar de getuigenbank.

De griffier gaf hem een bijbel. Terwijl hem de eed werd afgenomen, stelde hij opgelucht vast dat hij een stuk zelfverzekerder klonk dan dat hij zich voelde. Maar toen Hayes zich van zijn zitplaats verhief, verdampte het laatste restje zelfvertrouwen dat hij nog had.

'Agent Warwick, wilt u de rechtbank alstublieft vertellen hoe u bij deze zaak betrokken raakte?'

William begon met zijn ontmoeting met Mr Giddy, de manager van boekwinkel Hatchards, die vreesde dat hem een reeks vals gesigneerde exemplaren van Winston Churchills *De Tweede Wereldoorlog* was verkocht. Hij vertelde over zijn bezoekjes aan nog andere boekwinkels, waarvan enkele de reeks van in totaal tweeëntwintig delen van Churchills memoires hadden gekocht die naar het scheen door de voormalige Britse premier waren gesigneerd.

'En wat gebeurde er daarna?' vroeg Hayes.

'Ik werd gebeld door een winkelbediende van John Sandoe Books in Chelsea, die me vertelde dat de verdachte was teruggekeerd. Ik ging er dus meteen op af, maar na aankomst bleek hij de winkel net te hebben verlaten.'

'U verloor hem dus uit het oog?'

'Nee. De winkelbediende wist hem aan te wijzen toen hij wegliep in de richting van Sloane Square. Ik rende hem achterna en had hem bijna te pakken toen hij het metrostation van Sloane Square in dook. Ik bleef hem volgen en kon nog net in de metro springen waarin hij was ingestapt voordat de deuren dichtgleden.'

'En toen?'

'De verdachte stapte uit in Dagenham East en ik volgde hem naar een woning aan Monkside Drive. Ik noteerde het adres en nam de metro terug naar Scotland Yard. De volgende dag regelde ik een huiszoekingsbevel en trof in de woning van de verdachte een aantal gesigneerde boeken aan, waaronder een complete set van Sir Winston Churchills *De Tweede Wereldoorlog*, en verschillende vellen papier die volstonden met Churchills handtekening.'

'Ze zijn allemaal opgenomen in de lijst van bewijsstukken, edelachtbare,' zei Hayes, en hij richtte zich weer tot de getuige. 'En hebt u verder nog iets interessants aangetroffen?'

'Ja, sir. Ik vond een eerste editie van *Een kerstverhaal*, gesigneerd door Charles Dickens.'

'Ook die staat op de lijst, edelachtbare. Misschien dat u en de jury de bewijsstukken willen bekijken?'

De rechter knikte en de jury nam de tijd om de boeken en ook de vellen met Churchills handtekening te bestuderen, waarna ze weer aan de griffier werden overgedragen.

‘En wat deed u vervolgens, agent Warwick?’

‘Ik arresteerde Mr Amhurst en begeleidde hem naar het politiebureau van Dagenham, waar hij later in staat van beschuldiging werd gesteld inzake drie gevallen van fraude, bedrog en valsheid in geschrifte.’

‘Dank u, agent Warwick. Geen vragen meer, edelachtbare,’ zei Hayes en hij ging weer zitten.

William was opgelucht dat de beproeving ten einde was. Het was minder erg dan hij had gevreesd. Maar net toen hij aanstalten maakte om de getuigenbank te verlaten, sprong Hayes weer overeind. ‘Blijft u alstublieft zitten, agent, want ik vermoed dat mijn weledelgeleerde confrère nog een paar vragen voor u heeft.’

‘Die heb ik zeker,’ antwoordde de advocaat, en ze stond op van haar zitplaats aan het andere eind van de tafel. Verbijsterd staarde William haar aan.

‘Voordat ik aan mijn kruisverhoor begin, edelachtbare, wil ik de rechtbank erop wijzen dat deze getuige mijn broer is.’

De rechter boog zich iets naar voren en bekeek Grace en daarna William wat aandachtiger, maar zei verder niets.

‘Ik kan u verzekeren, edelachtbare, dat mijn assistent noch mijn cliënt deze ongewone situatie bezwaarlijk acht, maar het kan natuurlijk zijn dat mijn weledelgeleerde confrère, of anders de getuige zelf, daar anders over denkt. In dat geval zal ik me terugtrekken en zal mijn junior advocaat het kruisverhoor op zich nemen.’

Hayes vloog weer van zijn stoel. ‘Ik denk dat dat de eenvoudigste oplossing is, edelachtbare.’

‘Misschien,’ oordeelde de rechter, ‘maar ik hoor liever hoe agent Warwick erover denkt.’

William dacht terug aan de woorden van zijn vader: Grace neemt alleen hopeloze zaken aan, en ze wint nooit. ‘Kom maar op,’ mompelde hij en hij keek zijn zus uitdagend aan.

‘Pardon?’ vroeg de rechter.

‘Mijn zus mag met alle plezier het kruisverhoor voor haar rekening nemen, edelachtbare.’

‘Dan kunt u uw gang gaan, Ms Warwick.’

Grace boog even het hoofd, trok haar toga recht en richtte zich tot de getuige. Ze wierp hem een warme glimlach toe, maar William glimlachte niet terug.

‘Agent Warwick, laat ik beginnen met te zeggen dat ik heb genoten van uw kleurrijke verslag over hoe u mijn cliënt door half Londen achternazat, u hem verzuimde te arresteren en de volgende ochtend terugkeerde voor een tweede poging daartoe. Het klinkt allemaal als een aflevering van de *Keystone Cops*, waarbij de jury zich wellicht zal afvragen hoelang u dit recherchewerk al doet?’

William aarzelde.

‘Niet verlegen zijn, agent. Praten we dan over weken, maanden of jaren?’

‘Drie maanden,’ antwoordde hij.

‘En was dit uw eerste aanhouding als rechercheur?’

‘Ja,’ moest hij aarzelend toegeven.

‘Wilt u misschien iets harder praten, alstublieft? Ik weet niet zeker of de jury uw antwoord heeft gehoord.’

‘Ja, dat klopt,’ antwoordde hij en zijn handen omklemden de zijleuningen van de getuigenbank.

‘Waar ik zo benieuwd naar ben, agent, is waarom u mijn cliënt van Chelsea naar Dagenham hebt achtervolgd, maar hem niet al hebt aangehouden ruim voordat hij zich in de veilige beschutting van zijn woning had kunnen terugtrekken.’

‘Ik moest eerst een huiszoekingsbevel regelen voordat ik zijn woning kon doorzoeken.’

‘Het wordt hoe langer, hoe vreemder,’ merkte Grace op. ‘Want u had Mr Amhurst natuurlijk al kunnen aanhouden op het moment dat hij in Dagenham East uit de metro stapte. U had hem van daaruit naar het plaatselijke politiebureau kunnen brengen, een artikel 18-bevel kunnen verkrijgen en diezelfde dag zijn woning nog kunnen doorzoeken.'

William wist dat ze gelijk had, maar hij kon niet toegeven dat hij zo'n basisfout had gemaakt, en dus zweeg hij.

'Kan ik ervan uitgaan, agent, dat u artikel 18 van de *Police and Criminal Evidence Act* van 1984 hebt gelezen, die u de volmacht biedt om na aanhouding de woning van een verdachte te doorzoeken?'

Meerdere malen, wilde hij antwoorden, maar hij hield nog altijd zijn mond.

'Aangezien u mijn vraag niet lijkt te willen beantwoorden, agent, kan ik er dan van uitgaan dat u niet vreesde dat mijn cliënt misschien bewijsmateriaal zou vernietigen of zich uit de voeten zou maken voordat u de volgende ochtend zou terugkeren?'

'Maar ik wist bijna zeker dat hij me niet had gezien,' beet hij van zich af.

'Is dat zo? Weet u nog wat Mr Amhurst zei toen u samen met een collega de volgende dag met een huiszoekingsbevel verscheen?' Grace zette haar pruik wat rechter, sloeg haar handen om de revers van haar toga en wierp haar broer opnieuw een ontwapenende glimlach toe. 'Zou het helpen als ik uw geheugen een beetje opfris?' Ze liet William nog wat langer gaarkoken in zijn ongemak, en keek ten slotte de leden van de jury aan. 'Mr Amhurst zei: "Wilt u een kopje thee?" '

Een paar mensen tegenover de rechter schoten in de lach, waarop de rechter naar hen fronste.

'Vindt u ook niet dat dat niet klinkt als een dader die bang is dat hij zal worden gearresteerd en in hechtenis wordt genomen?'

'Nee, maar...'

'Als u gewoon antwoord wilt geven op mijn vragen, agent, en uw persoonlijke meningen voor u houdt, dan zou dat een stuk beter zijn.'

De felheid waarmee ze hem aanviel verbijsterde hem, en haar volgende vraag overviel hem volkomen.

'Bent u een expert op het gebied van valse handtekeningen, of nam u gewoon voetstoots aan dat mijn cliënt schuldig was?'

‘Nee. Ik beschikte over zwart-op-wit verklaringen van negen boekhandelaren bij wie Mr Amhurst gesigneerde edities van Churchills geschiedenis van de Tweede Wereldoorlog had aangeboden.’

‘En van wie niemand – de winkelmanager van boekhandel Hatchards, die als eerste aangifte deed, helaas inbegrepen – vandaag tijd vrij kon maken om naar de rechtszaal te komen en te getuigen. Was u afgelopen zaterdagochtend toevallig bij Hatchards?’

De vraag verwonderde hem. ‘Nee,’ antwoordde hij.

‘Want als u dat wel was geweest, agent Warwick, dan had u de laatste, gesigneerde roman van Graham Greene, *De tiende man*, kunnen kopen, aangezien de auteur in deze winkel meer dan honderd exemplaren heeft gesigneerd, waarna hij in verscheidene andere boekwinkels in West End dat aantal zelfs heeft overtroffen. En omdat Winston Churchill een politicus was, neem ik aan dat hij niet te bescheiden was om zo nu en dan een boek te signeren.’

Enkele juryleden knikten.

‘Maar we troffen ook nog andere boeken aan,’ sputterde William manmoedig tegen. ‘Vergeet bijvoorbeeld die eerste editie van *Een kerstverhaal* niet, gesigneerd door Charles Dickens.’

‘Dank u dat u dat boek eventjes noemt,’ reageerde Grace, ‘want mijn cliënt koestert dat familie-erfstuk al jaren. Zijn vader zaliger liet het hem na, dus hij zal er nooit over gepeinsd hebben het te willen verkopen. Het zal de rechtbank misschien interesseren te vernemen dat mijn cliënt bovendien in het bezit is van de aankoopbon van het boek, gedateerd op 19 december 1843. Prijs: vijf shilling.’

Hayes vloog overeind. ‘Edelachtbare, ik moet bezwaar aantekenen. Dit document is door de verdediging niet als bewijsmateriaal ingebracht.’

‘Daar is een eenvoudige verklaring voor, edelachtbare,’ antwoordde Grace. ‘Mijn cliënt is sinds de dag van zijn aanhouding op zoek geweest naar de bon, maar agent Warwick en zijn collega hebben zijn woning in zo’n rommelige staat achtergelaten dat hij hem vanochtend pas heeft gevonden.’

'Komt dat even mooi uit,' reageerde Hayes luid genoeg voor de jury. De rechter keek hem verstoord aan, maar berispte hem niet.

De jury bestudeerde de bon en ook nu weer gebeurde dat aandachtig.

'Ik hoop, agent Warwick, dat u nu niet gaat aanvoeren dat mijn cliënt ook deze bon heeft vervalst,' zei Grace nadat William een blik op de aankoopbon had geworpen.

Meerdere juryleden begonnen onderling te kletsen, en Hayes maakte een notitie.

Grace wierp weer een glimlach naar haar broer. 'Ik heb verder geen vragen meer voor deze getuige, edelachtbare.'

'Dank u, Ms Warwick,' zei de rechter. 'Misschien is dit een goed moment om de zitting te schorsen tot na de lunch.'

'We zijn nog niet verslagen,' zei Hayes terwijl hij genoot van een caesarsalade in de eetzaal van het gerechtsgebouw.

'Maar ik heb onze zaak niet bepaald geholpen,' stelde William vast, die geen hap door zijn keel kreeg. 'Ik had mijn zus moeten wijzen op de vellen met Churchills handtekeningen die we in Amhursts huis aantroffen.'

'Geen zorgen,' stelde Hayes hem gerust. 'Zodra Amhurst in de getuigenbank plaatsneemt, zal ik de jury keer op keer op die valse handtekeningen wijzen.'

'En die aankoopbon is me een raadsel,' ging William verder. 'Waarom hebben we die niet tijdens onze huiszoeking gevonden?'

'Omdat, vermoed ik, hij daar niet lag. Waarschijnlijk heeft Amhurst dat boek pas onlangs gekocht om zichzelf te kunnen indekken. Iets wat ik hem zal voorleggen zodra hij onder ede staat.'

William wierp een blik op zijn zus, die aan de overzijde van de eetzaal lunchte met haar superieur, van wie hij aannam dat het Clare was. Maar geen van beiden keek ook maar eventjes zijn kant op.

Toen de rechtbank weer bijeen was, verzocht rechter Gray de verdediging haar eerste getuige op te roepen. Advocaat Warwick stond op en zei: 'Ik zal geen getuigen oproepen, edelachtbare.'

Er werd geroezemoesd in de rechtszaal. William boog zich naar voren en fluisterde in Hayes' oor: 'Maar als Amhurst niet getuigt, zal de jury dan niet denken dat hij schuldig is?'

'Zou kunnen. Maar vergeet niet dat je zus het laatste woord heeft. En als ik Amhurst zou verdedigen, dan zou ik hem hetzelfde hebben aangeraden.'

De rechter richtte zich tot de aanklager.

'Bent u klaar, Mr Hayes, voor uw slotpleidooi?'

'Zeker, edelachtbare,' antwoordde Hayes, waarna hij opstond en zijn vel papier op het standaardje voor hem legde. Hij kuchte even, zette zijn pruik wat rechter en keek de jury aan. 'Leden van de jury, wat een fascinerende zaak is dit toch gebleken; hoewel het voor u misschien eerder voelt als een opvoering van *Hamlet*, maar dan zonder de prins. Laat ik beginnen met u te vragen waarom de advocaat van de verdediging in haar kruisverhoor met agent Warwick niet één keer de velletjes met Winston Churchills handtekeningen noemde die in de woning van de gedaagde werden aangetroffen, geschreven op het lijntjespapier van een W.H. Smith-blocnote van negenenveertig pence. We kunnen er wel van uitgaan, denk ik, dat ze niet door de grote geallieerde leider zelf zijn neergekrabbeld, al was het maar omdat hij al overleed in de tijd dat ons land nog niet op het decimale stelsel was overgestapt.

'We weten bovendien dat agent Warwick in de woning van de gedaagde een complete, zesdelige reeks van Churchills *De Tweede Wereldoorlog* aantrof, waarvan er drie wel en drie niet waren gesigneerd. En dus moet ik de vraag stellen: waarom die andere drie niet?' Hij zweeg even. 'Misschien omdat hij nog maar halverwege was?'

Een paar juryleden beloonden hem met een glimlach.

'En dan dient u nog even stil te staan bij het door Dickens gesigneerde exemplaar van *Een kerstverhaal*. De verdediging wil u graag doen geloven dat het hier om een familie-erfstuk gaat, dat van generatie op generatie wordt overgedragen. Klonk u dat niet wat al te gemakkelijk in de oren? Zou het niet waarschijnlijker zijn dat Mr Amhurst tijdens zijn vele bezoekjes aan de vele boekwinkels van Londen een ongesigneerd exemplaar inclusief oorspronkelijke aankoopbon wist te bemachtigen? U zou zich ook kunnen afvragen waarom twee rechercheurs van Scotland Yard tijdens hun grondige doorzoeking van Mr Amhursts woning niet op die aankoopbon zijn gestuit.

'Ik laat het graag aan u over om te bepalen of u liever vasthoudt aan de romantische versie, zoals geopperd door mijn weledelgeleerde confrère, of de meer aannemelijke, door feiten gestaafde versie,' zei hij terwijl hij zijn ogen op de jury gericht hield. 'En ik weet zeker dat het gezonde verstand daarbij zal zegevieren.'

Toen hij weer ging zitten, wilde William het liefst applaudisseren, want hij voelde dat ze weer in de race waren. De rechter wierp een blik naar de advocaat van verdediging en vroeg haar of ze klaar was voor haar slotpleidooi.

'Meer dan klaar, edelachtbare,' antwoordde Grace terwijl ze ging staan. Voordat ze het woord nam, keek ze de jury een moment aandachtig aan.

Allereerst herinnerde ze de juryleden eraan dat de gedaagde het recht had om niet in de getuigenbank plaats te nemen, iets wat voor deze 'broze, oude man' nogal een beproeving zou zijn geweest.

'Hij is pas tweeënzestig,' bromde Hayes, maar Grace koerste volle kracht vooruit en negeerde de naderende storm.

'Laten we vervolgens eens stilstaan bij wat ongetwijfeld het sleutelbewijs in deze zaak is,' vervolgde ze. 'Als Mr Amhurst inderdaad schuldig is en in bezit was van een gesigneerde eerste editie van *Een kerstverhaal*, waarom bood hij die dan niet te koop aan? Want het boek zou immers tien keer zoveel hebben opgeleverd als een complete gesigneerde reeks van Churchills geschiedenis van de Tweede Wereldoorlog. Ik zal u vertellen waarom: omdat hij geen afscheid wilde nemen van een familie-erfstuk, dat hij in de toekomst aan de volgende generatie zal nalaten.'

'Hij heeft helemaal geen kinderen,' fluisterde William in Hayes' oor.

'Dat had u me eerder moeten vertellen,' reageerde Hayes.

'Toen ik, geachte leden van de jury, me gisteravond aan het voorbereiden was,' ging Grace verder, 'heb ik even uitgerekend hoeveel het Mr Amhurst zou hebben opgeleverd als hij de in de bewijslast opgenomen en volgens agent Warwick vals gesigneerde drie delen van Churchills memoires zou hebben verkocht. Dan komen we, geachte leden van de jury, op iets meer dan honderd pond. Bepaald niet de misdaad van de eeuw, lijkt mij. Maar om redenen die alleen zij kennen, heeft Scotland Yard ervoor gekozen om Mr Amhurst met alle middelen aan te pakken. Als het voor u ónomstotelijk vaststaat,' benadrukte ze, 'dat de aanklager heeft aangetoond dat Cyril Amhurst een meestervervalser en een bedreven fraudeur is, dan dient hij de kerstdagen achter de tralies door te brengen. Maar als u, zoals ik verwacht, moet vaststellen dat de aanklager zijn zaak niet heeft kunnen bewijzen, dan zult u hem ongetwijfeld van deze beproeving willen verlossen opdat hij, gelijk Tiny Tims vader, de kerstdagen in de schoot van zijn familie zal kunnen doorbrengen.'

'Wat een kanjer,' fluisterde Hayes tegen William toen ze weer ging zitten. 'Uit hetzelfde hout gesneden. Je vader zou trots op haar zijn.'

'Maar niet op zijn zoon,' siste William, die zijn zus op dit moment wel kon vermoorden.

Het resumé van de rechter was evenwichtig en onbevooroordeeld. Hij somde de feiten op zonder de jury daarin te beïnvloeden, onderstreepte nogmaals de onverklaarde velletjes met Churchills handtekeningen, maar benadrukte ook dat de aanklager niet had kunnen aantonen dat de editie van Dickens' *Een kerstverhaal* geen familie-erfstuk was. Daarna verzocht hij de jury zich terug te trekken om zich over haar uitspraak te beraden.

Iets meer dan twee uur later namen de zeven mannen en vijf vrouwen hun plek op de jurytribune weer in. Toen iedereen zat, verzocht de griffier de voorzitter van de jury om op te staan. Een kloeke vrouw op het eind van de voorste rij stond op. Ze had een vastberaden blik en was gekleed in een keurig, strak geruit mantelpak.

'Voorzitter, bent u unaniem tot een uitspraak gekomen?'

'Ja, edelachtbare.'

'Acht u de gedaagde wat de eerste tenlastelegging betreft, namelijk valsheid in geschrifte inzake de handtekening van Sir Winston Churchill in achttien boeken, om daarmee voor eigen financieel gewin kopers te misleiden, schuldig of niet schuldig?'

'Niet schuldig,' antwoordde ze kordaat.

'En wat betreft de tweede tenlastelegging, namelijk het in bezit hebben van een boek met daarin de vervalste handtekening van Charles Dickens, om daarmee voor eigen financieel gewin kopers te misleiden, acht u de gedaagde schuldig of niet schuldig?'

'Niet schuldig.'

'En wat betreft de derde tenlastelegging, namelijk het in bezit hebben van drie delen van Winston Churchills *De Tweede Wereldoorlog*, met daarin de vervalste handtekening van Sir Winston Churchill, acht u de gedaagde schuldig of niet schuldig?'

'Schuldig.'

Hier en daar werd verschrikt naar lucht gehapt, maar William slaakte een zucht van opluchting. Hij kon zich de volgende dag weer op zijn werk vertonen, weliswaar niet als grote overwinnaar, maar ook niet als de grote verliezer.

'Wil de gedaagde alstublieft opstaan,' verzocht de griffier.

Met licht gebogen hoofd stond Amhurst op.

'Cyril Amhurst, u bent schuldig bevonden aan een ernstig misdrijf, waarvoor ik u veroordeel tot één jaar celstraf.'

William deed zijn best om niet te glimlachen.

'Maar aangezien u tot nu toe geen strafblad hebt en dit uw eerste veroordeling is, zal deze celstraf twee jaar voorwaardelijk zijn, gedurende welke ik u adviseer om niet al te veel boekwinkels te bezoeken. U mag de rechtbank verlaten.'

'Dank u, edelachtbare,' zei Amhurst. Hij stapte het beklaagdenbankje uit en gaf zijn raadsvrouw een lange, innige omhelzing.

'Je zus was echt briljant,' moest Hayes bekennen. 'Met bijna lege handen wist ze ons met 2-1 te verslaan, en vlak voor het eindsignaal had ze zelfs de scheids op haar hand. De eerstvolgende keer dat ik haar tegenover me heb, kijk ik wel beter uit.'

'En ik ook,' voegde William eraan toe, waarna hij stilletjes de rechtszaal uit glipte. Hij trof Grace op de gang, waar ze hem opwachtte.

Ze schonk hem de grijns die hij zo goed kende. 'Tijd om even wat te gaan drinken, broertje?'

Tijdens het eten die avond vertelde hij Beth in geuren en kleuren hoe het er in de rechtszaal aan toe was gegaan. Ze schaterde het uit. 'Jij bent echt een megasukkel!'

'Mee eens. Ik moet er niet aan denken om morgen weer naar m'n werk te gaan. Of ik ben weer wijkagent, of ik beland aan de schandpaal.'

'Als de pispaal,' maakte Beth het beeld compleet. 'Ik had zo graag je gezicht willen zien toen de rechter besloot die celstraf voorwaardelijk te maken.'

'Godzijdank was je er niet bij. Maar als ik het ooit weer tegen mijn zus moet opnemen, zorg ik dat ik beter ben voorbereid.'

'Net als zij.'

'Aan wiens kant sta jij eigenlijk?' vroeg hij.

'Weet ik nog niet, want je hebt me nog steeds niet verteld hoe het is afgelopen met je bezoekje aan Eddie Leigh in Pentonville.'

Hij legde zijn mes neer en beschreef de ontmoeting tot in de kleinste details.

'Eigeel,' was het enige wat Beth zei toen hij klaar was. 'Dat maakt je zwakke vertoning in de getuigenbank vanochtend meer dan goed. Maar denk je dat hij weet waar de Rembrandt is?'

'Eigenlijk wel, ja, want hij en Faulkner blijken in dezelfde periode de Slade School of Art te hebben bezocht. Maar wij zullen de laatsten zijn aan wie hij dat zal vertellen. Ik denk zelfs dat hij al spijt heeft van de dingen die hij ons heeft verteld.'

'Misschien dat je meer te weten komt als je morgen naar Faulkners huis gaat om die vervalsing terug te bezorgen.'

'Misschien kom ik niet eens verder dan het tuinhek.'

19

Nerveus zat William achter zijn bureau zijn lot af te wachten. Hij las over de laatste ontwikkelingen in de zaak van Picasso's blauwe periode toen Lamont opeens de kamer binnenstormde.

'Wat was de uitspraak gisteren?' waren de eerste woorden van de inspecteur.

William ademde eens diep in. 'Amhurst werd tot een jaar veroordeeld, maar de rechter maakte daar twee jaar voorwaardelijk van.'

'Kon niet beter,' reageerde Lamont, en hij wreef zich opgewekt in de handen.

'Hoe bedoelt u?' vroeg William.

'Ik heb de weddenschap gewonnen. Een jaar voorwaardelijk,' zei hij toen Jackie binnenkwam.

'Wie heeft de jackpot gewonnen?' vroeg ze al voordat ze haar jas uit had gedaan.

'Ik,' zei Lamont.

'Verdomme.'

'En wat had jij voorspeld?' vroeg William haar.

'Zes maanden voorwaardelijk. Dus ik heb niet alleen verloren, maar jij hebt me ook verslagen, zakkenwasser.'

'Wat bedoel je?'

'De rechter heeft mijn eerste zaak verworpen, en mij erbij. Ik liet een cruciaal bewijsstuk in mijn auto liggen, dus al voordat de gedaagde het zelfs tot de getuigenbank haalde, werd hij vrijgelaten.'

William barstte in lachen uit.

'Juist,' zei Lamont. 'Nu allemaal weer aan het werk. Jackie, ik wil dat jij voor de operatie van morgenavond met mij de details doorneemt voordat ik eindelijk groen licht kan geven.'

Jackie liep vlug naar haar bureau en pakte het betrokken dossier.

'En William, de kopie van de Rembrandt ligt in een afgesloten busje dat je in de parkeergarage zult vinden. Haal de sleuteltjes op bij de receptie, dan kun je gaan. Niet dat iemand erop durft te gokken dat je langs de voorpoort komt.'

'Is Faulkner gisteren naar Monte Carlo gevlogen?' vroeg William.

'Ja, rond de middag landde hij in Nice en hij wordt nog minstens een maand niet terugverwacht.'

Commissaris Hawksby stak zijn hoofd om de deur. 'En, wat was het vonnis?'

'Een jaar voorwaardelijk,' zei Lamont.

'Verdomme.'

'Wil ik het weten, sir?' zei William.

'Een taakstraf van vijftig uur.'

'Mogen hoofdagent Roycroft en ik even bij u langskomen, sir, zodra ik de details voor operatie Blauwe Periode heb uitgewerkt?' vroeg Lamont.

'Ja, natuurlijk, Bruce. En succes met Mrs Faulkner, William.'

William meldde zich bij de balie om de sleuteltjes op te halen en begaf zich naar de ondergrondse parkeergarage. Hij controleerde of de kist met daarin het schilderij wel veilig opgeslagen was achter in het busje, reed vervolgens de Yard uit en Broadway op. Tijdens de rit naar Limpton nam hij de onderdelen A, B en C van zijn plan door, wetende dat hij binnen een uur terug naar de Yard kon rijden als hij niet langs de voordeur kwam.

Toen hij die ochtend afscheid nam van Beth had hij beloofd voor het avondeten terug te zijn.

'Met alle zes de staalmeesters veilig achter in het busje,' plaagde ze.

Zich bewust van het schilderij achterin reed William geen moment te hard. Hij was door Lamont gewaarschuwd dat als het niet in onberispelijke staat werd teruggebracht, raadsheer Booth Watson vóór het einde van de week een schadevergoeding zou eisen voor zijn cliënt.

Toen hij het pittoreske dorp Limpton in Hampshire bereikte, was het niet lastig uit te vogelen waar de Faulkners woonden. Limpton Hall stond trots op een heuvel die het landschap domineerde. William volgde een bord dat hem nog enkele kilometers over een kronkelend landweggetje voerde voordat hij stopte voor een paar ijzeren hekken met aan weerszijden stenen zuilen waarop hurkende leeuwen rustten.

Hij stapte uit en liep naar de hekken, waar in de muur twee zoemers genesteld waren. Een had een koperen plaat met de tekst LIMPTON HALL, en die eronder: HANDELSLIEDEN. Hij drukte op de bovenste knop en had direct spijt van zijn beslissing, omdat hij weleens een betere kans kon hebben gehad om binnen te komen als hij op HANDELSLIEDEN had gedrukt.

'Wie is daar?' klonk een stem via de intercom.

'Ik heb een pakketje voor Mr Faulkner.'

William hield zijn adem in, en tot zijn verrassing zwaaiden de hekken open.

Hij reed langzaam en bewonderde de eeuwenoude eiken die de lange oprijlaan omzoomden terwijl hij het volgende deel van zijn plan doordacht. Uiteindelijk stopte hij voor een huis dat op de cover van *Country Life* niet zou hebben misstaan.

De voordeur werd geopend door een lange, slanke man in een zwart jacquet en een krijtstreepbroek. Hij keek William aan alsof hij naar de verkeerde ingang was gekomen. Twee jongere mannen kwamen de trap af gerend en repten zich naar de achterkant van het busje. Tijd om plan B in overweging te nemen.

William opende de achterdeur van het busje en pakte een klembord op terwijl de twee jonge mannen de kist voorzichtig optilden en het schilderij de treden op droegen en in de hal tegen een muur zetten. De butler sloot net de deur toen William met een gezaghebbende stem, waarvan hij hoopte dat hij net als zijn vader klonk, zei: 'Ik heb wel een handtekening nodig voordat ik het pakket kan vrijgeven.'

Als de deur voor zijn neus dicht was gegooid, zou hij niet verrast zijn geweest. Maar de butler haalde met tegenzin een pen uit een binnenzakje van zijn jacquet. Tijd voor plan C.

'Het spijt me, maar de afgifte dient te worden ondertekend door Mr Faulkner,' zei William, en als een colporteur plaatste hij een voet tussen de deur. Als de butler 'Slikken of stikken' had gezegd, zou hij het hebben moeten slikken en zonder nog een woord moeten aftaaien.

'Is Mrs Faulkner ook goed?' vroeg iemand op de achtergrond.

In de hal verscheen een elegante vrouw van middelbare leeftijd. Ze droeg een rode zijden ochtendjas die haar sierlijke figuur benadrukte. Stonden de rijken, zoals Fred Yates vaak had geopperd, niet voor tien uur in de morgen op? Het waren echter haar ravenzwarte haar, gebruinde huid en air van stille autoriteit die bij hem geen enkele twijfel lieten dat zij de vrouw des huizes was.

Ze tekende het formulier, en William stond op het punt om weg te lopen toen ze zei: 'Dank u, sir…'

'Warwick, William Warwick,' reageerde hij, waarmee hij zijn regel overtrad om te proberen niet als een schooljongen te klinken.

'Ik ben Christina Faulkner. Hebt u tijd voor een kopje koffie, Mr Warwick?'

William aarzelde niet, hoewel dit niet hoorde bij deel A, B of C van zijn plan. 'Graag,' zei hij.

'Makins, koffie in de salon,' zei Mrs Faulkner. 'En zodra het schilderij uitgepakt is, heb ik het graag weer aan de muur.'

'Ja, natuurlijk, madam.'

'Miles zal heel blij zijn om het schilderij weer op zijn plek te zien wanneer hij uiteindelijk terugkomt,' zei Mrs Faulkner met nadruk op het woord 'uiteindelijk', terwijl ze William de salon in leidde.

William kon zijn ogen niet afhouden van de prachtige schilderijen die alle muren opsierden. Miles Faulkner was dan misschien een boef, maar wel een boef met smaak, zoveel was zeker. De Sisley, Sickert, Matisse en Picasso zouden elke collectie hebben opgeluisterd, maar Williams starende blik bleef hangen bij een klein stilleven van sinaasappels in een schaal, geschilderd door een kunstenaar die hij niet eerder had gezien.

'Fernando Botero,' zei Mrs Faulkner. 'Een landgenoot die, net als ik, op jonge leeftijd uit Colombia vluchtte,' voegde ze eraan toe terwijl de butler verscheen met een dienblad koffie en een keur van koekjes.

William nam plaats en keek naar een grote, lege ruimte boven de schoorsteenmantel, waar de kopie van de Rembrandt moest hebben gehangen. De butler zette het blad neer op een antieke salontafel die William meende te herkennen, maar hij werd afgeleid toen de twee jonge mannen met het schilderij binnenkwamen.

De butler nam de leiding bij het ophangen, en toen het schilderij op zijn plek hing, maakte hij een lichte buiging voor Mrs Faulkner en vertrok hij discreet.

'Heb ik gelijk als ik denk dat u een rechercheur bent, Mr Warwick?' vroeg Mrs Faulkner terwijl ze voor haar gast een kop koffie inschonk.

'Ja, dat ben ik,' antwoordde William, zonder eraan toe te voegen: maar niet een al te ervaren rechercheur.

'Dan vraag ik me af of ik uw advies zou mogen inwinnen over een persoonlijke kwestie?' vroeg ze, en ze sloeg haar benen over elkaar.

William hield op met staren naar *De Staalmeesters* en keek zijn gastvrouw aan. 'Ja, natuurlijk,' wist hij uit te brengen.

'Maar voordat ik dat doe, moet ik zeker weten dat ik op uw discretie kan rekenen.'

'Natuurlijk,' herhaalde hij.

'Ik heb behoefte aan de diensten van een privédetective. Iemand die discreet is, professioneel, en belangrijker, die ik kan vertrouwen.'

'Een aantal gepensioneerde politieagenten treedt op als privédetective,' zei William, 'en ik weet zeker dat mijn baas er graag een zou aanbevelen. Onofficieel,' voegde hij eraan toe.

'Dat is goed om te weten, Mr Warwick. Maar ik kan niet genoeg benadrukken hoe belangrijk het is dat mijn man er niet achter komt. Op het moment is hij er niet en hij zal nog minstens een maand niet thuiskomen.'

'Ik ben ervan overtuigd dat ik de juiste persoon voor u kan vinden, Mrs Faulkner, lang voordat uw man terugkeert.' Hij wierp nog een laatste blik op een doek dat hij ongetwijfeld nooit meer zou zien.

'Die vindt u echt mooi, hè?'

'Ja,' gaf hij in alle eerlijkheid toe.

'Het is ook een van Miles' lievelingsschilderijen, wat misschien de reden is waarom we er net zo een hebben hangen in onze salon in Monte Carlo. Sterker, ik zie nooit het verschil tussen de twee.'

Williams hand begon zo erg te trillen dat hij wat koffie morste op het tapijt. 'Het spijt me enorm,' zei hij. 'Wat onhandig van me.'

'Maak u niet druk, Mr Warwick, het is niet belangrijk.'

Als u eens wist hoe belangrijk het is, dacht William. Zijn hoofd tolde nog van de gevolgen van wat ze net had onthuld.

'Kan ik u verleiden om te blijven lunchen?' vroeg Mrs Faulkner. 'Het zou mij de kans geven om u de rest van de collectie te laten zien.'

'Dat is heel aardig van u, maar mijn baas zal zich afvragen waar ik blijf. Dus ik moet maar eens gaan.'

'Een andere keer, wellicht.'

Hij knikte nerveus, en Mrs Faulkner vergezelde hem terug naar de hal, waar de butler bij de voordeur stond.

'Het was leuk u te ontmoeten, Mr Warwick,' zei ze toen ze elkaar een hand gaven.

'Insgelijks, Mrs Faulkner,' zei William, zich ervan bewust dat de butler hem nauwgezet in de gaten hield.

William kon niet wachten om terug te rijden naar de Yard en het team te vertellen dat Mrs Faulkner zich per ongeluk had laten ontvallen dat het origineel van *De Staalmeesters* in Faulkners villa in Monte Carlo hing. Hij zag Beth al van vreugde op en neer springen wanneer hij haar het nieuws vertelde. Maar toen de hekken achter hem dichtvielen, verborg hij zijn hoofd in zijn handen en riep: 'Idioot die je bent!' Waarom was hij niet ingegaan op haar uitnodiging voor de lunch? Hij had de hele collectie kunnen zien en mogelijkerwijs andere vermiste schilderijen kunnen hebben geïdentificeerd.

'Idioot!' riep hij nog eens, maar nu zelfs harder. Misschien zou hij de gemiste kans niet melden bij Lamont wanneer hij zijn rapport schreef.

Vol tegenzin verliet William Limpton Hall, maar niet nadat hij eerst nog een paar keer het woord 'idioot' had herhaald voordat hij de snelweg bereikte.

Bij aankomst terug op de Yard parkeerde hij het busje, bracht de sleuteltjes terug en liep direct door naar het kantoor. Hij trof Lamont en Jackie gebogen over een kaart vol rode vlaggetjes. Ze waren bezig met de finishing touch voor operatie Blauwe Periode, die naar hij wist voor de volgende avond gepland stond. Toen hij de ruimte betrad, sloegen ze allebei de ogen op.

'Ben je voorbij de voorpoort gekomen?' vroeg Lamont.

'Dat niet alleen, ik kan u vertellen waar de Rembrandt is.'

De rode vlaggetjes werden in de steek gelaten nu Lamont en Jackie naar Williams verslag luisterden. Nadat hij hen volledig had gebrieft – nou ja, bijna volledig – was 'We moeten de commissaris onmiddellijk op de hoogte brengen' het enige wat Lamont te zeggen had.

Aangezien William en Jackie aannamen dat hij niet het koninklijke 'we' gebruikte, volgden ze hem het kantoor uit en de gang door naar Hawksby's werkkamer.

'Angela, ik moet dringend de commissaris spreken,' liet Lamont Hawksby's secretaresse weten.

'Inspecteur Mullins is nu bij hem,' zei ze, 'maar ik verwacht dat ze elk moment klaar zijn.'

'Mullins?' fluisterde William tegen Jackie.

'Drugs. Bid maar dat je niet naar zijn afdeling wordt overgeplaatst. Slechts weinigen overleven het, en die worden nooit meer de oude.'

Na nog een paar minuten ging de deur open en kwam de inspecteur naar buiten, vergezeld door commissaris Hawksby.

'Goedemorgen, Bruce,' zei Mullins, die bij het verlaten van de kamer zijn pas geen moment inhield.

'Ik hoop dat je goed nieuws hebt,' zei Hawksby. 'Want tot dusver is dit een waardeloze dag.'

'Een mogelijke doorbraak in de zaak van de vermiste Rembrandt, sir.'

'Dan kun je maar beter snel binnenkomen.'

Toen ze allemaal om de tafel in Hawksby's kamer zaten, nam William zijn ontmoeting met Mrs Faulkner uitvoerig door. Hij werd verrast door de directe reactie van de Hawk.

'Ik denk niet dat "We hebben er net zo een hangen in onze salon in Monte Carlo. Sterker, ik zie nooit het verschil tussen de twee" een verspreking was. Ik denk dat Mrs Faulkner precies wist wat ze de jonge, op de koffie uitgenodigde rechercheur vertelde.'

'Mee eens,' zei Lamont. 'En bovendien vroeg ze naar de naam van een privédetective die ze kan vertrouwen. Het is geen wonder dat de hekken werden geopend.'

'Dus wat voert ze in haar schild?' vroeg William.

'Op het gevaar af dat ik hier iets voor de hand liggends zeg,' zei Jackie, 'gok ik dat ze een privédetective nodig heeft, omdat ze van plan is van haar man te scheiden, en het zal niet genoeg zijn als ze een grote schikking in de wacht sleept. Ze is uit op wraak, en is er een betere manier dan ons te vertellen waar de Rembrandt is?'

'Dan speelt ze een riskant spelletje,' zei Hawksby, 'gezien tegen wie ze het opneemt.'

'Ze heeft zeven jaar gehad om erover na te denken,' zei William.

'Dat kan nog steeds niet genoeg zijn,' zei Lamont.

'Heb je iemand in gedachten voor de baan, Bruce?' vroeg Hawksby.

'Mike Harrison zou mijn eerste keuze zijn. Bekwaam, eerlijk en betrouwbaar. En als zij hem de klus geeft, zouden we iemand aan de binnenkant hebben.'

'Regel een afspraak,' zei Hawksby, 'en als hij het goedvindt, zal William hem voorstellen aan Mrs Faulkner.'

'Ik ga er meteen achteraan, sir,' zei Lamont.

'En goed gedaan, William, hoewel het geen makkie zal worden om de Rembrandt Monte Carlo uit te krijgen zolang Faulkner daar woont. Maar als zijn vrouw aan onze kant staat, kan het weleens zo zijn dat we hem voor de verandering verrassen. Goed, dan nu de meer directe problemen. Jackie, ben jij helemaal klaar voor operatie Blauwe Periode?'

'Voor morgenavond hebben we groen licht, sir. We zullen de woning zo goed omsingeld hebben dat zelfs een mol zich er niet uit zou kunnen graven zonder dat wij ervanaf weten.'

'Zeker weten dat je alle noodzakelijke ondersteuning hebt, Bruce?'

'De politie van Surrey had niet coöperatiever kunnen zijn, sir. Ze voorzien ons van ongeveer twintig agenten die in twee bussen bij in- en uitgangen zullen zijn gestationeerd. We zullen de boeven opwachten zodra ze het huis uit komen.'

'En de eigenaren?'

'Die zijn op vakantie naar de Seychellen, zoals Faulkner moet weten, dus op veilige afstand.'

'Bel mij zodra jullie de dieven in hechtenis hebben, hoe laat het ook is.'

'Dat wordt waarschijnlijk twee of drie uur 's nachts, sir,' zei Jackie.

'Hoe laat het ook is,' herhaalde Hawksby.

Lamont, Jackie en William wisten dat de vergadering afgelopen was en kwamen overeind.

'Warwick,' zei Hawksby toen ze zich omdraaiden om te gaan, 'kun jij nog even blijven? Ik wil je onder vier ogen spreken.'

William vond het woord 'kun' wel grappig, hoewel hij aannam dat hij op het punt stond een uitbrander te krijgen voor zijn gebrek aan voorbereiding in de Amhurst-zaak.

'William,' zei Hawksby toen Lamont en Jackie vertrokken waren, 'ik maak er een punt van me nooit te bemoeien met het privéleven van mijn agenten, tenzij het een lopend onderzoek zou kunnen beïnvloeden.'

William ging gespannen op de rand van zijn stoel zitten.

'Het is me echter onder de aandacht gekomen dat je een vriendschap hebt ontwikkeld met een jonge vrouw die werkt in het Fitzmolean Museum en daarom een belanghebbende is in de zaak van de vermiste Rembrandt.'

'Het is meer dan een vriendschap, sir,' biechtte William op. 'We wonen bijna samen.'

'Des te meer reden om voorzichtig te zijn. En wat ik nu ga zeggen is een bevel, geen verzoek. Ben ik duidelijk?'

'Ja, sir.'

'Jij zult niet, onder geen enkele omstandigheid, tegenover iemand buiten dit bureau onthullen dat wij zouden kunnen weten waar de vermiste Rembrandt is. Sterker, het zou verstandig zijn om Miss Rainsford verder helemaal niets te vertellen over ons onderzoek, en dan bedoel ik ook niets.'

'Begrepen, sir.'

'Ik hoef je er niet aan te herinneren dat je als politieagent de Official Secrets Act hebt ondertekend. En mocht je verantwoordelijk zijn voor ondermijning van deze of enige andere operatie waarbij je betrokken bent, dan zou je voor de tuchtraad kunnen komen, wat je carrière ongetwijfeld in de weg zou kunnen staan of zelfs doen ontsporen. Heb je nog vragen?'

'Nee, sir.'

'Dan keer je nu terug naar je eenheid en bespreek je dit verder met niemand, zelfs niet met je collega's. Is dat duidelijk?'

'Ja, sir.'

Terug achter zijn bureau keek William naar de stapel lopende zaken voor hem, maar hij kon de woorden van de commissaris niet uit zijn hoofd krijgen. Deze morgen was hij bang geweest om op het bureau te komen. Deze avond was hij bang om naar huis te gaan.

Toen Beth de voordeur hoorde, rende ze meteen de keuken uit en de gang in.

'En hoe ging je ontmoeting met Mrs Faulkner?' vroeg ze nog voordat William de kans kreeg om zijn jasje uit te doen.

'Ik kwam niet eens langs de poort.'

'Je bent een lieverd, hoor,' zei ze, en ze sloeg haar armen om zijn nek, 'maar zo'n slechte leugenaar.'

'Nee, echt,' protesteerde William.

Ze deed een stap naar achteren en keek hem nog eens goed aan. 'Wat hebben ze jou verteld over mij?' vroeg ze opeens op een andere toon.

'Niets. Ik zweer het. Niets.' En op dat moment schoten hem Hawksby's woorden te binnen: *Jij zult niet, onder geen enkele omstandigheid... Miss Rainsford verder helemaal niets te vertellen over ons onderzoek, en dan bedoel ik ook niets.* Wat voor omstandigheden, vroeg William zich af. En toen herinnerde hij zich de woorden van Jackie toen hij voor Beth bloemen had gekocht voordat ze naar Barnstaple gingen: *Rainsford? Waar ken ik die naam toch van?*

Het eerste wat William deed toen hij de volgende ochtend op het werk kwam, was een gedetailleerd rapport schijven over zijn bezoek aan Limpton Hall. Toen hij het aan Lamont had overhandigd, belde hij Mrs Faulkner op haar privénummer.

'Volgens mij heb ik de juiste man gevonden om u te helpen, Mrs Faulkner. Wanneer zou u hem willen spreken?'

'Komende maandag rij ik naar Londen. Zullen we samen ergens afspreken voor de lunch? Ik kan niet riskeren dat u weer deze kant op komt.'

'Waarom niet?' vroeg William. Hij klonk teleurgesteld.

'Voordat u de poort bereikte, zou Makins met mijn man aan de telefoon hangen. Sterker, gisteravond belde Miles me om te vragen waarom ik u had binnengelaten.'

'En wat zei u?'

'Dat toen u het schilderij terugbracht, u zich liet ontglippen dat het Rembrandt-onderzoek was stopgezet en naar het dossier van onopgeloste zaken was verwezen.'

'Denkt u dat hij u geloofde?'

'Dat weet je nooit met Miles. Ik denk dat zelfs hij niet weet wanneer hij de waarheid spreekt. Zullen we het Ritz zeggen, één uur? Ik trakteer.'

Nou, Mrs Walters ging in elk geval zeker niet trakteren, dacht William terwijl hij ophing.

Later die ochtend voegde hij zich bij Lamont voor een ander soort lunch. Een varkenspasteitje, een zakje chips en een pint in de Sherlock Holmes-pub, plus een kans om Mike Harrison te ontmoeten. Op en top een politieman, zo had Lamont hem beschreven, en William zag direct waarom. Hij was ongecompliceerd, rechtdoorzee en behandelde William als een gelijke vanaf het moment dat ze hadden kennisgemaakt. Belangrijker, hij was er al net zo op gebrand om de vermiste Rembrandt boven water te krijgen als de rest van het team. Toen het schilderij zeven jaar geleden was gestolen, was hij lid van de eenheid geweest, dus hij beschouwde het als een onafgedane zaak.

Op weg naar huis pikte William die avond een bos bloemen op als zoenoffer voor Beth. Maar zodra hij de sleutel in het slot draaide, wist hij dat ze er niet was. En toen wist hij het weer: dinsdag was het Friends' Night in het Fitzmolean. Broodjes gerookte zalm, schalen met nootjes en sprankelende wijn om de portemonnees van de trouwe geldschieters van het museum open te krijgen. Voor elven zou ze niet terug zijn. Hij keerde terug naar Trenchard House, wat de tweede avond op rij was, belde haar om halfelf en nog eens om elf uur, maar ze nam niet op, en dus ging hij naar bed.

20

5.43 UUR, BRITSE TIJD

William werd wakker van de telefoon. Hij vroeg zich af wie hem op dit vroege uur kon bellen en greep naar het toestel. Hij hoopte dat het Beth was.

'Carter is in beweging,' klonk een stem die hij direct herkende. 'Ik zie je op Heathrow, terminal 2. Er is al een auto naar jou onderweg, die moet er elk moment zijn. Pak een weekendtas in, en vergeet deze keer je paspoort niet.'

William hing op en liep naar de badkamer. Hij nam een snelle douche, gevolgd door een zelfs nog snellere scheerbeurt, met twee sneetjes in zijn gezicht om het te bewijzen, en liep weer de slaapkamer in om een tas te pakken. Een paar overhemden, broeken, sokken en een tandenborstel, en tot slot pakte hij eindelijk zijn paspoort uit een bureaula. Buiten stond de auto al met draaiende motor te wachten. Onmiddellijk herkende hij de bestuurder die hem naar Chelsea had gescheurd.

'Goedemorgen, Danny,' zei hij.

6.37 UUR, BRITSE TIJD

Jackie had die morgen geen telefoon nodig om haar te wekken. Tegen de tijd dat William over de M4 voortsnelde, was Jackie al onderweg naar station Waterloo.

Op perron 11 wachtte Lamont haar op, en samen stapten ze in de trein van 7.29 uur naar Guildford, tweedeklas. Bij aankomst werden ze ontvangen door inspecteur Wall, de enige man bij de politie van Surrey die volledig gebrieft was over wat ze voor de rest van de dag hadden gepland.

'Hebt u geen chauffeur?' vroeg Lamont toen Wall achter het stuur kroop en de motor startte.

'Bezuinigingen,' bromde hij.

7.14 UUR, BRITSE TIJD

Op het moment dat hij de terminal betrad, zag William hem meteen. Een donkerblauwe blazer met een dubbele rij knopen, een wit overhemd en een streepjesdas. De commissaris sliep vermoedelijk ook in een pyjama met een dubbele knoopsluiting.

'Goedemorgen, sir.'

'Goedemorgen, William. Carter is geboekt op BA-vlucht 003 naar Rome, vliegt over anderhalf uur, en wij zitten in een Alitalia-toestel dat over veertig minuten vertrekt. Inspecteur Monti treft ons op de luchthaven, waarna we naar Civitavecchia rijden. We blijven hier nog een paar minuten rondhangen om ons ervan te vergewissen dat Carter incheckt. Als hij vermoedt dat iemand hem volgt, breekt hij zijn hele trip misschien af, en in dat geval rijden we terug naar Scotland Yard en vliegen we niet naar Rome.' De commissaris was nog aan het woord toen hij William bij de arm greep en in de richting van de BA-balie knikte. Carter beende op de incheckbalie af en werd vergezeld door een man die William niet herkende. Hij droeg een grote reistas en duwde een trolley met twee kleine koffers voort.

'Ik heb zo het gevoel dat ik weet wat er in die tas zit,' zei Hawksby. 'Maar we kunnen er weinig aan doen.'

'We kunnen ze laten fouilleren door de beveiliging voordat hij aan boord gaat.'

'Dat is wel het laatste wat we willen.'

'Waarom?'

'Om twee redenen,' zei Hawksby terwijl Carter zijn boardingpass in ontvangst nam. 'Een: we zouden een redelijke verdenking moeten hebben dat hij een misdrijf had gepleegd voordat we konden overwegen om zijn bagage te controleren, en twee: als we niets verdachts vonden, zouden we ze hebben gewaarschuwd en onze dekmantel hebben verraden.'

'Herkent u de andere man?' vroeg William toen ze naar de paspoortcontrole liepen.

'Damien Grant, ooit veroordeeld wegens het toebrengen van zwaar lichamelijk letsel, voormalig gewichtheffer en tot voor kort nog uitsmijter. Hij is er alleen om ervoor te zorgen dat die grote reistas zijn bestemming bereikt.'

'Laatste oproep voor Alitalia, vluchtnummer...'

10.07 UUR, BRITSE TIJD

Toen ze eenmaal in het kantoor van inspecteur Wall zaten, checkten en dubbelcheckten de drie politieagenten elk detail van operatie Blauwe Periode. Toen Lamont zijn laatste vraag had gesteld, keek Wall op zijn horloge. 'Tijd om naar de parkeergarage te gaan en de manschappen te briefen. Onze enige ruimte die groot genoeg is voor uw privéleger.'

Lamont en Jackie volgden de inspecteur zijn werkkamer uit en een trap met flink versleten treden af naar de parkeergarage, waar enkele tientallen politiemannen en twee politievrouwen stonden te kletsen in afwachting van nieuws waarom ze daar waren. Zodra de inspecteur verscheen, vielen ze stil.

'Goedemorgen,' zei hij, en hij tikte met zijn korte stok tegen zijn been.

'Vandaag hebben we gezelschap van twee agenten van de Londense politie. Wij zijn hier om hen te assisteren bij een speciale operatie die in onze sector zal plaatsvinden. Ik geef het woord aan inspecteur Lamont, die jullie over de details zal briefen.'

Lamont wachtte tot Jackie een ezel had neergezet met daarop een luchtfoto van een groot landgoed.

'Dames en heren,' begon Lamont, 'de politie van Londen is al enkele maanden bezig met de voorbereiding van deze operatie, maar we hebben al die tijd geweten dat het resultaat zal afhangen van de professionaliteit van de agenten ter plekke.' Hij wees naar hen. 'En dat zijn jullie!'

Er barstte gelach en een klaterend applaus los.

'Wij hebben reden om te geloven,' ging Wall verder, 'dat een goedgeorganiseerde bende criminelen vanavond dit landgoed gaat beroven.' Jackie wees naar de foto van een groot landhuis, ontworpen door de architect Lutyens, dat werd omringd door enkele hectaren parkgrond.

'Doel van de bende is het stelen van een Picasso die enkele miljoenen waard is, en lang voordat de politie arriveert daar weg te wezen. Maar wij zullen ze opwachten. Jullie mogen je afvragen waarom we zo'n grote politiemacht nodig hebben als er maar drie of vier dieven bij betrokken zullen zijn. Dat is omdat we weten wie er achter deze zwendel zit en hij ons in het verleden al te vaak te slim af is geweest. Dus deze keer gaan we zijn ballen afsnijden voordat hij denkt dat nog een keer te doen.'

Er volgde een tweede, harder applaus.

'Voor deze goed geplande operatie kan ik jullie verzekeren dat de boeven hun huiswerk hebben gedaan,' ging Lamont verder. 'Ze weten dat de eigenaars op vakantie zijn en ook dat het dichtstbijzijnde politiebureau op twintig minuten rijden zit, waardoor ze denken meer dan genoeg tijd te hebben om in het niets te verdwijnen voordat de politie opduikt. Mijn rechterhand, hoofdagent Roycroft, zal nu de details van operatie Blauwe Periode en de rol die jullie zullen spelen met jullie doornemen. Hoofdagent Roycroft.'

Jackie was verrukt om te worden begroet door zo veel enthousiaste gezichten die zich er duidelijk op verheugden wat echte boeven te vangen en één man in het bijzonder te pakken, en deed een stap naar voren.

12.45 UUR, EUROPESE TIJD

De Alitalia-vlucht landde een paar minuten achter op schema op luchthaven Da Vinci. Het eerste wat William zag toen hij de vliegtuigtrap afdaalde, was inspecteur Monti, wachtend naast een ongemarkeerde auto.

William stelde Hawksby voor aan Monti, die salueerde, het achterportier opende en wachtte tot ze beiden instapten. Tot Hawksby's verrassing was de inspecteur ongeschoren, en zijn adem rook naar knoflook, maar hij zei er niets van.

'Geen paspoortcontrole, geen douane?' vroeg William.

'Als je alleen was gekomen, William,' zei Monti, 'zou ik je in de aankomsthal hebben getroffen, maar toen mijn *comandante* hoorde dat commissaris Hawksby jou zou vergezellen, beval hij me alle registers open te trekken. Ik hoop dat dat de juiste Engelse uitdrukking is?'

'Precies goed,' zei William. 'De betekenis komt van een organist die alle registers van het orgel moet opentrekken om meer volume te krijgen.'

'Dank u, agent,' zei Hawksby. 'Zeer interessant.'

'Het is geen lange reis naar Civitavecchia,' zei Monti toen ze hard wegreden. 'Maar we moeten er ruim vóór Carter en Grant zijn. Ze staan geboekt voor het Grand Hotel, dat alleen in naam *grand* is.'

'En waar verblijven wíj?' vroeg Hawksby.

'Ik ben bang dat uw hotel zelfs nog minder groots is. Maar voordeel is dat het aan de kade ligt, dus ik heb voor u een kamer met uitzicht op de haven geboekt.'

'En William?'

'Hij zal te allen tijde bij mij zijn. De havenmeester informeerde me dat Carter voor zeven dagen een klein, volledig toegerust ondiep opsporings- en bergingsvaartuig heeft gehuurd. Het is ideaal voor expedities op zoek naar zeebodemschatten.'

‘Waarom zeven dagen,’ vroeg William, ‘als ze dat waar ze naar zoeken aan boord zullen nemen?’

‘Gewoon voor de show,’ legde Monti uit, ‘hoewel we niet zeker kunnen zijn hoeveel leden van de bemanning er meedoen aan de zwendel. Maar we gaan uit van de kapitein en de twee duikers.’

‘Dus gaan wij gewoon in Civitavecchia zitten wachten tot ze terugkeren voordat we ze arresteren?’

‘Beslist niet,’ reageerde Monti. ‘Ik heb ons beiden ingeschreven als dekknecht. Ze willen blijkbaar zoveel mogelijk toeschouwers om getuige te zijn van hun opmerkelijke vondst.’

‘Maar mijn Italiaans is niet al te best,’ bracht William hem in herinnering.

‘Weet ik,’ zei Monti, ‘dus als we eenmaal aan boord zijn, laat je het praten aan mij over. En ik moet je waarschuwen: het water hier kan woelig zijn.’

‘En ik moet u waarschuwen,’ zei William, ‘ik ben geen goeie matroos.’

12.21 UUR, BRITSE TIJD

‘Vragen?’ vroeg Jackie toen ze klaar was met haar briefing.

Een hand schoot omhoog. ‘Welk van de twee teams zal waarschijnlijk het meest nodig zijn?’

‘Dat weten we pas op het laatste moment. Het huis heeft twee uitgangen, hier en hier, waar de busjes verborgen zullen zijn,’ zei Jackie, wijzend naar de kaart. ‘Maar we weten niet welke ze zullen nemen. Mocht het ons om een of andere reden niet lukken om ze te onderscheppen, dan hebben we een helikopter stand-by staan.’

‘Ik moet benadrukken,’ onderbrak Lamont haar, ‘dat zolang jullie aan het wachten zijn, jullie geen portofoons mogen gebruiken of zelfs onder elkaar mogen kletsen, omdat het zachtste geluid hen zal waarschuwen. Zorg ervoor dat jij niet de idioot bent die ze afschrikt.’

‘In wat voor voertuig verwacht u ze, sir?’

'Vanwege de grootte van het schilderij dat ze willen stelen, zal het waarschijnlijk een grote bestelbus zijn,' zei Lamont. 'Ze weten precies waar ze naar op zoek zijn, en jullie kunnen er zeker van zijn dat ze hun vluchtroute tot op de centimeter hebben uitgewerkt. Dat is ook de reden waarom we zo veel van jullie nodig hebben om het doelwit te omsingelen.'

'Zullen ze gewapend zijn?'

'Dat achten we onwaarschijnlijk,' antwoordde Lamont. 'Voor een gewapende overval kun je levenslang krijgen, terwijl je voor inbraak zelden meer krijgt dan zes jaar. Maar voor de veiligheid zullen we een klein team gewapende politie paraat, maar goed verstopt hebben staan.'

'Is er enige informatie over hoe laat ze zouden kunnen toeslaan?' vroeg een jonge agent.

'Niet voor zessen, en het zal niet na middernacht zijn,' zei Lamont zonder nadere uitleg. Er volgde een lange stilte.

'Als er verder geen vragen zijn,' zei Jackie, 'dan schorsen we voor de lunch. Probeer deze middag een uiltje te knappen, en zorg ervoor dat je voordat we in de bus stappen naar het toilet bent geweest. De eerste bus vertrekt om tien over vier. De tweede volgt twintig minuten later, dus we voorkomen dat we er als een konvooi uitzien.'

'En eenmaal op je plek,' zei Lamont, 'denk je eraan dat stilte ons meest effectieve wapen is.'

14.08 UUR, EUROPESE TIJD

Monti reed William en Hawksby linea recta naar het hotel van de commissaris aan de kade in Civitavecchia, en ze gingen gezamenlijk naar de door Monti gereserveerde kamer op de derde verdieping. Het eerste wat Hawksby deed, was het controleren van de zichtlijnen vanuit het raam. Hij had een ongehinderd uitzicht op de haven en zou geen verrekijker nodig hebben om het door Carter gehuurde vaartuig in de gaten te houden. Monti had zelfs een kopie in het Engels geregeld van de brochure van het bedrijf, met op de cover een foto van een scheepswrak om potentiële klanten te verleiden. Wat er niet in vermeld stond, was hun percentage mislukkingen door de jaren heen. Maar goed, de bemanning bestond in het gunstigste geval uit piraten, terwijl de klanten die het schip charterden vaak romantici waren die een droom najaagden. Maar deze keer niet.

William wilde net een douche nemen toen Monti zei: 'Doe geen moeite. Probeer te onthouden dat je een dekknecht bent. We willen niet dat je ruikt als een lelie.'

Nu begreep Hawksby waarom de inspecteur zich in dagen niet had geschoren en naar knoflook stonk.

Monti opende een grote koffer die hij eerder in de kamer had achtergelaten en trok outfits tevoorschijn voor de rol die ze gingen spelen: twee versleten spijkerbroeken, twee ongemerkte T-shirts, twee sweatshirts, een blauwe en een grijze, en twee paar hardloopschoenen zonder een merklogo erop. Alles oogde en was tweedehands.

'Laten we hopen dat ik de goeie maat voor je heb,' zei Monti terwijl William een spijkerbroek begon aan te trekken.

'En ik?' vroeg Hawksby.

'U redt zich wel, sir,' zei Monti. 'Als u in deze kleding over de kade loopt, zal iedereen aannemen dat u de eigenaar bent van een groot jacht, niet dat u op de uitkijk staat voor een paar boeven.'

'Was het maar zo.'

'We zullen u nu alleen moeten laten, sir. Voordat Carter arriveert, moeten we aan boord zijn.'

'Heb ik enige back-up mochten hun plannen plotseling wijzigen?'

'U ziet ze alleen als u ze nodig hebt,' zei Monti. 'Maar ik kan u verzekeren dat dit niet de enige kamer is die we hebben geboekt.'

'Chapeau,' zei Hawksby, en hij raakte zijn voorhoofd aan.

Na het vertrek van Monti en William keerde de commissaris terug naar zijn uitkijkpunt en sloeg hij de twee jonge agenten gade terwijl ze over de kade liepen en aan boord stapten van het schip om zich te melden bij de hoofddekknecht. Hij wenste dat hij twintig jaar jonger was.

13.08 UUR, BRITSE TIJD

Lamont en Jackie hadden zich aangesloten bij het team voor de lunch in de eetzaal, waar het verwachtingsvolle geklets onthulde hoe gretig iedereen was om aan de slag te gaan.

Na een laatste briefing van hoofdagent Roycroft verdeelde Lamont de jonge agenten om vier uur in twee groepen, waarna ze in de twee bussen stapten. Tegelijkertijd vertrok een team van de speciale vuurwapendivisie van Scotland Yard met orders om contact te zoeken met inspecteur Lamont zodra ze bij het doelwit waren.

Om elf over vier reed de eerste bus de parkeergarage uit en via de helling de winkelstraat in. Hij reed gestaag door, bleef de hele tijd op de binnenbaan en overschreed geen moment de maximaal toegestane snelheid. Om drie over halfvijf manoeuvreerde de tweede bus naar de hoofdweg, waar hij werd opgehouden door vroege forenzen op weg van werk naar huis terwijl zij op weg waren naar werk.

Lamont was verrast geweest toen inspecteur Wall hem vertelde dat hij hen op de missie zou vergezellen. Lamont besefte dat als Wall het prefix 'hoofd' aan zijn rang hoopte toe te voegen, operatie Blauwe Periode goed zou staan op zijn staat van dienst. Lamont moest toegeven, al was het maar tegenover zichzelf, dat de gedachte aan een promotie ook bij hem was opgekomen.

De inspecteur, Lamont en Jackie waren de laatsten die in een ongemarkeerde auto politiebureau Guildford verlieten. Tegen de tijd dat ze het doel bereikten, waren beide bussen met draaiende motor en gedoofde lichten op hun plek. Zesentwintig mannen en drie vrouwen zaten in stilzwijgen te wachten.

16.23 UUR, EUROPESE TIJD

Na hun tassen in de slaapvertrekken onderdeks te hebben opgeborgen, meldden de twee nieuwe rondtrekkende dekknechten zich voor de dienst op het hoofddek.

'Hoelang duurt het voor we de locatie bereiken?' vroeg Monti aan hun baas.

'Het is ongeveer tachtig zeemijl, dus iets meer dan acht uur. Zodra onze klanten en de duikers aan boord komen, varen we uit. Intussen kunnen jullie twee helpen met het laden.'

William en Monti zorgden ervoor dat ze hun steentje bijdroegen en sjouwden van alles, van kisten appels tot een nieuwe lier, want de schipper wilde het duidelijk doen voorkomen alsof ze minstens zeven dagen op zee zouden zijn.

William hield pas op met werken toen er een Mercedes bij de loopplank stopte en twee mannen uitstapten. Hij herkende hen direct. Een paar dekknechten pakten hun bagage op – best weinig, dacht William, gezien het feit dat ze het vaartuig voor een week hadden geboekt. Grant hield de grote reistas nog steeds stevig vast en zorgde ervoor dat de twee dekknechten er niet bij in de buurt kwamen.

Om te vermijden dat ze in contact kwamen met de twee aan boord stappende passagiers bleven William en Monti op de achtergrond.

'Ik kan me niet voorstellen dat er al te veel zal gebeuren voordat we de bergingslocatie bereiken,' fluisterde Monti, 'maar het blijft een risico dat we niet kunnen nemen. Dus we zullen aan dek blijven tot de klok acht slaat.'

18.22 UUR, BRITSE TIJD

'Het vuurwapenteam is op z'n plaats, sir,' zei iemand over de intercom. Na enkele uren stilte klonk het als een donderklap.

'Welkom aan boord,' zei Lamont. 'Bewaar radiostilte totdat jullie de rovers het huis zien betreden.'

'Begrepen, sir.'

21

22.06 UUR, EUROPESE TIJD

Iets na tienen ging William op zijn stapelbed liggen, maar hij sliep niet. Een aantal dekknechten zat te kaarten terwijl andere onwaarschijnlijke verhalen vertelden over schatten die ze van de oceaanbodem omhoog hadden gehaald. Al snel werd duidelijk dat ze geen idee hadden hoe geslaagd deze trip zou zijn, en weinigen van hen klonken optimistisch.

Terwijl William uitrustte, bleef Monti op het dek werken en de wacht houden. Iets na middernacht was hij terug naast Williams bed, en omdat het iets stiller was, kon hij zijn collega informeren zonder dat iemand het hoorde.

'Er gebeurt niet veel op het dek,' zei hij. 'Sinds ons vertrek hebben Carter en Grant hun hut niet verlaten. Ik betwijfel of we een van hen voor het eerste licht nog zullen zien. Maar we kunnen ons geen risico's veroorloven, dus jij kunt maar beter mijn plaats overnemen. Als je aan dek komt, zie je aan stuurboordzijde een reddingsboot.'

'Wat is stuurboord?' vroeg William.

'Rechts, idioot. Ik dacht dat jij uit een land van zeelieden kwam. Kruip onder het zeil, zodat als er iemand tijdens jouw wacht op het dek komt, ze je niet zullen zien. Zorg er wel voor dat je niet in slaap valt. Maak me wakker om vier uur, dan zal ik je plek weer overnemen.'

William begaf zich via een wenteltrap naar het dek. Hij zag de reddingsboot zachtjes zwaaien in de wind, en kroop er voorzichtig naartoe, stoppend bij het zachtste onbekende geluid.

Na een laatste controle om zich ervan te vergewissen dat niemand hem zag, hield hij de reddingsboot stil, trok hij zichzelf omhoog en gleed hij onder het dekzeil. Al snel besefte hij dat er geen risico was dat hij in slaap zou vallen. Hij zou eerder kotsmisselijk worden.

Hij deed zijn best de techniek van met de boot mee zwaaien onder de knie te krijgen, en hoe vaak hij ook op zijn horloge keek, de minutenwijzer bewoog niet sneller. En toen hoorde hij opeens zonder enige waarschuwing zware voetstappen naderen, gevolgd door een Engelssprekende stem.

22.19 UUR, BRITSE TIJD

Jackie kwam tot de conclusie dat dit nog erger was dan ergens posten, want ze waren op iemand aan het wachten die er niet was in plaats van op iemand die er was en op den duur wel moest opduiken.

0.58 UUR, EUROPESE TIJD

'Alles is in gereedheid. Nu hoeven we alleen nog maar...'

William verroerde geen vin tot de stem wegstierf. Meer woorden, maar ze werden meegevoerd op de wind. Hij tilde het zeil een centimeter of twee op en zijn blik viel op een groepje van vier mannen die slechts een paar meter van de reddingsboot af stonden.

Grant ritste de reistas open en tilde er de oude houten kist uit die William voor het eerst had gezien in Carters werkplaats. Voorzichtig zette hij hem op het dek. De hoofddekknecht bond er behendig een touw omheen alsof hij een groot kerstcadeau inpakte. Toen hij had besloten dat het goed vastzat, liep hij naar de lier die William en Monti aan boord hadden helpen dragen, en bond hij het touw eraan vast. De dekknecht nam de hendel en draaide hem langzaam rond totdat het touw strak stond. Een oudere man met een verweerd gezicht en een donkere, onverzorgde baard, die een pet droeg met tressen erop, stabiliseerde de kist terwijl deze centimeter voor centimeter omhoog en langzaam van het dek af werd getrokken.

Toen hij ongeveer een meter hoog in de lucht hing, leidde de kapitein hem voorzichtig over de reling van het schip. Vervolgens knikte hij. De hoofddekknecht begon de lier in de tegengestelde richting te draaien. De kist begon aan zijn langzame daling naar het water. William verloor hem geen seconde uit het zicht totdat hij onder de golven verdween. Er verstreek nog een aantal minuten voordat de lier de klus had geklaard en de kist op de zeebodem, zo'n veertig meter onder hen, tot rust kwam. Vervolgens lieten de kapitein en de hoofddekknecht een klein anker in het water zakken. Het werd vastgemaakt aan een knipperende boei, die de exacte locatie van de kist markeerde.

Carter schonk de kapitein een schijngroet. Grant pakte de lege reistas op, en de mannen liepen gezamenlijk over het dek. William gleed terug onder het zeil en kon hen pas verstaan toen ze langs de reddingsboot liepen.

'Ik hoop dat ze te vertrouwen zijn.'

'Ze worden anders goed genoeg betaald, en als...'

William verroerde weer geen vin en besloot te wachten tot hij er zeker van was dat ze terug in hun hut waren.

0.00 UUR, BRITSE TIJD

De inspecteur sloeg zijn benen over elkaar. Hij moest nodig piesen, maar dat ging hij niet toegeven. Lamont bleef hoopvol de lange oprijlaan naar het huis af staren terwijl hij aandachtig luisterde of hij een auto hoorde naderen.

De afgelopen drie uur had Jackie herhaaldelijk op haar horloge gekeken. Ze was met de minuut ongeruster geworden.

2.00 UUR, EUROPESE TIJD

William tilde het dekzeil een centimeter op en tuurde in alle richtingen. Geen teken van leven. Hij keek op zijn horloge voordat hij uit de zwaaiende reddingsboot kroop en zichzelf ongemakkelijk over de rand liet zakken, waarbij hij bijna zijn greep verloor. Hij landde met zijn hoofd op het gladde dek.

Hij probeerde overeind te komen, maar was zo zwak en duizelig dat hij de reling moest vastgrijpen. Ten slotte gaf hij eraan toe, leunde over de zijkant en ging vreselijk over zijn nek. Toen hij opkeek, zag hij dat het schip nu in cirkels om de dobberende boei voer.

Het duurde even voordat hij voldoende was hersteld om de wenteltrap weer af te kunnen klauteren en op zijn stapelbed neer te ploffen, waar hij stillag en zichzelf dwong niet opnieuw misselijk te worden.

Hij besloot Monti niet wakker te maken, want het had weinig zin om hem de volgende twee uur in die reddingsboot te laten doorbrengen. Voor het eerste licht ging er toch niets gebeuren. Nog steeds deed William geen oog dicht.

1.07 UUR, BRITSE TIJD

Lamont hoorde achter zich een auto naderen. Even later reed er een groene Jaguar voorbij die met groot licht de oprijlaan af reed. Voor het huis kwam hij tot stilstand.

De bestuurder stapte uit, opende de voordeur en ging naar binnen. Enkele ogenblikken later gingen de ganglichten branden.

Lamont vloekte een paar keer, waarna hij de radiostilte verbrak en een bevel uitvaardigde dat hij had gevreesd.

'Operatie Blauwe Periode afgeblazen. Terug naar de basis.'

Misschien was het maar goed dat hij het koor van kreunen en krachttermen vanuit de twee bussen waarin zijn trouwe voetsoldaten langer dan vijf uur stil waren gebleven, niet kon horen. Een aantal van hen sprong uit de bus en begon eenstemmig te plassen.

6.09 UUR, EUROPESE TIJD

'Waarom heb je me om vier uur niet wakker gemaakt?' vroeg Monti op hoge toon. Hij keek kwaad neer op William, die dezelfde kleur had als zijn kletsnatte laken en nog steeds zweette. William bracht een vinger naar zijn lippen en gaf aan dat ze naar boven moesten, naar het dek.

Krijsende meeuwen zweefden boven hun hoofd toen William naar de in de golven op- en neerdobberende, knipperende markeerboei wees en Monti uitlegde waarom hij geen moeite had gedaan om hem te wekken.

'Goed gedacht,' zei Monti.

Ze sloegen hun ogen op naar de brug, waar de kapitein het vaartuig in steeds kleinere cirkels om de boei heen stuurde. Er was geen spoor van Carter of Grant, maar William betwijfelde of ze lagen te slapen.

Gedurende de volgende veertig minuten voerden Monti en William elke order uit die het hoofd hun maar gaf, maar ze hielden onophoudelijk de ingang van de privévertrekken in de gaten terwijl ze wachtten tot de hoofdrolspelers hun opwachting maakten.

Iets na zevenen kwam Carter, vergezeld door twee duikers in wetsuit, het dek op gelopen. De duikers deden hun maskers en flippers aan, namen plaats op de reling en schikten hun ademhalingstoestel. Vervolgens lieten ze zich achterover in het water vallen en verdwenen ze onder de golven.

5.20 UUR, BRITSE TIJD

Inspecteur Wall reed Lamont en Jackie terug naar Guildford en zette hen af in het centrum. 'Ik weet zeker dat jullie de weg naar het station wel kunnen vinden,' zei hij, waarna hij wegreed.

'Je kunt het hem nauwelijks kwalijk nemen,' zei Jackie toen ze twintig minuten later op een koud, grijs perron stonden, wachtend op de eerste trein naar Waterloo.

'Tegen de tijd dat we terug zijn bij de Yard,' zei Lamont, 'komen we er waarschijnlijk achter dat inspecteur Warwick het nieuwe hoofd van de eenheid Kunst en Antiek is en ik ben gedegradeerd tot hoofdagent en hem moet aanspreken met "sir".'

'Wat betekent dat ik weer de straat op kan als verkeersagent,' zei Jackie.

8.30 UUR, EUROPESE TIJD

In het volgende uur verschenen de twee duikers viermaal aan het wateroppervlak en elke keer hielden ze een duim omlaag om vervolgens weer omlaag te gaan. Na nog een paar uur klauterden ze doodmoe terug aan boord en lagen ze plat op het dek om bij te komen. William vermoedde dat ze nooit meer dan een meter onder het oppervlak waren geweest.

Carter en Grant keken gepast teleurgesteld, en de bemanning begon haar belangstelling voor hun pogingen al te verliezen. Maar William wist dat ze slechts getuige waren van het eerste bedrijf in deze pantomime en dat het gordijn na deze pauze elk moment op kon gaan.

Toen de duikers waren hersteld, keerden ze terug naar hun taak. De paar uur daarna waren nog eens drie keer de duimen omlaag voor iedereen duidelijk te zien. Het was Monti die zag dat de markeerboei en zijn knipperlicht niet meer te zien waren. 'Ze moeten de kist hebben gelokaliseerd,' fluisterde hij.

'Maar ze zijn nog niet zover om het toe te geven,' zei William.

De duikers verdwenen andermaal onder de golven, maar toen ze deze keer weer bovenkwamen, zwaaide een van hen verwoed en stak de ander een duim omhoog. De bemanning rende naar stuurboord en begon te juichen, maar William viel het op dat de kapitein opmerkelijk kalm bleef. Maar goed, hij had het tweede bedrijf al gelezen.

De hoofddekknecht keerde snel terug naar de lier en begon de kabel binnen te draaien. Carter en Grant voegden zich bij de bemanning, die vol verwachting over de reling hing, en toen de kist een paar minuten later boven water verscheen, met zeepokken erop en al, keken ze net zo verrast en verrukt als de rest van de mannen.

De hoofddekknecht vertraagde zijn inspanningen zodat de kostbare lading veilig over de reling en terug op het dek kon worden getild. Hij viel op zijn knieën en begon het touw los te maken terwijl de kapitein van de brug naar beneden kwam. Iedereen verzamelde zich eromheen en wachtte ongeduldig om te zien wat er in de kist zat. Nou ja, niet iedereen.

Toen het touw was verwijderd, ging de hoofddekknecht aan de kant om Carter de kans te geven de openingsceremonie uit te voeren, maar hij deed nog steeds alsof hij Grants hulp nodig had om het roestige oude slot open te krijgen. William kon zich alleen maar afvragen in welke antiekwinkel Carter zo'n overtuigend rekwisiet was tegengekomen. Toen het deksel dan eindelijk werd gelicht, volgde er een ogenblik van volstrekte stilte nu iedereen op het dek vol ongeloof naar de zevenhonderdtwaalf zilveren munten staarde. Alleen Carter wist het exacte aantal.

Toen Grant de kist oppakte en in zijn armen wiegde alsof het een enig kind was dat uit de zee was gered, juichten alle opvarenden. Daarna liep hij langzaam naar de privévertrekken, met een glimlachende Carter een pas achter hem.

De kapitein deelde de bemanning mee dat ze onmiddellijk terug naar de haven zouden varen, maar dat iedere dekknecht gewoon voor een hele week betaald kreeg. Dit ontlokte een zelfs nog luider gejuich.

10.54 UUR, BRITSE TIJD

'Kantoor van commissaris Hawksby.'

'Angela, met Bruce Lamont. Kun je me met de baas doorverbinden?'

'Hij zit nog in Italië, Bruce. Ik verwacht hem pas op maandag weer terug.'

'Is er enige hoop dat hij daar blijft?'

'Neem me niet kwalijk, inspecteur?'

'Dat heb je me nooit horen zeggen, Angela.'

'Kan het wachten tot maandag?'

'Dat zal wel moeten. Aan de andere kant, ik begin er aardig aan gewend te raken dat ik wacht op iemand die er niet is.'

12.36 UUR, EUROPESE TIJD

Toen het schip had aangemeerd, leunden William en Monti over de reling om toe te kijken hoe Grant de kist de loopplank af sjouwde. Hij klampte hem nog steeds vast toen hij achter in een gereedstaande auto stapte.

William herkende de bestuurder. Grappig, dacht hij, dat hij precies wist hoe laat hij zijn twee passagiers moest oppikken terwijl ze niet met elkaar konden communiceren. Carter schudde de kapitein, de hoofddekknecht en de twee duikers de hand, waarmee hij verried wie bij het plan betrokken waren. Vervolgens liep hij de loopplank af en voegde hij zich bij Grant op de achterbank in de auto.

Terwijl de auto wegreed en nog voordat William ernaar kon vragen, zei Monti: 'Geen zorgen, ze worden achtervolgd. We weten in elk geval precies waar ze naartoe gaan.'

'Maar als ze hun plannen wijzigen?' vroeg William.

'Dan houden we ze aan, stelen de kist en gaan met pensioen.'

William lachte nu een keurig geklede man in een blazer met dubbele knopenrij langs het schip kuierde en zich terug begaf naar zijn hotel. Hij zag er als een rijke toerist uit.

William en Monti stelden zich met de rest van de bemanning op in een rij om een weekloon te ontvangen. Niet goedkoop, dacht William, maar ja, Carter wilde dat de figuranten met een geloofwaardige versie van wat ze hadden gezien naar hun families en vrienden, en iedereen die maar wilde luisteren, teruggingen.

Toen ze zich allebei hadden afgemeld, begaven ze zich terug naar Hawksby's hotel, waar hij op hen wachtte. Deze keer mocht William douchen, en Monti schoor zich en poetste zijn tanden voor het eerst in dagen.

Weer in hun eigen kleren voegden ze zich bij Hawksby voor de lunch. Niet dat William honger had. Ze waren net klaar met het hoofdgerecht toen er een ober aan hun tafeltje verscheen en inspecteur Monti liet weten dat er een telefoontje voor hem was. Hij kon het aan de balie aannemen.

'Goeie vent, die Monti,' zei Hawksby toen de inspecteur was opgestaan, en hij hief zijn glas.

'Zeker weten,' zei William terwijl hij zichzelf nog een glas wijn inschonk. 'Ik vraag me af hoe operatie Blauwe Periode is verlopen.'

Hawksby keek op zijn horloge. 'Die is nu op de een of andere manier achter de rug,' zei hij terwijl de inspecteur weer verscheen en ging zitten.

'Ik kan bevestigen dat een houten kist met meer dan zevenhonderd zilveren munten is overhandigd aan Maritieme Zaken in Rome. Een zekere Mr Carter heeft zijn vergunning met stempel laten zien en claimt de vondst als een schat, met een zekere Mr Booth Watson aan zijn zijde.'

De Hawk en William sloegen met de palm van hun hand op tafel.

'Mr Carter werd voor het laatst gezien toen hij werd gefotografeerd tijdens een praatje met journalisten over zijn bijzondere vondst,' zei Monti terwijl William zijn glas bijvulde. 'Wat is uw volgende stap, sir?'

'Ik heb geen haast,' reageerde Hawksby. 'De raderen van de overheid draaien altijd langzaam, dus waarom gunnen we de boeven niet een paar dagen om te genieten van het uitgeven van hun onverdiende winst voordat we bekendmaken dat hun geweldige vondst niet ruim zevenhonderdduizend pond waard is, maar hooguit een paar duizend.'

'En dat zullen ze zelfs niet in handen krijgen,' zei Monti, 'omdat we de kist en de inhoud geconfisqueerd zullen hebben als bewijsmateriaal in hun aanstaande rechtszaak, die nog minstens een jaar op zich zal laten wachten.'

13.25 UUR, BRITSE TIJD

Op Heathrow namen William en de commissaris afscheid van elkaar.

'Ik zie je maandagmorgen om negen uur op mijn kantoor voor een debriefing,' zei Hawksby. 'Fijn weekend.'

Voor het eerst voelde William zich een volwaardig lid van het team.

Hij stapte in de ondergrondse naar Londen en vroeg zich af of Lamont en Jackie met operatie Blauwe Periode net zo'n geslaagde ervaring hadden gehad. Hij overwoog haar thuis te bellen, maar besloot dat het wel tot de afspraak met Hawksby op maandag kon wachten.

Hij liep metrostation South Kensington uit en begaf zich richting huis. Maar was het nog wel thuis? Zou Beth hem hebben vergeven en hun eerste ruzie al zijn vergeten, of zou ze hem buiten hebben gesloten? Zo ja, wie kon het haar kwalijk nemen? Terwijl hij naar de voordeur liep, was hij beducht, maar toen hij zijn sleutel in het slot stak, ging dat niet alleen open, maar stonden zijn bloemen in een vaas in de hal.

Beth kwam de keuken uit gerend en sloeg haar armen om hem heen.

'Het spijt me zo,' zei ze. 'Ik heb me belachelijk gedragen. Natuurlijk weet ik wel dat je niet over je werk kunt praten, vooral als het over de Rembrandt gaat. Maar toe, bel me in elk geval voortaan als je in het holst van de nacht wegsluipt en geef aan wanneer je weer thuis zult zijn. De afgelopen drie dagen heb ik me afgevraagd of je bij me weg was, en toen je niet belde –'

'Ik was aan het werk.'

'Ik hoef het niet te weten,' zei Beth, en ze ging hem voor naar de keuken. De tafel was al gedekt, alleen de kaarsen moesten nog worden aangestoken.

'In een poging mijn vreselijke gedrag goed te maken heb ik een speciaal Indiaas liefdesmaal bereid. Over een halfuurtje is het klaar, en dan kan ik jou mijn nieuws vertellen.'

William trok haar in zijn armen en kuste haar. 'Ik heb je gemist.'

'Ik jou ook. Eigenlijk dacht ik dat ik je kwijt was.'

Hij nam haar bij de hand en leidde haar de keuken uit.

'Maar we hebben nog niet gegeten!' zei ze terwijl hij haar de trap op trok.

'Het is alom bekend dat mensen weleens seks hebben voor het avondeten.'

'Holbewoner,' zei Beth terwijl hij de knoopjes van haar jurk begon los te maken.

⊸o⊷

William las een artikel in *The Guardian*, een krant die hij nooit had overwogen om te nemen voordat hij Beth leerde kennen. Hij nam het verslag van de correspondent in Rome een tweede keer door voordat hij de krant aan Beth gaf en op haar reactie wachtte.

'Wauw, meer dan zeven ton,' zei ze. 'Wat een prestatie. Is dat de reden waarom je zo haastig moest vertrekken? Sorry, had ik niet moeten vragen.'

William knikte. 'Het echte verhaal zou vrij snel naar buiten moeten komen, en het zal niet op pagina 12 staan, maar op de voorpagina. Tot dan mag ik niets zeggen.'

'Dat begrijp ik,' zei Beth terwijl ze de bovenkant van haar ei afsneed.

'Gisteravond liet je doorschemeren dat je ook interessant nieuws had.'

'Dat was voordat je me onderbrak, holbewoner.'

'En, ga je het me nog vertellen?'

'Ik heb een nieuwe baan.'

'Ga je weg bij het Fitzmolean?'

'Nee, pas als jij het schilderij hebt teruggebracht waar ik niet naar mag vragen.'

'Wat dan?'

'Ik ben gepromoveerd tot assistent-conservator van schilderijen.'

'Ik vind het wel leuk om samen te zijn met een assistent-conservator van schilderijen, ook al weet ik niet wat die doet.'

'Ik word verantwoordelijk voor het organiseren van speciale evenementen, zoals de Van Eyck-tentoonstelling volgende maand, en ik zal rechtstreeks rapporteren aan Mark Cranston, de conservator.'

'Met een salarisverhoging?'

'Niet dat je het zou merken. Maar eerlijk gezegd wist ik niet eens dat ik in aanmerking kwam voor de positie.'

'Je ouders zullen wel trots op je zijn,' zei William.

'Gisteravond heb ik mijn vader gebeld om hem het goede nieuws te vertellen.'

William was verrast, maar zei niets.

'En ik heb nog meer nieuws: Jez gaat bij me weg.'

'Voor een andere man?'

'Ja, hij trekt in bij zijn vriend Drew, dus ik zal op zoek gaan naar een nieuwe huurder. En voordat je het vraagt, het antwoord is nee.'

22

Het was maandagochtend en William en Beth verlieten samen de woning. Voor haar eerste dag als assistent-conservator wilde Beth ruim op tijd op haar werk zijn, en William moest zijn verslag schrijven over zijn verblijf in Italië.

Voor het metrostation van Kensington namen ze afscheid, waarna Beth naar het museum wandelde. William dacht terug aan hun weekend samen. Ze hadden het heerlijk gehad samen en hij popelde om haar aan zijn ouders te kunnen voorstellen. Hij had haar gevraagd of ze op zondag wilde komen lunchen, maar ook nu had ze de boot afgehouden met het excuus dat ze een vriendin die in het ziekenhuis lag al had beloofd haar die middag te komen bezoeken, en dat ze niet op het allerlaatste moment wilde afzeggen. Misschien aanstaande zondag dan, had hij geopperd. Waarop hem iets te binnen was geschoten, iets waar een rechercheur allang op bedacht had moeten zijn. Als hij vanavond weer terug in haar flat was, zou hij die ansichtkaarten uit Hongkong eens wat beter bekijken.

Toen hij het kantoor binnenliep, zag hij tot zijn verbazing dat zowel Lamont als Jackie afwezig was. Hij nam plaats aan zijn bureau en begon aan zijn verslag. Hij nam zich voor om inspecteur Monti nog even te bellen om hem te bedanken, want zonder diens ondersteuning zou Carter zijn fiches inmiddels hebben verzilverd om rijkelijk op zijn vuile geld te kunnen teren.

Om vijf voor acht liep hij met zijn voltooide Carter-verslag de gang op en klopte op de deur van de werkkamer van commissaris Hawksby. Angela gebaarde hem het heilige der heiligen binnen, waar hij Lamont en Jackie al aandachtig luisterend naar de commissaris rond de tafel aantrof.

Hawksby knikte even terwijl William op zijn gebruikelijke plek naast Jackie plaatsnam.

'Ik ben zo'n beetje het hele weekend bestookt met telefoontjes van de korpschef van Surrey en ene inspecteur Wall van de politie van Guildford,' meldde Hawksby. 'En ik kan jullie vertellen dat geen van tweeën om de hete brij heen draaide. Incompetent, onprofessioneel, amateuristisch. En dat waren nog de vriendelijkste typeringen. De korpschef waarschuwde me dat als ik de hulpcommissaris niet voor de middag had gebrieft, hij dat zelf zou doen. En daar kan ik hem geen ongelijk in geven.'

'De schuld ligt bij mij, sir,' bekende Jackie zacht. 'Ik was ervan overtuigd dat mijn contact bonafide was, maar uiteindelijk werd ik met een kluitje in het riet gestuurd.'

'Samen met nog eens zesentwintig agenten, om nog maar te zwijgen van een elitekorps van de brandweer, een helikopterbemanning op stand-by en een woedende inspecteur wiens baan nu op het spel staat.'

Lamont noch Jackie deed een poging zichzelf te verdedigen.

'En alsof dat nog niet genoeg is,' ging Hawksby verder, 'bleek het gewoon een valstrik te zijn, want de inbrekers op wie jullie zaten te wachten, waren op dat moment een paar kilometer verderop in een andere woning hun slag aan het slaan, en gingen er met een Renoir van een paar miljoen vandoor. Leigh wist donders goed dat jullie meeluisterden met zijn telefoontjes, en hij stuurde jullie simpelweg naar de verkeerde woning, waarvan jullie dachten dat ze het op een Picasso hadden gemunt. Wees niet verrast als Booth Watson weer een riant verzekeringsbedrag voor zijn anonieme cliënt mag incasseren.'

William zag dat Jackie met moeite haar emoties probeerde te beheersen.

'Ik ben de enige die iets te verwijten valt,' herhaalde ze terwijl ze Hawksby recht aankeek.

De commissaris sloeg zijn map dicht en William vermoedde dat hij het volgende onderwerp zou aansnijden, maar in plaats daarvan vroeg Hawksby: 'Waarom betrachtte je niet de gouden basisregel die elke agent op zijn eerste werkdag meekrijgt? Neem niets zomaar aan, geloof niemand, en zet bij alles vraagtekens.' Zelf zou William nooit meer vergeten wie hem dat ooit had bijgebracht. 'Misschien dat jouw recente promotie een stapje te ver was, hoofdagent Roycroft,' ging Hawksby verder. 'Een paar weken als verkeersagent zou je geen kwaad doen.' Nou, dat laatste had ze dan in elk geval goed voorzien.

Er viel een lange stilte, die ten slotte door Lamont werd doorbroken. 'Ik heb begrepen dat uw hengeltripje naar Italië niet beter had kunnen uitpakken, sir?'

'Behalve dan dat als Carter wordt aangehouden, de Italiaanse politie met de eer zal gaan strijken voor een operatie die door óns werd uitgestippeld, zoals de commissaris al uitlegde.'

'Maar als wij die vermiste Rembrandt terugvinden en terugschenken aan het Fitzmolean...' probeerde Williams het voor zijn collega's op te nemen.

'Laten we hopen dat dat géén vals alarm is,' reageerde Hawksby. 'Ga je vandaag nog lunchen met Mrs Faulkner?'

'Ja, sir. Zodra ik vanmiddag terug ben zal ik me bij inspecteur Lamont melden.'

'Gaat Mike Harrison met je mee?' wilde de commissaris weten. Hij leek inmiddels wat gekalmeerd.

'Nee, sir. Mrs Faulkner heeft om vier uur vanmiddag bij hem op zijn kantoor afgesproken.'

'Die vrouw voert iets in haar schild,' stelde Lamont vast. 'We moeten aannemen dat zij net zo gehaaid is als haar man, en precies weet hoe ze ons met die Rembrandt voor haar karretje moet spannen, vooral als ze weet dat Williams vriendin in het Fitzmolean werkt.'

'Hoe kan ze dat in hemelsnaam weten?' vroeg William.

'Probeer eens te denken als een crimineel,' reageerde Lamont bars.

'Mee eens,' viel Hawksby hem bij. 'En als blijkt dat ze jou ook voor haar karretje spant, dan zal hoofdagent Roycroft niet de enige zijn die weer verkeersagent is. Goed, aan het werk nu. En ik wil jullie niet meer zien, tenzij jullie iets positiefs te melden hebben.'

Weer terug achter hun bureaus voelde de kamer als een dodencel waarin een gedoemde vrouw wachtte op de priester om haar de laatste sacramenten toe te dienen.

William was opgelucht dat hij iets na halfeen kon wegglippen voor zijn lunch met Mrs Faulkner.

Met stevige pas stak hij het park door en ruim op tijd sloeg hij St James's Street in. Hij liep het Ritz binnen en een geüniformeerde portier begroette hem alsof hij een vaste gast was. William moest eerst naar de balie om te vragen waar de eetzaal was.

'Aan het eind van de gang, sir. U ziet het vanzelf.'

Op zijn gemak liep hij over het dikke tapijt, langs nisjes waar gasten geanimeerd kletsten en exotische cocktails bestelden. Hij moest F. Scott Fitzgerald gelijk geven: de rijken zijn anders.

'Goedemorgen, sir,' begroette de maître d' hem bij de ingang van het restaurant. 'Hebt u een reservering?'

'Ik ben hier op uitnodiging van Mrs Faulkner.'

De maître d' keek op zijn lijst. 'Madam is nog niet gearriveerd, maar laat me u alvast naar haar tafeltje brengen.'

William volgde hem door de ruime, rijkelijk opgesmukte eetzaal naar een tafeltje bij het raam met uitzicht op Green Park. Terwijl hij wachtte nam hij de andere gasten discreet op. Het eerste wat hem opviel, was dat het leek of de Verenigde Naties hier bijeen waren.

Hij stond op toen hij Mrs Faulkner binnen zag komen. Ze droeg een elegante groene jurk tot net onder de knie, met bijpassende sjaal en een lichtbruine leren handtas waar Beth een moord voor zou doen. Ze schreed door de zaal en William twijfelde er niet aan dat ze hier niet voor het eerst kwam. Ondanks de Hawks waarschuwing moest zelfs hij bekennen dat ze stijl en klasse bezat.

Terwijl een ober haar stoel naar achteren schoof, verscheen er een tweede. 'Kan ik u iets te drinken aanbieden, madam?'

'Enkel een glaasje champagne, en dan maak ik ondertussen mijn keuze.'

'Uitstekend, madam,' zei hij, en hij loste weer op in het niets.

'Ik ben zo blij dat je tijd had om met me te lunchen, William,' zei ze toen de ober weer verscheen en haar een glas champagne inschonk. 'Ik was al bang dat je op het allerlaatste moment zou afzeggen.'

'Maar waarom zou ik dat doen, Mrs Faulkner?'

'Christina, alsjeblieft. Omdat commissaris Hawksby het misschien ongepast zou hebben gevonden, gezien wat er allemaal op het spel staat.'

'U kent de commissaris?' vroeg hij verrast.

'Ik weet alleen hoe mijn man over hem denkt, wat de reden is waarom ik hem aan mijn kant wil hebben,' antwoordde ze terwijl de ober hun beiden de menukaart aanreikte.

'Voor mij alleen de gerookte zalm, Charles,' zei ze zonder ook maar de moeite te nemen de kaart open te slaan. 'En misschien nog een glaasje champagne.'

'Natuurlijk, madam.'

Williams ogen gleden langs de gerechten waarvan hij de prijs maar moest raden.

'En u, sir?'

'Voor mij alleen de fish-and-chips... Charles,' kon hij niet nalaten eraan toe te voegen. 'En een halve pint bitter ale.'

Christina onderdrukte een lach.

'Uitstekend, sir.'

'Zou u nu niet met Mike Harrison moeten lunchen?' vroeg hij toen de ober was verdwenen.

'Echt niet,' antwoordde ze. 'Mocht er iets mislopen, dan moet ik weten dat ik op de cavalerie kan vertrouwen, in plaats van op een voormalig voetsoldaat.'

'In dat geval had u misschien beter een lunchafspraak met commissaris Hawksby kunnen maken.'

'In dat geval zou Miles het al hebben geweten voordat de koffie werd geserveerd, en dan had ik mijn plannetje wel kunnen vergeten.'

'Maar waarom ik?'

'Als Miles te horen krijgt dat ik heb geluncht met een knappe jongeman, dan zal hij aannemen dat wij samen iets hebben, want zo werkt zijn verstand nu eenmaal. En zolang jij je baas ervan kan overtuigen dat ik geen Mata Hari ben, is er een goede kans dat het Fitzmolean zijn Rembrandt terugkrijgt, en dan heb ik het niet over een vervalsing.'

Hij wilde haar graag geloven, maar Lamonts vaststelling, *die vrouw voert iets in haar schild*, liet hem niet los. 'Maar wat verlangt u daarvoor terug?'

'Je zult vast wel weten dat mijn man afgelopen week met zijn nieuwste slet het vliegtuig naar Monte Carlo heeft genomen. Ik zal Mr Harrison instrueren om zoveel mogelijk bewijsmateriaal te verzamelen om een echtscheidingsprocedure in gang te kunnen zetten.'

Precies wat Jackie had voorzien, stelde William vast.

'Bovendien wil ik precies weten waar hij komende maand dag en nacht is.'

'Waarom is dat zo belangrijk?' vroeg hij. Een bord met flinterdunne plakjes gerookte zalm werd voor haar neergezet, en hij kreeg kabeljauw met frietjes geserveerd, maar niet in een krant.

'Dat leg ik zo meteen wel uit,' antwoordde ze. Een andere ober vulde haar glas nog eens bij en schonk voor haar tafelgenoot een halve pint bitter ale uit in een kristallen tumbler.

'Maar ik wil je eerst vertellen wat ik in gedachten heb voor Miles, die jij waarschijnlijk net zo veracht als ik.'

Hij probeerde zijn aandacht erbij te houden, wetend dat commissaris

Hawksby een woordelijk verslag eiste van wat Mrs Faulkner vanaf het moment van haar binnenkomst allemaal had verteld.

'Ken je de beroemde Shakespeare-acteur Dominic Kingston?'

'Ik zag hem als koning Lear in het National Theatre. Echt geweldig,' antwoordde hij.

'Maar minder geweldig dan het recente optreden van zijn vrouw.'

'Nooit geweten dat ze actrice was.'

'Dat is ze ook niet, maar zo nu en dan zet ze een performance neer die er wezen mag.'

William stopte met eten.

'Mrs Kingston, zo blijkt, had precies uitgeplozen wat voor routine haar man aanhield wanneer hij een voorstelling had, en wist daar handig gebruik van te maken. Ik ben hetzelfde van plan. Toen Kingston in het National Theatre koning Lear speelde, hield hij steevast dezelfde routine aan: rond vijven verliet hij zijn woning in Notting Hill en tegen zessen was hij in zijn kleedkamer, wat hem ruimschoots de tijd gaf om zich te transformeren tot de koning op leeftijd voordat om halfacht het doek opging.

Het eerste deel van het stuk duurde iets meer dan een uur, en om tien voor halfelf viel het doek. Na het applaus begaf hij zich weer naar zijn kleedkamer, schminkte af, nam een douche en kleedde zich om, waarna hij weer naar huis in Notting Hill werd gereden en waar hij rond half-twaalf werd afgezet. Dus vanaf het moment dat hij van huis ging tot aan het moment dat hij weer thuiskwam, was hij zes uur weg. Meer dan genoeg tijd.'

'Meer dan genoeg tijd voor wat?' vroeg William.

'Op een donderdagavond, vlak na zessen,' vertelde Christina verder, 'stopten er drie verhuiswagens voor zijn huis. Toen ze vijf uur later weer wegreden, was alle huisraad en, belangrijker nog, zijn gevierde kunst-verzameling meegenomen. Dus toen Mr Kingston om halftwaalf thuis-kwam, was de woning een lege huls.'

'Kan ik u misschien nog iets inschenken, sir?' vroeg de sommelier.

'Nee, dank u,' antwoordde William, want hij wilde dat ze doorging met haar verhaal.

'Ik ben Mr Kingston er dankbaar voor,' ging ze verder, 'omdat ik Miles zelf nog harder wil aanpakken en, belangrijker nog, ik heb geen zeven uur, maar zeven dágen de tijd om mijn snode plannetje uit te voeren.'

'Waarom hebt u zeven dagen nodig?' vroeg hij.

'Omdat ik, net als Mrs Kingston, precies weet hoe zijn komende maand eruitziet. Op 23 december wil hij de slet dumpen en haar op het vliegtuig terug naar Stansted zetten, waarna hij zelf naar Melbourne vliegt om daar met een paar van zijn meer dubieuze vrienden de kerst door te brengen. Op 26 december zal hij vanuit een loge de tweede testcricketwedstrijd bijwonen, dus hij zal niet eerder dan de eenendertigste naar Monte Carlo dan wel Engeland terugkeren. En als-ie aan de andere kant van de wereld opgaat in een cricketwedstrijd, ben ik in Monte Carlo zijn meest waardevolle schilderijen aan het inpakken om ze naar Southampton te laten overbrengen. Daarna reis ik terug naar Engeland, om in Limpton Hall hetzelfde te doen. Zodra hij thuiskomt zal zijn hele gekoesterde kunstcollectie nog maar één schilderij bevatten: de Rembrandtvervalsing.'

De gerant ruimde stilletjes af terwijl de sommelier Mrs Faulkner nog een glas champagne inschonk.

'En Makins dan? Die zal echt niet achteroverleunen terwijl u alle schilderijen van uw echtgenoot aan het inpakken bent.'

'Makins brengt de kerstdagen door bij zijn dochter en schoonzoon in het Lake District en komt pas 2 januari weer terug. Dan ben ik al in New York om de schilderijen uit ons appartement aan Fith Avenue te verwijderen. Zoals een paar Rothko's, een Warhol, en een prachtige Rauschenberg.'

'Maar hij zal u weten te vinden.'

'Dat denk ik niet, want mijn eindbestemming is een land waar hij persona non grata is en hij al gearresteerd zal worden voordat hij zelfs maar zijn paspoort kan tonen. Daarbij kon ik wel uit meerdere landen kiezen, moet ik toegeven.'

'Beseft u dat alles wat u me zojuist heeft verteld, woordelijk aan commissaris Hawksby zal worden doorgegeven?'

'Ik hoopte eigenlijk al dat je me daarop zou wijzen.' Ze legde even haar hand op de zijne, en voegde eraan toe: 'Ik weet niet hoe het met jou zit, *darling*, maar ik ben toe aan het dessertmenu.'

'Denk je dat ze te vertrouwen is?' vroeg Lamont nadat William tot op de letter nauwkeurig verslag had uitgebracht over zijn lunch met Mrs Faulkner.

'Mogelijk,' antwoordde Hawksby, 'hoewel ik daar niet op zou rekenen. Maar zolang Faulkner down-under door Mike Harrison in de gaten wordt gehouden, kunnen we hier weinig uitrichten. Totdat ze William bij haar in Monte Carlo zal uitnodigen.'

'Waarom denkt u dat ze dat zal doen?' wilde William weten.

'Omdat de Rembrandt voor haar een te heet hangijzer is, en omdat ze bovendien beseft dat dit de enige kans is om ons in haar kamp te houden. Ik vermoed dat ze minstens een paar weken geen contact met je opneemt. In de tussentijd zal Carter zijn aangehouden en zal de herinnering aan die rampzalige avond in Surrey misschien wat zijn vervaagd.'

De telefoon op het bureau van de commissaris rinkelde. 'Hawksby.'

'Goedemiddag, sir. Met inspecteur Monti. Ik dacht, ik bel even om u bij te praten over de situatie aan onze kant.'

'Dat waardeer ik zeer, inspecteur,' antwoordde Hawksby, en hij zette Monti op de luidspreker zodat William kon meeluisteren.

'Zoals u weet heeft Carter bij het bureau Maritieme Zaken de helft van de waarde van de munten opgeëist die, zo vertelt hij de media, neerkomt op zo'n zevenhonderdduizend pond.'

'Wat op zich juist geschat zou zijn als ze rond 1649 in Madrid zouden zijn geslagen, in plaats van in 1985 in Barnstaple.'

'Er is één specimen naar het Museum van Oudheden in Florence verzonden om daar door hun professor in de numismatiek te worden onderzocht. Ik verwacht zijn rapport over een paar dagen op mijn bureau te hebben.'

'Hij zal de munten afdoen als postiche,' voorspelde Hawksby.

'Postiche?'

'Nep.'

'Zeker, commissaris. En dan zal ik een uitleveringsbevel moeten hebben waarmee u Carter en Grant kunt aanhouden zodra ze weer voet in Engeland zetten.'

'Waar zijn die twee op dit moment mee bezig?'

'Ze verblijven in hotel Albergo del Senato, waar ze wachten op het oordeel van de deskundige.'

'Dat gaat ze een rib uit hun lijf kosten,' merkte Hawksby op.

'Of een arm en een been,' reageerde William.

'Dit ontgaat me, vrees ik,' zei Monti.

'In de zestiende eeuw schilderden Italiaanse portretschilders je hoofd en schouders voor een vast bedrag. Maar als je een volledig portret wilde, dan kostte je dat dus een arm en een been,' legde William uit.

'Fascinerend,' vond Monti.

Dat gold niet voor Hawksby, aan zijn blik te zien. 'Bel me zodra het rapport van de professor op uw bureau belandt,' zei hij.

'Zal ik doen, commissaris.'

'Dank u, inspecteur.'

'Wat dat laatste betreft,' voegde Monti eraan toe, 'wellicht dat ik bij mijn volgende telefoontje inmiddels hoofdinspecteur ben.'

'Gefeliciteerd,' reageerde Hawksby. 'U hebt dat zeker verdiend.'

William keerde terug naar zijn bureau en staarde naar de stapel dossiers die nooit kleiner leek te worden. Hij had een taaie week voor zich, maar gelukkig ook een rustig weekend om naar uit te kijken. Alleen zaterdag even naar de dokter voor zijn jaarlijkse onderzoek, en zondag lunchen bij zijn ouders. Beth had beloofd op tijd terug te zijn van haar bezoek aan haar zieke vriendin, zodat ze 's avonds naar de film konden. Toch stelde het hem teleur dat ze nog geen kennis had gemaakt met zijn familie, want eerder kon hij haar niet ten huwelijk vragen, vond hij. 'Noem me maar ouderwets,' hoorde hij zijn vader in gedachten al zeggen.

23

Een paar minuutjes voor zijn doktersafspraak verscheen hij voor de deur van Wimpole Street 31A, en drukte op de bel met het naambordje van dokter Ashton. Hij ging er met een gerust hart van uit dat alles in orde zou zijn. Immers, hij jogde twee à drie keer per week, squashte regelmatig, en aan zijn nieuwe mantra van dagelijks acht kilometer lopen had hij al voldaan als hij na zijn werk naar Beths flat in Fulham wandelde.

'Het enige wat je hoeft te doen, laddie, is je tenen aanraken, twintig keer opdrukken en even kuchen als hij je bij je ballen grijpt,' had Lamont hem verzekerd. 'En dan ben je er weer voor een jaar vanaf.'

Er klonk een zoemer. Hij duwde de deur open, liep naar de tweede verdieping en gaf de receptioniste zijn naam.

'De dokter is nog even bezig met een patiënt, Mr Warwick, maar hij is zo meteen bij u. Neemt u alstublieft plaats.'

Hij liet zich zakken in een oude leren fauteuil en bekeek het bescheiden lectuuraanbod dat netjes op de koffietafel lag uitgestald. Oude nummers van *Punch* en *Country Life* leken verplicht materiaal voor elke wachtkamer. Het enige alternatief was een grote stapel nummers van het tweewekelijkse politietijdschrift *The Job*.

Na de esprit en de wijsheid van Mr Punch uitgebreid tot zich te hebben genomen en de foto's van verscheidene buitenhuizen die hij zich nooit zou kunnen veroorloven te hebben bewonderd, gaf hij zich gewonnen en bladerde een paar oude, rafelige nummers van het politietijdschrift door. Hij stopte toen hij op een foto van Fred Yates op een oud omslag stuitte. Na het maar liefst vier pagina's tellende hoofdartikel over het heldhaftige optreden van zijn mentor die zijn leven had gered te hebben gelezen, prevelde hij nog maar even een stil gebedje ter nagedachtenis aan Fred. Net toen hij het nummer weer op de tafel wilde leggen, viel zijn oog op een kop op het omslag van een eerder nummer en hij hapte verschrikt naar lucht: RAINSFORD VEROORDEELD TOT LEVENSLANG WEGENS MOORD OP ZAKENPARTNER. TWEE AGENTEN GEPREZEN VOOR HUN AANPAK.

'De dokter kan u nu ontvangen, agent Warwick,' liet de receptioniste hem weten voordat hij het artikel had kunnen uitlezen.

Zoals Lamont al had gezegd bleek het onderzoek tamelijk oppervlakkig, hoewel dokter Ashton zijn hartslag in rust nog een tweede keer mat, aangezien hij deze nogal hoog achtte voor iemand van Williams leeftijd.

Toen de hele lijst was afgevinkt, werd hij gezond verklaard. 'Tot volgend jaar,' zei Ashton.

'Dank u,' antwoordde William terwijl hij zijn gulp dichtritste.

Terug in de wachtkamer pakte hij het tijdschrift weer op en las verder. Als de moordenaar Smith of Brown had geheten, had hij er verder geen aandacht aan geschonken, maar Rainsford was geen veelvoorkomende naam. Hij wierp het blaadje terug op de tafel en probeerde het uit zijn hoofd te zetten. Tevergeefs.

'Wat ben je toch een sukkel,' mopperde hij. Waarop de receptioniste beledigd opkeek. 'Sorry,' verontschuldigde hij zich. 'Ik bedoel mezelf, niet u.' Maar toen hij even later terugliep naar het metrostation, kon hij dit toeval niet negeren. Er was maar één iemand, wist hij, die zijn vrees kon wegnemen.

Hij stapte uit de metro bij St James's Park tegenover Scotland Yard en stak de weg over alsof het voor hem een gewone werkdag was. Eenmaal binnen liep hij linea recta naar zijn bureau en zocht het nummer op. Hij wist dat privégesprekken vanaf zijn werkplek ongewenst waren, maar hij had geen andere keus.

'Hoofdcipier Rose.'

'Goedemorgen, sir. Met agent Warwick, vanuit Scotland Yard. Misschien herinnert u me niet meer, maar ik...'

'Hoe kan ik u zijn vergeten, agent? De droeve geest die supporter is van Fulham. Wat kan ik ditmaal voor u betekenen?'

'Ik wil wat informatie over een van uw gedetineerden, Arthur Rainsford. Hij zit wegens moord.'

'Als Rainsford een moordenaar is, dan ben ik Jack the Ripper. Wilt u hem spreken?'

'Nee. Ik wil alleen weten of hij vandaag bezoek verwacht.'

'Momentje, dan kijk ik even.' William voelde zijn hart tekeergaan en hij was blij dat dokter Ashton het niet kon horen. 'Ja, Rainsford heeft vanmiddag bezoek. Zijn dochter. Ze komt regelmatig langs. Dol op haar vader en uiteraard volkomen overtuigd van zijn onschuld. Maar ja, dat zijn dochters altijd.'

'En haar naam?' vroeg hij en zijn stem stokte.

Weer een korte stilte. 'Elizabeth Rainsford.'

'Weet u toevallig ook waar ze werkt?'

'Iedereen die een zware afdeling bezoekt moet dat vermelden.' Weer een stilte. Toen: 'Ze werkt in het Fitzmolean. En voordat je ernaar vraagt, ik durf mijn pensioen erom te verwedden dat ze niets met die Rembrandt-diefstal te maken had.'

'Het is niet de Rembrandt waar ik me zorgen om maak.'

'Gelukkig maar.'

'Bedankt voor uw hulp,' zei William, en hij hing op.

Meer dan een uur moest hij achter zijn bureau hebben gezeten terwijl hij de dingen op een rijtje probeerde te zetten. Hij begreep nu waarom er geen foto's van haar vader in haar flat te vinden waren. En toen ze hem vlak na zijn terugkomst uit Rome vertelde dat ze zojuist haar ouders in Hongkong had gebeld, was ze duidelijk vergeten dat het daar op dat moment diep in de nacht moest zijn geweest. Had hij maar achter op die ansichtkaarten gekeken. Zijn gedachten werden verstoord door de deur die openging, waarna Hawksby zijn hoofd om de hoek stak.

'Ik zag een streep licht onder de deur, dus ik dacht, ik steek even mijn hoofd naar binnen.'

Hij keek zijn baas aan en de tranen stroomden over zijn wangen.

'Wat scheelt eraan, William?' vroeg Hawksby terwijl hij naast hem ging zitten.

'Hoelang weet u het al?'

Hawksby aarzelde even. 'Sinds de diefstal van de Rembrandt trekken we al het personeel van het Fitzmolean regelmatig na, waarbij we op de naam van haar vader zijn gestuit. Toen jullie iets met elkaar kregen heb ik het met Bruce besproken. We gingen er allebei van uit dat ze je wel over hem zou hebben verteld.'

'Ik heb het net ontdekt.'

'Heel vervelend voor je,' zei Hawksby en hij legde een hand op Williams schouder. 'We weten allemaal wat je voor haar voelt, en Jackie waarschuwde al dat het weleens heftig kon zijn.'

'Ik heb net ontdekt hoe heftig,' reageerde William. 'En nu zit ik met de handen in het haar.'

'Als je het mij vroeg, zou ik je aanraden om je vader alles te vertellen. Hij is intelligent en wijs, en één ding staat vast: hij zal je zeker niet naar de mond praten.'

'Herinnert u zich de zaak nog?'

'Niet echt, maar ik weet nog wel welke agenten erbij betrokken waren: Stern en Clarkson. Adjudant Stern ging kort na de rechtszaak met pensioen, en dat was eerlijk gezegd geen dag te vroeg. Maar nu je het weet, wat is je volgende stap?'

'Naar huis, en wachten totdat Beth terugkomt uit Pentonville.'

'Waarom ga je er niet meteen heen? Zorg dat je er bent zodra ze naar buiten komt, en je haar naar huis kunt brengen.'

William gaf geen antwoord, maar staarde slechts voor zich uit alsof hij Hawksby niet had gehoord.

'En als je nog op tijd wilt zijn,' maande de commissaris hem met een blik op zijn horloge, 'kun je maar beter voortmaken.'

'Natuurlijk, u hebt gelijk, sir.' William sprong overeind, pakte zijn jas en beende naar de deur, waar hij zich met een 'Dank u' nog even naar de commissaris omdraaide.

Eenmaal op straat hield hij de eerste, de beste taxi aan.

'Waarheen, sir?'

'De Pentonville-gevangenis.'

'Zit ik net op te wachten,' mompelde de taxichauffeur toen hij achterin instapte.

'Wat is het probleem?'

'Nou, voor een taxichauffeur is dit de slechtste rit.'

'Hoezo dat?'

'Als je iemand naar Pentonville brengt, rij je altijd leeg terug, want de meesten zitten daar levenslang!'

William schoot in de lach, iets wat hij een paar minuten geleden nog voor onmogelijk zou hebben gehouden.

'Gaat u zich melden of bent u op bezoek?'

'Ik ga mijn vriendin ophalen.'

'Nooit geweten dat er in Pentonville ook vrouwen gevangenzitten.'

'Die zijn er ook niet. Ze is op bezoek bij haar vader.'

'Toch niet voor iets ergs, hoop ik?'

'Moord.'

William benutte de lange stilte die daarop volgde om zijn gedachten op een rij te zetten en te bedenken wat hij zou zeggen als Beth hem buiten voor het gevangenisgebouw zou zien staan. Ze zou schrikken, misschien niet kunnen geloven dat hij haar problemen wilde delen en er voor haar wilde zijn.

De chauffeur sloeg een zijstraat in waar een hoge bakstenen muur opdoemde die bijna de zon verduisterde. Bij een slagboom stopten ze. 'Verder mag ik niet,' zei de chauffeur.

William staarde naar een groot houten hek. HMP PENTONVILLE, viel er op een bord te lezen.

'Gaat u naar binnen, sir?'

'Nee, ik wacht wel buiten.'

'Wilt u dat ik u alle twee terugrijd?'

'Ik ben bang dat dat niet gaat,' antwoordde hij na een blik op de taximeter te hebben geworpen en zijn laatste paar ponden te hebben overhandigd. 'Ik heb nog maar net genoeg over om een bus te nemen.'

'Laat mij u dan trakteren. Ik moet immers zelf ook weer terug.'

'Dat is heel gul van u, maar het zou weleens een tijdje kunnen duren voordat...'

'Geen probleem. Als goedmakertje voor mijn bemoeizucht.'

'Dank u,' zei William, waarop een zijdeur openging die net groot genoeg was voor één persoon. Een groepje bezoekers sijpelde een voor een naar buiten.

Voor velen van hen die hier een familielid of vriend hadden bezocht, was dit een gewone zaterdagmiddag. Maar anderen liepen met gebogen hoofd, en sommigen wilden hier het liefst zo snel mogelijk weg. Vaders, moeders, vriendinnen – sommige met een baby – en allemaal met hun eigen verhaal. Opeens verscheen ze, afgetobd terwijl de tranen over haar wangen liepen. Ze zag hem staan en versteende, duidelijk ontzet dat ze door de mand was gevallen.

Snel liep hij naar haar toe en hij nam haar in zijn armen.

'Ik hou van je,' zei hij. 'Voor altijd.'

Hij voelde dat ze verslapte en moest haar bijna overeind houden.

Meerdere bezoekers liepen langs terwijl ze zich als een gevangene die zojuist was vrijgelaten aan hem vastklampte.

Ze liet hem niet los. 'Het spijt me zo,' zei ze. 'Ik had het je al moeten vertellen toen we elkaar voor het eerst zagen, maar met elke nieuwe dag werd het moeilijker. Ik wilde helemaal niet verliefd op je worden. Kun je het me ooit vergeven?'

'Er valt niets te vergeven,' zei hij, en hij pakte haar hand.

Hij opende het taxiportier om haar achterin in te laten stappen.

'Waarheen, sir?'

'Fulham Gardens 32,' zei hij terwijl Beth haar hoofd op zijn schouder liet rusten.

'Wanneer ben je erachter gekomen?' vroeg ze.

'Vanochtend.'

'Ik zou het begrijpen als je het wilt uitmaken.'

'Ik zeg het je voor eens en altijd, Beth: je zult het met mij moeten doen, dus wen er maar aan.'

'Maar –'

'Niks te maren.'

'Er is één maar,' zei ze zacht. 'Je moet begrijpen dat ik er niet aan twijfel dat mijn vader onschuldig is.'

Dat zeggen ze allemaal, hoorde hij hoofdcipier Rose nog eens herhalen. 'Het kan me hoe dan ook niet schelen,' zei hij.

'Maar mij wel. Want ik ben vastberaden zijn naam te zuiveren, al is het het laatste wat ik doe.'

Ze zwegen. 'Mag ik één ding van je vragen?' vroeg hij haar even later.

'Zeg het maar. Ik ging er altijd van uit dat je het zou uitmaken zodra je over mijn vader te weten kwam. Dus vraag maar raak.'

'Zoals je weet is mijn vader een vooraanstaande advocaat.'

'En ik was zo stom om verliefd te worden op zijn zoon.'

'Als ik hem nu eens vraag om nog eens naar die zaak te kijken en zijn objectieve oordeel te geven, zou je dat dan aanvaarden?'

Ze antwoordde niet onmiddellijk, maar dacht even na en zei: 'Dat is wel het minste wat ik kan doen.'

'En zou je dan bereid zijn om het van je af te laten glijden, zelfs al zou je het niet met zijn oordeel eens zijn?'

'Dat zou het iets lastiger maken.'

'Nou, het is in elk geval een begin,' stelde hij vast. 'Als je morgen bij ons komt lunchen, dan kun je m'n ouweheer uitleggen waarom jij zo zeker weet dat je vader onschuldig is.'

Ze pakte zijn hand. 'Daar ben ik nog niet helemaal klaar voor. De dag na het bezoek is bijna nog erger. Soms zit ik de hele dag te janken en kan ik niet wachten om maandag weer aan het werk te gaan. Even stapje voor stapje, graag. Zodra we thuis zijn, vertel ik je het hele verhaal, maar het kan nog wel even duren voordat ik er klaar voor ben om het oordeel van je vader aan te horen.'

'Uiteindelijk zul je toch met hem moeten kennismaken,' zei hij. 'Wat zijn oordeel ook is, want mijn ouders zullen de vrouw met wie ik ga trouwen graag willen ontmoeten.'

De meeste huwelijksaanzoeken gaan gepaard met vreugde en blijdschap, maar Beth huilde.

De taxi stopte voor haar woning, waarna William uitstapte en de chauffeur bedankte.

'Graag gedaan, sir. En ik moet zeggen, het is voor het eerst dat iemand op mijn achterbank een aanzoek heeft gedaan.'

Voor de tweede keer maakte hij William aan het lachen.

William opende de voordeur en deed een stap opzij om Beth binnen te laten. Ze liep meteen naar de studeerkamer, griste alle ansichtkaarten van de schoorsteenmantel, verscheurde ze en liet ze in de prullenmand dwarrelen. Daarna trok ze de onderste bureaula open, haalde er een foto van haar ouders uit en zette hem op de schoorsteenmantel.

'Geen geheimen meer,' zei ze terwijl ze samen naar de keuken liepen. 'Vanaf nu alleen de waarheid.'

Hij knikte, boog zich over de keukentafel en pakte haar hand terwijl ze van wal stak en hem vertelde over hoe en waarom haar vader wegens moord tot levenslang was veroordeeld.

Zo nu en dan onderbrak hij haar met een vraag, en toen ze die avond hun bed opzochten, leek het ook hem niet langer ondenkbaar dat Arthur Rainsford onschuldig was. Maar hij wist dat zijn vader bij het wegen van de feiten een stuk veeleisender en sceptischer zou zijn dan een onervaren agent en een jonge vrouw die haar vader overduidelijk op handen droeg. Ze spraken af dat ze zich bij Sir Julians oordeel zouden neerleggen.

Toen William zich die zondagochtend na een slapeloze nacht gereedmaakte voor het onderhoud met zijn vader had hij veel meer vragen dan antwoorden om bij stil te staan. Toen hij na het ontbijt op weg was gegaan naar het station, was het voor hem en Beth overduidelijk wat er op het spel stond.

Onderweg in de trein staarde hij uit het coupéraam, maar het landschap trok ongemerkt aan hem voorbij. Na in Shoreham te zijn uitgestapt, besloot hij de laatste paar kilometer naar Nettleford lopend af te leggen zodat hij zijn gedachten kon ordenen en in zijn hoofd zijn verhaal kon voorbereiden, wetend dat hij zo meteen niet alleen tegenover zijn vader stond, maar daarmee ook tegenover een van de beste advocaten van het land.

Toen de cottage met het rieten dak waar hij was opgegroeid in zicht kwam, vertraagde hij zijn pas. Hij deed de voordeur open, wetend dat deze enkel op de klink zat, en trof zijn vader, verdiept in *The Observer*, in zijn studeerkamer voor de open haard.

'Ha, fijn je te zien, jongen,' zei hij en hij legde zijn krant neer. 'Heb je de Rembrandt al gevonden?'

'Vader, ik heb mijn aanstaande vrouw ontmoet.'

'Dat is geweldig nieuws! Je moeder zal in haar nopjes zijn. Maar waarom luncht de jongedame dan niet met ons mee?'

'Omdat haar vader levenslang uitzit wegens moord.'

Zittend aan het hoofdeinde van de tafel luisterde raadsheer Sir Julian Warwick aandachtig naar zijn zoon, die zijn familie vertelde hoe zijn leven de afgelopen vierentwintig uur op zijn kop was gezet.

'Ik kan niet wachten om met haar kennis te maken,' zei zijn moeder. 'Ze lijkt me heel bijzonder.'

Sir Julian gaf geen commentaar.

'Herinner je je de zaak nog, pap?' vroeg Grace toen William zijn verhaal had verteld.

'Het proces staat me nog vaag voor de geest, maar dat is dan ook alles. Rainsford deed zichzelf de das om toen hij in aanwezigheid van twee hogere politiefunctionarissen de misdaad bekende.'

'Maar –' begon William.

'Maar ik zal de rechtbankverslagen doornemen en als ik ook maar een streepje licht zie, dan zal ik Rainsford opzoeken en zijn kant van het verhaal aanhoren. Maar bedenk, William, dat de officier van justitie alleen een nieuw onderzoek zal toestaan als er nieuw bewijsmateriaal voorhanden is dat mogelijk op een gerechtelijke dwaling kan wijzen. Het komt zelden voor, maar het is niet ongewoon. Het doet me dan ook goed dat Beth mijn oordeel, ook als ik van mening ben dat het verspilde moeite is om de zaak aan te vechten, zal aanvaarden en het daarbij zal laten.'

'Dank je, vader. Meer had ik niet kunnen vragen.'

'Als je Mr Rainsford gaat bezoeken, pap, mag ik dan met je mee?' vroeg Grace.

'Met welk doel, als ik vragen mag?'

'Nou, stel dat jij vindt dat hij misschien onschuldig is, en stel dat er meer bewijsmateriaal opduikt, en stel...'

'Stel, stel, stel. Waar zinspeel je op?'

'Stel dat jij besluit de zaak op je te nemen, en hij komt voor het hooggerechtshof, dan zul je een junior advocaat nodig hebben.'

24

'Ik bel je terug, Ross,' zei commissaris Hawksby toen er op de deur van zijn werkkamer werd geklopt.

De drie liepen naar binnen en namen plaats aan Hawksby's tafel voor het maandagochtendoverleg. Iedereen was zich bewust van de olifant in de kamer, maar de commissaris was vastbesloten zich niet te laten kennen.

'Ik heb zojuist gehoord dat Kevin Carter weer is waargenomen in Barnstaple,' meldde Lamont. 'En volgens de plaatselijke politie staat zijn huis te koop.'

'Carter moet dus eindelijk achter de waarheid zijn gekomen, en het lijkt erop dat Faulkner zelfs zijn onkosten heeft betaald,' zei William.

'Misschien dat we weer eens een gesprekje met inspecteur Monti moeten hebben,' opperde Hawksby. 'Hij zal het rapport van de professor nu wel binnen hebben, dus we kunnen voorbereidingen treffen om Carter aan te houden.'

'Niets zou me meer plezier bezorgen dan zelf naar Barnstaple te rijden om die rotzak te arresteren,' merkte Lamont op.

'En het liefst ook de man achter de hele zwendel,' voegde William eraan toe.

'Beter nog.'

‘Misschien dat Monti zelfs weet wie dat is,’ zei Hawksby. ‘Ik ga hem nu bellen, en dan zet ik hem op de luidspreker zodat we allemaal kunnen horen wat hij te melden heeft. Als iemand van jullie iets wil aanstippen, onderbreek me dan niet, maar schrijf het op en schuif het onder mijn neus.’ Hij wachtte niet op reacties, zocht het nummer op en draaide het.

Er klonk een vreemde beltoon en het duurde even voordat er werd opgenomen.

‘Goedemorgen, met commissaris Hawksby –’

‘Sorry, no speak English.’

Er viel een lange stilte, maar er klonk geen onderbroken pieptoon die aangaf dat er was opgehangen.

‘Goedemorgen, met hoofdinspecteur Loretti. Waarmee kan ik u helpen?’

‘Goedemorgen, hoofdinspecteur. Met commissaris Hawksby vanuit Scotland Yard. Ik hoopte inspecteur Monti even te kunnen spreken over een zaak waaraan we beiden werken.’

‘Inspecteur Monti werkt hier niet meer, commissaris. Maar ik kan u melden dat de zaak waarnaar u verwijst naar tevredenheid is afgehandeld.’

‘Afgehandeld? Maar we hadden afgesproken te wachten totdat Monti een rapport van de professor van het Museum van Oudheden van Florence had ontvangen, waarna we gezamenlijk bekend zouden maken dat de Spaanse munten vals waren en dat de hele bergingsoperatie bedrog was.’

‘Zo heb ik het niet begrepen,’ reageerde de hoofdinspecteur. ‘De professor uit Florence heeft een exemplaar beoordeeld als zijnde echt, met als gevolg dat het bureau Maritieme Zaken de munten officieel als vondst heeft aangemerkt. Het heeft heel wat aandacht gekregen in de Italiaanse media. En het goede nieuws, commissaris, is dat inspecteur Monti zijn afdeling min of meer een primeur bezorgde.’

‘In welke zin?’ vroeg Hawksby terwijl hij zijn kalmte probeerde te bewaren.

'Na meerdere dagen van pittig overleg ging het Italiaanse bureau Maritieme Zaken akkoord met een heel wat lagere taxatiewaarde voor de resterende munten dan voorgesteld door Mr Carters vertegenwoordiger.'

'Hoeveel?' blafte Hawksby.

'Zeshonderdduizend pond, waarvan de Italiaanse regering slechts de helft hoefde te voldoen. Dankzij inspecteur Monti's bekwame onderhandelingen kon de regering zo'n vijftigduizend pond besparen.'

'Eén munt?' fluisterde William, daarmee de instructie van de commissaris negerend.

'Inspecteur Monti heeft de professor slechts één munt toegestuurd om te bestuderen?' vroeg Hawksby.

'Ja,' antwoordde Loretti. 'De rest verdween in een kluis in Rome. Monti achtte het zinloos en onnodig riskant om de hele kist naar Florence te sturen.'

Lamont krabbelde iets op een stukje papier en schoof het naar Hawksby.

'U zei dat inspecteur Monti niet langer voor u werkt...'

'Dat klopt, commissaris. Hij is onlangs met vervroegd pensioen gegaan.'

'Maar de laatste keer dat ik hem sprak had hij het nog over een kans op promotie.'

'Ja, het overviel ons een beetje,' antwoordde Loretti. 'Het schijnt dat zijn moeder kanker heeft. Als enig kind zag hij het als zijn plicht om ontslag te nemen en haar thuis te gaan verzorgen. Een flink offer, want hij stond inderdaad op het punt om tot hoofdinspecteur te worden bevorderd en daarmee hoofd van de afdeling te worden.'

Waar is hij nu? noteerde William.

'Is er een mogelijkheid om met hem in contact te komen?' vroeg Hawksby.

'We hebben een doorstuuradres op Sicilië, waar zijn familie geloof ik vandaan komt.'

Lamont hief zijn armen ten hemel. 'Was ik maar in Italië geboren,' mompelde hij terwijl William een volgend aandachtspuntje voor de Hawk neerkrabbelde.

'Nog één vraag,' zei Hawksby. 'Mag ik weten wie namens Carter de onderhandelingen voerde?'

'Momentje, commissaris, dan zoek ik het even op.'

William noteerde een naam en wachtte opdat de hoofdinspecteur het zou bevestigen.

'Ah, hier is het. Een raadsheer verbonden aan de balie van Lincoln's Inn, Londen. Ene Mr Booth Watson.'

'Nogmaals bedankt, commandant,' zei Hawksby, en hij hoopte dat het niet al te geïrriteerd klonk.

'Graag gedaan, commissaris. Het blijft een voorrecht om met onze collega's van de Metropolitan Police te mogen samenwerken.'

Hawksby smeet de hoorn op de haak, en Lamont bleef dezelfde vierletterige krachtterm herhalen.

'Waarom gaan we niet gewoon door en arresteren we Carter?' vroeg William kalm.

'En het contact dat we met de Italiaanse politie nog hebben zomaar verbreken? Nee, ik denk niet dat de politici in beide landen daar blij mee zouden zijn.'

'Dus we kunnen echt helemaal niets uitrichten?'

'Behalve Miles Faulkner de kogel geven, en hopen dat er nog een over is voor Booth Watson,' antwoordde Lamont.

'Rustig, Bruce. We hebben geen bewijs dat Faulkner hier iets mee te maken heeft. Laten we even diep ademhalen en doorgaan.'

'U zegt het maar, baas,' reageerde Lamont. 'Maar ik had u nog één ding willen vragen.'

Hawksby was hem ter wille met een knikje.

'Hoeveel Italiaanse ambtenaren bij Maritieme Zaken zijn nu ook met vervroegd pensioen?' vroeg hij, waarop hij de werkkamer uit beende.

William maakte aanstalten om op te staan. 'Vergeet je dossiers niet, agent Warwick,' wees Hawksby hem erop.

'Welke doss...' vroeg hij. Hij draaide zich om en zag twee dikke mappen op tafel liggen. Hij pakte ze op en verliet zonder verder nog een woord te zeggen Hawksby's werkkamer. Eenmaal terug op zijn afdeling trof hij Lamont aan, die woedend met zijn vuisten op een telefoongids sloeg.

'Faulkner, of Carter?' vroeg William onschuldig.

'Het systeem,' blafte Lamont. 'Het systeem, dat criminelen altijd weer het voordeel geeft.'

William nam plaats achter zijn bureau en sloeg het bovenste van de twee dossiers open dat Hawksby op de tafel had gelegd. Hij hoefde maar een paar bladzijden om te slaan om te beseffen wat voor een risico de commissaris hier had genomen.

'Hoe kom je daaraan?' vroeg Grace na even een blik op de inhoud te hebben geworpen.

'Kan ik je niet vertellen,' antwoordde William.

Ze bladerde verder. 'Ziet er hoopgevend uit, maar ik moet het vanavond thuis grondiger doorlezen en morgenochtend vroeg meteen mijn baas inlichten.'

'Betekent dit dat pap ermee instemt om op bezoek te gaan bij Mr Rainsford in de Pentonville-gevangenis?'

'Ja. Hij is de rest van het weekend bezig geweest om met de nodige hmmms, aha's en zo nu en dan zelfs een "schandalig" de transcripties van de zitting door te spitten.'

'Denkt hij dat er een kans is...'

'Nee, dat denkt hij niet,' antwoordde ze beslist. 'Maar hij vindt dat hij het je verplicht is om Mr Rainsford een bezoekje te brengen voordat hij zijn weloverwogen mening kan geven.'

'Mag ik mee?'

'Ja, maar op één voorwaarde.'

'En die luidt?'

'Als pap Mr Rainsford aan een kruisverhoor onderwerpt, dan dien jij hem onder geen enkel beding te onderbreken. Doe je dat toch, dan zal hij het bezoek meteen afbreken en de hele zaak laten vallen.'

'Ik wil toch mee.'

'Dan zul je zijn waarschuwing serieus moeten nemen.'

'Ben jij er ook bij?'

'Ja,' antwoordde ze. 'Hij heeft me aangesteld als zijn junior advocaat, met de niet te benijden taak om nieuw bewijsmateriaal op te duikelen waarmee hij om een heropening van de zaak kan verzoeken.'

'Heb je al iets?'

'Nee, maar ik ben pas net begonnen. En als ik deze dossiers over adjudant Stern en agent Clarkson voor middernacht doorgelezen wil hebben, kan ik daar nu maar beter aan gaan beginnen.'

'Geef je je vriendin Clare inzage?'

'Ze heeft toegestemd om als mijn assistent op te treden.'

'Wat goed van haar. Nu kunnen we alleen maar wachten op paps oordeel.'

'Wees gewoon maar dankbaar dat-ie aan jouw kant staat. Want als hij vermoedt dat er sprake is van een gerechtelijke dwaling, dan stapt hij als de zwaargewicht die hij is de ring in en gaat-ie voor de volle twaalf ronden.'

25

Sir Julian, Grace en William begaven zich ieder met een ander transportmiddel naar de Pentonville-gevangenis: William vanuit Fulham met de bus, Grace vanuit Notting Hill met de metro – met één overstap – en Sir Julian vanuit Shoreham in Kent in een auto met chauffeur.

Ze troffen elkaar bij de ontvangstbalie, waar een cipier hen intekende.

'Rainsford wacht al op u,' zei de man, en hij begeleidde hen naar de verhoorruimte. Toen ze de glazen kubus betraden, kwam Arthur Rainsford overeind en schudde hij zijn drie bezoekers de hand.

'Sir Julian, ik weet niet hoe ik u moet bedanken voor uw vriendelijkheid,' zei hij. 'Ik heb het gevoel dat ik uw zoon al ken, want telkens wanneer Beth mij bezoekt, praat ze bijna nergens anders over. Maar ik vind het wel enigszins ironisch dat mijn dochter verliefd is geworden op een detective, aangezien mijn ervaring met de politie niet bepaald gelukkig is geweest.'

'Ik denk dat u erachter zult komen dat ik verliefd werd op haar,' zei William terwijl de twee mannen elkaar voor de eerste keer een hand gaven en hun plaatsen om de tafel innamen. 'Trouwens, ze doet u de groeten en verheugt zich erop u zaterdag te zien.'

'Dank je,' zei Rainsford. 'Ik verheug me er ook op haar weer te zien.'

Tot op dat moment had Sir Julian nog niets gezegd, hoewel zijn blik onophoudelijk op de gevangene gericht was geweest terwijl hij de man probeerde in te schatten, iets wat hij altijd deed als hij voor het eerst een potentiële cliënt ontmoette. Van Rainsfords proces-verbaal wist hij dat de man drieënvijftig jaar was, bijna één meter tachtig lang en een gebroken neus had van zijn tijd als bokser toen hij nog studeerde. Hij vermoedde dat Rainsfords haar in de gevangenis grijs was geworden. Hij oogde fit, wat deed vermoeden dat hij zijn vrijwilligersuur elke middag in de sportzaal doorbracht in plaats van met een sigaretje slenterend over het plein, en ook dat hij het gebruikelijke gevangeniseten van worst, bonen en patat meed. Hij sprak zacht, was duidelijk goed opgeleid en zag er beslist niet uit als een moordenaar. Sir Julian had echter door de jaren heen geleerd dat moordenaars in alle soorten en maten komen, sommige cum laude geslaagd, andere klassieke schoolverlaters.

'Mr Rainsford, ik heb –' begon Sir Julian.

'Arthur, alstublieft.'

'Mr Rainsford, ik heb de transcriptie van uw proces zeer zorgvuldig gelezen, de door de openbaar aanklager gepresenteerde bewijzen bestudeerd, uw getuigenis bekeken en uw bekentenis woord voor woord doorgenomen. Echter, aangezien dit de eerste keer is dat iemand van ons u ziet, zou ik graag uw kant van het verhaal horen. Neemt u me maar niet kwalijk als ik u zo af en toe onderbreek om u te vragen iets te verhelderen of een vraag te stellen.'

'Natuurlijk, Sir Julian. Ik ben geboren in Epsom, waar mijn vader huisarts was, en vanaf jonge leeftijd hoopte ik in zijn voetsporen te kunnen treden. Op school deed ik het zo goed dat ik geneeskunde mocht gaan studeren aan het University College Hospital, wat mijn vader deugd deed. Maar ik besefte al vrij snel dat ik niet in de wieg was gelegd voor het doktersvak. Dus tot zijn grote teleurstelling hing ik mijn korte witte jas op in ruil voor een lange zware toga en ging ik economie studeren, wat ik vanaf het eerste college leuk vond.

'Na mijn afstuderen ging ik als trainee aan de slag bij Barclays Bank, maar ik kwam er andermaal snel achter dat ik geen geboren kantoortijger ben. Dus ik volgde een avondstudie bedrijfskunde, waardoor ik eindelijk mijn roeping ontdekte. Met te veel letters achter mijn naam en te weinig inkomen ging ik werken bij een handelsbank in de City.'

'Welke?' vroeg Sir Julian.

'Kleinwort Benson. Ik begon daar bij de afdeling voor het kleinbedrijf, en de eerste drie jaar hielp ik cliënten van de bank met het uitbreiden van hun onderneming. Niets deed me een groter genoegen dan ze te zien uitgroeien tot grotere bedrijven.

'Ik had destijds twee goede vrienden, Hamish Galbraith, een oud schoolmaatje, en Gary Kirkland, die ik tijdens mijn studie economie had leren kennen. Hamish ging na school als traineemanager werken bij John Lewis. Hij had een natuurlijke klik met mensen en de gave om het beste uit hen te halen. Gary was veel slimmer dan wij, maar was tijdens zijn studie vooral bezig met drinken en uitgaan. Eerlijk gezegd was ik verbaasd dat hij afstudeerde, laat staan dat hij bijna de beste van zijn jaar was. Hij werd accountant in de City en las liever spreadsheets dan romans.

'Op een vrijdagavond, toen we allemaal een beetje te veel ophadden, suggereerde Hamish dat we een eigen bedrijf zouden moeten beginnen. De rest van dat weekend vroeg ik me af of hij misschien gelijk had. Immers, ik had de drie jaar daarvoor anderen geadviseerd hoe ze hun bedrijf konden uitbreiden, dus misschien was ik wel klaar om zelf iets op te zetten. Ik bereidde hetzelfde gedetailleerde voorstel voor als dat ik van iedere potentiële cliënt zou hebben verwacht, met mijzelf als de verkoper, Hamish als de manager en Gary als de accountant. Daarna presenteerde ik mijn gedachten aan mijn partners in spe.'

'Met welk resultaat?' vroeg Sir Julian.

'Natuurlijk wilden ze allebei weten wat we dan zouden gaan doen. Ik vertelde ze dat we een klein investeringsbedrijf moesten starten en moesten profiteren van mijn kennis van en contacten op het gebied van de geneeskunde. Er werden in die tijd een aantal opwindende medische ontdekkingen gedaan, wat veelbelovende investeringskansen bood.

‘Er verstreek nog eens een halfjaar voordat we de moed hadden om ons ontslag in te dienen, en ik zou dat misschien zelfs niet hebben gedaan als mijn baas bij Kleinwort me niet had aangemoedigd en had aangeboden om in ruil voor vijftig procent van het bedrijf voor het startkapitaal te zorgen.’

Grace was druk bezig aantekeningen te maken, William wilde enkele vragen stellen en Sir Julian zat als een sfinx rustig te luisteren.

‘In 1961 startten we RGK Ltd op en huurden we een paar ruimtes in Marylebone, maar konden we ons met ons drieën nog maar één secretaresse veroorloven. Ik reisde het hele land door om artsen en ziekenhuizen te spreken en woonde ook medische conferenties bij. In de eerste vijf jaar was ons bedrijf maar net uit de kosten, maar dat veranderde in één klap toen ik een deel van het geld van onze cliënten investeerde in een klein farmaceutisch bedrijf dat kort daarna bètablokkers ontwikkelde. Het jaar daarop boekten we veertien procent winst voor onze geldschieters, en plotseling waren we de smaakmaker van de maand, met zowel potentiële beleggers als onderzoekers op zoek naar kapitaal.

‘We vierden onze tiende verjaardag door ons vijftigprocentaandeel van Kleinwort terug te kopen en een andere verdieping in Marylebone te huren.’

William had nu meerdere vragen die hij dolgraag wilde stellen, maar één blik op zijn zus herinnerde hem eraan dat dat nu onverstandig zou zijn.

‘In de volgende vijf jaar groeide alleen Beth sneller dan het bedrijf. Ondanks de economische onzekerheid van de jaren zeventig hadden wij nog steeds vertrouwen in de toekomst. Ik zag het probleem echter niet aankomen, ook al gebeurde het pal voor mijn ogen. Ik wist dat Gary’s huwelijk in zwaar weer verkeerde, en het had me niet moeten verrassen dat het in een dure echtscheiding eindigde. In de daaropvolgende jaren zag ik zo veel vrouwen komen en gaan, dat ik me niet altijd meer kon herinneren hoe ze heetten. Maar ik zei niets, zelfs niet toen zijn gedrag op kantoor ertoe leidde dat een van onze jonge secretaresses ontslag nam en een andere dreigde het bedrijf aan te klagen en we buiten de rechtbank om tot een schikking moesten komen.

'Ik was vijf dagen per week op pad om werk binnen te harken, dus ik was me niet bewust van de volle omvang van het probleem tot de avond van het kerstfeestje op kantoor, toen Gary dronken werd en probeerde mijn secretaresse, die getrouwd was, te versieren. De volgende dag diende ze haar ontslag in, en het bedrijf gaf haar een royale schikking nadat ze een geheimhoudingsverklaring had ondertekend.

'Hamish en ik maakten Gary duidelijk dat als hij nog één keer over de schreef ging, hij ontslag zou moeten nemen. Eerlijk gezegd hadden we vanaf dat moment geen klachten meer, en een paar jaar later kondigde Gary aan dat hij verloofd was met de liefde van zijn leven. Hij verheugde zich erop weer getrouwd te zijn en zich eindelijk te settelen.

'Zijn verloofde, Bridget, was aantrekkelijk en slim, en ze wekte de indruk hem toegewijd te zijn. Maar ze bleek alleen geïnteresseerd in zijn geld en had al vrij snel zijn bankrekening geplunderd. Ze verbrak de verloving en ging op zoek naar haar volgende slachtoffer, Gary achterlatend om de scherven op te rapen. Helaas duurde het niet lang eer de vrouwen op kantoor weer begonnen te klagen over zijn gedrag, zelfs als hij nuchter was. Maar toen Beth me na een afscheidsfeestje vertelde dat ze nu begreep waarom hij op het werk "Gary met de losse handjes" werd genoemd, verloor ik ten slotte mijn geduld en concludeerde ik dat hij moest vertrekken.

'De volgende dag zou ik zijn ontslag hebben geëist als ik niet met een potentiële belegger een afspraak had gehad in Coventry, die al een maand in mijn agenda had gestaan. Ik belde Hamish om hem te zeggen wat ik in gedachten had, en we spraken af dat we zouden wachten tot ik de dag daarop terug was. Dan zouden we hem een gezamenlijk ultimatum voorleggen: ontslag nemen of ontslag krijgen.

'Ik had een vruchtbare vergadering met mijn potentiële nieuwe cliënt en nodigde hem na afloop uit om te gaan lunchen. Tijdens de koffie noemde hij een bedrag dat hij van plan was te investeren in RGK, en dat was zelfs meer dan ik had verwacht.

'Maar toen ik wilde afrekenen en mijn creditcard van het bedrijf gaf, keerde een opgelaten ober even later terug en fluisterde dat de kaart was geweigerd. Niet zo fijn ten overstaan van een toekomstige belegger. Ik betaalde met mijn eigen creditcard, maar de schade was al aangericht. Ik belde met mijn bankmanager en eiste een verklaring; het bedrijf had immers het jaar daarvoor meer dan een miljoen winst geboekt. Hij zei dat we onze limiet hadden overschreden en dat hij de situatie meerdere keren had besproken met Mr Kirkland.

'Ik belde meteen met Gary en hij ontkende dat er een probleem was. Hij stelde me voor om op weg naar huis even langs te komen, dan zou hij alles uitleggen. Toen ik in Euston van de trein stapte, nam ik een taxi naar het werk.

'Ik opende de voordeur en een kleine, zwaargebouwde man, die ik dacht te herkennen, schoot langs me en rende de straat op. Ik liep de trap op naar Gary's werkkamer op de eerste verdieping en trof hem languit aan op het tapijt.

'Ik rende naar hem toe, maar had geen doktersdiploma nodig om te zien dat hij dood was. Zijn kaak was gebroken en hij had een enorme jaap achter op zijn schedel. Ik wilde net de politie bellen toen ik buiten op straat een sirene hoorde, en even later stormden er een stuk of zes agenten de kamer in, die me knielend boven het lichaam aantroffen. Voordat ik het wist, was een van hen bezig me mijn rechten voor te lezen.'

'Zei u op dat moment iets?' vroeg Sir Julian.

'Alleen dat ze de verkeerde te pakken hadden. Ik ging ervan uit dat de hele kwestie vlug zou worden opgehelderd. Ik werd naar het dichtstbijzijnde politiebureau gereden en een paar uur in een cel gestopt. Op een gegeven moment werd ik naar een verhoorruimte gebracht waar twee rechercheurs op me zaten te wachten.'

'Zouden dat adjudant Stern en agent Clarkson zijn geweest?' vroeg Sir Julian.

'Dat klopt. Ik vertelde hun precies wat er was gebeurd, maar het was wel duidelijk dat ze hun conclusies al hadden getrokken en dat niets ze van iets anders ging overtuigen. Maar tijdens het verhoor lieten ze zich ontvallen dat ze van een anonieme beller een tip hadden gekregen, wat verklaarde waarom de politie daar zo snel aanwezig was.'

Grace maakte een aantekening en schoof hem over de tafel naar haar vader, die hem aandachtig las.

'En u wees er tijdens uw proces op dat dit onomstotelijk bewijs was dat iemand anders uw partner moest hebben vermoord.'

'Ja, ook opperde ik dat de man die het gebouw uit was gerend weleens dezelfde man kon zijn geweest die hen had gebeld, maar ze waren niet geïnteresseerd.'

'En wat gebeurde er toen?'

'Stern vroeg me of ik bereid was een verklaring af te geven. Natuurlijk was ik dat, want ik had niets te verbergen. Hij schreef op wat ik zei, en ik dubbelcheckte elke pagina voordat ik mijn handtekening zette, vooral omdat ik alcohol in zijn adem rook.'

Grace maakte nog een aantekening.

'Tijdens het proces beweerde u dat uw oorspronkelijke verklaring drie pagina's telde, terwijl de versie die in de rechtszaal werd voorgelezen slechts twee pagina's lang was. Dus ik moet u vragen, Mr Rainsford, ondertekende u alle drie de pagina's?'

'Ja. De eerste twee met de initialen A.R., maar op de derde pagina schreef ik mijn naam voluit.'

'Waren de drie pagina's genummerd?'

'Dat weet ik niet meer.'

'Hoe handig. Toen de politie voor het proces uw verklaring als bewijs indiende, waren er slechts twee pagina's, duidelijk 1 en 2 genummerd, en onderaan de tweede pagina stond uw volledige handtekening, naast die van adjudant Stern en agent Clarkson. Hoe verklaart u dat?'

'Het enige wat ik kan bedenken,' zei Rainsford, 'is dat iemand de middelste pagina moet hebben verwijderd en de nummers later moet hebben toegevoegd.'

'De mysterieuze man, wellicht?' reageerde Sir Julian. 'Wat gebeurde er vervolgens?'

'De volgende morgen verscheen ik voor een magistraat en werd mijn verzoek om een borgtocht geweigerd. Ik werd in voorlopige hechtenis genomen en in afwachting van mijn proces naar Pentonville gestuurd.'

'Dat proces had vijf maanden later plaats, en zolang bleef u in hechtenis.'

'Ja. Maar ik vertrouwde er nog altijd op dat de jury zou accepteren dat mijn verklaring drie pagina's lang was geweest, en niet twee, omdat ik elk woord op de ontbrekende pagina kon reproduceren.'

'Maar rechter Melrose zou u niet toestaan om uw ontbrekende pagina als bewijs aan te dragen. Vindt u dat de rechter de zaak tegen het einde van het proces redelijk, zonder vooroordeel of vooringenomenheid, samenvatte?'

'Ja. Zijn samenvatting was eerlijk en evenwichtig, wat me er alleen maar meer van overtuigde dat de jury in mijn voordeel zou beslissen.'

'Maar dat deden ze dus niet.'

'Nee, ze beraadslaagden vier dagen en zelfs nog langere nachten. Op de vijfde dag werd ik door een meerderheid van tien tegen twee schuldig bevonden aan moord. De volgende morgen veroordeelde rechter Melrose mij tot levenslang, met een aanbeveling dat ik na twaalf jaar voorwaardelijk vrij zou komen. Ik heb nu twee jaar van die straf uitgezeten.'

Grace maakte nog een aantekening, onderstreepte het woord 'twaalf' en gaf deze aan haar vader.

'Hebt u op enig moment overwogen om uw pleidooi te wijzigen in schuldig aan doodslag?' vroeg Sir Julian. 'Sloeg hem in een opwelling, nooit de bedoeling om hem te doden, zal het voor de rest van mijn leven betreuren?'

'Maar ik sloeg hem niet, Sir Julian. Mijn advocaat kwam destijds met hetzelfde voorstel en vertelde me dat als ik ermee instemde mijn verweer te wijzigen, hij erop vertrouwde dat ik slechts vier jaar zou krijgen en na twee jaar vrij zou zijn, maar ik wees het af.'

'Waarom?'

'Omdat mijn advocaat, net als u, niet geloofde dat ik onschuldig was.'

'Maar Mr Rainsford, u kunt niet ontkennen dat toen u vernam dat uw dochter seksueel was lastiggevallen door Mr Kirkland, u uw geduld verloor, en u werd zelfs nog kwader toen u ontdekte dat hij geld uit het bedrijf had verduisterd om aan zijn verschillende vrouwen te kunnen uitgeven. Dus waarom zou de jury moeten geloven dat uw verklaring drie pagina's telde en niet twee, en dat de moord werd gepleegd door een mysterieuze man die vanuit het niets opdook en vervolgens, hoe makkelijk, in rook opging en nooit meer werd gezien?'

'Omdat het de waarheid is, Sir Julian,' antwoordde Rainsford. Hij plaatste zijn ellebogen op de tafel en legde zijn hoofd in zijn handen. 'Maar natuurlijk begrijp ik wel waarom u me niet gelooft.'

Er volgde een lange stilte terwijl de andere drie wachtten tot Sir Julian zijn Gladstone-tas oppakte, klaar om te vertrekken.

'Maar ik geloof je wel, Arthur,' zei hij toen zacht. 'Het lijdt voor mij geen twijfel dat je je partner niet vermoordde.'

Arthur sloeg ongelovig zijn ogen op en zag de geachte raadsheer naar hem glimlachen.

'Wat heeft u eindelijk overtuigd, vader?' vroeg William, de doordringende blik van zijn zus negerend.

'Drie dingen, die volledig los van elkaar staan en die, was de jury daar destijds van bewust gemaakt, er weleens voor hadden kunnen zorgen dat ze tot een ander oordeel waren gekomen.' Sir Julian kon de verleiding niet weerstaan om te gaan ijsberen voordat hij zijn slotverklaring aflegde. 'In al mijn jaren in de advocatuur heb ik nooit een moordenaar gekend die niet zou hebben geschikt voor een pleidooi van schuld aan doodslag en een verminderde straf.'

'En de tweede reden?' vroeg Grace.

'De duur voordat hij voorwaardelijk vrijkomt.'

'Twaalf jaar,' zei William.

'Precies. Omdat rechter Melrose in het vak bekendstaat als "Levenslang Betekent Levenslang" Melrose. Gisteravond heb ik zijn staat van dienst nagekeken, en in zijn jaren bij de rechtbank heeft hij vierentwintig moordzaken voorgezeten waarbij de gedaagde schuldig werd bevonden. Arthur is de enige die hij een minimumstraf van twaalf jaar gaf. Waarom zou "Levenslang Betekent Levenslang" Melrose breken met zijn aloude gewoonte? Zou het kunnen zijn omdat ook hij er niet van overtuigd was dat Arthur schuldig was?'

'En het derde ding?' vroeg Grace.

'Daar moeten we William voor bedanken.'

Opnieuw kon Sir Julian niet de verleiding weerstaan om een ommetje te maken door de ruimte voordat hij zijn gedachten deelde. Hij trok aan de revers van een toga die hij niet droeg voordat hij weer sprak.

'William, je vertelde me dat toen je Arthurs naam noemde tegen hoofdcipier Rose, zijn directe reactie was: "Als hij een moordenaar is, ben ik Jack the Ripper." In mijn ervaring zou een cipier, zelfs niet onder vier ogen, toegeven dat een gevangene weleens onschuldig zou kunnen zijn.'

'Dus betekent dit dat u de zaak gaat aannemen, vader?' vroeg Grace.

'Dat hebben we al gedaan, mijn kind. En daarmee nemen we de aanzienlijke taak op ons om nieuw bewijsmateriaal bloot te leggen en het Openbaar Ministerie over te halen om een nieuw proces te gelasten. Want als ze dat niet doen, zijn onze persoonlijke meningen irrelevant.'

'Niet helemaal, Sir Julian,' zei Arthur, 'omdat ik blij ben dat mijn toekomstige schoonzoon weet dat ik onschuldig ben.'

26

De telefoon begon te rinkelen.

'Wie zou zelfs maar overwegen om ons op kerstdag te bellen?' vroeg Sir Julian op hoge toon. 'En net op het moment dat ik de kalkoen wil aansnijden?'

'Mea culpa,' zei William. 'Ik vrees dat ik ze op het bureau misschien heb verteld waar ik zou zijn.'

'Dan kun je maar beter opnemen terwijl wij van onze kerstlunch gaan genieten. Beth, heb je liever een poot of een stuk filet?'

William liep vlug naar zijn vaders studeerkamer en nam de telefoon op. 'William Warwick.'

'Christina Faulkner. Vrolijk kerstfeest, William.'

'Vrolijk kerstfeest, Christina. Waar bel je vandaan?'

'Monte Carlo.'

'Cadeautjes aan het uitpakken, ongetwijfeld.'

'Nee, ik ben ze aan het inpakken eigenlijk, wat de reden is waarom ik bel. Ik wil dat je zo snel mogelijk hierheen komt zodat ik je jouw cadeau kan geven, waar ik op dit moment naar kijk.'

'Ik zal eerst mijn baas moeten bellen,' zei William, die graag meteen vertrokken zou zijn. 'En als hij zijn zegen geeft, zou ik morgenmiddag kunnen komen.'

'Niet later dan dat,' zei Christina, 'want zodra ik alles ingepakt heb, zullen alle negenenzestig kisten aan boord van Miles' jacht worden geladen.'

'Zul jij ook aan boord zijn?'

'Nee, dat behoort niet tot mijn plan. Zodra de Christina – zo gedoopt in gelukkigere tijden – koers heeft gezet naar Southampton, vlieg ik terug naar Heathrow. Vervolgens zal ik naar Limpton Hall worden gereden om nog wat meer van mijn cadeaus in te pakken, die op tijd klaar moeten staan voor de verhuizers, die de volgende ochtend zullen komen opdagen om ze naar Southampton te brengen, alwaar ook die aan boord van de Christina zullen worden gedragen. Alles draait om timing.'

'Mag ik vragen wat er daarna gebeurt?'

'Zodra ik je morgen in Monte Carlo zie, zal alles worden geopenbaard. Bel me wanneer je weet op welke vlucht je zit, dan stuur ik een auto om je op te pikken.'

'Als ik de commissaris heb gesproken, bel ik je terug. Tot ziens, Christina, en vrolijke kerst.' William hing op en liep terug naar de eetkamer. Hoe graag zou hij hun, en met name Beth, vertellen dat hij morgen rond deze tijd in bezit kon zijn van de Rembrandt. Hij nam plaats naast zijn verloofde en trof een leeg bord voor zijn neus.

'Je hebt het hoofdgerecht gemist, beste jongen. Maar geen zorgen, er is vast nog wel wat pudding over.'

'Negeer hem,' zei zijn moeder. 'We waren nog niet eens begonnen. Joanna heeft ons verteld wat ze in Arthurs afwezigheid heeft gedaan.'

William glimlachte naar Beths moeder terwijl hij wat spruitjes opschepte.

'Toen Arthur naar de gevangenis ging,' zei Joanna, 'namen we allemaal aan dat het bedrijf zou worden geliquideerd. Maar we merkten al snel dat Hamish uit sterker hout was gesneden: hij bleef het bedrijf leiden alsof Arthur nog steeds op zakenreis was.

'Intussen zette Arthur in zijn cel in Pentonville een kantoor op terwijl ik achter zijn bureau in Marylebone plaatsnam. Ik schreef hem dagelijks en hield hem zo op de hoogte.'

'Maar wat gebeurde er als iemand een afspraak maakte om de voorzitter te zien en hij erachter kwam dat die achter de tralies zat?' vroeg Grace.

'Na een poosje nam ik zijn plaats in en begon ik zelfs het land door te reizen om cliënten te bezoeken. Ik werd aangenaam verrast door hoe weinig van hen ons verlieten.'

'In moeilijke tijden is reputatie het schild van de rechtvaardigen,' zei Sir Julian.

'Wie zei dat?' vroeg William.

'Ik, brutaal kind dat je bent. Maar ga alsjeblieft door, Joanna. Jullie waren je accountant kwijt, en ook jullie bank moet beducht zijn geweest.'

'Bij Barclays deden ze alles wat ze konden om te helpen,' zei Joanna, 'maar het was Kleinwort Benson die ons kwam redden en de investeerders het vertrouwen gaf om bij ons te blijven. En toen, toen we het echt niet meer verwachtten, hadden we een meevaller.'

Iedereen aan tafel hield op met eten.

'Gary Kirkland had geen testament en zijn zoon Hugh erfde alles, inclusief zijn vaders gave voor getallen, dus nu zit hij in Gary's oude kamer en verantwoordt elke cent die het bedrijf uitgeeft. En voordat jullie het vragen: hij is, in tegenstelling tot zijn vader, gelukkig getrouwd.'

'Dus betekent dat dat het bedrijf weer op de rails is?' vroeg Grace.

'Nee, we spelen net quitte, maar als Arthur terugkeert, zouden we snel weer winst moeten boeken.'

'Geen druk dus,' zei Sir Julian toen de telefoon weer ging. 'Gebruiken we onze kerstlunch soms in een telefooncentrale?' vroeg hij, en hij slaakte een overdreven zucht. 'Aangezien het vast weer voor jou is, William, waarom nodig je hem of haar niet uit om zich bij ons te voegen in de hoop dat we niet opnieuw worden gestoord?'

William repte zich de kamer uit en liep terug naar zijn vaders studeerkamer. Hij greep naar het toestel, ervan uitgaande dat het de commissaris zou zijn. 'William Warwick.'

'Sorry dat ik u stoor met de kerst,' zei een stem die alleen uit New York had kunnen komen, 'maar ik moet Ms Grace Warwick dringend spreken over een persoonlijke zaak.'

'Mag ik vragen met wie ik spreek?'

'Leonard Abrahams.'

'Een momentje, Mr Abrahams, ik laat haar even weten dat u aan de lijn hangt.'

William liep vlug terug naar de eetkamer. 'Zus, het is voor jou. Ene Leonard Abrahams?'

'Grace, zou jij wie het ook is willen vertellen dat we eigenlijk hoopten een gang tot ons te nemen waarbij de hele familie aanwezig is?'

'Ik denk dat het de professor weleens zou kunnen zijn,' zei Grace.

Sir Julian veranderde opeens van toon. 'Dan moet je maar onmiddellijk even met hem gaan praten.'

Grace knikte en verliet snel de kamer.

'Professor Abrahams, met Grace Warwick. Sorry dat ik u heb laten wachten.'

'Nee, Ms Warwick, ik moet me verontschuldigen. Ik zou u nooit hebben gestoord op eerste kerstdag als het niet dringend was geweest, maar ik dacht dat u wel zou willen weten dat ik morgen in Londen ben.'

'Dat is fantastisch nieuws. Waar logeert u?'

'Waarschijnlijk in een lounge op de luchthaven. Ik heb een tussenstop van slechts vier uur voordat ik doorvlieg naar Warschau, waar ik mijn lieve moeder ga opzoeken. Wij Joden zijn geslepen,' voegde de professor eraan toe. 'We weten altijd wanneer jullie heidenen op vakantie zijn, en als wij na tweede kerstdag maar weer achter ons bureau zitten, valt het jullie niet eens op dat we weg zijn geweest.'

Grace lachte. 'Hebt u al kans gezien om de verklaringen die ik u heb gestuurd te lezen?'

'Ik heb er alleen maar een blik op geworpen. Maar tijdens mijn vlucht zal ik ze grondig doorlezen, dus tegen de tijd dat ik op Heathrow land, moet ik u een voorlopig standpunt kunnen geven.'

'Ik zal in het Airport Hilton een kamer reserveren, zodat we niet worden gestoord. Hoe laat kan ik u verwachten?'

'Ik zit op Pan Am-vlucht 716 vanaf JFK en land rond tien voor halfelf in de ochtend, jullie tijd.'

'Dan zal ik in de aankomsthal op u wachten.'

'Dat is aardig van u. Maar hoe gaat u me herkennen?'

'Geen probleem, ik heb uw boek gelezen.'

'Die foto is wel van een paar jaar geleden,' zei hij grinnikend. 'Maar ik zie ernaar uit u morgen te zien, Ms Warwick, en nogmaals mijn verontschuldigingen dat ik u op eerste kerstdag heb gestoord.'

'Zit u daar maar niet over in. Ik weet dat mijn vader verrukt zal zijn om uw nieuws te horen.'

Grace glipte weer de eetkamer in en nam zonder een woord te zeggen plaats, hoewel William het knikje zag dat de twee advocaten uitwisselden.

'Mag ik jullie allen waarschuwen,' zei Sir Julian terwijl Marjorie hem de cognacboter aanreikte, 'dat mocht er iemand overwegen te bellen als Hare Majesteit om drie uur haar kersttoespraak voor de natie houdt, de telefoon dan niet zal worden opgenomen, zelfs niet als het de aartsbisschop van Canterbury is.'

De volgende ochtend checkte William iets na negenen in op Heathrow. Hij vertelde Beth niet waar hij heen ging, en ze vroeg er ook niet naar. Bij de balie van BA lag een ticket naar Nice voor hem klaar.

Tot grote afkeuring van zijn vader had hij slechts enkele ogenblikken nadat de koningin haar boodschap had beëindigd met Scotland Yard gebeld. De centrale schakelde hem direct door naar het vaste huisnummer van de commissaris.

Toen Hawksby het nieuws van William vernam, zei hij: 'Boek een ticket voor de eerstvolgende vlucht naar Nice. Als Mrs Faulkner in bezit is van de Rembrandt, kunnen we het ons niet permitteren om haar te laten wachten. Laat het me onmiddellijk weten, wat er ook gebeurt en hoe laat het ook is, dag of nacht, want ik zal weinig slapen tot ik erachter kom.'

Toen het toestel de noordelijke startbaan op taxiede, deed William zijn gordel om.

Iets na tien uur werd Grace bij Heathrow afgezet en checkte ze de aankomende vluchten. Pan Am-vlucht 716 had een vertraging van twintig minuten. Ze kocht *The Guardian* en een cappuccino, ging ergens zitten en wachtte.

Toen er naast vlucht 716 op het bord GELAND opflikkerde, nam ze haar plaatsje in te midden van een horde ongeduldige wachtenden achter een slagboom.

Professor Abrahams bevond zich onder de eerste passagiers die door de gate kwamen terwijl zijn bagage rechtstreeks naar een aansluitende vlucht voor Warschau werd overgebracht. Hij bleef stilstaan en speurde de menigte af. Toen ze hem zag, werd Grace verrast. De foto achter op het boek verhulde het feit dat hij amper één meter vijfenvijftig lang was. Maar door zijn enorm hoge voorhoofd en dikke brillenglazen was hij direct te herkennen, ook al kwamen het gele trainingspak en de nieuwste Nike-sportschoenen ietwat als een verrassing.

'Op lange vluchten draag ik altijd een trainingspak,' legde hij uit terwijl ze elkaar een hand gaven. 'Ik heb het idee van Joan Collins, maar anders dan zij kleed ik me voordat ik van boord stap niet om voor de fotografen.'

'Ik dacht dat we wel konden lopen naar het Hilton,' zei Grace. 'Ver is het niet, en aangezien er altijd een lange rij voor de taxi's staat, zijn we er te voet waarschijnlijk sneller.'

'En besparen we een paar dollar,' zei de professor terwijl ze de korte afstand naar het hotel liepen, kletsend over van alles en nog wat, behalve dat ene onderwerp dat ze allebei in gedachten hadden. Grace had een suite voor twee personen geboekt, en de receptioniste gaf haar de sleutel, denkend dat ze een ongebruikelijk koppel vormden om op dat uur van de dag een kamer te nemen.

Terwijl Grace een kopje dampende zwarte koffie bereidde voor de professor, haalde hij een dossier uit zijn aktetas en legde het op de tafel tussen hen in. Hij begon de pagina's om te slaan en becommentarieerde ondertussen haar tekst, alsof hij een pientere student die zijn lezing bijwoonde leerde hoe zijn expertise behulpzaam – dat woord bleef hij herhalen – kon zijn in de Rainsford-zaak. Toen hij de laatste pagina had omgeslagen behandelde hij alle vragen van Grace met een zelfverzekerdheid die geen tegenspraak duldde. Na haar laatste vraag en zijn antwoord wist Grace dat ze de juiste man had gevonden.

Abrahams keek op zijn horloge en stopte het dossier terug in zijn aktetas. 'Als ik mijn vlucht wil halen, moet ik maar eens gaan,' zei hij, en hij kwam overeind van zijn stoel. 'Ik mag niet te laat komen voor mijn moeder. Ze staat vast al op me te wachten op de luchthaven.'

Grace begeleidde Abrahams terug naar terminal 2, en voordat hij door de vertrekgate liep, bedankte ze hem nogmaals. 'Kan ik mijn vader laten weten dat u graag als getuige-deskundige zou optreden als er een nieuw proces komt?'

'Als ik daar niet toe bereid was, jongedame, zou ik je tijd niet hebben verspild. Maar voordat ik weet of ik die van mij zou verspillen, moet ik nog altijd Rainsfords oorspronkelijke verklaring van twee pagina's zien, die als bewijsmateriaal werd gepresenteerd.'

Net op het moment dat William in Nice landde, stapte professor Abrahams aan boord van zijn toestel naar Warschau. William had alleen handbagage bij zich en liep daarom meteen door naar de paspoortcontrole. Hij behoorde tot de eerste reizigers die de hal in liepen, waar hij werd begroet door een man met een bord boven zijn hoofd waarop WARWICK geschreven stond.

Hij plofte op de achterbank van een Bentley en probeerde zijn gedachten op een rijtje te zetten voordat hij Christina Faulkner weer zou zien. De chauffeur had echter andere ideeën.

Tegen de tijd dat ze de Villa Rosa bereikten, was William op de hoogte van de standpunten van de chauffeur over alles, van het door een Engelsman ontworpen Centre Pompidou tot de Europese Gemeenschap, waar Groot-Brittannië nooit lid van had moeten worden. Hij sneed echter niet één keer het enige onderwerp aan waar William meer over zou hebben willen weten: Mr en Mrs Faulkner.

Toen de auto zich op nog een kleine honderd meter van de ingang bevond, zwaaiden twee zware smeedijzeren poorten open. Ze draaiden een lange oprijlaan op, omzoomd door hoge cipressen, die eindigde voor een prachtige villa in belle-époquestijl die Limpton Hall op een landhuisje deed lijken.

Toen William uitstapte, ging de voordeur open en kwam Christina naar buiten om hem te begroeten. Alsof ze een Franse generaal was kuste hij haar op beide wangen. Ze nam hem bij de hand en leidde hem een ruime hal in die vol stond met houten kisten van verschillende grootten. Hij hoefde alleen maar naar de verkleurde contouren op de muren te kijken om zich voor te stellen wat daar een dag eerder nog kon hebben gehangen. Hij begon in te zien waarom Christina haar man een maand weg moest hebben als ze haar plan wilde uitvoeren.

'Nog eentje om in te pakken,' zei ze terwijl hij haar volgde naar de salon, waar een enkel ingelijst doek boven de schoorsteenmantel hing.

Vol ontzag staarde William naar een schilderij dat zelfs een amateur als hijzelf direct herkende als het werk van een genie. Hij trok een ansichtkaart van het Fitzmolean uit zijn zak en controleerde de rechterhoek van het doek om te bevestigen dat daar Rembrandts karakteristieke handtekening, RvR, stond. Hij staarde weer naar de zes gewichtige staalmeesters, gekleed in hun lange zwarte toga's met stijve witte kragen met ruches en met hun breedgerande zwarte hoeden in de hand, terwijl ze weelderig genoten van hun verheven positie als leden van de Amsterdamse gemeenschap.

'Ik zie dat je je kerstcadeautje mooi vindt,' zei Christina.

Binnen enkele minuten na haar terugkeer in haar flat in Notting Hill belde Grace met haar vader en gaf ze hem een uitvoerig verslag van haar ontmoeting met de professor.

'Ik geloof dat dit het moment is dat ik de openbaar aanklager bel en met hem een afspraak maak voordat een van mijn collega's terugkeert van zijn kerstvakantie,' zei Sir Julian. 'Ik moet zo snel mogelijk een procesdatum op de rol hebben staan.'

'Dat zou weleens niet zo makkelijk kunnen zijn,' opperde Grace.

'Er zijn altijd geannuleerde tijdslots die moeten worden opgevuld. Ik zal er alleen voor moeten zorgen dat mijn naam ergens bovenaan de lijst komt.'

'Maar waarom zou de aanklager u uitkiezen in plaats van een van de andere even waardige aanvragers?'

'Dat zal ik je vertellen, Grace, maar niet over de telefoon.'

William hield de inpakkers nauwlettend in de gaten terwijl de zware brigade de Rembrandt voorzichtig in zijn op maat gemaakte kist liet zakken en hem naar de hal droeg waar zijn metgezellen al stonden te wachten.

Op elk van de kisten zat een grote vierkante sticker met daarop de tekst: EIGENDOM VAN MRS CHRISTINA FAULKNER. AAN BOORD HOUDEN. De enige uitzondering was de Rembrandt, die een zelfs nog grotere sticker had met de tekst: EIGENDOM VAN HET FITZMOLEAN MUSEUM, PRINCE ALBERT CRESCENT, LONDEN, SW7. WORDT OPGEHAALD.

'Weet je wel zeker,' vroeg Christina, 'of de commissaris op de kade zal staan om de voorname passagiers bij aankomst in Southampton welkom te heten?'

'Zodra we zijn aangemeerd, zal hij als eerste aan boord komen, met de cavalerie op zijn hielen,' zei William. 'Ik bel hem morgen, zo gauw de schilderijen aan boord zijn.'

'Hij zal slechts in een daarvan geïnteresseerd zijn.'

'Wat gaat er met de rest gebeuren?' vroeg William, hoewel hij ervan uitging dat Christina hun laatste bestemming waarschijnlijk niet zou onthullen.

'Volgende halte: New York, waar ze gezelschap krijgen van een opmerkelijke collectie moderne Amerikaanse kunstenaars, die op dit moment in ons appartement in Manhattan verblijven.'

'Maar tegen de tijd dat het jacht de haven in loopt, kan uw man op de kade op u staan wachten.'

'Nee, dat denk ik niet. Na Melbourne is Miles van plan om naar Sydney te vliegen, dus in het nieuwe jaar zal hij het als een van de eersten zien, en tegen die tijd zullen al zijn schilderijen in hun nieuwe huis hangen, mijn nieuwe huis.'

William verspilde geen tijd aan de vraag waar dat zou kunnen zijn.

Grace en haar vader brachten de avond opgesloten in zijn werkkamer door.

'Het volgende wat professor Abrahams moet doen,' zei Grace, 'is Arthurs oorspronkelijke verklaring van twee pagina's bestuderen die de rechter werd voorgelegd. Hij heeft me gewaarschuwd dat die ook kan bewijzen dat Arthur heeft gelogen en dat de jury het bij het juiste eind had.'

‘Als dat het geval blijkt te zijn,’ zei Sir Julian, ‘zeggen wij niets tegen Joanna of Beth, behalve dat we geen enkel nieuw bewijs hebben kunnen vinden dat het ons mogelijk zou maken om een herziening van het proces te verzoeken.’

‘En als Arthur wel de waarheid heeft verteld?’

‘Mijn volgende bezoek zal aan het kantoor van de openbaar aanklager zijn met een verzoek om een nieuw proces.’

‘Vader, u hebt me nog steeds niet verteld waarom de aanklager deze zaak prioriteit zou geven.’

‘Desmond Pannel en ik hebben samen in Oxford gestudeerd. Ik was zijn campagnemanager toen hij kandidaat was voor het voorzitterschap van de University Law Society, en je raadt nooit wie zijn voornaamste tegenstander was. Het werk van de voorzitter was een ondankbare taak, maar goed, Desmond is iemand die er altijd van geniet om ondankbare taken op zich te nemen, wat de reden is waarom hij openbaar aanklager is geworden. En nu, na dertig jaar, ga ik hem om een gunst vragen.’

Kort nadat William in bed was gekropen, hoorde hij de deur opengaan. Plotseling was hij klaarwakker. Een slank silhouet in het maanlicht gleed door de kamer, glipte onder de deken en begon hem in zijn nek te kussen.

Hij had niet veel tijd om te bedenken wat hij moest doen. Het licht aandoen en haar beleefd verzoeken om weg te gaan was zijn eerste gedachte, er gewoon op ingaan maar Beth niets vertellen zijn tweede. En vervolgens vroeg hij zich af wat Beth zou zeggen als hij haar vertelde dat hij Christina’s avances had afgewezen en de Rembrandt had opgeofferd. Een slippertje in ruil voor een meesterwerk. Het leed voor hem geen enkele twijfel wat zij zou verwachten dat hij moest doen.

Op zijn terugreis naar New York maakte professor Abrahams een tweede tussenstop in Londen, en opnieuw werd hij in de aankomsthal onthaald door Grace. Ditmaal klampte hij zich vast aan iets wat hij zijn trukendoos noemde.

De volgende morgen vergezelden Sir Julian en Grace hem naar een kamer in het souterrain van Scotland Yard, waar hij in aanwezigheid van een onafhankelijke getuige een paar uur Arthurs twee pagina's tellende verklaring aandachtig doorlas.

Sir Julian en Grace keerden terug naar de raadkamer om reikhalzend de professors bevindingen af te wachten. Het was Grace die hem over Lincoln's Inn zag slenteren, met zijn trukendoos in de ene en een fles champagne in de andere hand. Ze sprong in de lucht en juichte.

Nadat ze zwijgend de verklaringen van de professor hadden aangehoord, bestookten ze hem met vragen waarop hij steevast een antwoord had. Ten slotte pakte Sir Julian de telefoon en draaide hij een privénummer. Toen de officier van justitie aan de lijn kwam, was het enige wat hij zei: 'Desmond, je moet me helpen.'

De volgende morgen stopte er om negen uur een grote verhuiswagen voor de Villa Rosa, en het kostte de zware brigade twee uur om alle negenenzestig kisten in te laden. Daarna werden ze langzaam, heel langzaam, naar de haven gereden, alwaar het nog eens drie uur vergde om ze naar het ruim van de Christina over te hevelen. Nadat hij erop had toegezien dat het ruim werd afgesloten en vergrendeld, ging William weer aan land en belde hij commissaris Hawksby om hem te laten weten dat hij de eerstvolgende vlucht naar huis zou nemen.

'Echt niet,' reageerde Hawksby resoluut. 'Jij stapt weer aan boord van die boot en verliest de Rembrandt niet uit het oog totdat je in Southampton aanmeert.'

'Maar moet ik Mrs Faulkner niet in de gaten houden?'

'Nee. Jij moet zes staalmeesters uit Amsterdam in de gaten houden, die niet meer mogen weglopen.'

William ging er niet tegenin.

'Zodra je morgenavond aanlegt, zal ik op de kade staan,' zei Hawksby, 'samen met een legertje om ervoor te zorgen dat het schilderij veilig naar het Fitzmolean terugkeert.'

Christina was teleurgesteld dat de commissaris erop had gestaan dat William aan boord bleef, want ze hoopte eerder dat hij haar in de gaten zou houden. Toen het jacht de haven uitvoer, leunde William over de reling en wuifde hij naar haar. Zodra hij uit het zicht was verdwenen, droeg Christina haar chauffeur op om haar naar de luchthaven te rijden, zodat ze het tweede deel van haar plan kon uitvoeren.

27

Als alles om timing draaide, zoals Christina Faulkner tegen William had gezegd, maakte ze één fout. Op 22 december instrueerde ze haar advocaat om een echtscheiding aan te vragen. Op de vierentwintigste belandde de petitie op Booth Watsons bureau.

Watson werd niet verrast door de timing, want hij nam aan dat Mrs Faulkner de datum had gekozen in een onhandige poging om de kerst van zijn cliënt te bederven. Hij besloot Miles pas in te lichten als hij op 28 december naar zijn raadkamer terugkeerde. Immers, wat maakten die paar dagen uit? Hij sloot de petitie op in zijn kluis en ging naar huis.

Op 27 december belde Mike Harrison vanuit Melbourne met Mrs Faulkner om haar te melden dat haar echtgenoot de dag had doorgebracht in een skybox van de Melbourne Cricket Ground, het grote stadion in de stad, waar hij de tweede dag van de testwedstrijd had bijgewoond. Na de wedstrijd was hij gaan eten met wat vrienden, en iets na middernacht had hij bij de receptie zijn kamersleutel opgehaald.

'Was hij alleen?' vroeg Christina.

'Nee, hij was met een jongedame die als serveerster in de skyboxen werkt. Ik heb een foto en een naam.'

'Dank je, Mike.'

Vervolgens belde Harrison met inspecteur Lamont bij de Yard en herhaalde hij dezelfde boodschap voordat hij in bed kroop.

Op de ochtend van de achtentwintigste keerde Booth Watson iets na tienen terug naar zijn raadsvertrekken, blij dat de kerst achter de rug was en hij weer aan het werk kon. Hij las het echtscheidingsverzoek een tweede keer en was zich ervan bewust dat de redenen een serieuze zorg vormden. Faulkners echtgenote had de petitie duidelijk al enige tijd voorbereid, want er werden meerdere vrouwen bij naam genoemd. Hij besloot zijn cliënt te bellen en hem het nieuws van zijn aanstaande echtscheiding te vertellen, hoewel hij vermoedde dat het niet als een verrassing zou komen.

Eerst belde hij naar Limpton Hall, maar daar werd niet opgenomen, dus hij nam aan dat Makins nog op vakantie moest zijn. Als hij een uur later had gebeld, zou Mrs Faulkner hebben opgenomen. Hij belde vervolgens naar huize Faulkner in Monte Carlo, en een dienstmeisje nam op. Engels was duidelijk niet haar eerste taal.

'Mag ik *monsieur* Faulkner spreken?' vroeg hij.

'Niet hier.'

'Weet je misschien waar hij is?' vroeg Booth Watson, elk woord langzaam uitsprekend.

'Nee. Jonge man zegt Australië.'

Booth Watson noteerde op zijn blocnote: AUSTRALIË/JONGE MAN.

'En is Mrs Faulkner daar?' vroeg hij al even langzaam.

'Nee, *madame* vliegt huis.'

'Naar huis?'

'*Angleterre.*'

'Dank je,' zei Booth Watson. 'Zeer behulpzaam.'

Hij vroeg zich af wat Miles in hemelsnaam kon doen in Australië en in welke stad dat dan zou kunnen zijn. Reg Bates, de hoofdgriffier van de raadkamer, schoot hem te hulp.

'Dat moet wel Melbourne zijn, sir. Hij zal de tweede testwedstrijd kijken.'

Booth Watson was niet geïnteresseerd in cricket en droeg de bediende de eenvoudigweg op om op zoek te gaan naar zijn cliënt.

De rest van de ochtend pleegde Bates telefoontjes naar alle grote hotels in Melbourne, en tegen de tijd dat Booth Watson terug was van zijn lunch vond hij een gele post-it op zijn bureau met de details. Hij belde onmiddellijk met het Sofitel en verzocht om te worden doorverbonden met de suite van Miles Faulkner.

'Sir, voordat ik dat doe,' zei de stem aan de andere kant van de lijn, 'bent u zich ervan bewust dat het hier halftwee in de nacht is?'

'Nee, daar stond ik niet bij stil,' gaf Booth Watson toe. 'Ik bel later wel terug.'

Toen hij had opgehangen, deed hij wat berekeningen en besloot hij het opnieuw te proberen als hij die avond thuiskwam.

Miles Faulkner stond zich te scheren toen de telefoon in zijn suite begon te rinkelen, maar toen hij Booth Watsons resonerende stem hoorde, liet hij zijn scheermes zakken. Als B.W. belde, was het zelden goed nieuws. Faulkner ging op het uiteinde van het bed zitten en luisterde naar wat zijn advocaat te zeggen had.

'Is er een reden om met spoed terug te komen, B.W.?' vroeg hij nadat Booth Watson hem over de dagvaarding had verteld. 'De testwedstrijd is mooi in evenwicht. Ik was van plan om naar Sydney te vliegen om daar Nieuwjaar te vieren, dus dan zou ik op z'n vroegst de derde weer thuis zijn.'

'Dat zou geen probleem moeten zijn. We hebben twee weken om de ontvangst van het verzoekschrift te bevestigen, dus we kunnen het oppakken zodra u terug bent.'

'Mooi. Dan bel ik je over een week of twee. Verder nog iets?'

'Ja, er was iets. Uw vrouw lijkt de kerst in Monte Carlo te hebben doorgebracht met een jonge man. Tegen de tijd van uw terugkeer zal ik zijn naam en alle details hebben. Het zou weleens nuttig kunnen blijken als het tot een schikking moet komen.'

'Zet er meteen een privédetective op,' zei Faulkner.

'Heb ik al gedaan,' zei Booth Watson, 'en u moet ervan uitgaan dat uw vrouw hetzelfde heeft gedaan.'

'Is er ook nog goed nieuws?' vroeg Miles.

'Ik heb de Renoir overgedragen aan Standard Life, en ze hebben een half miljoen overgemaakt naar uw rekening op de Kaaimaneilanden.'

'Een half miljoen waar Christina niet de hand op zal weten te leggen.'

'Geniet van de testwedstrijd en bel me zodra u terug bent.'

Miles hing op en maakte het scheren af. Toen de serveerster, wier naam hij was vergeten, was vertrokken, besloot hij uit te zoeken of zijn vrouw nog in Monte Carlo zat.

Het dienstmeisje kon met haar baas veel meer in detail treden dan ze met Booth Watson had gedaan, maar goed, Faulkner sprak dan ook vloeiend Frans. Hij vroeg wanneer madame naar Engeland was vertrokken, en ze antwoordde: 'Dat weet ik niet zeker, sir. Ik weet alleen dat ze de wagen naar het jacht volgde.'

'Welke wagen?' vroeg Faulkner.

'De verhuiswagen die al uw schilderijen kwam ophalen.'

Miles sloeg de hoorn neer op de haak en pakte hem vervolgens meteen weer op.

'Ik wil uitchecken,' liet hij de receptioniste beneden weten. 'Boek een ticket voor me op de eerst beschikbare vlucht naar Londen, maakt me niet uit welke luchtvaartmaatschappij.'

'Maar Australië lijkt te gaan win...'

'Fuck Australië.'

Mike Harrison belde het nummer van Mrs Faulkner in Monte Carlo, en ook zij kreeg van het dienstmeisje te horen: 'Madame vliegt huis.' Vervolgens probeerde hij Limpton Hall, maar daar werd niet opgenomen. Tot slot belde hij commissaris Hawksby, die achter zijn bureau zat.

'Faulkner heeft een Qantas-vlucht geboekt naar Heathrow, die morgenmiddag om twee uur landt. Dat was niet zijn aanvankelijke plan.'

'Dat ontbrak er nog aan,' zei Hawksby. 'En ik kan agent Warwick niet bereiken om hem te waarschuwen.'

Na Christina Faulkners aankomst op Heathrow werd ze opgepikt door de chauffeur van haar man en naar Limpton Hall gereden, waar ze een lichte avondmaaltijd gebruikte voordat ze naar bed ging. Ze had immers een drukke dag voor zich.

Toen Faulkners toestel opsteeg voor de drieëntwintig uur lange reis naar Londen, lag William in een ligstoel te zonnen, genietend van een glas pinot grigio. Hij had goed zicht op de ingang tot het ruim, waar de afgelopen twee dagen niemand bij in de buurt was geweest. Maar waarom zouden ze ook? Het zonnetje scheen, de zee lag er kalm bij en hij was volkomen zorgeloos.

De volgende morgen stopte er om negen uur een verhuiswagen van Bishop's Move voor de deur. De mannen namen alle tijd om de negenenzestig kunstwerken in kisten te verpakken voordat ze ze in de wagen laadden. Na een lange lunchpauze vertrokken ze naar Southampton.

'Rij onder geen enkele voorwaarde harder dan vijftig kilometer per uur,' instrueerde Christina de bestuurder. 'We kunnen niet het risico nemen een van de schilderijen te beschadigen.'

'U zegt het maar, madam,' reageerde hij, maar wat blij om aan haar verzoek te voldoen, aangezien hij en zijn mannen dan gegarandeerd meer overuren zouden kunnen schrijven.

Omringd door ophanghaken genoot Christina van een ontspannen lunch in de eetkamer. Iets na drieën vertrok ze naar Southampton. Ze had immers geen haast, want de Christina zou pas later die avond aanleggen. Ze hoopte dat Miles genoot van zijn cricketwedstrijd. Die ochtend was ze blij geweest om in de *Mail* te lezen hoe mooi de ploegen elkaar in evenwicht hielden.

Iets na twee uur kwam Miles Faulkner door de douane op Heathrow. Hij had nog overwogen om vanuit de eersteklas lounge op de luchthaven van Melbourne naar Limpton Hall te bellen en zijn chauffeur te vragen om hem op te halen, maar hij had zich bedacht omdat het Christina kon waarschuwen voor zijn ongeplande terugkeer.

Een taxichauffeur die vroeg: 'Waarheen, sir?' maakte hij blij toen hij antwoordde: 'Limpton in Hampshire. En je kunt het tarief verdubbelen als je dat binnen een uur haalt.'

Mike Harrison had in hetzelfde toestel gezeten als Faulkner, maar niet in dezelfde klasse. Hij volgde zijn doelwit niet de terminal uit, want hij achtte het belangrijker om Mrs Faulkner te bellen en haar te waarschuwen dat haar echtgenoot op weg was naar Limpton Hall. Maar er werd niet opgenomen.

Vervolgens belde hij met Scotland Yard en verzocht hij om te worden doorverbonden met inspecteur Lamont.

'Met hoofdagent Roycroft,' klonk een stem.

'Hoi, Jackie, je spreekt met Mike Harrison. Kan ik Bruce even spreken?'

'Die is iets langer dan een uur geleden met commissaris Hawksby vertrokken naar Southampton, Mike.'

'Dank je,' zei Harrison. 'Goed om te horen dat je terug bent, Jackie,' voegde hij eraan toe.

'Op proef, eerder,' zei Jackie voordat ze ophing.

Harrison maakte een andere taxichauffeur blij toen hij zei: 'Southampton.'

Het duurde ruim een uur voordat Faulkner bij Limpton Hall werd afgezet, maar hij wist ook wel dat de *cabbie* geen kans had om het binnen een uur te halen.

'Wacht even,' zei hij toen hij uit de taxi sprong. 'Ik ben misschien zo terug.'

Hij rende de treden op en deed de voordeur van het slot. Toen hij de hal in liep, kreeg hij een misselijk gevoel. Geen Constable, geen Turner. Zelfs de Henry Moore had ze verwijderd. Verafschuwd door de omvang van haar plundering liep hij langzaam een rondje door het huis om slechts donkere rechthoeken en vierkanten aan te treffen waar ooit schilderijen hadden gehangen, en lege standaarden waar beeldhouwwerken trots hadden gestaan. Maar de laatste vernedering kwam toen hij de salon betrad en het ene schilderij zag dat ze had achtergelaten. Eddie Leighs kopie van de Rembrandt hing nog boven de haard. Als Christina op dat moment was binnengekomen, zou hij haar wat graag hebben gewurgd. Hij rende het huis uit en riep naar de chauffeur: 'De hoofdingang!'

De taxi accelereerde de lange oprijlaan af en kwam bij de toegangshekken tot stilstand. Faulkner sprong eruit en rende het poorthuis in.

'Heb je Mrs Faulkner vandaag nog gezien?' vroeg hij op hoge toon.

'Ja, sir,' zei de bewaker na controle van zijn lijst van aankomsten en vertrekken. 'Ze is iets meer dan een uur geleden vertrokken.'

'Waarnaartoe?'

'Geen idee, sir.'

'En zij?' vroeg Faulkner, en hij plaatste een vinger op de woorden BISHOP'S MOVE, AANGEKOMEN 8.55 UUR, VERTROKKEN 14.04 UUR. 'Waar gingen zij heen?'

'Geen idee, sir,' herhaalde de onfortuinlijke bewaker.

Faulkner greep naar de telefoon, en het vergde hem twee telefoontjes en veel dreigementen voordat een regiomanager hem met tegenzin de informatie gaf waar hij naar zocht. Hij sprong weer in de taxi en zei: 'Southampton,' zonder acht te slaan op de tikkende meter. De cabbie kon zijn geluk niet op.

De commissaris zat in zijn eentje achter in de voorste auto. Ze werden gevolgd door een Black Maria met zes agenten en een hoofdagent. Een Wolseley met inspecteur Lamont achter het stuur sloot de gelederen. 'Met een overmacht', zo had Lamont de exercitie genoemd, maar de Hawk wilde geen enkel risico nemen.

Het kleine konvooi bleef op de binnenbaan van de snelweg, en hoewel ze geen moment te hard reden, wisten ze de uitrit naar de haven van Southampton met nog een paar uur over te bereiken.

Hawksby meldde zich direct bij de havenmeester, die bevestigde dat de MV Christina rond zeven uur die avond bij kade 29 werd verwacht. De commissaris gaf de havenmeester hierna een speciaal bevelschrift waarmee toestemming werd gegeven om zonder tussenkomst of inspectie door de douane en accijnzen een specifieke kist van het jacht te halen.

'Dat moeten wel de kroonjuwelen zijn,' reageerde de havenmeester toen hij het bevelschrift had bekeken.

'Daar zit u niet ver naast,' zei Hawksby. 'Maar ik kan u alleen vertellen dat het met de grootst mogelijke voorzichtigheid dient te worden behandeld en dat de inhoud niet aan zonlicht mag worden blootgesteld.'

'Klinkt als Dracula.'

'Nee, dat is de huidige eigenaar,' zei Hawksby.

'Kan ik misschien ergens mee helpen?'

'Het zou geen kwaad kunnen om een paar van uw jongens in de buurt te hebben, voor het geval zich problemen voordoen.'

'Met hersens of spierballen?'

'Allebei, als het kan.'

'Komt voor mekaar. Een halfuurtje voordat de Christina wordt verwacht af te meren zijn ze bij u. Ik denk dat ik zelf ook meekom,' zei hij. 'Klinkt wel alsof het interessant zou kunnen worden.'

Hawksby stapte weer in zijn auto, en het kleine konvooi begaf zich naar kade 29 om de aankomst af te wachten van de zes staalmeesters die vredig lagen te rusten in het ruim van de Christina.

Iedereen bevond zich op z'n plek en wachtte ongeduldig toen er een Bentley op de kade verscheen en een kleine vijftig meter verderop parkeerde.

'Wie in godsnaam...' zei Lamont.

'Dat moet Mrs Faulkner wel zijn,' zei Hawksby. 'Negeer haar maar. Zolang de Rembrandt wordt overgedragen, gaat het ons niets aan wat zij met de rest van haar man z'n kunstverzameling doet, hoewel ik voor haar hoop dat ze weet dat hij weer in het land is.'

'Moeten we haar niet op de hoogte brengen?' vroeg Lamont.

'Gaat ons ook niets aan,' zei Hawksby.

'En wat doen zij hier?' vroeg Lamont nu een grote wagen van Bishop's Move langzaam over de kade reed en achter de Bentley stopte.

'Niet moeilijk te raden wat daarin zit,' zei Hawksby toen de bestuurder uit zijn cabine klom en naar de Bentley liep.

Mrs Faulkner draaide haar raampje omlaag.

'Wat doen die lui hier in godsnaam?' vroeg de bestuurder, wijzend naar de drie politiewagens.

'Ze komen een kist ophalen uit het jacht van mijn man en brengen hem daarna terug naar de rechtmatige eigenaar in Londen. Zodra hij is overhandigd, zullen ze vertrekken en kunt u beginnen met het aan boord laden van de schilderijen.'

'Waar zijn die wouten zo in geïnteresseerd?'

'Zes heren uit Amsterdam, die enkele jaren geleden zonder visum het land verlieten.'

'Heel grappig,' zei de bestuurder, die zonder nog een woord te zeggen naar de wagen terugliep.

Christina draaide het raampje weer omhoog toen er een zwarte taxi opdook. Mike Harrison betaalde de chauffeur en voegde zich vlug en zonder een van zijn voormalige collega's te groeten bij zijn cliënt achter in de Bentley.

'Volgens mij zie ik daar onze Hollandse vrienden,' zei Lamont, die een verrekijker op de havenmonding had gericht. Hij gaf hem aan Hawksby.

'Over hoeveel minuten zijn ze hier, schat u?' vroeg Hawksby aan de havenmeester terwijl hij zijn blik op de Christina had gefixeerd.

'Twintig, hooguit dertig.'

'Ik heb net Warwick op de brug zien staan,' zei Hawksby. 'Denkt u dat hij het heeft overgenomen?'

'Of hij is in de boeien geslagen,' zei Lamont. 'Hoe dan ook, ik kan beter de troepen stand-by houden.'

De commissaris, de havenmeester, inspecteur Lamont, een hoofdagent en zes agenten, Mrs Faulkner, Mike Harrison en de lader van de verhuiswagen keken toe terwijl de Christina steeds dichterbij kwam totdat ze ten slotte langszij kwam en aan de kade afmeerde. William was de eerste die de loopplank af kwam gerend.

'We zijn klaar, sir. De kist moet over enkele minuten uitgeladen worden.'

'Dan zullen we...' begon Hawksby, maar op dat moment racete een tweede taxi langs hen, die met gierende banden naast het jacht tot stilstand kwam. Faulkner sprong eruit, rende de loopplank op, stopte en wisselde een paar woorden met de kapitein, waarna ze in het ruim verdwenen.

'Verroer je niet,' zei Hawksby tegen William, die stond te popelen om weer aan boord te gaan. 'Als onze kist niet wordt uitgeladen, hebben we hem op heterdaad.'

'Maar –'

'Geduld, William. Hij gaat nergens heen. Havenmeester, als ze de benen nemen...'

'Ze zouden niet verder komen dan de haveningang, want mijn mannen snijden ze af.'

'Dus als ze zelfs maar overwegen om de trossen weer los te gooien,' zei Hawksby tegen William, 'heb je mijn toestemming om terug te gaan aan boord en Faulkner aan te houden.'

'Het lijkt er niet op dat dat nodig gaat zijn,' zei Lamont nu vier bemanningsleden met een grote kist uit het ruim opdoken. Het duurde even voordat ze hem over het dek, de loopplank af en de kade op hadden gesjouwd.

Hawksby nam de tijd om het label te controleren: EIGENDOM VAN HET FITZMOLEAN MUSEUM, PRINCE ALBERT CRESCENT, LONDEN, SW7. WORDT OPGEHAALD. Hij knikte, en vier agenten namen het over van de vier bemanningsleden. 'Zet hem maar achter in het busje,' beval Hawksby, 'en verlies hem niet uit het oog.'

De vier jonge agenten tilden de kist op en begonnen zich langzaam, als een stel krabben, een weg te banen naar de Black Maria.

'Oké, Bruce,' zei Hawksby. 'Volgens mij heb je het recht verdiend om het konvooi terug naar Londen te leiden. Warwick, jij kunt met mij meerijden. Ik moet iets met je bespreken.'

William verroerde zich niet. Hij keek nog steeds naar Miles Faulkner, die met een zelfvoldaan gezicht op de brug stond terwijl bemanningsleden zich voorbereidden op een naderend vertrek.

'Laten we gaan, Warwick. We hebben waarvoor we gekomen zijn.'

'Daar ben ik niet zo zeker van, sir.'

'Maar we hebben onze kist. Je hebt het label gezien.'

'Ja, ik zag het label, maar ik ben er niet van overtuigd dat we de juiste kist hebben. Hebt u toestemming om elke willekeurige kist aan boord te openen, sir?'

'Nee,' antwoordde Hawksby. 'Daar zouden we een huiszoekingsbevel voor moeten hebben.'

'Maar ik heb wel toestemming,' zei de havenmeester, en hij begaf zich al naar de loopplank, met William op zijn hielen. Hawksby en Lamont konden de achtervolging inzetten.

William liep direct door naar het ruim en zag tachtig kisten van verschillende grootte. 'Eentje moet een ander label hebben gekregen,' deelde hij mee.

'Maar welke?' vroeg Hawksby.

'Ga je gang,' zei Faulkner, en hij kuierde terug het ruim in, meteen gevolgd door de kapitein. 'Maar mochten jullie een van mijn kostbare werken beschadigen, dan kan ik jullie verzekeren dat de vergoeding niet zal worden gedekt door jullie gezamenlijke loon,' voegde hij er met een zelfingenomen grijns aan toe.

William bekeek Faulkner eens wat beter. Als hij een boef had verwacht met een gebroken neus, spierbundels en armen vol tatoeages kon hij zich niet meer hebben vergist. Faulkner was lang, elegant, met dik, golvend blond haar en donkerblauwe ogen. Zijn warme glimlach verklaarde waarom zoveel vrouwen zo gemakkelijk ingepalmd waren geweest. Hij droeg een blazer en een pantalon, een wit overhemd met een open hals en instapschoenen, wat hem eerder het uiterlijk gaf van een internationale playboy dan dat van een geharde crimineel.

William begreep nu pas wat de commissaris had bedoeld toen hij zei: 'Wacht maar tot je de man ziet.'

'Misschien zou u er goed aan doen te onthouden wat er gebeurde de vorige keer dat u een van mijn woningen binnenviel,' zei Faulkner. 'Ik kon u voorzien van ontvangstbewijzen voor al mijn kunstwerken. En voor het geval u het bent vergeten: ook toen dacht u dat u de Rembrandt te pakken had.'

Williams blik ging rond, maar hij werd niets wijzer. Hij aarzelde.

'Dus welke wil je geopend zien, agent?' vroeg Hawksby uitdagend.

'Deze,' zei William, en hij liep naar een grote kist en gaf er een stevige tik op.

'Weet u echt zeker dat dit de juiste is?' vroeg Faulkner.

'Ja,' antwoordde William meer uit bravoure dan uit overtuiging.

'Commissaris, ik zie dat uw afdeling nu wordt geleid door een groentje,' zei Faulkner.

'Maak open,' zei Hawksby.

De havenmeester deed een stap naar voren en begon met hulp van twee van zijn teamleden een voor een de spijkers te verwijderen tot ze ten slotte de kist open konden wrikken. Na meerdere lagen beschermmateriaal te hebben verwijderd, werden ze begroet door zes staalmeesters uit Amsterdam, die naar hen terug staarden.

'Dit heb ik nou al jaren willen doen,' zei Hawksby. De commissaris stapte naar voren en liet Faulkner weten dat hij onder arrest stond, waarna hij hem zijn rechten voorlas. Lamont trok Faulkners handen achter zijn rug, sloeg hem in de boeien en voerde hem af terwijl vier agenten de tweede kist langzaam van de loopplank af droegen om hem voorzichtig naast zijn ongeïdentificeerde metgezel achter in de Black Maria te zetten.

'Hoe kon je nu weten in welke kist de Rembrandt zat?' vroeg Lamont aan William toen ze weer op de wal stonden.

‘Ik wist het niet echt zeker,’ gaf William toe, ‘maar het was de enige met een grote, ronde afdruk waar het oorspronkelijke label moet hebben gezeten. Faulkner verruilde blijkbaar de labels, maar hij zag niet dat de kist die hij koos aanzienlijk groter was dan de kist met de Rembrandt, of dat er een ronde stempel was achtergebleven op de kist met de Rembrandt waar het oorspronkelijke label van af moet zijn gescheurd.’

‘Misschien zou je toch een prima rechercheur kunnen zijn,’ zei Hawksby.

‘Dus wat zit er in de andere kist?’ wilde Lamont weten.

‘Geen idee,’ antwoordde William. ‘Daar komen we pas achter zodra hij is afgeleverd bij het Fitzmolean, waartoe het label ons duidelijk instrueert.’

Mrs Faulkner was in de Bentley blijven zitten en had de hele operatie van een afstandje gadegeslagen. Ze kwam pas in beweging toen ze zag dat Miles was aangehouden; ze sprong uit de auto en rende naar de kade. ‘Hou ze tegen! Hou ze tegen!’ riep ze.

‘Op welke gronden?’ vroeg Harrison toen hij haar had ingehaald.

‘Ze hebben mijn schilderijen nog aan boord.’

‘Dat zou behoorlijk lastig te bewijzen zijn,’ zei Harrison, ‘als de kapitein waarschijnlijk slechts de orders van uw man uitvoert.’

‘Aan wiens kant staat u?’ vroeg Christina.

‘Aan de uwe, Mrs Faulkner, en zodra uw man veilig achter de tralies zit, weet ik zeker dat u ze terug zult krijgen.’

‘Maar hij zal achter mij aan komen,’ protesteerde ze.

‘Dat denk ik niet,’ zei Harrison. ‘Uw man gaat naar Pentonville, en volgens mij wordt-ie de eerste paar jaar niet vrijgelaten.’

‘Goed, jongens,’ zei Hawksby. ‘Tijd om de Rembrandt naar zijn rechtmatige eigenaar terug te brengen, samen met wat er in die andere kist zit.’

‘Sorry dat ik u lastigval,’ zei een man die nog erger overstuur leek dan Mrs Faulkner. ‘Maar die vent die u net hebt gearresteerd is me tweehonderdvierenzeventig pond schuldig voor zijn taxirit.’

‘Ik vrees dat u die voorlopig niet zult krijgen,’ zei Lamont. ‘Ik stel voor dat u contact opneemt met zijn advocaat, een zekere raadsheer Booth Watson in Lincoln’s Inn. Hij zal u vast wel graag helpen.’

‘Goed gedaan, agent Warwick,’ zei Hawksby toen William achter in zijn auto naast hem schoof, en het kleine konvooi naar Londen vertrok. ‘Je kunt trots zijn op jouw rol in deze klus.’

William reageerde niet.

‘Wat is er?’ vroeg de commissaris. ‘We hebben Faulkner aangehouden en hebben de Rembrandt terug, plus een mogelijke bonus in de andere kist, die we niet konden hebben verwacht. Wat kun je nog meer wensen?’

‘Er klopt iets niet,’ zei William.

‘Zoals wat?’

‘Weet ik niet. Maar Faulkner glimlachte toen u hem arresteerde.’

28

‘Ik denk dat ik weet wat er in die andere kist zit,’ zei William.

‘Maar dat ga je me niet vertellen, hè?’ zei Beth.

‘Nee. Want als ik het verkeerd heb, zul jij teleurgesteld zijn.’

‘Je beseft toch wel, hoop ik, dat het schilderij van Nederlandse of Vlaamse origine moet zijn en vóór 1800 gemaakt moet zijn om door onze selectiecommissie te worden overwogen?’

‘Als ik het juist heb, dan zal dat geen probleem zijn,’ antwoordde hij. ‘En de herkomst is al net zo indrukwekkend als de Rembrandt. Hoe dan ook, dankzij jou ben ik uitgenodigd voor de opening.’

‘Niet door mij, hoor,’ weersprak ze hem. ‘Het was Tim Knox, de directeur van het museum, die jou heeft uitgenodigd voor “het lichten van de deksels”. Mijn eerste keus zou jij niet zijn geweest, kan ik je vertellen.’

‘Mag ik weten wie dan wel?’

‘Christina Faulkner, de vrouw die dit alles mogelijk maakte en die ik maar al te graag wil ontmoeten en persoonlijk wil bedanken.’

De laatste keer dat hij Christina had gezien stond hem nog haarscherp voor ogen, en hij vroeg zich af of er zich ooit nog een betere gelegenheid zou voordoen om Beth precies te vertellen wat er zich die nacht in Monte Carlo had afgespeeld.

'Misschien kom ik haar zaterdag wel tegen,' ging ze verder, 'als ze naar Pentonville komt om haar man te troosten.'

'Lijkt me niet waarschijnlijk,' zei hij. 'Maar mijn vader en Grace gaan er morgen heen om je vader belangrijk nieuws mee te delen.'

'Goed of slecht nieuws?' vroeg ze bezorgd.

'Geen idee. Hij wilde zelfs mijn moeder niets verklappen.'

'Kon ik er maar bij zijn. Laten we maar opschieten, voordat we te laat zijn voor het lichten van de deksels. Dit is echt zo'n dag waarop ik op twee plekken tegelijk wil zijn.'

'Goedemorgen, Sir Julian. De gedetineerde zit voor u klaar in de verhoorkamer.'

'Dank u, Mr Rose.' De vooraanstaande raadsheer en zijn junior advocaat volgden de cipier door de inmiddels maar al te vertrouwde gang.

Na de verhoorkamer te zijn binnengelopen schudde Sir Julian zijn cliënt de hand. 'Goedemorgen, Arthur.'

'Goedemorgen, Sir Julian,' groette Arthur terug, waarna hij diens dochter een zoen op beide wangen gaf.

'Laat ik met wat goed nieuws beginnen,' zei Sir Julian terwijl hij ging zitten en zijn dikke lederen Gladstone-tas naast zich neerzette. Arthur keek gespannen. 'Dankzij de expertise van professor Leonard Abrahams, forensisch documentonderzoeker aan Columbia University in New York, is de openbaar aanklager bereid geweest onze aanvraag tot hoger beroep, wat eigenlijk neerkomt op een nieuw onderzoek, te honoreren.'

'Dat is geweldig nieuws,' reageerde Arthur.

'En bovendien staan we vroeg op de rol, dus jouw hoger beroep zal al over een paar weken gehoord worden.'

'Hoe hebt u dat voor elkaar gekregen?'

'Soms heb je gewoon geluk,' was Sir Julians antwoord.

'Vooral als jij en de officier van justitie samen aan Oxf...'

'Gedraag je, Grace,' waarschuwde haar vader haar. 'Hoewel ik moet bekennen dat we qua diensten en wederdiensten inmiddels quitte staan.'

'Ik ben u heel dankbaar.'

'Soms is een investering uit het verleden wel degelijk een garantie voor de toekomst,' antwoordde Sir Julian zonder verdere uitleg. 'Maar aangezien we maar een uur hebben, Arthur, moeten we onze tijd goed benutten. Om te beginnen moet je weten dat ik slechts drie getuigen zal oproepen.'

'Ben ik daar een van?'

'Onnodig,' antwoordde Sir Julian. 'Een hoorzitting vindt plaats tegenover drie rechters, geen jury. Bovendien heb je zelf niets nieuws in te brengen. Ze zullen alleen geïnteresseerd zijn in nieuw bewijsmateriaal.'

'Dus wie gaat u oproepen?'

'De twee agenten die tijdens de eerste zitting hebben getuigd.'

'Maar het is onwaarschijnlijk dat ze nu met een ander verhaal komen.'

'Daar heb je waarschijnlijk gelijk in. Maar William heeft van een onberispelijke bron iets vernomen wat hun eerdere getuigenverklaring wat minder geloofwaardig maakt. Echter, professor Abrahams blijft onze hoofdgetuige. Grace heeft persoonlijk contact met hem gehad en zij zal je door het bewijsmateriaal gidsen dat hij heeft samengesteld en, belangrijker nog, door zijn conclusies.'

Grace trok een dikke dossiermap uit haar koffertje en legde die op tafel.

'Laat ik beginnen met...'

'Laat ik beginnen...' begon Tim Knox, directeur van het Fitzmolean Museum, terwijl hij een select groepje vrienden en personeelsleden aankeek, '...met jullie allemaal welkom te heten bij wat mijn collega Beth Rainsford als het "lichten van de deksels" heeft aangeduid. Zodra de

Rembrandt is uitgepakt en weer op zijn rechtmatige plek hangt, openen we de tweede kist om te ontdekken welke schat daarin verborgen ligt.'

Schiet op, wilde William zeggen.

Beth stelde zich tevreden met een: 'Ik kan niet wachten.'

'Mark, als je er klaar voor bent,' verzocht de directeur hem.

Conservator Mark Cranston stapte naar voren. Als een illusionist tilde hij langzaam het deksel van de eerste kist omhoog, en onthulde daarmee een dikke laag piepschuimkorrels. Het vergde zijn team enige tijd om ze te verwijderen, waarna ze ontdekten dat het schilderij in meerdere lagen mousseline was gewikkeld. Cranston pelde voorzichtig laag voor laag af, totdat het lang verloren gewaande meesterwerk zichzelf onthulde.

De geboeide omstanders hapten naar lucht en barstten spontaan uit in applaus. De conservator en zijn team tilden het schilderij voorzichtig op, legden het in zijn lijst en zetten het vast met klemmetjes. Toen het schilderij weer aan zijn oude haken werd opgehangen en het de plek weer vulde die zeven jaar leeg was geweest, klonk er opnieuw applaus.

'Welkom thuis,' zei de directeur.

Het verzamelde gezelschap staarde vol ontzag naar de zes waardijns van het Amsterdamse lakenbereidersgilde, die de bewondering met minachting in ontvangst namen. Het duurde even voordat de conservator voorstelde om de tweede kist te openen, maar het was duidelijk dat enkele bezoekers zich niet zomaar van hun lang verloren kameraden lieten wegslepen.

Ten slotte voegde iedereen zich bij de directeur rondom de tweede kist, sommigen meer in de hoop dan in de verwachting iets moois aan te treffen. In stilte wachtte iedereen terwijl de ceremonie werd herhaald. De conservator verwijderde het deksel, de tempex vlokjes werden verwijderd, en ten slotte werden de lagen mousseline voorzichtig afgepeld, waarna duidelijk werd dat de Rembrandt een goede rivaal had.

Weer hapte iedereen naar lucht nu een schitterende voorstelling van de kruisafneming van Jezus door Peter Paul Rubens werd onthuld.

'Wat genereus van Mr Faulkner,' zei een van de begunstigers.

'Twee voor de prijs van één,' merkte een ander op. 'We mogen ons inderdaad gelukkig prijzen.'

'Zal ik hem naast de Rembrandt hangen?' vroeg de conservator.

'Ik vrees dat dat niet gaat,' antwoordde de directeur. 'Ik moet je zelfs verzoeken hem terug te leggen en de kist weer dicht te spijkeren.'

'Waarom?' vroeg een begunstiger. 'Het label vermeldt duidelijk dat dit schilderij toebehoort aan het Fitzmolean.'

'Dat klopt zeker,' reageerde de directeur. 'En ik kan niet ontkennen dat dit opmerkelijke schilderij een pronkstuk binnen onze collectie zou zijn geweest en kunstminnaars van over de hele wereld zou hebben gelokt. Maar vanochtend ontving ik helaas een brief van een raadsman, ene Mr Booth Watson, die erop wees dat de labels van de twee kisten duidelijk door iemand moeten zijn verwisseld, maar niet door zijn cliënt. Mr Faulkner was altijd al van plan geweest de Rembrandt te retourneren, en hij is verheugd dat het werk weer veilig op zijn rechtmatige plek hangt. Maar de Rubens, die al twintig jaar lang deel uitmaakt van zijn privécollectie, moet onmiddellijk worden terugbezorgd.'

William begreep nu waarom Faulkner bij zijn aanhouding had geglimlacht, maar hij moest het toch vragen: 'Waar gaat-ie hem ophangen? In zijn cel?'

'Uiteraard heb ik meteen juridisch advies ingewonnen...' antwoordde de directeur, Williams vraag negerend, '...en onze juristen bevestigden dat ons geen andere keus rest dan de eis van Mr Booth Watson in te willigen.'

'Gaven ze ook een reden op?' wilde de conservator weten.

'Hun opvatting luidde dat als onenigheid over het eigenaarschap zou uitmonden in een rechtszaak, wij die zouden verliezen, en dat de kosten bovendien navenant zouden zijn. Voor nu zal het werk veilig worden opgeslagen totdat de raad van bestuur een besluit neemt, hoewel ik geen reden heb om ervan uit te gaan dat ze het oordeel van onze juridisch adviseurs zullen afwijzen en dat mij zal worden opgedragen de Rubens aan Mr Faulkner te retourneren.'

Sommige begunstigers en gasten bewonderden de Rubens nog even, wetend dat ze het werk daarna nooit meer zouden zien. Pas toen het deksel weer veilig op de kist was gespijkerd, wendde William zich van het schilderij af. Op dat moment viel zijn oog op Beth, die diep in gesprek was met Christina Faulkner. Een koude rilling trok over zijn rug. Was Christina bezig Beth de waarheid te vertellen over wat er die nacht in Monte Carlo was gebeurd?

Mr Booth Watson negeerde Sir Julian toen ze elkaar op de gang passeerden.

'Je kunt wel raden met wie hij nu gaat beraadslagen,' merkte Grace op. 'Wat zijn de verwachtingen in de togakamer?'

'Dat Faulkner minstens zes jaar kan verwachten, en mogelijk acht, maar dat het niet helpt dat de tabloids hem als een gentleman-dief, een moderne Raffles, portretteren, in plaats van als de ordinaire crimineel die hij is.'

'Maar het is de rechter die de straflengte bepaalt, niet de media,' zei Grace.

'Aangenomen dat de jury hem niet vrijspreekt. Reken er maar op dat hij zijn verhaaltje klaar heeft zodra hij in de getuigenbank verschijnt en dat hij dat vol overtuiging zal presenteren.'

Op het moment dat ze de gevangenis verlieten, betrad Booth Watson de verhoorkamer.

'Goedemorgen, Miles,' zei hij terwijl hij tegenover zijn cliënt plaatsnam en achteroverleunde. 'Ik had echt liever gewild dat je in Melbourne was gebleven en daar de rest van de testwedstrijd had bekeken, zoals ik je had aangeraden.'

'Maar dan zou nu mijn gehele kunstcollectie aan de andere kant van de wereld zijn beland.'

'Niet als je me de gelegenheid had gegeven om Warwick aan te pakken voordat-ie in Southampton van de Christina van boord ging.'

'Wie is Warwick?'

'Dat jonge rechercheurtje dat bij je vrouw in Monte Carlo op bezoek ging en een regeling met haar trof die hij later die avond met haar in bed bezegelde.'

'Dan zul je wel raad met hem weten zodra hij in de getuigenbank staat.'

'Als hij daar al belandt. Als ik de aanklager was zou ik hem dat zeker afraden. Ik zou een ouwe rot als Hawksby oproepen, niet Warwick. Voor nu moeten we hem even vergeten en ons richten op jouw verdediging, die eerlijk gezegd enige rafelrandjes vertoont.'

'Waarvan word ik beschuldigd?'

Booth Watson pakte een vel papier uit zijn koffertje. ' "Dat u willens en wetens een nationale kunstschat ontvreemdde zonder daarbij de intentie te hebben deze aan de rechtmatige eigenaar te retourneren." En laat me voordat je iets zegt benadrukken dat het lastig wordt om aan te voeren dat je de Rembrandt nooit eerder hebt gezien, want je vrouw zal ongetwijfeld onder ede verklaren dat het de afgelopen zeven jaar in je woning in Monte Carlo hing. En de openbaar aanklager zal willen weten, als jij die labels op de kisten niet verwisselde, wie dan wel?'

'Wat kan ik minimaal verwachten?' wilde Faulkner weten.

'Maximaal acht jaar, maar waarschijnlijk zes, afhankelijk van welke rechter we krijgen.'

'Kun jij dat fiksen, B.W.?'

'In dit land niet, Miles. Maar ik heb een pr-team aan het werk gezet om je imago op te poetsen. De media beschouwen je op dit moment als een kruising tussen de Rode Pimpernel en gentleman-dief Raffles. Maar helaas zal de jury en niet de publieke opinie over je lot beslissen.'

'Heb je een ontsnappingsclausule achter de hand, B.W.?'

Booth Watson keek zijn cliënt een moment doordringend aan voordat hij antwoord gaf. 'Alleen als jij bereid bent een reusachtig offer te brengen.'

29

De kranten konden hun geluk niet op. Een grote moordzaak in de Old Bailey en de terugkeer van een gestolen museumschat, en dat binnen een en dezelfde week. Die maandagochtend kon Fleet Street maar niet besluiten welk van de twee onderwerpen op de voorpagina kwam.

The Guardian gaf de voorkeur aan Athur Rainsford en de mogelijkheid van een gerechtelijke dwaling. De *Daily Mail* had meer belangstelling voor Miles Faulkner, en kopte: RAFFLES OF RASPOETIN?

The Sun zette beiden op de voorpagina en claimde een primeur door een verbindende factor tussen de twee mannen op te voeren: agent William Warwick, die de meesterdief had gearresteerd, was verloofd met de dochter van de 'Marylebone-moordenaar'.

Verscheidene kranten kwamen met een kort portret van Sir Julian Warwick en Mr Booth Watson, de eminente raadsheren die bij de twee zaken betrokken waren. *The Times* liet doorschemeren dat de twee niet op goede voet met elkaar stonden; de *Mirror* beweerde dat ze elkaars grootste vijanden waren.

William en Beth waren al even verdeeld. Die ochtend verlieten ze samen de flat in Fulham, maar op de treden van het hooggerechtshof aan de Strand scheidden hun wegen. William toog naar rechtszaal 14 voor het Faulkner-proces en Beth begaf zich naar rechtszaal 22 om haar vader moreel bij te staan. Beiden stonden op van hun stoel toen de rechters ieder hun eigen domein betraden.

DE STAAT TEGEN RAINSFORD

Drie rechters betraden rechtszaal 22 en namen plaats op de rechtersstoelen. Raadsheer Arnott leidde de zitting terwijl zijn twee weledelgeleerde confrères klaarzaten om zich, indien nodig, over de finesses van de wet te buigen.

Terwijl iedereen binnenkwam en zijn of haar plek opzocht, liet rechter Arnott zich op de middelste stoel zakken en schikte zijn rode toga. Sir Julian vergeleek rechters het liefst met cricketumpires – onbevooroordeeld en rechtvaardig – en ook al hadden hij en Arnott in het verleden regelmatig de degens gekruist, hij had de magistraat altijd billijk zien handelen.

Rechter Arnott nam het woord. 'Sir Julian,' begon hij en welwillend keek hij vanaf zijn verhoging omlaag. 'Mijn confrères en ik hebben de bewijslast van de oorspronkelijke zaak, waarin de gedaagde werd veroordeeld voor de moord op zijn zakenpartner, Mr Gary Kirkland, uitvoerig bekeken. Het enige waar het voor ons in deze zaak om gaat, is de inbreng van nieuw bewijsmateriaal dat mogelijk doet vermoeden dat er destijds sprake is geweest van een gerechtelijke dwaling. Ik zou u, Sir Julian, derhalve willen verzoeken dit in uw achterhoofd te houden.'

'Zeker, m'lord,' antwoordde Sir Julian terwijl hij opstond. 'Het kan echter noodzakelijk zijn om zo nu en dan terug te verwijzen naar het eerdere proces. Maar ik zal er alles aan doen om uw geduld, edelachtbare, niet op de proef te stellen.'

'Waarvoor mijn dank, Sir Julian,' antwoordde rechter Arnott op een toon die eerder het tegenovergestelde suggereerde. 'Misschien dat u nu met uw openingspleidooi kunt beginnen.'

DE STAAT TEGEN FAULKNER

In rechtszaal 14 was raadsheer Booth Watson aan het eind gekomen van zijn openingspleidooi. Vóór hem had aanklager Adrian Palmer met zijn inbreng een beeld geschetst waarbij de jury bijna niet anders kon, zo leek het, dan Miles Faulkner te beschouwen als de vleesgeworden duivel. Maar toen Mr Booth Watson klaar was en weer ging zitten, moest de jury wellicht hebben gedacht dat zijn cliënt nog maar één stap verwijderd was van een zaligverklaring.

'U mag uw eerste getuige oproepen, Mr Palmer,' zei rechter Nourse terwijl hij vanaf zijn verhoging de ogen op Palmer neersloeg.

'Wij roepen Mrs Christina Faulkner,' zei Palmer.

Vanaf het moment dat de aanwezige journalisten in het persvak hun oog lieten vallen op de opvallende vrouw die daarop de rechtszaal binnenliep, stond het voor de meesten van hen wel vast wie de voorpagina's van de ochtendedities zou sieren.

Gekleed in een eenvoudig, maar elegant Armani-pak en een enkele parelketting nam Mrs Faulkner plaats in de getuigenbank alsof niemand haar iets kon maken, en zwoer de eed op kalme, maar zelfverzekerde toon.

Mr Palmer stond op en glimlachte naar zijn hoofdgetuige.

'Mrs Faulkner, u bent de echtgenote van de gedaagde, Mr Miles Faulkner.'

'Tot op heden, Mr Palmer, maar hopelijk niet voor lang meer,' antwoordde ze terwijl haar man haar vanaf de beklaagdenbank doordringend aankeek.

De rechter greep in. 'Mrs Faulkner, u beperkt zich tot de vragen van de raadsheer, en u onthoudt zich van meningen.'

'Mijn verontschuldigingen, edelachtbare.'

'Hoelang bent u met de gedaagde getrouwd?' was Palmers volgende vraag.

'Elf jaar.'

‘En u hebt onlangs een scheidingsprocedure in gang gezet wegens overspel en geestelijke mishandeling?’

‘Is dit relevant, Mr Palmer?’ vroeg de rechter.

‘Enkel om aan te geven, edelachtbare, dat de relatie tussen hen beiden onherstelbaar beschadigd is.’

‘Dan hebt u dat bij dezen duidelijk gemaakt, Mr Palmer, dus gaat u verder.’

‘Zoals u wenst, edelachtbare. Zoals u weet, Mrs Faulkner, draait dit proces om de diefstal van *De Staalmeesters*, geschilderd door Rembrandt, een kunstwerk van onschatbare waarde en door kunstminnaars erkend als nationaal erfgoed. Ik moet u dus vragen wanneer u het schilderij voor het eerst zag.’

‘Iets meer dan zeven jaar geleden, toen ik het zag hangen in de zitkamer van Limpton Hall, ons huis.’

‘Iets meer dan zeven jaar geleden,’ herhaalde Palmer terwijl hij de jury aankeek.

‘Dat klopt, Mr Palmer.’

‘En vertelde uw man hoe hij dit buitengewone kunstwerk had bemachtigd?’

‘Aanvankelijk ontweek hij mijn vraag, maar toen ik aandrong, vertelde hij dat hij het van een vriend had gekocht die financieel in zwaar weer verkeerde.’

‘Hebt u die vriend ooit ontmoet?’

‘Nee.’

‘En wanneer drong het tot u door dat dit schilderij in werkelijkheid uit het Fitzmolean was ontvreemd?’

‘Een paar weken later, toen ik het op het tienuurjournaal zag.’

‘Vertelde u uw man over het nieuwsitem?’

‘Geen sprake van. Daarvoor was ik veel te bang. Ik wist immers maar al te goed hoe hij zou reageren.’

‘Begrijpelijk.’

‘Mr Palmer…’ waarschuwde de rechter ferm.

'Mijn excuses, edelachtbare,' antwoordde Palmer met een beleefd knikje, maar wetend dat hij zijn punt had gemaakt. Hij keek de getuige weer aan. 'En toen u het bedrog niet langer kon aanzien besloot u om daar eigenhandig iets aan te gaan doen.'

'Ja. Ik vond dat als ik niets deed, ik daarmee een misdaad vergoelijkte. Dus toen mijn man afgelopen kerst in Australië was, pakte ik het schilderij in en zond het met ons jacht terug naar Engeland, met duidelijke instructies dat het aan het Fitzmolean moest worden geretourneerd.'

Booth Watson krabbelde iets in zijn notitieboekje.

'Maar was u niet bang voor de gevolgen van uw daad zodra uw man weer thuiskwam?'

'Doodsbang. Wat dus de reden is waarom ik plannen maakte om het land te verlaten voordat hij terug was.'

Opnieuw maakte Booth Watson een notitie.

'Maar waarom deed u dat uiteindelijk niet?'

'Omdat Miles daar op de een of andere manier achter kwam en hij het eerste, het beste vliegtuig naar Londen nam om te verhinderen dat ik het schilderij terug zou geven aan de rechtmatige eigenaar.' Een beetje schuchter sloeg ze haar ogen neer.

'En waar zag u uw man voor het eerst terug?'

'In Southampton, toen hij aan boord stapte van ons jacht en hij in zijn wanhoop om de Rembrandt te behouden het label met dat van een andere kist verwisselde.'

Booth Watson maakte een derde notitie.

'Maar deze poging om de politie te misleiden mislukte.'

'Godzijdank, ja. Maar alleen omdat een rechercheur van Scotland Yard, die naar Southampton was meegevaren om het schilderij af te leveren, achterdochtig werd en erop stond dat er nóg een kist geopend moest worden, waarna de vermiste Rembrandt werd ontdekt.'

De journalisten noteerden alles driftig.

'En dankzij uw moed en vastberadenheid, Mrs Faulkner, hangt dit nationale erfgoed weer aan de muur van het Fitzmolean.'

'Inderdaad, Mr Palmer. Ik was erbij toen het meesterwerk weer op zijn rechtmatige plek werd teruggehangen en het deed me enorm goed om te zien dat zoveel aanwezigen daar al net zo van genoten.'

'Dank u, Mrs Faulkner. Geen vragen meer, edelachtbare,' zei Palmer, en hij ging weer zitten.

Booth Watson wierp een blik naar de jury, die elk moment in applaus leek te kunnen uitbarsten.

'Mr Booth Watson, wilt u de getuige ondervragen?' vroeg de rechter.

'Zeer zeker, edelachtbare,' antwoordde Booth Watson. Hij hees zichzelf overeind en glimlachte innemend naar de getuige.

'Kunt u nog even herhalen, Mrs Faulkner, wanneer u de Rembrandt voor het eerst zag?'

'Zeven jaar geleden, in ons buitenhuis.'

'Dan is mijn volgende, onvermijdelijke vraag: waarom had u zo lang nodig?'

'Ik snap even niet wat u bedoelt,' reageerde Christina.

'Ik denk dat u dat donders goed weet, Mrs Faulkner. Maar laat mij het antwoord dan maar geven. Heel eenvoudig: als u zeven jaar geleden al wist dat het schilderij gestolen was, waarom hebt u dan nu pas de politie geïnformeerd?'

'Ik wachtte op een goede gelegenheid.'

'En die gelegenheid diende zich de afgelopen zeven jaar geen moment aan?' vroeg Booth Watson op ongelovige toon.

Ze aarzelde, waarop Booth Watson zijn kans greep en het mes dieper in de wond stak.

'Mijn vermoeden, Mrs Faulkner, zou zijn dat u in werkelijkheid wachtte op een gelegenheid om de gehele kunstverzameling van uw man te stelen terwijl hij zich veilig en wel aan de andere kant van de wereld bevond.'

'Maar ik was helemaal niet van plan om…' Ze aarzelde, waarop Booth Watson zijn kans greep om het mes te draaien.

'Volgens mij was u deze ongehoorde diefstal al heel lang van plan,

Mrs Faulkner, en was de Rembrandt gewoon een voorwendsel om zelf de dans te ontspringen.'

Een gedempt geroezemoes vulde de rechtszaal. Booth Watson wachtte geduldig tot het weer stil werd, waarna hij het mes voorzichtig uit de wond trok.

'Liet u, Mrs Faulkner, toen uw man in Melbourne zat, alle kunstwerken in zijn woning te Monte Carlo inpakken en naar de haven transporteren, waar ze in het ruim van het jacht van uw man werden geladen?'

'Maar de helft daarvan zou toch al mijn eigendom zijn geweest,' protesteerde ze.

'Ik ben me er terdege van bewust dat u een echtscheidingsprocedure tegen uw man in gang hebt gezet, zoals mijn weledelgeleerde confrère ons daar zo-even subtiel in herinnering bracht, maar in dit land, Mrs Faulkner, is het van oudsher aan de rechtbank om te bepalen welk deel van zijn bezittingen de man aan zijn vrouw dient toe te wijzen. Het is duidelijk dat u daar niet op wilde wachten.'

'Maar het ging maar om ongeveer een derde van de collectie.'

'Dat zal best, maar wat deed u vervolgens toen het jacht met een derde van uw echtgenoot z'n kunstcollectie aan boord vanuit Monte Carlo koers zette naar Southampton?'

Weer sloeg Christina de ogen neer. William keek bedenkelijk.

'Aangezien u niet bereid lijkt om mijn vraag te beantwoorden, Mrs Faulkner, laat mij uw geheugen dan even opfrissen: u nam de eerstvolgende vlucht naar Londen en reed naar uw buitenhuis om ook daar alle schilderijen te verwijderen.'

Een paar juryleden hapten naar lucht, en Booth Watson wachtte geduldig op een reactie van de getuige. Toen die uitbleef, sloeg hij het velletje van zijn notitieboekje om en ging verder.

'De volgende ochtend verscheen er een verhuiswagen, waarna op uw instructies de schilderijen werden ingeladen en in afwachting van de aankomst van het jacht van uw man naar Southampton werden overgebracht, opdat ook deze in het ruim konden worden geplaatst. Op dat moment beschikte u dus over twee derde van de collectie,' stelde Booth Watson vast, terwijl hij zijn slachtoffer doordringend aankeek. Als een verschrikt konijn dat gevangen was in het licht van twee koplampen staarde ze terug.

'En zelfs dat was nog niet genoeg voor u,' ging Booth Watson verder. 'Want u liet de kapitein van het jacht vervolgens weten dat u aan boord zou gaan om naar New York te varen, waarna u zich linea recta naar het appartement van uw man aan Fifh Avenue zou reppen om hem aldaar van de rest van zijn gevierde collectie te verlossen. Om ten slotte, als in het bekende gedichtje van 'De uil en de poes', "op slag een jaar lang te zeilen in uw prachtige erwtgroene boot", of eigenlijk, uw mans prachtige jacht.'

'Maar dat doet niets af aan het feit dat Miles de Rembrandt heeft gestolen en de labels op de kisten verwisselde om te voorkomen dat het schilderij weer terugkwam in het Fitzmolean.'

William glimlachte.

De rechter knikte wijs, waarop Booth Watson genoodzaakt was om als een volleerd roerganger overstag te gaan.

'Staat u mij een eenvoudige vraag toe, Mrs Faulkner,' fluisterde hij bijna. 'Zou u uw man als een slimme vent omschrijven?'

'Slim, manipulatief en vindingrijk,' was haar onmiddellijke antwoord.

'Dan is mijn onvermijdelijke vraag, Mrs Faulkner, dat als hij inderdaad een slimme, manipulatieve en vindingrijke man is, waarom hij dan het label verwisselt met een kist die een schilderij bevat dat zelfs meer waard is dan de Rembrandt, waarvan de aanklager aanvoert dat hij het gestolen heeft?' Hij gaf haar geen kans om te reageren, maar voegde eraan toe: 'Nee, Mrs Faulkner, ú bent hier de slimme, manipulatieve en vindingrijke speler, en dat is waarom u bijna kon wegkomen met de diefstal van een van de meest waardevolle kunstwerken ter wereld en u het tegelijkertijd zo kon bekokstoven dat mijn cliënt zou moeten zitten voor iets wat hij niet heeft gedaan. Geen vragen meer, edelachtbare.'

'Sir Julian, u mag uw eerste getuige oproepen.'

'Dank u, m'lord. Ik roep Mr Barry Stern.'

'Is dat de adjudant die destijds de hoofdgetuige was?' wilde de rechter namens zijn confrères weten.

'Ja, m'lord. En ik moest hem dagvaarden, aangezien hij niet langer bij de politie werkzaam is en hij dus als vijandige getuige moet worden gezien.'

'Ik hoop dat u nieuwe feiten aan het licht brengt, Sir Julian, en we niet aan het lijntje worden gehouden.'

'Ik denk dat me dat gaat lukken, m'lord. Maar net als u ben ik bereid de wet iets op te rekken als dat me ook maar de geringste kans oplevert dat een onschuldige man eindelijk recht wordt gedaan.'

Rechter Arnott leek er niet blij mee, maar stelde zichzelf tevreden met een frons, waarna de deur van de rechtszaal openging en een man van begin vijftig met een stevig postuur, kortgeknipt haar, en gekleed in een spijkerbroek en een leren jasje binnenliep. Stern nam plaats in de getuigenbank en zwoer de eed zonder ook maar een moment naar het kaartje met de tekst te kijken dat de griffier voor hem omhooghield. Daarna staarde hij de advocaat van de verdediging aan als een bokser die wacht op de bel voor de eerste ronde.

'Hoelang bent u politieman geweest, Mr Stern?'

'Achtentwintig jaar. De mooiste jaren van mijn leven.'

'Is dat zo?' vroeg Sir Julian. 'Waarom bent u dan met vervroegd pensioen gegaan, wetend dat u recht zou hebben op een volledig pensioen als u nog slechts twee jaar langer was gebleven?'

'Je wilt op je hoogtepunt stoppen, toch?'

'Met een moordenaar achter de tralies? Maar voordat ik daaraan toekom, eerst nog even dit: hoe vaak, Mr Stern, bent u in die mooiste jaren van uw leven geschorst?'

'Is deze lijn van verhoor relevant, Sir Julian?' vroeg rechter Arnott.

'Ze voert naar de kern van de zaak, m'lord,' antwoordde Sir Julian, en hij pakte de eerste van twee personeelsdossiers erbij waar William op was gestuit. Demonstratief sloeg hij op naar een pagina gemarkeerd met een groot rood label. 'Hoe vaak?' herhaalde hij.

'Drie keer,' antwoordde Stern, heel wat minder zelfverzekerd nu.

'En betrof het die eerste keer dronkenschap tijdens diensturen?'

'Misschien dat ik op een vrijdagavond weleens een paar biertjes achterover heb getikt,' moest Stern toegeven.

'Terwijl u dienst had?'

'Alleen als we weer een boef achter slot en grendel hadden.'

'En hoe vaak werd u een straf opgelegd wegens dronkenschap tijdens diensturen, na op een vrijdagavond weer een boef achter slot en grendel te hebben gezet?'

'Twee keer, geloof ik.'

'Denk nog eens goed na, Mr Stern,' zei Sir Julian om de getuige de kans te geven zijn antwoord te heroverwegen.

'Het zou drie keer geweest kunnen zijn.'

'Ik denk dat u zult vaststellen dat het vier keer was, Mr Stern. En hoe vaak was u dronken tijdens uw dienst, maar zonder dat het u op disciplinaire maatregelen kwam te staan?'

'Nooit,' antwoordde Stern met stemverheffing. 'Alleen die vier keer, in achtentwintig jaar.'

'En altijd op vrijdagavond?'

Stern keek hem vragend aan.

'Die tweede keer dat u disciplinair werd gestraft, kunt u de rechtbank vertellen wat u toen werd aangerekend?'

'Dat herinner ik me niet meer. Het is al zo lang geleden.'

'Laat me uw geheugen dan wat opfrissen, Mr Stern. U werd betrapt toen u geslachtsverkeer had met een prostituee die op dat moment in de cel zat. Herinnert u het zich nu?'

'Ja. Maar ze was –'

'Ze was wát, Mr Stern?'

Stern zweeg.

'Misschien dat ik u dan maar moet vertellen wat u bij die gelegenheid zei, Mr Stern.' Terwijl Stern bleef zwijgen sloeg Sir Julian zijn ogen neer op het dossier. ' "Ze was gewoon een slet die kreeg wat ze verdiende, niet meer en zeker niet minder." '

De rechtszaal barstte los in een luid geroezemoes en rechter Arnott wachtte totdat het weer stil werd. 'Is dit niet een geval van horen zeggen, Sir Julian?'

'Nee, m'lord. Ik citeer hier slechts Mr Sterns eigen getuigenverklaring uit het rechtbankverslag.'

De rechter knikte ernstig.

'Mr Stern, u vertelde de rechtbank zo-even dat u bij slechts drie gelegenheden disciplinair bent gestraft, maar dit was de vijfde keer, en ik ben nog niet eens klaar met mijn lijst.'

De blikken van de rechters pinden zich vast op de getuige.

'Ik bedoelde drie verschillende overtredingen.'

'U zegt dus niet altijd wat u bedoelt.'

Stern leek daarop te willen reageren, maar balde slechts zijn vuisten.

'Laten we stilstaan bij het zesde incident, waarna een volledig onderzoek volgde en u voor zes maanden werd geschorst.'

'Maar volledig doorbetaald, en de drie aanklachten werden ingetrokken.'

'Dat is niet helemaal correct, nietwaar Mr Stern? Want slechts een paar weken voordat het onderzoek werd afgerond, ging u met vervroegd pensioen. En bij die gelegenheid luidde de beschuldiging dat u vierduizend pond had gestolen van een gedetineerde terwijl hij in hechtenis zat.'

'Hij was een drugsdealer.'

'O ja?' reageerde Sir Julian. 'U vindt het dus aanvaardbaar dat een politiebeambte steelt van een drugshandelaar?'

'Dat heb ik niet gezegd. Er worden mij hier woorden in de mond gelegd. Maar goed, de volgende dag trok hij de beschuldiging weer in.'

'Dat geloof ik graag. Echter...'

Rechter Arnott onderbrak hem. 'Het lijkt me dat we nu door moeten naar de rol die deze politiebeambte speelde in het proces rond Mr Rainsford.'

'Zoals u wenst, m'lord,' antwoordde Sir Julian. Hij knikte even naar Grace, die hem het tweede dossier aanreikte. 'Mag ik aannemen, Mr Stern, dat u tijdens het gerechtelijk onderzoek aangaande Mr Rainsford de politiefunctionaris was die het misdrijf onderzocht?'

'Dat klopt,' antwoordde Stern, ogenschijnlijk opgelucht dat hij weer terug was op veiliger terrein.

'Wat de kleine, zwaargebouwde man betreft die u op de gang van mijn cliënt voorbijrende, zoals mijn cliënt u meerdere malen heeft verteld: hebt u in de loop van uw onderzoek ooit overwogen om deze man op te sporen?'

'De mysterieuze figuur, bedoelt u? Waarom zou ik, aangezien hij alleen maar een product van Rainsfords verbeelding was?'

'En u ondernam ook geen poging om de anonieme beller op te sporen die de dood van Mr Kirkland meldde bij de politie?'

'Hij was toch "anoniem"?' reageerde Stern. Hij schoot in de lach, maar niemand lachte mee.

'Drong het dan niet tot u door, Mr Stern, dat het anonieme telefoontje alleen afkomstig kon zijn van iemand die getuige was geweest van het misdrijf?'

'Maar Rainsford bekende. Wat wilt u nog meer?'

'Wat ik wil is gerechtigheid,' riposteerde Sir Julian. 'En met deze ogenschijnlijk onschuldige opmerking, Mr Stern, dient de vooralsnog onbeantwoorde sleutelvraag in deze zaak zich aan: wie is hier de betrouwbare partij, u of Mr Rainsford?'

'Ik,' antwoordde Stern, 'zoals ook de jury concludeerde.'

'Dan zal het u dus geen moeite kosten om deze drie rechters te overtuigen, nietwaar?'

Stern sloeg zijn ogen op naar de verhoging met daarop de drie rechters, op wier gezichten helemaal niets af te lezen viel.

Sir Julian gunde de rechters een moment, en ging verder. 'Vertelde Mr Rainsford de waarheid toen hij zei dat zijn oorspronkelijke verklaring, die door u werd vastgelegd, drie pagina's bevatte, maar dat er vervolgens één zoekraakte? Of moeten we geloven dat, zoals u tijdens de rechtszitting in de getuigenbank onder ede verklaarde, er helemaal geen sprake was van drie pagina's?'

'Er is nooit een middelste pagina geweest,' antwoordde Stern.

'Middelste pagina, Mr Stern? Dat hebt u mij niet horen zeggen.'

'Wat doet dat ertoe?'

'Wat het ertoe doet, Mr Stern, is dat u dus weet welke pagina ontbrak. Laat ik u dit vragen: hebt u de pagina's van Mr Rainsfords getuigenverklaring destijds genummerd?'

'Natuurlijk heb ik dat. Pagina 1 en pagina 2. En Rainsford heeft op beide zijn paraaf gezet. En bovendien hebben agent Clarkson en ik zijn paraaf zelf gezien.'

'Maar wanneer kreeg agent Clarkson die bekentenis onder ogen, Mr Stern?'

Stern aarzelde even. 'De volgende ochtend.'

'Meer dan genoeg tijd voor u om die middelste pagina te verwijderen.'

'Hoe vaak moet ik nog herhalen dat er helemaal geen middelste pagina was?'

'We kunnen alleen maar op uw woord afgaan, Mr Stern.'

'En op dat van agent Clarkson, die daarna werd gepromoveerd. Om maar te zwijgen van de jury, die er niet over leek te twijfelen dat uw cliënt schuldig was.'

'Nogál leek te twijfelen, zou ik eerder zeggen,' corrigeerde Sir Julian hem. 'Want men had vier dagen nodig om tot een uitspraak te komen, en slechts met een meerderheid van tien tegen twee.'

'Goed genoeg, wat mij betreft,' reageerde Stern met lichte stemverheffing.

'Uiteraard. Want zo kon u op uw hoogtepunt stoppen, zoals u het zo elegant verwoordde, en er zonder vrees voor een vervolgonderzoek mee wegkomen.'

De aanklager, raadsheer Alun Llewellyn, verhief zich aarzelend van zijn stoel. 'Mag ik mijn weledelgeleerde confrère erop wijzen dat zijn eigen cliënt, en niet Mr Stern, hier de gedaagde is?'

Op Sterns gezicht verscheen een zelfingenomen uitdrukking.

'Was u nuchter toen u om halfzes die vrijdagmiddag Arthur Rainsford arresteerde?' vroeg Sir Julian.

'Zo nuchter als een rechter,' antwoordde Stern met een grijns naar de drie rechters, die geen van allen het compliment aanvaardden.

Sir Julian bekeek zijn aantekeningen. 'En ook toen u hem om zes uur tweeënveertig verbaliseerde?'

'Als een rechter,' herhaalde Stern.

'En toen u hem om zes uur negenenveertig opsloot en hem bijna twee uur alleen liet?'

'Ik wilde hem genoeg tijd geven om na te denken over wat-ie ging zeggen, toch?' antwoordde Stern met een glimlach naar de drie rechters.

'En bovendien genoeg tijd om zelf een paar pinten achterover te slaan, na op vrijdagavond weer een boef achter slot en grendel te hebben gezet.'

Stern balde zijn vuisten en keek zijn antagonist woest aan. 'Een paar pinten, nou en? Ik was nuchter genoeg om –'

'Nuchter genoeg om om acht uur drieëntwintig Mr Rainsfords verklaring op te nemen.'

'Ja. Ja. Já!' antwoordde Stern in crescendo. 'Hoe vaak moet ik dat nog herhalen?'

'En nuchter genoeg om de middelste pagina van de verklaring van mijn cliënt te verwijderen en daarmee op uw hoogtepunt te kunnen stoppen?'

'Ik heb die avond helemaal niks verwijderd,' blafte Stern.

'De volgende ochtend wellicht?' reageerde Sir Julian kalm. 'Ik kan me voorstellen dat u daar toen nuchter genoeg voor was.'

Stern keek hem doordringend aan. 'Net zo nuchter als de avond ervoor, ja, om ervoor te zorgen dat die klootzak zijn verdiende loon kreeg.

Niet meer en vooral niet minder!' riep hij en hij priemde met een vinger naar de tafel van de verdediging.

Het werd ijzig stil in de rechtszaal en iedereen staarde naar de getuige.

' "Net als de avond ervoor, ja, om ervoor te zorgen dat die klootzak zijn verdiende loon kreeg. Niet meer en vooral niet minder!" ' herhaalde Sir Julian terwijl hij Stern op zijn beurt al even doordringend aankeek. 'Geen vragen meer, *my lords.*'

'U mag de getuigenbank verlaten, Mr Stern,' verzocht rechter Arnott hem verzuchtend.

Terwijl Stern de rechtszaal verliet sloeg Sir Julian zijn ogen op naar de drie rechters, die nu diep in conclaaf waren. Grace boog zich naar hem toe. 'Ik moet je even alleen laten. Ben zo terug,' onderbrak ze zijn gedachten.

Hij knikte, waarna zijn junior advocaat snel de rechtszaal verliet, de brede marmeren trap af liep en op straat belandde, waar een bende fotografen klaarstond voor een 'actuele' foto van Faulkner wanneer hij uit de rechtbank zou verschijnen. Hun enige kans op een foto van Arthur Rainsford was als die de rechtbank als een vrij man kon verlaten.

Van een afstandje observeerde ze het groepje een tijdje, en pikte er een fotograaf uit die met zijn alerte blik klaarstond om een goede foto voor de voorpagina te schieten. Ze stak de straat over en sprak hem aan. 'Kan ik u even spreken?' fluisterde ze.

De kiekjesmaker maakte zich los van de groep en luisterde naar haar verzoek.

'Ik wil u met alle plezier helpen,' zei hij.

Ze stopte hem een biljet van vijf pond toe.

'Dat hoeft niet, madam,' zei hij, en hij gaf haar het geld terug. 'Arthur Rainsford had nooit in de cel mogen belanden.'

30

De volgende ochtend, een uur voordat de tweede zittingsdag zou beginnen, kwam Sir Julian aan op het hooggerechtshof. Een griffier begeleidde hem en Grace naar de cellen in het souterrain om met hun cliënt te overleggen.

'U hebt geen spaan van Stern heel gelaten,' zei Arthur terwijl hij Sir Julian dankbaar de hand schudde. 'Als u mij toen had verdedigd, dan denk ik dat het vonnis heel anders zou hebben uitgepakt.'

'Heel aardig van je, Arthur, maar hoewel ik misschien een paar rake klappen heb uitgedeeld, heb ik Stern niet knock-out weten te slaan. En we staan hier hoe dan ook voor drie hoge rechters, en geen jury. De raadsheren zullen hun oordeel niet baseren op gerede twijfel, maar op veel zwaardere criteria voordat ze ook maar kunnen overwegen om het vonnis van de jury te verwerpen en te verklaren dat er sprake is geweest van een gerechtelijke dwaling. Veel hangt nu af van professor Abrahams getuigenverklaring.'

'Hoe de drie eerbiedwaardige Salomo's op de professor zullen reageren, is voor mij nog een vraag,' merkte Grace op.

'En voor mij ook,' moest Sir Julian bekennen. 'Maar alles zal van hem afhangen.'

'U hebt ook agent Clarkson nog om te ondervragen,' stipte Arthur aan.

'Sterns handlanger zal zijn baas alleen maar napapegaaien. Reken er maar op dat hij en Stern gisteren ergens in een pub al mijn vragen hebben doorgenomen.' Sir Julian keek op zijn horloge. 'Laten we naar binnen gaan. We kunnen de edelachtbaren maar beter niet laten wachten.'

'Je had mijn vrouw gisteren in de tang, B.W.,' complimenteerde Faulkner hem bij zijn ontbijt in het Savoy.

'Dank je, Miles. Maar als Palmer je aan de tand gaat voelen, zul je de jury nog altijd moeten uitleggen waar de Rembrandt de afgelopen zeven jaar is geweest, hoe je hem om te beginnen in je bezit hebt gekregen en waarom je de labels van die kisten verwisselde. Je kunt deze en al die andere vragen die gaan komen maar beter overtuigend beantwoorden, want Palmer zal vol in de aanval gaan.'

'Ik ben er klaar voor. En ik heb besloten om op jouw advies dat offer te doen.'

'Heel verstandig. Maar hou die troef nog even achter de hand en laat het aan mij over om te bepalen wanneer je hem moet uitspelen.'

'Begrepen, B.W. Wat is de volgende stap?'

'De aanklager zal commissaris Hawksby als getuige oproepen en hij zal ongetwijfeld het verhaal van je vrouw staven. Voor hem is zij de minste van twee kwaden.'

'Dan zul je hem moeten slopen.'

'Ik ben niet van plan hem aan een kruisverhoor te onderwerpen.'

'Waarom niet?' wilde Faulkner weten terwijl een ober nog wat koffie bijschonk.

'Hawksby is een ouwe rot en rechtbankjury's vertrouwen hem. We moeten de commissaris dus zo snel mogelijk op een zijspoor hebben.'

'Maar dat geldt niet voor die koorknaap,' zei Faulkner.

'Mee eens. Maar de aanklager weet wel beter dan hem in de getuigenbank te laten plaatsnemen. Dat zou een te groot risico zijn.'

'Waarom roepen wij hem dan niet op als getuige?'

'Ook dat is te gevaarlijk. Warwick is een vraagteken, en advocaten willen het antwoord al graag weten voordat ze de vraag stellen. Want zo zullen ze nooit worden verrast. Kortom, Miles, je moet je dus van je allerbeste kant laten zien, want zodra de jury beraadslaagt over de uitspraak, is hun voornaamste gedachte hoe geloofwaardig je was.'

'Ga er maar aan staan.'

'Je hebt al eerder voor hete vuren gestaan.'

'Maar nooit zó heet.'

'Daarom moet je nu dus presteren.'

'En zo niet?'

Booth Watson dronk zijn kopje leeg en antwoordde: 'Dan zul je het voorlopig zonder bacon and eggs in het Savoy moeten stellen.'

DE STAAT TEGEN RAINSFORD

'My lords, binnen het Engelse strafrecht is het een hoofdadvocaat tijdens een rechtszitting toegestaan zijn junior advocaat een van de getuigenverhoren te laten afnemen. Met uw toestemming, my lords, nodig ik hierbij mijn junior advocaat uit om de volgende getuige te ondervragen.'

'U hebt onze toestemming, Sir Julian,' antwoordde rechter Arnott na even met zijn confrères te hebben overlegd, en hij schonk Grace de warmste glimlach die hij tot nu toe had weten op te brengen.

Zich ervan bewust dat iedereen haar aankeek, maar ook dat Arthur Rainsfords lot nu in haar handen lag, stond ze wat wankel op van haar stoel. Na al die jaren van studeren en trainen, om maar te zwijgen van al die uren dat ze onderdanig naar haar vader luisterde terwijl hij de wet duidde en haar de rechtbankprocedures uitlegde, gaf hij het stokje aan haar over in de verwachting dat zij het stuk naar de finishlijn zou afleggen.

Hij leunde achterover en hoopte dat het niet al te duidelijk was dat hij al net zo nerveus was als zijn dochter. Voor Grace hielp het bovendien niet echt dat haar moeder achter in de rechtszaal tussen Beth en Joanna Rainsford had plaatsgenomen, die beiden als twee atletiekfans aandachtig voorovergebogen afwachtten hoe ze zou finishen.

Ze legde haar dossier op het standaardje dat haar vader haar had geschonken op de dag dat ze toetrad tot de advocatuur. Ze sloeg het dossier open, sloeg haar ogen neer op de eerste pagina, en kreeg een black-out.

'Bent u klaar om de volgende getuige op te roepen, Ms Warwick?' vroeg rechter Arnott op de toon van een welwillende oom.

'Wij roepen professor Leonard Abrahams,' antwoordde ze en het verraste haar hoe zelfverzekerd ze klonk, want haar benen voelden heel anders aan.

Als de deur van de rechtszaal niet open en dicht was gegaan, zou iedereen zich waarschijnlijk terecht hebben afgevraagd of deze volgende getuige al binnen was gekomen. Abrahams knipperde wat, keek om zich heen en zag ten slotte de getuigenbank voor in de hoek van de zaal. Hij liep ernaartoe en constateerde tot zijn verbazing dat een stoel ontbrak en dat hij het hele kruisverhoor staand zou moeten doorstaan. Typisch die Britten weer, schoot het door zijn hoofd.

De griffier, die zich niet verrast toonde door de korte witte labjas en het groene overhemd met open boord, hield het kaartje met de eedtekst omhoog. Abrahams legde een hand op de bijbel – het Oude Testament, in elk geval – en las de eed op: 'Ik zweer dat ik de waarheid en niets dan de waarheid zal vertellen...' Hij voegde eraan toe: 'Zo waarlijk helpe mij God almachtig.'

Daarna tuurde hij om zich heen en stelde opgelucht vast dat zijn kleine trukendoos op de vloer tussen de getuigenbank en de verhoging van de drie rechters was klaargezet, precies zoals hij had verzocht.

Zijn blik rustte ten slotte op Grace, een van de meest intelligente jonge vrouwen die hij in al die jaren dat hij aan intelligente jonge vrouwen doceerde was tegengekomen. Toen ze elkaar op Heathrow de hand hadden geschud, was het ijs al meteen gebroken, en geleidelijk aan was hij haar oog voor detail en haar geduldige zoektocht naar feiten en haar hartstochtelijke geloof in rechtvaardigheid gaan waarderen. Hij vroeg zich af of het wel tot Sir Julian was doorgedrongen hoe talentvol zijn dochter was.

'Professor Abrahams,' begon Grace. 'Om te beginnen wil ik graag wat licht schijnen op uw achtergrond, opdat de rechters van dienst een goed inzicht krijgen in de specifieke vaardigheden en expertise die u in deze zaak inbrengt.' Het overviel hem bijna dat ze hem met professor aansprak, zo gewend als hij eraan was dat ze hem doorgaans Len noemde. 'Wat is uw nationaliteit, professor?'

'Ik ben Amerikaan, maar ik ben geboren in Polen. Op mijn zeventiende emigreerde ik naar de Verenigde Staten. Ik had een beurs gewonnen voor een studie natuurkunde aan Columbia University in New York. Ik promoveerde aan Brown University, met een these over het gebruik van een ESDA in misdrijfzaken.'

'Een ESDA?' herhaalde Grace nog even voor alle aanwezigen.

'Een elektrostatisch detectieapparaat.'

'Sindsdien hebt u twee belangrijke werken over dit onderwerp op uw naam staan, en u ontving onlangs de National Medal of Science.'

'Dat klopt.'

'Waarbij u bovendien –'

'Ik denk dat u hiermee wel hebt vastgesteld,' onderbrak rechter Arnott haar, 'dat de professor een eminent deskundige op zijn terrein is. Misschien dat u ons nu kunt laten zien wat het belang van zijn expertise in deze zaak is. Ik hoop alleen,' voegde hij eraan toe, 'dat mijn confrères en ik u daarbij kunnen volgen, professor.'

'Geen zorgen, edelachtbare,' antwoordde Abrahams. 'Ik zal u drieën als een groepje eerstejaars beschouwen.'

Vrezend dat dit hem op een strenge berisping kwam te staan, hield Sir Julian de adem in. Ondertussen staarde Grace de rechters met een angstige blik aan. Maar er gebeurde niets. 'Dat is heel attent van u, professor,' antwoordde rechter Arnott slechts, waarop de drie rechters even glimlachten. 'En ik hoop dat u het me vergeeft als ik het zo nu en dan nodig acht om een vraag te stellen.'

'Schroom vooral niet, edelachtbare. En om uw eerste vraag, over de relevantie van het ESDA in deze zaak, te beantwoorden, moet ik toegeven dat ik deze opdracht niet zou hebben aanvaard als het me niet de gelegenheid bood mijn moeder weer eens op te zoeken.'

'Uw moeder woont in Engeland?' vroeg rechter Arnott.

'Nee, edelachtbare, in Warschau. Maar Engeland is onderweg.'

'Nooit geweten dat Engeland onderweg was, waarheen dan ook,' reageerde de rechter. 'Maar gaat u alstublieft verder, professor.'

'Daarvoor, edelachtbare, moet ik eerst uitleggen waarom het elektrostatisch detectieapparaat door de Amerikaanse orde van advocaten inmiddels als een belangrijk wapen binnen hun arsenaal wordt gezien. Dat is namelijk niet altijd zo geweest. De omslag is van tamelijk recente datum, namelijk toen een mij intens onwelgevallig Congreslid terechtstond op beschuldiging van fraude, en hij de rechtbank vertelde dat hij het vermoeden had dat er aan een gevoelig militair aankoopdocument, dat hij tot op de bladzij nauwkeurig had bestudeerd, naderhand enkele pagina's waren toegevoegd. Ik kon aantonen dat hij tegen de rechtbank had gelogen, met als gevolg dat hij niet alleen zijn functie verloor, maar bovendien voor lange tijd moest zitten.'

'Maar zoals ik het begrijp, wilt u in deze zaak precies het omgekeerde proberen aan te tonen,' zei rechter Arnott. 'Namelijk dat een pagina werd verwijderd, in plaats van toegevoegd.'

'Dat klopt, edelachtbare. En als u me toestaat het bewijsmateriaal in uw bijzijn te onderzoeken, dan denk ik dat ik bovendien kan vaststellen of het Arthur Rainsford of adjudant Stern was die destijds onder ede heeft gelogen. Want ze kunnen niet allebei de waarheid hebben verteld,' legde de professor uit. De hele rechtszaal luisterde aandachtig mee.

'Zonder gerede twijfel?' vroeg Arnott met een opgetrokken wenkbrauw.

'Wetenschappers doen niet aan twijfel, edelachtbare. Het is feit of fictie.'

Hier kon de rechter niets tegen inbrengen.

'Maar om mijn punt te kunnen maken, edelachtbare, heb ik uw toestemming nodig om even de getuigenbank te mogen verlaten om een experiment te verrichten.'

De rechter knikte. Professor Abrahams stapte uit de getuigenbank en liep naar een apparaat dat iets weg had van een kopieermachine. Hij trok een paar latex handschoenen aan en keek de drie rechters aan.

'Edelachtbare,' zei Grace, 'mag ik voorstellen dat u drieën zich bij ons voegt zodat we het experiment van dichtbij kunnen volgen?'

Rechter Arnott knikte, waarop de drie rechters opstonden en van de verhoging stapten. Samen met de advocaat van de verdediging schaarden ze zich rond het elektrostatische detectieapparaat.

'Let goed op,' zei Abrahams, zoals hij ook aan het begin van een college zijn studenten aansprak. 'Er is door niemand gesuggereerd dat Mr Rainsford de eerste bladzij van zijn verklaring, die tijdens de zitting als bewijsmateriaal werd opgevoerd, niet heeft geparafeerd. De vraag is alleen of er drie pagina's waren in plaats van twee. En om dat te kunnen aantonen heb ik het oorspronkelijke, twee pagina's tellende document nodig.'

'Beide partijen hebben hiermee ingestemd, my lords,' deelde Grace mee.

Arnott knikte naar de griffier, die het document aan professor Abrahams overhandigde.

'Welnu,' ging de professor verder, 'ik denk dat wat betreft de tekst van de oorspronkelijke verklaring ons geheugen moet worden opgefrist. Nogmaals, over pagina 1 bestaat er bij beide partijen geen onenigheid.' Hij begon hardop te lezen.

'Mijn naam is Arthur Edward Rainsford. Ik ben eenenvijftig jaar en op dit moment woonachtig op Fulham Gardens 32, Londen SW7. Ik ben verkoopleider bij een kleine financieringsmaatschappij die zich richt op opkomende farmaceutische bedrijven.

Op 5 mei 1983 nam ik de trein naar Coventry voor een afspraak met een potentiële klant. Na afloop lunchten we samen. Toen de rekening kwam en ik met mijn bedrijfscreditcard wilde betalen, werd deze tot mijn schaamte geweigerd; niet bepaald de manier om een goede indruk op een potentiële klant te maken. Ik was uiterst ontstemd en nam contact op met onze financieel directeur, Gary Kirkland, om te vragen hoe dit in hemelsnaam kon gebeuren. Hij verzekerde me dat ik me geen zorgen hoefde te maken en dat het gewoon een foutje van de bank was. Hij stelde voor dat ik onderweg naar huis nog even op kantoor langsging om samen de boekhouding door te nemen. Later betreurde ik het dat ik uit mijn slof was geschoten. Had ik toen maar...'

De professor legde de eerste pagina weg, en pakte de tweede op.

'Dit hier,' sprak hij tot de aandachtige toehoorders, 'is de tweede bladzij van de verklaring zoals die als bewijsstuk werd ingebracht, ook al beweert Mr Rainsford nog steeds dat dit in feite de derde pagina is.' Hij begon weer hardop te lezen.

'...niet naar hem uitgehaald. Bij het zien van de diepe wond op zijn achterhoofd drong het meteen tot me door dat hij de rand van de schoorsteenmantel of de messing haardrand moest hebben geraakt. Het eerste wat ik me daarna herinner, was dat ik een sirene hoorde. Kort daarop stormden een stuk of tien agenten de kamer in. Een van hen, een adjudant die Stern heette, arresteerde me en stelde me later in staat van beschuldiging wegens de moord op Gary Kirkland, een van mijn oudste vrienden. Ik zal zijn dood voor de rest van mijn leven betreuren.

Arthur Rainsford

Ik heb deze verklaring doorgelezen in het bijzijn van adjudant Stern en agent Clarkson.'

De professor stopte even om zich ervan te vergewissen dat hij nog steeds de aandacht van zijn 'studenten' had. Tevreden ging hij verder. 'Ik wil dat u zich nu concentreert op het ESDA, het elektrostatische detectieapparaat. Ik ga nu deze tweede pagina op de bronzen plaat van het apparaat leggen. Zijn er intussen nog vragen?'

Iedereen zweeg.

'Goed. Dan zal ik de pagina nu met een velletje Mylar bedekken en vervolgens luchtdicht afsluiten.'

Hij pakte een klein rollertje uit zijn trukendoos en rolde het heen en weer over het Mylar, totdat hij zeker wist dat alle lucht onder het Mylarvelletje verdwenen was. Vervolgens pakte hij een dun metalen apparaatje uit zijn zak en legde uit dat dit een zogenaamde corona was. Hij zette de corona aan en er klonk een zacht gezoem. Daarna hield hij hem zo'n tweeënhalve centimeter boven de pagina en bewoog hem meerdere malen over de pagina.

'Wat doet die corona precies?' vroeg rechter Arnott.

'Hij bombardeert het Mylar met positieve deeltjes, edelachtbare, die zich zullen nestelen in achtergelaten indrukken op de pagina.'

Toen hij daarmee klaar was zette hij de corona uit. 'Ik zal de pagina nu besprenkelen met wat toner, waarna we al snel zullen zien of mijn experiment zijn nut heeft bewezen, of dat het tijdverspilling is geweest.'

Aandachtig staarden alle aanwezigen in de rechtszaal omlaag naar het velletje papier op de bronzen plaat, die nu door de professor schuin werd opgetild en met zwart, peperachtig poeder werd besprenkeld dat over het oppervlak dwarrelde en onderaan in een smal geultje werd opgevangen. Toen hij zeker wist dat hij het gehele vel met het poeder had besprenkeld, legde hij de bronzen plaat weer plat en bekeek zijn werk aandachtig.

'Kijk eens naar Arthur,' fluisterde Grace.

Sir Julian sloeg zijn ogen op naar de gedaagde, die nog altijd rechtop in de getuigenbank stond. Arthur leek geen moment te twijfelen aan hoe dit experiment zou uitpakken, maar rechter Arnott en zijn twee confrères keken nog altijd sceptisch toe, en Mr Llewellyn leek vooralsnog totaal niet overtuigd.

Professor Abrahams boog zich over het apparaat, legde voorzichtig een schutvel met daaronder een vel zelfklevende folie op het flinterdunne Mylar, en trok met een geoefend gebaar het geheel weer van de bronzen plaat. Ten slotte trok hij het schutvel los, legde de folie op een wit stuk papier en hield het omhoog opdat iedereen het kon zien.

De indrukken die de ontbrekende pagina had achtergelaten op de pagina erachter vielen voor niemand te ontkennen.

Mr Llewellyn leek nog steeds niet onder de indruk.

'Misschien dat u zo vriendelijk wilt zijn om de woorden op te lezen die hun indruk op deze pagina hebben achtergelaten,' verzocht rechter Arnott de professor. 'Want ik heb het vermoeden dat u dit al vaker hebt gedaan.'

'Meerdere malen, edelachtbare. Maar ik moet u erop wijzen dat er vast en zeker wat gaten zijn gevallen. Laat ik om te beginnen even terugkeren naar de laatste zin van de eerste pagina, voordat ik op de betwiste tweede pagina kom.'

De rechter knikte.

'*Later betreurde ik het dat ik uit mijn slof was geschoten. Had ik toen maar...*' De professor pakte een grote loep uit zijn zak, bestudeerde de achtergelaten sporen nauwkeurig, en las hardop verder.

> '*...eerst kant van het verhaal aangehoord. Terug Euston Station nam ik een taxi naar ons...*' Hij aarzelde even. '*...kantoor in Marylebone. Toen ik de deur open zag ik een zwaargebouwde man me afrennen. Ik hield de deu voor hem open, maar stoof langs me heen en de straat op. Ik stond er toe niet b stil, maar ater realise ik me dat hij de moord naar gewee kon zijn. Ik liep stillet naar Gary's kant op de rdieping, en tr hem langui op d vloer aa bij de schoorstee mantel. Ik rende naar binn maar het was te laat. Iemand had...*'

De professor pakte de derde pagina van de getuigenverklaring erbij, en las verder: ‘*…naar hem uitgehaald.*’ Een paar aanwezigen die zich om het apparaat hadden geschaard, barstten los in applaus. De anderen bleven ijzig stil.

‘Dank u, professor,’ zei rechter Arnott. ‘Dames en heren, wilt u zo vriendelijk zijn uw plek weer op te zoeken?’

Grace wachtte totdat iedereen weer was gaan zitten, en stond op. ‘Geen vragen meer, my lords,’ zei ze, en ze plofte neer.

‘Chapeau,’ fluisterde haar vader en tikte met zijn rechterhand even tegen zijn slaap.

‘Mr Llewellyn, wilt u de getuige ondervragen?’ vroeg rechter Arnott.

Professor Abrahams zette zich schrap voor de tegenaanval.

‘Nee, my lords,’ antwoordde Mr Llewellyn, die zich nauwelijks verroerde.

‘We staan bij u in het krijt, professor Abrahams,’ oordeelde rechter Arnott. ‘Ik mag van geluk spreken dat uw moeder in Warschau woont en dat u op weg naar haar even bij ons aanwipte. U mag de getuigenbank verlaten.’

‘Dank u, edelachtbare,’ zei de professor, waarna hij uit de getuigenbank stapte en zijn trukendoos weer inpakte.

Grace kon hem wel omhelzen toen hij de zaal uit liep en in het voorbijgaan even knipoogde naar Arthur.

‘Hebt u verder nog getuigen, Sir Julian?’ vroeg rechter Arnott.

‘Eentje, slechts, my lords. Agent Clarkson, de tweede ondertekenaar van Mr Rainsfords oorspronkelijke verklaring. Hij is gedaagd voor morgenochtend om tien uur, edelachtbaren.’

‘Dan schorsen we de zitting tot morgen.’

Sir Julian knikte beleefd en bleef staan totdat de drie rechters hun stapels aantekeningen bijeen hadden geveegd en de zaal hadden verlaten.

‘Denk je dat Clarkson morgen echt komt opdagen?’ vroeg Grace.

‘Ik zou er niet op rekenen,’ was haar vaders antwoord.

31

DE STAAT TEGEN FAULKNER

'Zegt u voor de goede orde alstublieft uw naam en beroep,' zei Mr Booth Watson.

'Miles Adam Faulkner. Ik ben landbouwer.'

'Mr Faulkner, het hof heeft vernomen dat u in het bezit bent van een indrukwekkende kunstcollectie en ook huizen in New York en Monte Carlo, een landgoed in Hampshire, een jacht en een privévliegtuig. Hoe kan dat mogelijk zijn als u landbouwer bent?'

'Mijn beste vader liet mij een boerderij na in Limpton, samen met 1215 hectare land.'

William krabbelde direct een aantekening en gaf hem door aan de raadsheer van de Staat.

'Dat verklaart nog niet uw uitbundige levensstijl of uw vermogen om waardevolle kunstwerken te verzamelen.'

'De waarheid is dat, ondanks het feit dat mijn familie Limpton Hall meer dan vier eeuwen in bezit had, de overheid mij enkele jaren geleden heeft onteigend omdat ze dwars over mijn land een zesbaanssnelweg wilden aanleggen, waardoor voor mij het huis en slechts enkele hectaren overbleven. Ik tekende protest aan tegen de gedwongen onteigening en sleepte ze voor de rechter, maar verloor de zaak helaas in beroep. Maar wat de overheid me uiteindelijk moest vergoeden, stelde me in staat om mijn levenslange belangstelling voor kunst te cultiveren. En dankzij een stuk of twee slimme beleggingen op de aandelenbeurs door de jaren heen is het me gelukt een redelijke collectie op te bouwen.'

William maakte een tweede aantekening.

'Die u ongetwijfeld aan de volgende generatie wilt doorgeven,' zei Booth Watson, zijn ogen neerslaand op een lijst met goed voorbereide vragen.

'Nee, sir. Ik ben bang dat dat niet mogelijk zal zijn.'

'Waarom niet?'

'Helaas wilde mijn vrouw nooit kinderen, en aangezien ik de collectie niet wil opdelen, heb ik besloten om mijn hele landgoed aan de Staat na te laten.'

Miles draaide zich om en glimlachte naar de jury, precies zoals Booth Watson hem had geïnstrueerd te doen. Hij werd beloond met een glimlach van een of twee leden van de jury.

'Nu zou ik het graag hebben over één schilderij in het bijzonder, Mr Faulkner, *De waardijns van het Amsterdamse lakenbereidersgilde* van Rembrandt.'

'Zonder enige twijfel een meesterwerk,' zei Faulkner. 'Ik ben een bewonderaar sinds de dag dat mijn moeder me als schooljongen meenam naar het Fitzmolean.'

'De Staat wil ons doen geloven dat u zo'n groot bewonderaar was dat u het hebt gestolen.'

Miles lachte. 'Ik moet toegeven,' zei hij met nog eens een blik naar de jury, 'dat ik een kunstliefhebber ben, zelfs een kunstverslaafde, maar ik ben geen kunstdief, Mr Booth Watson.'

'Hoe verklaart u dan de bewering van uw vrouw, onder ede, dat u de afgelopen zeven jaar in het bezit bent geweest van de Rembrandt?'

'Ze heeft helemaal gelijk. Ik heb *De Staalmeesters* zeven jaar in eigendom gehad.'

De jury staarde de gedaagde nu vol ongeloof aan.

'Geeft u de diefstal toe?' vroeg Booth Watson, en hij deed alsof hij verrast was. Ook de jury leek in verwarring terwijl raadsheer Palmer argwanend keek. Alleen de rechter bleef onverstoorbaar, waar Faulkner alleen maar glimlachte.

'Ik weet niet helemaal zeker waar u op doelt,' vervolgde Booth Watson, die precies wist waar zijn cliënt op doelde.

'Sir, ik vraag me af,' zei Faulkner, en hij wendde zich tot de rechter, 'of ik, om mijn onschuld te bewijzen, het hof misschien het schilderij mag laten zien dat de afgelopen zeven jaar in de salon van mijn huis in Hampshire boven de schoorsteenmantel heeft gehangen?'

Nu oogde zelfs rechter Nourse in verwarring. Hij keek even naar Mr Palmer, die zijn schouders ophaalde, dus hij richtte zijn aandacht weer op de verdediging.

'We wachten vol belangstelling, Mr Booth Watson, om te horen wat uw cliënt voor ons in petto heeft.'

'Edelachtbare, ik ben u zeer dankbaar,' zei Booth Watson. Hij knikte naar zijn assistent, die zich bij de ingang van de rechtszaal had geposteerd. Ze opende de deur en twee zwaargebouwde mannen droegen een grote kist binnen, die ze tussen de rechter en de jury op de vloer neerzetten.

Palmer sprong overeind. 'Edelachtbare,' zei hij, 'de Staat ontving geen waarschuwing voor deze ongeplande schertsvertoning van de verdediging, en ik zou graag zien dat u deze afwijst voor wat ze is.'

'En wat zou dat kunnen zijn, Mr Palmer?'

'Niets meer dan een stunt in een poging om de jury af te leiden.'

'Laten we dan kijken of dat lukt, Mr Palmer,' zei de rechter. 'Want ik vermoed dat de leden van de jury net zo nieuwsgierig zijn als ik om te zien wat er in de kist zit.'

Alle ogen bleven gericht op de krat nu de inpakkers uitpakkers werden. Eerst trokken ze de spijkers uit de kist, gevolgd door de piepschuimkorrels en ten slotte de mousseline, en zo werd een schilderij onthuld dat sommigen naar lucht deed happen en anderen gewoon verbijsterde.

'Mr Faulkner, zou u zo vriendelijk willen zijn om uit te leggen hoe het kan dat Rembrandts *De Staalmeesters* zich in deze rechtszaal bevindt,' vroeg Booth Watson, 'en niet, zoals uw vrouw eerder volhield, aan een muur in het Fitzmolean Museum hangt?'

'Geen paniek, Mr Booth Watson,' zei Faulkner tegen een man die nooit in de paniek schoot. 'Het origineel hangt nog steeds in het Fitzmolean. Dit is niets meer dan een uitzonderlijke kopie, die ik iets langer dan zeven jaar geleden in een galerie in Notting Hill aanschafte, en ik heb de bon om het te bewijzen.'

'Dus dit,' zei Booth Watson, 'is het schilderij waar uw vrouw de afgelopen zeven jaar naar heeft gekeken in de onjuiste veronderstelling dat het het origineel was?'

'Ik vrees van wel, sir, maar goed, Christina heeft nooit echt belangstelling getoond voor mijn collectie, behalve dan voor hoeveel die waard is. Wat in dit geval vijfduizend pond was.'

'Mr Faulkner,' zei de rechter, en hij keek aandachtig naar het schilderij, 'hoe kan een leek als ik nu zeker weten dat dit een kopie is en niet het origineel?'

'Door naar de rechterbenedenhoek te kijken, edelachtbare. Als dit het origineel was, zou u daar Rembrandts initialen zien, RvR. Hij liet een schilderij zelden ongetekend. Dat is eerlijk gezegd nog iets waar mijn vrouw zich niet van bewust was.'

'Mr Faulkner, hoewel ik uw uitleg accepteer,' zei Booth Watson, 'snap ik nog steeds niet hoe het origineel, dat nu veilig terug is in het Fitzmolean, in uw bezit kwam.'

'Om dat te begrijpen, Mr Booth Watson, dient u eerst de accepteren dat ik in de hele kunstscene bekendsta als een verzamelaar. Ik ontvang jaarlijks meerdere verzoeken om schilderijen aan te kopen, vaak van oude families die niet willen dat iemand te weten komt dat ze in de financiële moeilijkheden zitten.'

'Koopt u ooit een van deze werken?'

'Zeer zelden. Ik doe mijn aankopen veel liever bij een alom gerespecteerde handelaar of een gevestigd veilinghuis.'

'Maar dat verklaart nog steeds niet hoe de originele Rembrandt in uw bezit kwam.'

'Een paar weken geleden bood iemand aan mij een schilderij te verkopen waarvan hij beweerde dat het een Rembrandt was. Toen hij het werk beschreef, wist ik direct dat het het gestolen werk uit het Fitzmolean moest zijn.'

'Vanwaar uw aanname?' vroeg de rechter.

'Edelachtbare, het gebeurt bijna nooit dat er een Rembrandt op de markt komt. Haast al zijn werken zijn in eigendom van nationale musea of galerieën. Er zijn er nog maar bar weinig in particulier bezit.'

'Dus als u wist dat het schilderij was gestolen,' zei Booth Watson, 'waarom had u er dan iets mee van doen?'

'Ik moet opbiechten dat ik de uitdaging niet kon weerstaan. Toen me echter werd verteld dat ik naar Napels moest vliegen om het schilderij te bekijken, besefte ik dat het de maffia moest zijn die het had gestolen. Ik had weg moeten lopen. Maar net als een voetballer die zeker weet dat hij het winnende doelpunt gaat scoren, ging ik in de aanval.'

Booth Watson had het nooit zo op dit soort metaforen, maar ging erin mee. 'En scoorde u het winnende doelpunt?'

'Ja en nee,' antwoordde Faulkner. 'Ik vloog naar Napels, waar ik werd ontvangen door een keurig geklede jonge advocaat begeleid door een paar boeven die geen moment hun mond openden. Vervolgens werd ik naar een verwaarloosde buurt gereden waar je beter niet naartoe kunt gaan, zelfs niet als je van de politie bent. Nooit van mijn leven heb ik zulke armoede gezien. En de enige afbeeldingen aan de muren van de huurblokken waren van de maagd Maria of van de paus. Ik werd van een lange trap met stenen treden afgevoerd naar een flauw verlichte kelderverdieping, waar een groot schilderij tegen de muur stond. Ik had slechts één blik nodig om te weten dat het echt was.'

'Wat gebeurde er toen?'

'Het onderhandelen begon, en het werd vlug duidelijk dat ze van het schilderij af wilden, dus we kwamen tot een deal van honderdduizend dollar. Ik wist, en zij wisten, dat het wel honderd keer zoveel waard was, maar de deur werd niet bepaald platgelopen door potentiële kopers. Ik zei dat ik het geld zou overhandigen op de dag dat het schilderij naar het Fitzmolean werd teruggebracht. Ze zeiden dat ze contact zouden opnemen, maar boden me niet eens een lift terug naar de luchthaven aan. Ik moest een behoorlijk eind lopen voordat ik een taxi tegenkwam.'

'En hebt u toen u weer thuiskwam iemand verteld over uw ervaring?'

'Ik moest het wel delen met iemand, dus ik was zo dwaas om het Christina te vertellen. Ik heb geen moment gedacht dat zij er misbruik van zou maken, en zelfs onder ede zou liegen.'

'En de heren die u in Italië ontmoette, hielden zich niet aan hun kant van de deal en brachten het schilderij niet terug naar het Fitzmolean.'

'De maffia laat zich zelden buiten zijn eigen grondgebied zien,' zei Faulkner. 'Meer dan een maand lang vernam ik niets, dus ik nam aan dat de deal niet doorging.'

De rechter maakte een aantekening.

'Maar dat was niet zo?'

'Nee. De twee boeven die ik op de luchthaven had ontmoet, doken midden in de nacht op bij mijn huis in Monte Carlo, mét het schilderij, en eisten hun honderdduizend dollar. Een van hen zwaaide met een mes.'

'U moet doodsangsten hebben uitgestaan.'

'Zeker. Vooral toen ze zeiden dat ze eerst de kelen van de zes staalmeesters een voor een zouden doorsnijden en daarna die van mij als ik niet betaalde.'

De rechter maakte nog een aantekening.

'Had u honderdduizend dollar cash in huis?'

'Mr Booth Watson, de meeste mensen die me een van hun familieerfstukken willen verkopen, verwachten niet met een cheque te vertrekken.'

'Wat deed u vervolgens?'

'De volgende morgen belde ik met de kapitein van mijn jacht en liet ik hem weten dat er elk moment een grote kist op de kade kon arriveren.

Die diende hij naar Southampton te brengen en persoonlijk af te leveren bij het Fitzmolean Museum in Londen.'

'En edelachtbare,' zei Booth Watson, 'als de Staat dat wenst, kan ik kapitein Menegatti bellen. Hij zal bevestigen dat dit inderdaad de instructies van Mr Faulkner waren.'

'Dat durf ik te wedden, ja,' mompelde William, 'als hij zijn baantje wil houden.'

'U vloog de volgende dag naar Australië en ging ervan uit dat uw orders zouden worden uitgevoerd.'

'Ja. Ik had gehoopt dat mijn vrouw mee zou gaan, maar op het laatste moment bedacht ze zich. Ze bleek een afspraak met een jongere man te hebben.'

William balde zijn vuisten in een poging om te voorkomen dat hij ging trillen.

'Ze was zich er terdege van bewust dat ik kaartjes had voor de Testmatch in Melbourne op tweede kerstdag,' ging Faulkner verder, 'wat inhield dat ik niet voor nieuwjaar naar Engeland zou terugkeren.'

'Maar u keerde halverwege de wedstrijd terug naar Engeland?'

'Ja, kapitein Menegatti belde me in mijn hotel in Melbourne en zei dat mijn vrouw was komen opdagen bij het jacht, niet met de enkele kist waar ik hem over had verteld, maar met mijn gehele collectie uit Monte Carlo. Ze droeg hem op om ze allemaal naar Southampton te vervoeren, waar ze hem zou treffen voordat ze doorreisde naar New York.'

'Hoe reageerde u?'

'Ik nam de eerstvolgende vlucht terug naar Londen en er was geen vlucht van drieëntwintig uur voor nodig om uit te vogelen wat ze in haar schild voerde. Zodra ik op Heathrow was geland, nam ik een taxi naar mijn huis in Hampshire omdat ik wist dat ik geen moment te verliezen had.'

'Waarom vroeg u uw chauffeur niet om u op te halen?' vroeg Booth Watson.

'Omdat Christina dan gewaarschuwd zou zijn dat ik weer in het land was, en dat was wel het laatste waar ik op zat te wachten.'

‘En was uw vrouw thuis toen u daar aankwam?’

‘Nee, en dat gold ook voor mijn kunstwerken. Ik kwam erachter dat ook die op weg waren naar Southampton. Ik kwam daar nog net op tijd aan om te voorkomen dat ze naar New York werden verscheept.’

‘Dus u ging toen aan boord van het jacht en gaf instructies dat de kunstwerken naar uw huizen in Hampshire en Monaco terug moesten worden gebracht –’

‘Met één uitzondering,’ onderbrak Faulkner hem. ‘Ik was altijd al van plan om de Rembrandt naar het Fitzmolean terug te brengen, ongeacht de gevolgen.’ Andermaal draaide hij zich om naar de jury, en deze keer gaf hij hun zijn ‘oprechte blik’.

‘Maar voordat u dat kon doen, kwam de politie aan boord, arresteerde u en beschuldigde u van het verwisselen van de labels op twee van de kisten zodat u de Rembrandt in bezit kon houden.’

‘Dat, Mr Booth Watson, is een bespottelijke suggestie, en wel om drie redenen. Ten eerste was ik slechts een paar minuten aan boord voordat ik werd aangehouden, dus het is wel duidelijk dat mijn vrouw de politie al op de hoogte had gebracht dat de Rembrandt zich nog aan boord bevond. Ten tweede moet het label voor het Fitzmolean door haar zijn verwisseld voordat de schilderijen zelfs in Monte Carlo werden ingeladen.’

‘Maar waarom zou ze de labels verwisselen en daarna de politie laten weten dat de Rembrandt nog aan boord was?’ vroeg Booth Watson onbenullig.

‘Omdat als ik werd gearresteerd niets haar zou tegenhouden om naar New York te varen en de rest van mijn collectie te stelen, wat ze duidelijk van plan was geweest zolang ik veilig aan de andere kant van de wereld zat.’

‘U zei dat er een derde reden was, Mr Faulkner.’

‘Ja, die is er, Mr Booth Watson. Commissaris Hawksby werd vergezeld door twee andere politieagenten. Zij waren blijkbaar door mijn vrouw in kennis gesteld dat de Rembrandt zich aan boord bevond. Wat zou het voor zin hebben gehad om de labels te verwisselen als de havenmeester de bevoegdheid had om elke kist open te maken? Nee, wat Christina plande, was dat ik zou worden aangehouden en tegelijkertijd mijn Rubens kwijt zou raken. Niet alleen verwisselde ze de labels, maar ook wist ze dat ze mij van mijn lievelingswerk zou beroven.'

'De Rubens is in elk geval naar de rechtmatige eigenaar teruggebracht, samen met de rest van uw collectie.'

Het viel William op dat Booth Watson zijn cliënt een licht knikje gaf.

'Ja, dat klopt, Mr Booth Watson. Tim Knox, de directeur van het Fitzmolean, accepteerde het dat er een echte fout was gemaakt en was zo vriendelijk de Rubens te retourneren naar mijn huis in Limpton Hall. Na een paar dagen begon ik echter te twijfelen. Zoals u wellicht weet, is de collectie van Hollandse en Vlaamse schilderijen van het Fitzmolean de tweede na die van het Rijksmuseum in Amsterdam. Ik begon me af te vragen of Rubens' *Kruisafneming* zijn rechtmatige thuis had gevonden, en na een grondig gewetensonderzoek heb ik besloten om het schilderij aan het land te schenken, zodat anderen er net zo veel plezier aan kunnen beleven als ik de afgelopen dertig jaar heb gehad.'

Booth Watson keek naar de jury en dacht: foutloos gesproken. Hij was er nu van overtuigd dat minstens de helft van hen aan de kant van zijn cliënt stond.

'En ten slotte, Mr Faulkner, moet ik u vragen of u vóór dit recente ongelukkige misverstand ooit van een strafbaar feit bent beschuldigd?'

'Nee, sir, nooit. Ik moet echter toegeven dat toen ik op de kunstacademie zat, ik een keer de helm van een verkeersagent heb gepikt en die op het bal van de Chelsea Arts Club heb gedragen. Ik moest uiteindelijk een nachtje in de cel doorbrengen.'

'Moest u dat inderdaad, Mr Faulkner? Laten we hopen dat u geen nachten meer in de cel hoeft door te brengen. Geen verdere vragen, edelachtbare.'

'Wat wil je nou zeggen?' vroeg Sir Julian toen Grace een serie grote zwart-witfoto's tussen hen in op de bank legde.

‘De foto’s tonen Stern die de rechtbank verlaat nadat u hem een kruisverhoor had afgenomen.’

‘Dat zie ik, ja. Maar wat bewijzen ze, behalve dat hij geniet van het in de schijnwerpers staan?’

‘Niet veel langer, vermoed ik. Kijk eens goed, pap, dan zal u iets opvallen wat Stern niet wilde dat we zagen.’

‘Ik ben nog steeds niets wijzer,’ biechtte haar vader op nadat hij de foto’s nog eens had bekeken.

‘Het leren jasje is van Versace en de schoenen zijn instappers van Gucci, topkwaliteit.’

‘En het horloge?’ vroeg Sir Julian, die het nu begon te dagen.

‘Een Cartier Tank. En geen nepper, in tegenstelling tot de man.’

‘Stern kon zich dat soort luxe zeker niet veroorloven met een inspecteurspensioentje.’

‘En er is een bonus,’ zei Grace, en ze wees naar nog een paar foto’s waarop Stern in een s-type Jaguar stapte en wegreed. ‘De auto staat op zijn naam geregistreerd.’

‘Volgens mij is het tijd om bij een rechter in de raadkamer een verzoek in te dienen en te kijken of we Sterns bankrekeningen mogen bekijken.’

‘Denkt u dat de jury ook maar een woord geloofde van die onzin?’ vroeg William toen rechter Nourse om een reces had verzocht.

‘Dat weet ik niet zeker,’ zei Hawksby. ‘Maar het helpt niet dat Mrs Faulkner zo duidelijk van plan was om de kunstcollectie van haar man te stelen. De jury zal dus de weinig benijdenswaardige taak hebben om te beslissen wie van hen de grootste leugenaar is. Hoe gaat het in rechtszaal 22?’

‘Ik wilde net naar Beth lopen om dat te vragen. Tussen twee haakjes,’ voegde hij er fluisterend aan toe, ‘die dossiers die ik bij u op de tafel achterliet, zijn zeer nuttig gebleken.’

Toen William zaal 22 betrad, was het eerste wat hij zag dat Arthur Rainsford onder begeleiding van een politieman de trap afdaalde naar de cellen beneden.

'We zijn klaar voor vandaag,' zei Beth toen William naast haar kwam zitten. 'Dus we kunnen net zo goed naar huis gaan.'

William overwoog om nog even met zijn vader te gaan praten, maar zag dat hij in gesprek was met Grace, dus hij besloot hen niet te storen. Beth pakte zijn hand, maar zei verder niets tot ze het gebouw hadden verlaten en op straat liepen.

'Je zus was meesterlijk bij haar verhoor van professor Abrahams,' zei Beth toen ze overstaken.

'Mijn vader stond toe dat Grace de hoofdgetuige verhoorde?' vroeg William ongelovig.

'En Abrahams was zo overtuigend dat de Staat niet eens de moeite nam om hem een kruisverhoor af te nemen.'

'Ik heb mijn ouweheer andermaal onderschat,' zei William. 'Maar kon Grace bewijzen dat er een vermiste pagina was?'

'Tegen de tijd dat professor Abrahams uit de getuigenbank stapte, accepteerde zelfs de hoofdaanklager dat er drie pagina's waren,' zei Beth terwijl ze in de rij voor de bus gingen staan.

'Dat is goed nieuws. En de rechters? Zij zijn immers de enigen wier mening er echt toe doet.'

'Dat kunnen we niet weten. Net als doorgewinterde pokerspelers onthullen ze niets.'

'Wie is de volgende om door mijn vader te worden gesloopt?' vroeg William toen ze in de bus waren gestapt.

'Hoofdagent Clarkson, Sterns voormalige partner.'

'Hij is een zwakker karakter dan Stern, dus hij zou weleens kunnen bezwijken onder druk.'

'Hoe weet je dat?'

'Ik wou dat je Hawksby had kunnen zien toen hij in de getuigenbank stond,' zei William. 'Zelfs de rechter was onder de indruk.'

Beth begreep het en volgde hem. 'Maar maakte Booth Watson het hem niet lastig?'

'Nee, hij nam hem niet eens een kruisverhoor af. Hij had kennelijk al besloten dat er niets mee te winnen viel.'

'En hoe was Faulkner tijdens de zitting?'

'Imponerend,' gaf William toe, 'al was hij niet geheel overtuigend. Hij oogde een beetje overgerepeteerd en bleef zijn vrouw maar de schuld geven.'

'Dat zal de jury zeker niet aanstaan.'

'Gisteren nam Booth Watson Christina apart.' William had direct spijt dat hij 'Christina' zei en ging vlug verder. 'En Faulkner ging er gisteren agressief in. Ook deed hij een belofte die ons allemaal verraste, hoewel ik niet denk dat hij zich eraan zal willen houden.'

'Dat hij de Rubens aan het Fitzmolean zou schenken?'

'Hoe wist je dat?'

'Tijdens de lunchpauze heb ik de galerie gebeld, en Tim Knox vertelde me dat Booth Watson had gebeld om te zeggen dat Faulkner de Rubens zou doneren zodra het proces achter de rug was.'

'Dat klinkt mij onmiskenbaar als chantage in de oren,' zei William terwijl de bus in Fulham Road tot stilstand kwam. 'Dat zal de rechter toch wel kunnen oplossen?'

'Misschien moet je Faulkner voor de verandering eens het voordeel van de twijfel geven.'

'Ik vrees dat dat precies is wat de jury zou kunnen doen. Maar er is veel meer dan dat voor nodig om mij te overtuigen dat hij de afgelopen zeven jaar niet de Rembrandt in bezit heeft gehad.'

'Denk je dat we ooit in staat zullen zijn het een hele dag niet over deze zaken te hebben?'

'Dat hangt er maar van af of je vader wordt vrijgelaten en Faulkner heel lang achter de tralies verdwijnt.'

'Maar wat nou als het andersom is?'

32

'Ik ben de brenger van blijde tijdingen,' zei Booth Watson toen er een ober aan zijn zijde verscheen. 'Maar laten we eerst ontbijt bestellen.'

'Voor mij alleen zwarte koffie, toast en marmelade,' zei Faulkner. 'Ik ben mijn eetlust kwijt.'

'Ik neem het volledige Engelse ontbijt,' zei Booth Watson. Hij praatte pas weer toen de ober buiten gehoorsafstand was. 'Ik ben benaderd door het tegenkamp. Ze zijn bereid de aanklacht van diefstal met opzet in te trekken als u schuld bekent voor het mindere vergrijp van opzettelijke heling van gestolen waar.'

'Puntje bij paaltje?' vroeg Faulkner.

'Als we ingaan op hun aanbod krijgt u waarschijnlijk een paar jaar, wat betekent dat u na tien maanden zou worden vrijgelaten.'

'Hoe dan?'

'Zolang u zich gedraagt, zit u slechts de halve straf uit, met nog eens twee maanden aftrek omdat het uw eerste veroordeling is. U zou er op tijd voor de kerst uit zijn.'

'Tien maanden Pentonville is niet mijn idee van een genereus aanbod, en belangrijker, het zou Christina voldoende tijd geven om mijn hele collectie te stelen.'

'Dat zou geen probleem moeten zijn,' zei Booth Watson, 'omdat ik er ondertussen voor zal zorgen dat Christina niet in de buurt komt van uw eigendommen.'

Faulkner oogde niet overtuigd. 'En als ik hun aanbod niet accepteer?'

'Als u aan beide overtredingen, diefstal en heling, schuldig wordt bevonden, is de maximumstraf acht jaar, samen met een fikse boete.'

'De boete kan me geen moer schelen. Ik heb het gevoel dat Palmer weet dat hij tegen de bierkaai vecht en hoopt zijn gezicht te redden. Hoe dan ook, ik denk dat ik de jury aan mijn zijde heb. Gisteren hebben minstens twee leden naar me geglimlacht.'

'Twee is niet genoeg,' zei Booth Watson, en hij zweeg even nu een ober hun koffiekopjes bijvulde. 'De juryvoorzitter lijkt me een gepensioneerde kolonel of het hoofd van een lagere school die waarschijnlijk zal geloven dat de straf bij de misdaad moet passen.'

'Dat is een risico dat ik wel wil nemen, B.W. Dus je kunt tegen Palmer zeggen dat-ie de pot op kan. Zin in een glas champagne?'

DE STAAT TEGEN RAINSFORD

'Hoofdagent Bob Clarkson wordt opgeroepen,' riep de griffier.

Grace kon haar ogen niet afhouden van Clarkson terwijl hij door de rechtszaal liep en de getuigenbank betrad. Hij sprak de eed uit met niets van de branie die Stern had getoond.

Een eerlijke, fatsoenlijke diender die gemakkelijk te leiden is, en soms ook om de tuin, was een van de zinnen die Grace had onderstreept na het lezen van Clarksons personeelsdossier.

Sir Julian zat het vluchtige verhoor van Clarkson door de aanklagende partij geduldig uit. Het leverde geen verrassingen op. Maar dat had hij ook geen moment verwacht.

'Wenst u deze getuige een kruisverhoor af te nemen?' vroeg rechter Arnott.

Sir Julian knikte en stond op van zijn plaats. Het was steeds zijn bedoeling geweest dat Stern hem als de vijand zou beschouwen, maar niet Clarkson.

'Hoofdagent Clarkson,' begon hij met zachte en overredende stem, 'als politieagent kent u vast de gevolgen van het plegen van meineed. Dus ik wil dat u eerst heel goed nadenkt voordat u mijn vragen beantwoordt.'

Clarkson reageerde niet.

'Op de dag dat Arthur Rainsford werd aangehouden en beschuldigd van de moord op zijn zakenpartner, Mr Gary Kirkland, was u aanwezig op de plaats delict?'

'Nee, sir. Ik zat op het bureau.'

'Dus u was geen getuige van de arrestatie?'

'Nee, sir.'

'Maar u was de jonge agent die de verklaring ondertekende die Mr Rainsford later die avond aflegde.'

'Ja, sir, dat was ik.'

'Bestond die verklaring, door adjudant Stern opgeschreven en met u als getuige, uit drie pagina's of twee?'

'Eerst dacht ik dat het er drie waren, maar de volgende morgen verzekerde adjudant Stern me dat het er slechts twee waren, en ik geloofde hem op zijn woord.'

Dat was niet het antwoord dat Sir Julian had verwacht. Hij wachtte even, besefte dat zijn volgende vijf vragen overbodig waren en vroeg om bevestiging van wat hij zojuist had gehoord.

'Dus u dacht eerst dat de verklaring drie pagina's telde en niet twee, zoals Mr Stern heeft beweerd?'

'Ja, sir, en na bestudering van het rechtbankverslag van gisteren erken ik de bevindingen van professor Abrahams ontegenzeglijk.'

'Maar dat zou betekenen dat u ook erkent dat Mr Stern een pagina uit de oorspronkelijke verklaring moet hebben verwijderd?' vroeg Sir Julian.

'Ja, dat erken ik, sir. En ik betreur het dat ik hem hier destijds niet over heb bevraagd.'

'Hebt u hem bevraagd over de mogelijkheid dat er een mysterieuze man was, de man die volgens Mr Rainsford langs hem rende toen hij het kantoorgebouw betrad, en van wie hij altijd heeft beweerd dat hij de moordenaar kon zijn geweest?'

'Ja, dat heb ik, maar adjudant Stern zei dat hij slechts een hersenspinsel van Rainsford was en dat wij het moesten afwijzen voor wat het waard was.'

'En het anonieme telefoontje waarin de politie werd verwittigd van de moord op Mr Kirkland? Was dat ook een hersenspinsel van Mr Rainsford?'

'Nee, sir. We werden gebeld door een man met een buitenlands accent, die ons vertelde dat hij het gebouw destijds was gepasseerd toen hij twee mannen hoorde roepen, gevolgd door stilte, en enkele ogenblikken later kwam er een man de straat op rennen, wat de reden was waarom hij onmiddellijk de politie had gebeld.'

'Gaf hij zijn naam?'

'Nee, maar dat is niet ongebruikelijk in zulke gevallen.'

'Zoals vastgelegd op de ontbrekende pagina van Mr Rainsfords verklaring arriveerde de politie slechts enkele minuten na hem bij de burelen van RGK.'

'Dat zou een schuldige zeggen als hij de schuld in iemand anders z'n schoenen wilde schuiven,' zei Clarkson. 'Dus ik nam geen moeite om erachteraan te gaan, niet in het minst omdat het najagen van anonieme telefoontjes een ondankbare taak is die meestal een complete tijdverspilling blijkt te zijn.'

'Dus u bent er nooit achter gekomen wie de mysterieuze man was?'

'Jawel, sir,' zei Clarkson.

Opnieuw werd Sir Julian verrast. Hij zette een stap in het onbekende.

'Hoofdagent, vertelt u het hof alstublieft in uw eigen woorden hoe u erachter kwam wie deze mysterieuze man was.'

'Een paar dagen na Rainsfords veroordeling stopte er een zwarte taxichauffeur voor het bureau, die ons vertelde dat hij het verhaal op het avondnieuws had gezien. Hij zei dat hij Rainsford op de middag van de moord van Euston had opgepikt en hem buiten een kantoorblok aan Marylebone High Street had afgezet. Hij had net weer zijn bordje FOR HIRE aangezet toen er een man het gebouw uit kwam gerend en vroeg om naar de Admiral Nelson-pub in West Ham te worden gebracht, maar na ongeveer honderd meter droeg de man hem op om te stoppen. Hij stapte uit en rende een telefooncel in. Een paar minuten later kwam hij terug en vervolgden ze hun weg naar West Ham.'

'Heeft hij de man beschreven?'

'Mag ik verwijzen naar de aantekeningen die ik destijds maakte?' vroeg Clarkson, en hij draaide zich om naar de rechters.

Rechter Arnott knikte, en Clarkson opende een klein zwart zakboek en sloeg een aantal pagina's om voordat hij verderging. 'De taxichauffeur zei dat hij rond de één meter vijfenzeventig was, donker haar had en wel een paar kilo minder mocht wegen. Ook zei hij dat hij zijn geld erop zou zetten dat hij Grieks of Turks was.'

'Waarom dacht hij dat?' vroeg Sir Julian.

'De chauffeur zat in militaire dienst op Cyprus ten tijde van de opstand en wist vrij zeker dat hij het accent herkende.'

'Hebt u dit gesprek aan adjudant Stern gemeld?'

'Ja, en hij was er niet echt blij mee. Maar hij zei dat hij de Admiral Nelson zou bezoeken en het zou natrekken.'

'En ontdekte hij wie de mysterieuze man was?'

'Ja. Maar hij vertelde me dat de man een waterdicht alibi had. Ten tijde van de moord bevond hij zich in die pub, wat de eigenaar en ook een aantal andere klanten bevestigden. Hoe dan ook, Stern herinnerde me eraan dat we een getekende bekentenis hadden, dus wat wilde ik nog meer?'

'Dus u hebt geen gevolg gegeven aan dat onderzoek?'

'Nee. Adjudant Stern was immers de hogergeplaatste in deze zaak, en ik was nog maar een groentje en net uit mijn proeftijd, dus veel kon ik niet doen.'

'En er is niets op schrift gesteld wat bewijst dat adjudant Stern de

Admiral Nelson-pub bezocht of de zogenaamde mysterieuze man verhoorde.'

'Adjudant Stern had een broertje dood aan papierwerk. Hij zei te geloven in het pakken van criminelen, niet in over ze schrijven.'

'Ik begrijp dat u bij het proces van Mr Rainsford niet als getuige bent opgeroepen?'

'Nee, sir. En toen Rainsford werd veroordeeld, nam ik aan dat de adjudant al de hele tijd gelijk moest hebben gehad. Dat was totdat ik in de *Daily Mail* las over Rainsfords beroep, en begon te wensen dat ik destijds Mr Fortounis had verhoord en niet was vertr...'

'Vasilis Fortounis?' vroeg Arthur, opspringend van zijn plaats in de getuigenbank.

'Ja, ik weet vrij zeker dat hij zo heette,' zei Clarkson.

'Zijn dochter was Gary Kirklands secretaresse!' riep Arthur.

'Sir Julian, houd uw cliënt in toom, anders doe ik het,' zei rechter Arnott gedecideerd.

Arthur ging weer zitten, maar begon hevig te zwaaien in Sir Julians richting.

'Dit lijkt me een geschikt moment voor een pauze, Sir Julian, want het is duidelijk dat uw cliënt u wenst te raadplegen. Zullen we over een uur opnieuw bijeenkomen?'

DE STAAT TEGEN FAULKNER

'Leden van de jury,' zei rechter Nourse, 'u hebt de argumenten, zoals voorgelegd door beide partijen, aangehoord en nu is het mijn verantwoordelijkheid om deze zaak objectief en onbevooroordeeld samen te vatten. Het zal aan u, en u alleen, zijn om te beslissen of Mr Faulkner schuldig of onschuldig is aan de drie aanklachten die namens de Staat tegen hem zijn ingediend.

'Laten we ze elk afzonderlijk in ogenschouw nemen. Ten eerste: heeft Mr Faulkner een schilderij van Rembrandt uit het Fitzmolean Museum gestolen? Vindt u dat de Staat met voldoende bewijzen is gekomen om zijn zaak buiten gerede twijfel te bewijzen? Zo niet, dan moet u de gedaagde in het gelijk stellen. En ten tweede: als Mr Faulkner niet direct betrokken was bij de diefstal, had hij er dan niettemin deel aan? Bij uw beslissing dient u louter uit te gaan van de in deze rechtszaal voorgelegde feiten.'

Faulkner stond zichzelf even een glimlach toe terwijl Booth Watson met de armen over elkaar achteroverleunde, zich ervan bewust dat de rechter nog niet bij het minst overtuigende stukje bewijs van zijn cliënt was aangekomen.

'Dan is er de aanklacht dat Mr Faulkner het gestolen schilderij willens en wetens aanschafte, zoals zijn vrouw heeft beweerd. Hoewel Mr Faulkner een kopie van de Rembrandt heeft laten zien, dient u zich af te vragen hoelang het origineel in zijn bezit is geweest.

'Neigt u ernaar Mr Faulkner te geloven als hij getuigt dat hij Napels bezocht en trachtte met de maffia tot een deal te komen om het schilderij voor honderdduizend dollar te kopen met als enige doel om het aan het Fitzmolean terug te bezorgen? En acht u het waarschijnlijk dat de maffia zijn aanbod in eerste instantie afwees, maar enige tijd later met het schilderij bij Mr Faulkners woning in Monte Carlo verscheen en de honderdduizend dollar opeiste? Dit ondanks het feit dat Mr Faulkner ons vertelde dat de maffia...' De rechter sloeg even zijn ogen neer op zijn aantekeningen. ' "...zich zelden buiten zijn eigen grondgebied laat zien?"

'En acht u het geloofwaardig dat een van deze mannen, die hem nooit sprak tijdens zijn bezoek aan Napels, dreigde de kelen van de zes staalmeesters door te snijden en daarna die van Mr Faulkner, als hij niet over de brug kwam? Of denkt u dat dit weleens één verfraaiing te veel zou kunnen zijn? Alleen u kunt beslissen wie te geloven – Mr of Mrs Faulkner – omdat ze niet allebei de waarheid kunnen spreken. U dient zich echter ook af te vragen of de getuigenis van Mrs Faulkner kan worden vertrouwd, aangezien ze zelf openlijk heeft toegegeven dat ze probeerde alle kunstwerken van haar man uit hun huizen in Monte Carlo en Limpton Hall te verwijderen toen hij in Australië zat. En het lijdt voor mij geen twijfel dat ze zou zijn doorgevaren naar New York om daar hetzelfde te doen, als haar man niet had ingegrepen. En ten slotte, leden van de jury, dient u het feit in overweging te nemen dat de verdachte geen crimineel verleden heeft.

'Leden van de jury,' besloot hij, en hij keek de vijf mannen en zeven vrouwen in de ogen, 'als u alle bewijzen hebt afgewogen, dient u zeker te zijn van schuld buiten gerede twijfel voordat u tot een veroordeling kunt komen. Als u niet zeker bent, dient u vrij te spreken. Dus neemt u alstublieft de tijd. Mocht u tijdens uw beraadslagingen hulp nodig hebben bij zaken die met de wet te maken hebben, aarzelt u dan niet om naar deze rechtszaal terug te komen, dan zal ik mijn best doen om uw vragen te beantwoorden. De gerechtsdeurwaarder zal u nu begeleiden naar de jurykamer, waar u uw beraadslagingen kunt beginnen. Neem de tijd en beschouw al het bewijsmateriaal voordat u tot een uitspraak komt.'

DE STAAT TEGEN RAINSFORD

'Sir Julian.'

'Edelachtbaren, ik ben dankbaar de gelegenheid te hebben gekregen om met mijn cliënt te beraadslagen, en zou het hof willen verzoeken om Mr Stern opnieuw op te roepen en ook Mr Vasilis Fortounis te dagvaarden, aangezien de verdediging graag een kans zou krijgen om hen beiden onder ede te ondervragen.'

'Ik zal uw verzoek inwilligen, Sir Julian, en stel voor dat we tot morgenochtend schorsen. Ik hoop dat de deurwaarder beide heren tegen die tijd heeft weten te vinden.'

'Dank u, edelachtbare,' zei Sir Julian, waarbij hij zijn best deed overtuigd te klinken.

De drie rechters kwamen overeind, bogen en verlieten de zaal.

'Ik kan niet wachten tot morgen,' zei Beth.

'Verwacht niet te veel,' zei Grace, en ze verzamelde haar dossiers. 'Stern en Fortounis zullen zich terdege bewust zijn van wat er hier deze middag is gebeurd, en ik vermoed niet dat een van beiden zich momenteel in de richting van de Strand begeeft.'

DE STAAT TEGEN FAULKNER

'Wilt u mijn advies inwinnen?' vroeg rechter Nourse nadat de jury in een rij was binnengelopen en weer had plaatsgenomen.

'Ja, edelachtbare,' zei de voorzitter, een gedistingeerd uitziende heer in een antracietkleurig pak met dubbele knopenrij en een Cavalry-stropdas. 'We hebben tot een uitspraak weten te komen over de eerste en tweede aanklacht, maar zijn verdeeld over de derde, die van heling.'

'Denkt u tot een meerderheidsuitspraak te kunnen komen waarmee minstens tien van uw leden het eens zijn?'

'Ik denk van wel, edelachtbare, als ons iets meer tijd is toegestaan.'

'In dat geval nemen we een vroege pauze en komen we morgenochtend om tien uur weer bijeen, zodat de leden van de jury er een nachtje over kunnen slapen.'

Iedereen in de rechtszaal kwam overeind en boog. Rechter Nourse bedankte de aanwezigen en verliet zijn domein.

'Wenst u soms niet dat u vierentwintig uur kon overslaan om te weten wat er ging gebeuren?' vroeg William.

'Als je zo oud bent als ik leer je dat wel af,' reageerde Hawksby.

33

DE STAAT TEGEN RAINSFORD

'Sir Julian, u mag uw volgende getuige oproepen.'

'Edelachtbare, daartoe ben ik niet in staat. Hoewel er gisteren op uw aangeven dagvaardingen zijn uitgevaardigd, heeft de gerechtsdeurwaarder die aan Mr Stern noch aan Mr Fortounis weten te verstrekken.'

'Dan zullen we moeten wachten tot dat is gebeurd,' zei de rechter.

'Dat zou nog wel enige tijd kunnen duren, edelachtbare.'

'Waardoor denkt u dat, Sir Julian?'

'Mij is verteld dat de heer Fortounis een paar dagen voor heropening van het proces naar zijn huis in Nicosia is teruggekeerd, en sindsdien is hij niet gezien en is er niets van hem vernomen.'

'Wie is de bron van uw informatie?'

'De eigenaar van de Admiral Nelson-pub in West Ham Grove, waar hij een stamgast was.'

'En Mr Stern?'

'Die blijkt gisteravond laat vanaf luchthaven Birmingham te zijn opgestegen.'

'Laat me raden,' zei de rechter, 'ook met bestemming Nicosia.'

'En aangezien hij een enkele reis had geboekt, kan de deurwaarder enige moeite ondervinden bij het afdwingen van uw verordening, en u weet vast, edelachtbare, dat Groot-Brittannië geen uitleveringsverdrag heeft met Cyprus.'

'Dan zal ik een richtlijn uitvaardigen dat de bezittingen van Mr Stern in beslag zullen worden genomen en dat hij zal worden gearresteerd zodra hij weer voet zet in dit land. Ik vermoed dat het te veel is om te hopen dat verbanning, net als voor Bolingbroke gold, voor hem zelfs een hardere straf is dan opsluiting.'

Niemand gaf zijn mening.

Mr Llewellyn stond op van zijn plaats. 'Edelachtbaren, mag ik naar voren komen?'

Rechter Arnott knikte. Mr Llewellyn en Sir Julian liepen naar de voorzijde van de zaal. Ze spraken enige tijd op fluistertoon met de drie rechters, waarna rechter Arnott een hand omhoogstak en met zijn collega's begon te overleggen.

'Waar hebben ze het over?' fluisterde Beth tegen Grace.

'Geen idee. Maar ik vermoed dat we daar elk moment achter komen.'

DE STAAT TEGEN FAULKNER

'Willen alle betrokken partijen in de zaak van Miles Faulkner alstublieft naar zaal nummer 14 gaan,' bulderde een stem over de intercom, 'de jury staat op het punt terug te keren.'

Verscheidene mensen die in de lobby hadden gestaan, hielden op met kletsen en anderen drukten hun sigaret uit voordat men vlug naar de rechtszaal terugliep. William voegde zich bij commissaris Hawksby, inspecteur Lamont, advocaten, journalisten en wat nieuwsgierigen terwijl de gerechtsdeurwaarder de juryleden binnenleidde om hun plaatsen weer in te nemen.

Toen iedereen zat, zei de griffier: 'Wil de voorzitter alstublieft opstaan?'

Aan het eind van de voorste rij kwam de voorzitter overeind.

'Bent u tot een uitspraak gekomen over alle drie de aanklachten?' vroeg rechter Nourse.

'Jawel, edelachtbare,' antwoordde de voorzitter.

De rechter knikte naar de griffier van de rechtbank.

'Meneer de voorzitter, acht u de gedaagde, Mr Miles Faulkner, schuldig of niet schuldig aan de diefstal van een Rembrandt-schilderij met de titel *De waardijns van het Amsterdamse lakenbereidersgilde* uit het Fitzmolean Museum in Londen?'

'Niet schuldig, edelachtbare.'

Faulkner stond zichzelf een glimlach toe. Booth Watson toonde geen emotie. William fronste.

'En wat de tweede aanklacht betreft, dat de gedaagde een medeplichtige was in die diefstal. Acht u de gedaagde schuldig of niet schuldig?'

'Niet schuldig.'

Lamont vloekte zachtjes.

'En wat de derde aanklacht betreft, namelijk die van het ontvangen van goederen waarvan hij wist dat ze gestolen waren, namelijk het voornoemde schilderij van Rembrandt, hoe acht u de gedaagde, schuldig of niet schuldig?'

'Met een meerderheid van tien tegen twee, edelachtbare, achten wij de gedaagde schuldig.'

In de zaal barstte een luid geklets los, en meerdere journalisten repten zich naar buiten naar de dichtstbijzijnde telefoon om de uitspraak naar hun redactie door te bellen. De rechter wachtte tot de rust was weergekeerd voordat hij zich tot de gevangene wendde.

'Wil de gedaagde opstaan?' zei de griffier.

Een minder zelfverzekerde figuur stond langzaam op, struikelde naar voren en greep zich vast aan de reling.

'Miles Faulkner,' sprak de rechter op ernstige toon. 'U bent schuldig bevonden aan heling, namelijk die van een kunstwerk van nationaal belang. Vanwege de ernst van uw misdaad wil ik een paar dagen nadenken over een toepasselijke straf. Derhalve zal ik het uitspreken van het vonnis uitstellen tot dinsdagmorgen tien uur.'

'Wat is-ie van plan?' vroeg Hawksby terwijl Booth Watson overeind kwam.

'Edelachtbare, mag ik u verzoeken de borgtocht van mijn cliënt tot die datum te verlengen?'

'Dat zal ik toestaan,' zei rechter Nourse, 'op voorwaarde dat hij zijn paspoort aan het hof overhandigt. En ik weet zeker, Mr Booth Watson, dat u de gevolgen voor uw cliënt zult uitspellen mocht hij aanstaande dinsdagmorgen niet voor mij verschijnen in deze rechtszaal.'

'Dat zal ik zeker, edelachtbare.'

'Mr Booth Watson en Mr Palmer, wilt u mij vergezellen naar mijn raadkamer?'

'Wat is-ie van plan?' herhaalde de commissaris.

DE STAAT TEGEN RAINSFORD

Lang voordat rechter Arnott en zijn twee collega's om tien uur de volgende morgen hun entree maakten, was de rechtszaal al afgeladen.

Rechter Arnott legde een rode map op de bank voor hem en boog naar het hof. Vervolgens nam hij plaats op de middelste stoel, schikte hij zijn lange rode toga en zette hij zijn bril goed, waarna hij de map opensloeg en de eerste pagina bekeek.

Het was zo stil geworden in de rechtszaal dat hij moest opkijken om zich ervan te vergewissen dat iedereen aanwezig was. Hij tuurde naar de verwachtingsvolle gezichten en daarna naar de gevangene in de beklaagdenbank voordat hij zijn laatste oordeel velde. Hij had medelijden met Rainsford.

'In mijn bestaan als rechter heb ik veel zaken voorgezeten,' begon Arnott, 'en bij elke heb ik getracht afstandelijk en emotioneel niet betrokken te blijven om ervoor te zorgen dat het recht op een juiste manier zal geschieden.

'Ik vrees echter dat ik in dit geval wel emotioneel betrokken ben geraakt. Na het aanhoren van de getuigenis van Mr Stern werd me duidelijk dat er onrecht kon zijn gedaan. Dat gevoel werd versterkt toen professor Abrahams zijn expertise op deze zaak losliet. Ik en mijn collega's werden hier ten slotte van overtuigd tijdens het kruisverhoor van hoofdagent Clarkson, wiens openhartige en eerlijke getuigenis zijn beroep tot eer strekte.

'Hoewel de echte daders van dit misdrijf misschien nooit zullen worden aangehouden, lijdt het voor mij geen twijfel dat Arthur Edward Rainsford ten onrechte werd beschuldigd van de moord op Gary Kirkland, zijn vriend en zakelijke partner. Ik beveel daarom dat het vonnis van het oorspronkelijke proces wordt vernietigd.' Er ging gejuich op, dat pas wegstierf toen de rechter zijn wenkbrauwen fronste ten teken dat hij nog niet was uitgepraat. 'Dit soort uitspraken dient nooit lichtvaardig te worden genomen,' ging hij verder. 'Ik vind niet dat de jury bij het eerste proces iets te verwijten valt voor hun uitspraak, want ze namen het woord van een inspecteur klakkeloos aan, en vanwege de onbetrouwbaarheid van die man kregen ze nooit de kans om de ontbrekende pagina te lezen uit de verklaring die Mr Rainsford op de avond van zijn aanhouding aan de politie gaf, met als gevolg dat een onschuldige man een groot onrecht werd aangedaan. Het doet mij een groot plezier, niet alleen om de gevangene vrij te laten, maar ook om hier duidelijk te maken dat er nooit een vlek op het karakter van deze man was, noch had moeten zijn. Mr Rainsford, u bent vrij om de zaal te verlaten.'

Beth en Joanna Rainsford bevonden zich onder de eersten die in de lucht sprongen en applaudisseerden toen het doek eindelijk viel. Het gebaar dat Arthur zich evenwel zou herinneren, lang nadat alle woede van deze juridische strijd was weggezakt, was toen Mr Llewelynn opstond, naar de beklaagdenbank liep en de vrijgesproken man de hand schudde. Arthur moest zich buigen om zijn woorden boven het rumoer in de zaal te verstaan.

'Sir, voor het eerst in mijn leven,' fluisterde Llewelynn, 'ben ik blij een zaak te hebben verloren.'

Rechter Nourse nam zijn toga af, wierp zijn pruik weg en schonk zichzelf een glas malt whisky in toen er opeens op zijn deur werd geklopt.

'Binnen,' zei hij. De deur ging open en Booth Watson en Palmer betraden zijn kamer.

'B.W., Adrian, zolang ik de honneurs waarneem, kan ik iets voor jullie inschenken?'

'Nee, dank je, Martin,' zei Booth Watson, en hij nam zijn pruik af. 'Ik weet dat je dit niet zult geloven, maar ik probeer nog steeds af te vallen.'

'Adrian?'

'Ja, graag, rechter,' zei Palmer. 'Ik doe met u mee.'

'Ga zitten,' zei de rechter terwijl hij de aanklager zijn drankje aanreikte. Hij nam een slokje whisky en wachtte tot beide heren zaten voordat hij weer sprak. 'Ik wilde jou onder vier ogen spreken, B.W., maar vond dat ook Adrian erbij moest zijn zodat er later geen misverstanden kunnen zijn.'

Booth Watson trok een wenkbrauw op, wat hij nooit zou hebben overwogen in de rechtbank.

'Ik ben benieuwd of je cliënt serieus is wat betreft zijn intentie om zijn Rubens aan het Fitzmolean te doneren?'

'Ik heb geen reden om anderszins te denken,' zei Booth Watson. 'Maar als jij vindt dat het belangrijk is, kan ik dat zeker achterhalen en het je laten weten.'

'Nee, nee. Ik was alleen nieuwsgierig. En nu jullie er toch zijn, sta mij toe jullie allebei te feliciteren met hoe jullie je zaak hebben geleid. Ik denk dat je het resultaat als een gelijkspel zou kunnen beschrijven.'

'Ik denk niet dat mijn cliënt het zo ziet,' zei Booth Watson.

'Misschien had hij mijn aanbod moeten accepteren,' zei Palmer, zijn glas leegdrinkend.

'Hoe bedoelt u?' vroeg de rechter.

'Als hij schuld aan heling had gepleit, zou de Staat de aanklacht van diefstal hebben laten vallen.'

'Dus de jury had het goed,' zei Nourse, en hij nam nog een slokje. 'Op één been kun je niet lopen, wat jij, Adrian?'

'Graag, rechter.'

'En jij, B.W., kan ik je echt niet verleiden?'

'Nee, dank je, Martin. Over een paar minuten heb ik overleg met mijn cliënt, dus ik kan nu beter gaan.'

'Ja, natuurlijk, B.W., ik zie je dinsdagmorgen.'

Booth Watson kwam overeind en draaide zich om.

'En misschien kun je me laten weten of je cliënt de Rubens aan het Fitzmolean overdraagt, zoals hij onder ede heeft gezegd,' zei Nourse. 'Vóór dinsdag,' voegde hij eraan toe.

Booth Watson knikte, maar zei niets.

Palmer nam een slokje whisky en wachtte tot de deur dichtviel. 'Ben ik net getuige geweest van een subtiel staaltje dreigen?'

'Beslist niet,' zei de rechter, en hij hief zijn glas. 'Ik heb al besloten over het lot van Mr Faulkner, hoewel ik moet opbiechten dat mocht hij het geringste teken van spijt tonen, er één concessie is die ik heel misschien bereid zou zijn te overwegen. Maar aan de andere kant, misschien ook niet.'

'Waarom denk je dat hij dat vroeg aan jou?' vroeg Faulkner.

'Rechters staan er wel om bekend dat ze op het laatste moment concessies doen, maar alleen als ze oprechte spijt voelen.'

'Hoe oprecht?'

'Als jij vóór dinsdag de Rubens aan het Fitzmolean overdraagt, heb ik reden om te geloven dat de edelachtbare dat als een oprechte daad van berouw zou kunnen beschouwen.'

'En wat zou ik in ruil daarvoor kunnen verwachten?'

'Nourse is veel te gehaaid om iets meer dan de suggestie van een hint te geven, maar het ligt binnen zijn macht om te beslissen tussen de maximumstraf van vier jaar of het minimum van zes maanden. Er bestaat zelfs de mogelijkheid van een voorwaardelijke straf en een boete van tienduizend pond, maar dat is slechts een mogelijkheid, dus verwacht er niet te veel van.'

'Zoals je weet, B.W., geef ik geen ene moer om de boete. Maar als ik zelfs slechts zes weken in de gevangenis moet doorbrengen, god weet wat voor ravage Christina in mijn afwezigheid kan aanrichten.'

'Betekent dit dat je bereid bent de Rubens aan het Fitzmolean te doneren?'

'Dit betekent dat ik erover zal nadenken.'

'Vóór dinsdag.'

Om tien uur viel Arthur in slaap, wat voor de rest van de familie ietwat gênant was, omdat ze allemaal genoten van een feestelijk etentje in San Lorenzo, zijn lievelingsrestaurant, waar hij werd verwelkomd alsof hij nooit weg was geweest.

'Lichten uit om tien uur,' legde hij uit. 'Na bijna drie jaar heb je die gewoonte niet vlug afgeleerd.'

'Wat is het eerste dat u morgenochtend doet als u wakker wordt?' vroeg Grace.

'Om zes uur,' zei Arthur.

'Worst, eieren, spek en bonen?' opperde William.

'Roerei dat niet uit een pakje komt, en misschien sta ik mezelf een plakje gerookte zalm toe, wat toast die niet aangebrand is en een kop dampende koffie met melk, niet in poedervorm,' antwoordde Arthur.

'En na het ontbijt?'

'Dan ga ik in het park een lange wandeling maken en daarna winkelen. Als ik morgenochtend weer naar mijn werk ga, wil ik er wel goed uitzien, dus ik zal een nieuw pak nodig hebben.'

'Waarom niet even een pauze inlassen voordat je weer aan het werk gaat?' stelde Sir Julian voor. 'Ga op vakantie.'

'Echt niet,' zei Arthur resoluut. 'Ik heb al een pauze van drie jaar gehad. Nee, ik wil zo snel mogelijk naar kantoor.'

'Zou u het nog één dag willen uitstellen, paps?' vroeg Beth. 'U en mam zijn morgen in het Fitzmolean uitgenodigd voor de onthulling van de Rembrandt, en ik verwacht jullie daar allemaal voor mijn moment van triomf.'

'Jóúw moment van triomf?' vroeg William.

Iedereen moest lachen, op Arthur na, die opnieuw in slaap was gevallen.

Zaal nummer 14 zat ruim voor tien uur barstensvol mensen, en net als een theaterpubliek kletsten ze met elkaar in afwachting van het opgaan van het doek.

Commissaris Hawksby, inspecteur Lamont, hoofdagent Roycroft en agent Warwick zaten enkele rijen achter raadsheer Adrian Palmer, de eisende advocaat.

Raadsheer Booth Watson en zijn medewerker, Mr Mishcon, zaten aan de andere kant van de bank en bespraken de publiciteit die hun cliënt die ochtend had gehad in de landelijke pers. Ze waren het eens dat het niet veel beter kon zijn geweest.

Miles Faulkner, staand naast de *Kruisafneming*, sierde meerdere voorpagina's, samen met de woorden die Booth Watson had geschreven en die zijn cliënt woordelijk had herhaald: *'Natuurlijk is het verdrietig om afstand te doen van je lievelingsschilderij, het lijkt op het verliezen van een enig kind, maar mijn Rubens kon niet naar een beter thuis zijn gegaan dan het Fitzmolean.'*

De perstribune langs één zijde van de rechtszaal was zo overvol dat een paar oudgedienden die geen plaatsje hadden kunnen vinden nu achter hun minder illustere collega's moest staan. Zodra het vonnis werd uitgesproken, zouden ze naar de dichtstbijzijnde telefoon rennen om de rechterlijke beslissing te melden aan de redactie.

De *Evening Standard* zou als eerste op straat verkrijgbaar zijn, en de krant had zijn kop voor op de voorpagina al gezet: FAULKNER KRIJGT X JAAR. Alleen het aantal moest nog worden ingevuld. De avond ervoor had de misdaadcorrespondent twee verhalen ingeleverd, en een adjunct-redacteur zou beslissen welk daarvan zou worden gedrukt.

Die morgen vormde zich vanaf zeven uur een rij van gewoonweg nieuwsgierige en morbide geesten voor de publieksingang van het hooggerechtshof, en binnen enkele minuten nadat een gerechtsambtenaar de deur had geopend, waren alle zitplaatsen op de tribune bezet. Alle aanwezigen wisten dat het doek zou opgaan op het moment dat de klok op de zuidwestelijke toren van St Paul's tien uur sloeg. Niet dat iemand daar binnen de klokken van de kathedraal zou kunnen horen.

Op het moment dat rechter Nourse verscheen, maakte het geroezemoes plaats voor een verwachtingsvolle sfeer. De rechter nam zijn plaats in op de rode leren stoel met hoge rug, keek neer over zijn koninkrijk en sloeg zijn onderdanen gade. Hij deed geen poging te doen alsof hij geïnteresseerd was in het feit dat hij zijn rechtszaal nog nooit zo boordevol had gezien. Hij beantwoordde hun buiging en legde twee rode mappen op de bank.

William draaide zich om en keek naar Faulkner, die zijn plek in de beklaagdenbank innam. In zijn donkerblauwe pak, witte overhemd en Old Harrovian-das leek hij meer op een beurshandelaar op weg naar zijn werk dan een gevangene die op het punt stond naar Pentonville gestuurd te worden. Uiterlijk kalm en beheerst stond hij met rechte rug en bijna trots voor de rechter.

Rechter Nourse opende de eerste rode map waarop VONNIS stond en keek even naar de gevangene voordat hij zijn handgeschreven schrift begon te lezen.

'Mr Faulkner, u bent schuldig bevonden aan het helen van gestolen waar, en niet een of ander onbeduidend prul, maar een nationale schat van onschatbare waarde, namelijk Rembrandts *De waardijns van het Amsterdamse lakenbereidersgilde*. Ik heb geen enkele twijfel dat u een aanzienlijke tijd in bezit was van dat unieke kunstwerk, waarschijnlijk gedurende de zeven jaren nadat het uit het Fitzmolean Museum was ontvreemd, en dat u nooit van plan was om het aan de rechtmatige eigenaar terug te geven. Als uw vrouw het schilderij niet zonder uw goedkeuring naar Engeland had gebracht, zou het vermoedelijk nog steeds in uw huis in Monte Carlo hangen.'

Namens de Staat stond Mr Adrian Palmer zichzelf een wrange glimlach toe.

'Mr Faulkner,' vervolgde de rechter, 'u bent niet, zoals een aantal tabloids ons wil doen geloven, een gentleman-dief die gewoon geniet van de spanning van de jacht. Verre van dat. Eigenlijk bent u niets meer dan een gewone crimineel, wiens enige doel was om een landelijke instelling te beroven van een van haar mooiste kunstschatten.'

Booth Watson schoof ongemakkelijk in zijn stoel.

De rechter sloeg om naar de volgende pagina van zijn tekst. 'Miles Edward Faulkner,' kondigde hij aan, 'u zult een boete voldoen van tienduizend pond, het maximum dat mij is toegestaan op te leggen, hoewel ik het in dit geval volstrekt ontoereikend vind.' Hij sloeg zijn eerste rode map dicht en bewoog ongemakkelijk heen en weer in zijn stoel. Faulkner moest het met hem eens zijn dat het bedrag 'volstrekt ontoereikend' was en hij onderdrukte een grijns om de gedachte dat hij er met zo'n lichte straf vanaf kwam.

De rechter opende hierna de tweede map en wierp een blik op de eerste alinea voordat hij opnieuw het woord nam. 'Naast de boete veroordeel ik u tot vier jaar gevangenschap.'

Vol ongeloof staarde Faulkner omhoog naar de rechter en hij verschoot zichtbaar van kleur.

De rechter sloeg de pagina om en sloeg zijn ogen neer op een alinea die hij de avond ervoor had doorgestreept en die ochtend had herschreven.

'Echter,' vervolgde hij, 'ik moet toegeven dat ik geroerd was door uw gulheid om Rubens' *Kruisafneming* aan het Fitzmolean Museum te doneren. Ik erken dat het voor u een behoorlijke opgave moet zijn geweest om afscheid te moeten nemen van de trots van uw collectie, en het zou van mij nalatig zijn als ik dit gulle gebaar niet erkende als een oprecht teken van berouw.'

'Hij gaat de boete kwijtschelden,' fluisterde de commissaris, 'waar Faulkner geen moer om zal geven.'

'Of misschien de straf verminderen,' opperde William, die niet wist of hij naar de rechter of naar Faulkner moest kijken.

Faulkner gaf geen krimp en hoopte wanhopig één woord te horen, en dat was niet 'boete'.

'Daarom heb ik besloten,' ging de rechter verder, 'misschien tegen beter weten in, om ook enige ruimhartigheid te tonen en uw straf voorwaardelijk te maken, met de duidelijke aanwijzing dat mocht u in de komende vier jaar enig ander misdrijf plegen, hoe klein ook, de volledige termijn van uw gevangenisstraf automatisch zal worden herroepen.'

Faulkner vond zijn gulle gebaar, zoals de rechter zo aardig was geweest het te noemen, de moeite waard geweest.

'U bent daarom vrij om de rechtszaal te verlaten, Mr Faulkner,' zei de rechter op een toon die deed vermoeden dat hij zijn beslissing nu al betreurde.

William was laaiend en liet er bij iedereen om hem heen geen enkele twijfel over bestaan hoe hij zich voelde. Lamont was sprakeloos en Hawksby bedachtzaam. Rechter Nourse had immers gezegd: *enig ander misdrijf, hoe klein ook*. Toen Beth later die middag het nieuws vernam, zei ze slechts: 'Als ik moest kiezen tussen Faulkner voor vier jaar de gevangenis in of het Fitzmolean dat een onbetaalbare schat in beheer krijgt, zou ik geen seconde hoeven nadenken.'

'Ik hoopte eigenlijk op het beste van twee werelden,' zei William. 'Het Fitzmolean zou de Rubens krijgen en Faulkner zou de komende vier jaar in Pentonville verkommeren.'

'Maar als je moest kiezen tussen Faulkner vier jaar in de bak of de Rubens voorgoed in het Fitzmolean, wat zou je dan zeggen?'

'Het laatste, natuurlijk,' zei William, en hij probeerde te klinken alsof hij het meende.

34

'Koninklijke Hoogheid, edelachtbaren, dames en heren. Mijn naam is Tim Knox en als directeur van het Fitzmolean Museum is het mij een genoegen u welkom te heten bij de officiële onthulling van Rembrandts meesterwerk *De waardijns van het Amsterdamse lakenbereidersgilde*. Zoals u weet, werden de staalmeesters iets meer dan zeven jaar geleden uit het museum gestolen, en sommige mensen dachten dat ze nooit terug zouden keren. Ons vertrouwen dat ze uiteindelijk thuis zouden komen was echter zo groot dat we nooit hebben toegestaan dat er een ander schilderij op zijn plek kwam te hangen.'

Er volgde een spontaan applaus. De directeur wachtte op stilte voordat hij verderging.

'Ik zou nu Hare Koninklijke Hoogheid willen uitnodigen om het verloren meesterwerk te onthullen.'

De prinses stapte naar de microfoon. 'Voordat ik dat doe, Tim,' zei ze, 'wil ik u eraan herinneren dat mijn betovergrootvader dit museum meer dan een eeuw geleden opende. Ik vertrouw erop dat als ik aan dit koord trek, iets waar mijn familie aanzienlijke ervaring in heeft, er aan de andere kant een Rembrandt zal zijn en niet een vervaagde rechthoek waar *De Staalmeesters* ooit heeft gehangen.' Iedereen lachte. Prinses Anne trok aan het koord en het rode doek viel. Nu kon iedereen het schilderij bewonderen, sommigen voor de eerste keer. William keek even naar de rechterbenedenhoek om te zien of daar wel echt RvR stond voordat hij meeklapte.

'Dank u,' zei Knox. 'Maar vanavond krijgt u er twee voor de prijs van één, want het moet u wel zijn opgevallen dat er een tweede schilderij wacht om te worden onthuld. Maar geniet eerst van een glas champagne en bewonder de Rembrandt voordat we u voorstellen aan onze laatste aanwinst.'

William verroerde zich niet terwijl hij het schilderij bewonderde dat hij voor het eerst in Monte Carlo had gezien. Hij had zich toen afgevraagd of hij het ooit weer zou zien. Hij zag niet dat de commissaris naast hem stond totdat deze zijn gedachten onderbrak.

'Gefeliciteerd, William,' zei Hawksby. 'Dit is voor jou een persoonlijke triomf geweest.'

'Het was een teamprestatie, sir,' zei William, die met tegenzin zijn blik verschoof van het schilderij naar zijn baas.

'Nonsens. Het zou nooit naar zijn rechtmatige plek zijn teruggekeerd als jij niet het team had versterkt. Maar om je te waarschuwen, zodra we terug zijn op het bureau zal ik verslag uitbrengen aan de commissaris en alle eer opstrijken.'

William glimlachte. 'Ik ben blij dat Jackie vanavond werd uitgenodigd,' zei hij, en hij keek de zaal in en zag haar met Beth kletsen. 'Zij heeft heel veel graafwerk verricht voordat ik zelfs maar in beeld kwam.'

'Mee eens. En hoewel ze gedegradeerd is, ben ik blij dat de afdeling haar niet helemaal kwijt is. Maar dat heeft een probleem geschapen, omdat Kunst en Antiek slechts één agent mag hebben.'

William accepteerde de regel dat als je als laatste bij een eenheid kwam, en er moest worden bezuinigd, je ook weer als eerste zou vertrekken. Hij hoopte alleen dat hij niet weer de straat op hoefde.

'William, ik ben bang dat we jou naar een andere afdeling moeten verplaatsen, maar niet voordat je je examen voor hoofdagent hebt gedaan.'

‘Maar daar kom ik nog minstens een jaar niet voor in aanmerking, sir.’

‘Daar ben ik me van bewust, Warwick. Daarom zet ik jou in de versnelde promotieregeling voor afgestudeerden, wat je zo hard je best hebt gedaan te vermijden toen je bij het korps kwam.’

William wilde protesteren, maar was zich er terdege van bewust dat het een strijd was die hij niet kon winnen. ‘En welke afdeling hebt u voor mij in gedachten, sir?’

‘Ik heb nog niet besloten of het drugs, fraude of moord wordt.’

‘Van moord heb ik genoeg gehad, sir, hoewel ik eeuwig dankbaar zal zijn voor uw hulp bij de vrijlating van mijn aanstaande schoonvader.’

‘Dat noem je dus nooit meer en plein public of onder vier ogen,’ zei Hawksby nu Arthur op hen af kwam gelopen.

‘Ik kan niet wachten om te zien wat er achter dat andere doek zit,’ zei Arthur. ‘Beth heeft het nergens anders over.’

‘En ze heeft helemaal gelijk,’ zei William, ‘maar ik kan alleen zeggen dat u niet teleurgesteld zult zijn.’

Tim Knox tikte een paar keer met een lepel tegen zijn champagneglas en iedereen hield op met praten en draaide zich naar hem om.

‘In het verleden,’ zei hij, ‘hebben we *De Staalmeesters* altijd beschouwd als de ster van onze melkweg, maar zodra dit tweede doek open is getrokken, vraag ik me af of u zult vinden dat een echte rivaal zich bij het firmament heeft gevoegd.’

Zonder verder nog een woord te zeggen trok hij aan het koord en onthulde zo Rubens’ *Kruisafneming*. Iedereen hield de adem in, maar daarna barstte men los in een donderend applaus.

‘Deze fantastische toevoeging aan onze collectie,’ ging hij verder toen de ovatie was weggezakt, ‘is mogelijk gemaakt door de enorme vrijgevigheid van de beroemde verzamelaar en filantroop Mr Miles Faulkner. Aangezien hij er vanavond bij is, vraag ik u allen om het glas te heffen en op zijn gezondheid te drinken.’

‘Ik doe even niet mee,’ mompelde William ondanks het hoerageroep en het geklink van glazen.

'Ik wel,' zei Beth, en ze hief haar glas, 'zolang hij nog zoveel meer zeldzame juweeltjes aan zijn muren heeft die we graag in het Fitzmolean zouden zien hangen.'

'Ik zou hém liever ophangen,' zei William.

'Ik geloof dat ik beter mijn vader kan gaan redden,' zei Beth, 'en hem naar huis brengen. Het is bijna bedtijd, en we mogen niet vergeten dat hij morgen weer aan het werk gaat.'

William knikte. 'Ik kom zo met je mee,' zei hij, niet in staat zich los te rukken van de Rubens.

'Ik zal mijn lievelingskunstwerk gaan missen,' klonk een stem achter hem.

William draaide zich om en zag Faulkner, die ook de Rubens stond te bewonderen, maar hij weigerde hem te begroeten. Dat weerhield Faulkner er niet van om te zeggen: 'Agent Warwick, mocht u ooit in New York komen, bel me dan gerust, want ik zou u graag voor een drankje uitnodigen in mijn appartement aan Fifth Avenue.'

'Waarom zou ik dat willen doen?' reageerde William, en hij spuugde de woorden bijna uit.

Faulkner boog zich voorover en fluisterde in zijn oor: 'Omdat ik u dan het origineel kan laten zien.'

Dankwoord

Voor hun onmisbare advies en onderzoek gaat mijn dank uit naar:

Simon Bainbridge, raadsheer Jonathan Caplan, Gregory Edmund, Colin Emson, Eric Franks, Vicki Mellor, Alison Prince, Ellen Radley (gepensioneerd forensisch onderzoeker handschriften en documenten), Catherine Richards, Susan Watt en Johnny Van Haeften.

Met speciale dank aan hoofdagent Michelle Roycroft (gepensioneerd) en hoofdinspecteur John Sutherland (gepensioneerd).